LINDA BARNES

Im Dunkel unter der Stadt

Ein Fall für Carlotta Carlyle

Deutsch von
Erika Ifang

Rowohlt Taschenbuch Verlag

Deutsche Erstausgabe
Veröffentlicht im Rowohlt Taschenbuch Verlag GmbH,
Reinbek bei Hamburg, Februar 2003

Die Originalausgabe erschien 2002 unter dem Titel «The Big Dig»
bei St. Martin's Minotaur, New York

Umschlaggestaltung any.way, Barbara Hanke
(Foto: MAURITIUS)

Satz Stempel Garamond PostScript, Page One
bei Dörlemann-Satz, Lemförde
Druck und Bindung Clausen & Bosse, Leck
Printed in Germany
ISBN 3 499 23031 3

Die Schreibweise entspricht
den Regeln der neuen Rechtschreibung.

Zum Gedenken an Ellie Donner

Das Großbauprojekt «Hauptverkehrsachse/dritter Hafentunnel», das Riesenloch, im Volksmund «Big Dig» genannt, gibt es wirklich und soll etwa 2005 fertig gestellt sein; die Baukosten werden wahrscheinlich 15 Milliarden Dollar übersteigen. Der vorliegende Roman ist jedoch reine Fiktion. Es gibt ebenso wenig eine Baustelle A1520 wie eine Horgan-Bauunternehmung, und auch die Romanfiguren existieren in Wirklichkeit nicht.

Ich möchte mich bei all den Männern und Frauen dieses Großbauprojekts bedanken, die mir bereitwillig Rede und Antwort gestanden haben, darunter Ann Davis, Andy Paven und Tony Brown. Mein Dank gilt auch Richard Dimino vom Big-Dig-Ausschuss. In der Bostoner Presse, dem *Globe*, dem *Herald* und dem *Boston Magazine*, sind aufschlussreiche Artikel über den Bau erschienen. Hilfreich waren außerdem die Website über den Big Dig, eine der besten im Internet, und drei Bücher zum Thema, durch die ich einige der beim Bau angewandten komplizierten Bautechniken besser verstehen konnte: *The Big Dig* von Dan McNichol mit Fotos von Andy Ryan; *The Big Dig, Reshaping an American City* von Peter Vanderwarker und *Building Big* von David Macaulay. Danken möchte ich ferner Eddie Jacobs, Luis Tovar, Jennifer Magnolfi, Monica Tovar, Steve Appelblatt, Richard Barnes, Brian DeFiore, Michael Denneny, Kelley Ragland und Gina Maccoby.

1 **Ich habe früher,** als ich noch Polizistin war, mit Happy Eddie Conklin zusammengearbeitet. Er hatte eine raue Stimme und ziemlich ungeschliffene Manieren, und er war «verdammt alt genug, um mein Vater zu sein», wie er immer betonte, aber er behandelte mich nie wie ein Kind. Als er sich mit mir im «Ocean Wealth» in Chinatown treffen wollte, willigte ich aus zwei Gründen ein: weil dort zum Sterben köstlicher sauer-scharfer Tintenfisch serviert wird und weil ich wusste, dass Eddie das Essen aufs Spesenkonto setzen würde.

Nach einem kleineren Herzinfarkt, der ihm achtzig Prozent Behinderung und eine gute finanzielle Abpolsterung bescherte, hatte er sich bei einem Sicherheitsdienst verdingt, der landesweit tätig war. Ich war zur selben Zeit wie er ausgestiegen, nur ohne Pension, und nachts Taxi gefahren, um mein eigenes Carlyle-Detektivbüro starten zu können. Mein Name ist Carlyle, Carlotta Carlyle, und ich bin mittlerweile schon länger selbständig, als ich vorher angestellt war. Ich bin ein Solobetrieb, fahre zwischen meinen Aufträgen Taxi und betone nicht unbedingt meinen Vornamen, denn er ist in diesem Geschäft nicht gerade ein Plus.

Eddie, inzwischen Leiter der Bostoner Niederlassung der Foundation Security, war schon vor mir da und saß in einem grauen Anzug, der sein Bestes tat, ihn fünf Kilo leichter erscheinen zu lassen, an einem Tisch, auf dem kaum zwei Teller und eine Teekanne Platz hatten. Er erhob sich, packte meine Hand mit beiden Händen und riss mich in eine Umarmung.

«Das Geschäft läuft phantastisch, sag ich dir. Boomen ist gar kein Ausdruck. Ein Misstrauen in dieser Stadt, dass man sich wundern muss. Regressansprüche, Personenschutz – könnte tatsächlich ein eigenes Polizeirevier aufmachen, sag ich dir! Findstes hier gut? Magst du etwas vorweg?»

Er gab meine Bestellung – scharf-saure Suppe – an die wartende Kellnerin weiter und bestellte selbst «Eierrollen oder Frühlingsrollen oder wie Sie sie nennen». «Und bringen Sie die süße Sauce dazu, ja? Die Entensorte.»

Ich goss dampfenden Tee in kleine weiße Schalen.

Eddie sah wohlhabend aus mit seiner blauen Seidenkrawatte und seinen fransengeschmückten Slippern. Sein graues Haar war kurz geschnitten, sein Kinn frisch rasiert. Er vergewisserte sich kurz, ob auch niemand in unserer Nähe zuhörte, und senkte die Stimme ein paar Dezibel. «Wie geht's denn deinem Freund Mooney?»

Manche Gerüchte haben eine längere Halbwertszeit als Atommüll. Kriminalkommissar Lieutenant Joseph Mooney, Leiter des Bostoner Morddezernats, ist ebenfalls ein alter Kollege. Wir sind Freunde, sonst nichts, es gab keinen einzigen verpatzten One-Night-Stand, und trotzdem hält sich dieses Gerücht hartnäckig. Falls Eddie vorhatte, sich über mich an Moon ranzumachen, würde mir dieser Lunch nichts weiter einbringen als Kalorien.

«Soweit ich weiß, gut.»

Ich hatte das so eisig gesagt, dass Eddie das Thema wechselte. «Du hast dich zusammenschießen lassen, hab ich gehört.»

«Alles wieder okay.»

«Gut. Das hör ich gern.»

Er musterte mein Gesicht, als hätte er noch nie grüne Augen, ein spitzes Kinn und flammend rote Haare gesehen. Das gab mir zu denken – vielleicht sah ich erschöpft und blass aus. Ich schaltete ein extrabreites Lächeln an in der Hoffnung, durch dessen stark erhöhte Wattzahl das fehlende Rouge zu ersetzen, das ich eigentlich nötig gehabt hätte.

Offen gestanden, mir ging es nicht gut. Auf dem linken Schenkel hatte ich wulstige rote Narben von einem Durchschuss. Ich konnte noch immer nicht dreimal in der Woche Killer-Volleyball spielen, und die Übungen, die der Physiotherapeut mir abverlangte, rangierten von schmerzhaft bis qualvoll. Erst gestern hatte dieses Ekel mir gesagt, mein Bein würde bei schlechtem Wetter wahrscheinlich immer schmerzen. In Anbetracht der Tatsache, dass ich in einer der regnerischsten, schmuddeligsten Großstädte dieser Welt lebe, trafen mich seine Worte wie ein Todesurteil.

Der Tee war noch zu heiß zum Trinken, und so setzte ich mein Schälchen wieder auf dem Papierset ab, das ringsum mit den Zeichen des chinesischen Tierkreises geschmückt war. «Das Geschäft läuft also gut», sagte ich, um Eddie wieder auf das berufliche Thema zurückzubringen.

Er schnüffelte argwöhnisch an seinem Tee und suchte auf dem Tisch nach einer nicht vorhandenen Zuckerdose. «Ich habe reguläre Arbeit bis zum Stehkragen und außerdem ’ne Menge Spezialaufträge. Bei der Präsidentendebatte an der Uni von Massachusetts hab ich den Lokalkram gemanagt. Es waren Agenten eingesetzt für den Vizepräsidenten, FBI, das Justizministerium. Noch ein paar mehr solcher Aufträge mit rotem Teppich, und ich bin reich und kann mich zur Ruhe setzen.»

Ich probierte noch einmal meinen Tee. «Bist du auch für die Expräsidenten zuständig, wenn sie in der Faneuil Hall ihre Reden schwingen?»

«Verdammt, das steht doch bald an, oder?»

«Am Patriots' Day.» Der 19. April ist der Tag der Patrioten in Boston, das war immer so und wird auch immer so bleiben. Man hat versucht, ihn auf einen Montag zu verlegen, wie viele andere Feiertage, aber das kam nicht gut an. Schließlich feiert ja auch niemand den 4. Juli am Montag davor oder danach.

«Wahrscheinlich nicht.» Eddie nickte so ernst, als hätte ich ihm den Job gerade angeboten. «Ich hab zu viel am Hals, darum bin ich hier. Ich würde dir gern etwas abgeben.»

Etwas abgeben. Manchmal vergehen Jahre, ohne dass man jemanden so etwas sagen hört. Es klimperte mir in den Ohren wie Goldmünzen.

«Das Loch.» Er sprach das Wort so leise aus, als sei strengste Geheimhaltung angesagt. Ich konnte es ihm nur von den Lippen ablesen.

Wenn man hier in der Gegend «Loch» sagt, braucht man nicht ins Detail zu gehen. Gemeint ist der «Big Dig», früher einmal «Hauptverkehrsachse/dritter Hafentunnel» genannt, das größte städtische Bauvorhaben der neueren Weltgeschichte, nicht mehr und nicht weniger, für die einen eine Arbeitsbeschaffungsmaßnahme mit astronomischen Kosten, für die anderen ein brillantes, zukunftsweisendes Projekt der Bostoner Verkehrspolitik. Es wird sowohl in den Printmedien kontrovers diskutiert als auch im Hörfunk gepriesen und verdammt.

Bei diesem gigantischen Bauprojekt geht es darum, 260 Kilometer Autobahnspuren auf einen zwölf Kilometer langen Korridor zu komprimieren. Kein Problem, nur dass der Korridor nicht durch irgendeine menschenleere Wüste, sondern direkt durchs Herz einer der ältesten und engsten Städte der Vereinigten Staaten schneiden soll. Hinzu kommt, dass die Hälfte dieser Autobahnkilometer durch Tunnel führen soll und vier große Autobahnkreuze erfordert. Und um das Maß voll zu machen, soll noch eine Brücke über den Charles River als Wahrzeichen der Stadt und ein Tunnel quer unter dem Bostoner Hafen gebaut werden.

Den leidgeprüften Einheimischen kommt es so vor, als werde am «Loch» schon eine Ewigkeit gegraben, dabei hat die intensivste Bauphase gerade erst im Jahr 2000 begonnen; seitdem verbuddeln viertausend Arbeiter jeden Tag drei Millionen Dollar tief in der Erde.

«Die Sache stinkt.» Eddie sprach im Flüsterton weiter. «Schmiergelder. Betrug.»

«Sag bloß!» Ich riss die Augen auf. «Glücksspiele im Hinterzimmer?»

«Was?»

Bei seinem Alter und als ehemaliger Polizist musste Conklin die alten Bogart-Filme eigentlich besser kennen. Ich versuchte, nicht laut loszulachen. Schon allein der Gedanke, dass bei der Ausführung des 1987 von der US-Regierung genehmigten 2,6-Milliarden-Dollar-Bauvorhabens – die Kosten waren inzwischen auf 14 Milliarden angewachsen und stiegen weiter – Korruption und Betrug im Spiel sein könnten ... Ich war schockiert, schlicht und ergreifend schockiert.

Eddie beugte sich zu mir herüber. Die Foundation Security sei von der obersten Aufsichtsbehörde des Staates angeheuert worden, nachdem dieser in einer Reihe von vernichtenden Presseberichten Unfähigkeit zur Verfolgung von Betrügereien bei dem Großprojekt attestiert worden sei. Nach dem, was Eddie erzählte, war der Leiter der Aufsichtsbehörde nicht sicher, wer von seinen Leuten sich die eigenen Taschen füllte, und hatte deshalb für ein unabhängiges Ermittlungsteam plädiert. Eddie und seine Mitarbeiter hatten bereits ein paar Unregelmäßigkeiten aufgedeckt. Nichts Gravierendes, aber das Fernsehen hatte sich gierig darauf gestürzt und der Aufsichtsbehörde endlich ein paar positive Schlagzeilen verschafft.

Ob ich mich nicht seinem Team anschließen wolle, zuerst auf Zeit, später vielleicht auf Dauer?

Vor meinem Lunch mit Happy Eddie hatte ich, wie so oft, über Arztrechnungen, Haushaltsausgaben, Steuern usw. gebrütet und überlegt, ob und, wenn ja, wann ich den College-Fonds meiner kleinen Schwester angreifen sollte. Ich hatte ein kaputtes Bein pflegen, mich mit zahlungsunwilligen Klienten herumschlagen und selbst dicke Rechnungen für die Physiotherapie bezahlen müssen. Kurz: Ich war mehr als geneigt, die Segnungen eines regelmäßigen Gehaltsschecks inklusive Krankenversicherung wohlwollend in Betracht zu ziehen. Ich trank in großen Schlucken meinen Tee und fragte mich, ob ich es wohl ertragen könnte, wieder einen Chef zu haben, ob ich überhaupt Lust hatte, wieder mit anderen zusammenzuarbeiten.

Happy Eddie Conklins fester, sicherer und möglicherweise sogar langfristiger Job wirkte verdammt verlockend. *«Geschmak is der fisch af anderer tisch.»* Mit diesem jiddischen Sprichwort hätte meine Großmutter die Situation wahrscheinlich charakterisiert: «Schmackhaft ist der Fisch auf anderer Leute Tisch.»

Und so habe ich vor acht Wochen, nachdem ich eine Portion Kung-Pao-Garnelen und sauer-scharfen Tintenfisch verputzt hatte, meine Unterschrift auf die gepunktete Linie gesetzt. Im Gegenzug verpflichtete sich die Foundation Security, mir eine zweiwöchige Grundausbildung zu geben.

Anfangs hatten Eddies Kollegen Zweifel, ob eine eins fünfundachtzig große, rothaarige Frau überhaupt verdeckt an verschiedenen Einsatzorten ermitteln konnte. Daraufhin hatte ich mir vor meiner letzten Trainingsstunde eine Packung «Lady Clairol graubraun» gekauft, mein frisch gefärbtes Haar hochgesteckt und eine Brille aufgesetzt. Als ich ins Unterrichtszimmer kam und der Lehrer mich nicht erkannte, sondern höflich fragte, was er für mich tun könnte, hatte ich die Prüfung glänzend bestanden.

Bei Arbeitsantritt hatte ich gedacht, ich würde das «Loch» kennen, dabei kannte ich nur die Mythen und Legenden, die sich darum rankten. Ich wusste, dass die Idee, die Hauptverkehrsachse zu versenken, von dem jungen Ingenieur Fred Salvucci stammte, der am MIT studiert hatte und später unter Gouverneur Dukakis Verkehrsminister wurde, dass es sein Traum war oder, wie böse Zungen behaupteten, seine Rache für die Zerstörung des Hauses seiner Großmutter in Brighton vor fast vierzig Jahren, das von Bulldozern niedergewalzt wurde, weil es dem zuständigen Verkehrsplaner William Callahan bei seiner völlig deplatzierten Erweiterung der Massachusetts Turnpike, einer Stadtautobahn, im Weg gewesen war. Ich wusste, dass Salvuccis Idee anfangs nur Hohn und Spott geerntet hatte und der damalige Abgeordnete Barney Frank geäußert haben soll, dass es billiger wäre, die ganze Stadt anzuheben, als die Verkehrsachse zu versenken. Ich kannte das Loch von vielen Fahrten hindurch und außen herum. Ich kannte die verwirrenden Schilder und kilometerlangen blau-gelben Absperrungen. Ich kannte die endlosen Staus und komplizierten Umleitungen. Ich kannte das Geräusch, das Reisende, die ich mit dem Taxi vom Logan Airport in die Stadt fuhr, von sich gaben, wenn ihnen am Ausgang des Ted-Williams-Tunnels der Atem stockte und sie beim Anblick des Waldes aus gigantischen Kränen, der über der South Bay emporragte, nach Luft schnappten.

Ich wusste allerdings nichts vom eisigen, schneidenden Wind auf den Baustellen, vom Sand, der sich hartnäckig unter meinen Fingernägeln festsetzte, oder von dem zähen bläulichen Lehm, der sich an meine Stiefel klebte. Ich wusste weder etwas von Gewerkschaftsvorschriften noch von Sicherheitsstandards am Arbeitsplatz und hatte keine Ahnung, wie sehr ein Schutzhelm die Sicht einschränkt oder wann es geboten ist, Ohrenschützer zu tragen, um nicht taub zu werden.

Ich wusste noch immer nichts davon, zumindest nicht nach kurzen sechs Wochen an zwei verschiedenen Einsatzorten. Aber ich hatte immerhin eine gewisse Vorstellung davon, was ich alles *nicht* wusste, und allmählich spürte ich eine leise Verachtung für all die uniformierten Bürger, die nicht einmal wussten, dass die blau-gelben Absperrungen bei den Profis «Kit-of-parts» hießen.

Bei keinem der Einsätze war ich bisher auf eine Goldader gestoßen. In einer der Baugruben war ich als Bauarbeiterin einem Gerücht von angeblichem Drogenmissbrauch nachgegangen, aber nur auf einen einzigen Konsumenten statt auf einen Rauschgiftring gestoßen. Ebenso wenig konnte ich bei einem kurzen Auftritt als

Lkw-Fahrerin nachweisen, dass in betrügerischer Absicht Sprit abgepumpt worden wäre, wie gemunkelt wurde. Sicher, ich hätte gegen ein paar Bagatelldiebstähle vorgehen können, aber lohnte sich das? Während ich die kleinen Diebe jagte, würden die großen ungestört weiter ihre Geschäfte betreiben.

Vielleicht war ja der dritte Einsatzort anders. Mein Job war es jedenfalls.

2

Schreibarbeiten, Akten ablegen, Anrufe entgegennehmen. Zugegeben, all das war leichter für mein kaputtes Bein als Rohreschleppen und angenehmer für mein Steißbein als Bulldozerfahren. Auf der anderen Seite warf es eigene Probleme auf: Als Sekretärin musste ich ordentlich gekleidet sein, Anweisungen entgegennehmen und lächeln, bis die Wangen schmerzten.

«Wissen Sie, das hier ist nicht die South Bay, es ist kein verfluchtes Weltwunder.» Harv O'Day, der Baustellenleiter, versuchte erfolglos, Bescheidenheit zu mimen. Er war ein drahtiger kleiner Kerl in den Dreißigern, und was er *nicht* über das Loch wusste, war sicher so wenig, dass es im Winkel seiner kühlen grauen Augen Platz fand. «In der Bay müssen sie den gottverdammten Schlamm einfrieren, so weich ist er, und die Schnellstraße im Tunnel unter den Eisenbahnschienen vorantreiben. In South Station graben die Maulwürfe in vierzig Meter Tiefe, und über sich haben sie die U-Bahn und die Eisenbahn. Hier gibt's nichts dergleichen.»

Es war warm und stickig in dem doppelten Bürocontainer, in dem die Außenstelle der Horgan-Bauunternehmung untergebracht war. Das Ehepaar Gerry und Liz Horgan leitete diese ortsansässige Baufirma und hatte einen guten Draht zur Politik. Die beiden campierten in ihrem Privatbüro hinter einer dünnen Holztür zur Rechten. Ich teilte mir den Hauptraum mit zwei Schreibtischen, vier Aktenschränken, einer schwatzhaften Mitarbeiterin namens Marian, einem Dell-Computer und einer Tonne abgelegtem oder noch abzulegendem Papierkram. Links herrschte O'Day über einen Bereich, der immerhin größer war als eine Telefonzelle; er hatte die Arbeiter beim Stempeln ihrer Stechkarten im Blick, überwachte die Termin- und Einsatzpläne und füllte Formulare aus.

Auf einer Art Anrichte an der Längswand stand neben einer Spüle ein Mikrowellengerät. Die winzige Toilette sah im Vergleich zu den Bauklos draußen richtig gut aus.

Marian, 24, hübsch und kurvenreich, hatte mich bereits darüber aufgeklärt, dass Gerry Horgan ihr Traumboss war, während sie seine Frau eine «Zicke» nannte und andeutete, dass das einzige Kind der Horgans ein «echter Schatz» sei und von seiner arbeitssüchtigen Mutter vernachlässigt würde. O'Day wurde von ihr als eingefleischter Junggeselle dargestellt, und der Seufzer, der diese Feststellung begleitete, ließ durchblicken, dass sie vielleicht schon einen Vorstoß in diese Richtung unternommen hatte. Zu mir sagte sie, ich müsste noch etwas schneller am PC werden.

Unser Bürocontainer stand unter dem abrissreifen Interstate-Highway, der derzeitigen Hauptverkehrsachse, kurz vor seiner Einmündung in die Commercial Avenue. Die daran angrenzende Baustelle, Abschnitt A1520, war laut O'Day ein echtes Sahnebonbon; Versorgungsleitungen mussten neu verlegt, Spundwände gebaut, die alten Stahlbetonpfeiler, auf denen die Hochstraße ruhte, abgerissen und durch vorläufige Stützen oben auf den Spundwänden ersetzt werden. Dann mussten zwischen den Wänden der Tunnel vorgetrieben, das Erdreich durch Öffnungen im Dach, eine Art Trichter, entfernt und die eigentlichen Fahrbahnen und Kreuzungen gebaut werden. Und all das direkt unter einer verkehrsreichen Schnellstraße, die für etwa 190000 Autofahrer täglich geöffnet bleiben musste. Ein Big-Dig-Manager hatte den Bau einmal mit einer Operation am offenen Herzen verglichen, während der Patient ein Tennisturnier spielt.

Wir näherten uns dem Ende der Buddelphase; als Nächstes war tonnenweise Beton zu gießen – genug, wie O'Day sagte, um dreimal einen Bürgersteig von einem Meter Breite und zehn Zentimeter Dicke nach San Francisco und zurück zu legen. Der schriftliche Beweis dafür stapelte sich auf meinem Schreibtisch.

Die Containertür knallte, und ich dachte, schon wieder ein Arbeiter, der kommt, um die Neue zu begutachten. An meinem ersten Arbeitstag hatte ich mit meinem kurzen Rock so durchdringende Blicke auf mich gezogen, dass ich befürchten musste, jemand würde durch die Strumpfhose hindurch die Schusswunde entdecken. Was nicht heißen soll, dass nur wegen mir ein solches Kommen und Gehen im Container herrschte. Ganz und gar nicht. Erstens kam einfach jeder hereingepoltert, Ingenieure und Poliere, Berater für dies und Berater für das. Zweitens war es verdammt kalt draußen, und drittens kleidete sich Miss Marian Farrell, ebenso wie ich Mädchen für alles, wie das Covergirl eines Männermagazins. In der linken unteren Schublade ihres Schreibtischs bewahrte sie neben einer Schachtel Schokoladekirschen einen Haufen Kondome auf, und seit sie mich dabei ertappt hatte, wie ich in ihrer untadeligen obersten Schublade «nach einer Büroklammer suchte», sah sie öfter, als mir lieb war, zu mir herüber.

Ich hatte nach Passwörtern für den Computer gesucht. Viele Leute schreiben sie sich auf für den Fall, dass sie sie einmal vergessen.

O'Day ging gerade wieder an seinen Schreibtisch, als ein Mann die Tür hinter sich zuschlug, dessen wässrige blaue Augen nicht zu den harten Gesichtszügen passen wollten. Seinen Schutzhelm unter den Arm geklemmt, marschierte er zu Marian, pflanzte sich vor ihrem Schreibtisch auf und verkündete: «Ich will zu Mrs. Horgan», ohne mich auch nur eines Blickes zu würdigen.

«Haben Sie einen Termin, Kevin? Ich kann Sie nirgends auf meinem Terminkalender finden –»

«Sie wird mich schon vorlassen.»

Marian blickte kurz zu ihm auf, und er kniff vielsagend ein Auge zu, ein Mann, der gut aussah und sich dessen nur allzu bewusst war. Er führte sich auf, als sei er hier zu Hause. Manche Arbeiter wirkten eher verlegen, wenn sie hereinkamen, sie putzten sich die Stiefel ab, bevor sie eintraten, und hielten den Kopf gesenkt, als hätten sie Angst, an die Decke zu stoßen. Kevins Stiefel waren voller Schlamm.

Die Bürotür ging auf, Liz Horgan erschien und strich sich das enge, dunkelblaue Kostüm glatt. Die Augen des Mannes leuchteten auf.

Sie war kaum älter als ich, höchstens Mitte dreißig. Ihr ovales Gesicht war von der Art, die je nach Blickwinkel immer anders aussehen, und ihr seidiges blondes Haar so lang, dass es einen schwungvollen Pferdeschwanz ergab. Ein Purist hätte ihre Lippen vielleicht für zu voll befunden. Ihr Gesichtsausdruck wechselte so rasch, dass ich ihn nicht deuten konnte. Zuerst dachte ich, sie wäre angenehm überrascht, den Mann namens Kevin zu sehen, doch dann wirkte sie eher unangenehm berührt.

Sie sagte bloß «Oh» und dehnte das Wort so, dass es im Raum hing.

«Wollen wir nicht –», begann Kevin.

«Ich muss weg», fiel sie ihm ins Wort.

Wieder ging die Innentür auf. Diesmal erschien Gerry Horgan, wie immer mit gesenktem Kopf, ein kleiner, bulliger Mann mit breiten Schultern und gewölbter Brust. Beim Anblick seiner Frau und Kevins stutzte er, und es war, als wären viel zu viele Menschen in dem engen Container.

Horgan war Bauunternehmer der dritten Generation. Der alte Horgan, Erbauer der City Hall, war tot, und dessen Sohn Leonard, Erbauer von Krankenhäusern und Bürotürmen, war gut eingedeckt mit Aufsichtsratsposten und hatte vollstes Vertrauen, dass das Unternehmen bei Gerry und Liz in guten Händen war. Warum auch nicht? In der Stadt galt Gerry als Überflieger, der wie viele der Mächtigen und Einflussreichen in dieser Gegend sowohl die Bostoner College-High School als auch das Bostoner College erfolgreich absolviert hatte. Er stand in dem Ruf, ein Geschäftemacher par excellence zu sein. Liz war Architektin und Bauingenieurin, sah obendrein noch gut aus und war Teilhaberin der Horgan-Bauunternehmung. Der Gerüchteküche zufolge verdankte sie ihre Teilhaberschaft der Bundesaufsichtsbehörde, die bei Großprojekten wie diesem Sonderverträge mit Firmen vorschreibt, die von Frauen oder Angehörigen einer Minderheit geleitet werden.

«Die Sitzung wird ohne dich anfangen, Liz.» Horgans Stimme füllte den ganzen Raum.

«Ich gehe ja schon, Gerry. Bin schon auf dem Weg.» Sie klopfte sich nervös den Rock und schenkte mir ein zerstreutes Lächeln, ehe sie zur Tür hinauseilte. Es war vielleicht für Kevin gedacht, aber es wärmte mich wie Sonnenschein. Ich hatte das Gefühl, als würde von allen im Container Anwesenden wenigstens sie meinen Namen behalten. Bei diesem Job hieß ich Carla. Carla Evans. Bestimmt rennt Fournier jetzt ebenfalls zur Tür hinaus und hinter Liz her, dachte ich.

«Kann ich etwas für Sie tun?» Horgans Stimme hatte nichts von ihrer Schärfe verloren. Sie nagelte den Mann fest.

«Nein, schon gut.»

«Was wollten Sie denn von Liz?»

Fournier drehte an seinem Schutzhelm. «Ich habe gehört, dass es nebenan mit vierundzwanzig/sieben weitergeht.»

«Und?»

«Wir fragen uns natürlich, wann wir auf vierundzwanzig/sieben wechseln.»

«Das erfahren Sie, wenn ich es Ihnen sage.»

«Es heißt, die anderen würden bereits auf andere Bauabschnitte verteilt –»

«Unsere Leute werden noch arbeiten, wenn die von nebenan längst auf ihrem Arsch festsitzen und Däumchen drehen.»

«Oder sie arbeiten auf neuen Abschnitten, und wenn wir dann fertig sind, gibt's für uns nichts mehr zu tun.»

Ich bemerkte, dass Harv O'Day von seinem übervollen Schreibtisch aufgestanden war und jetzt an einem Aktenschrank stand. Der Mann bewegte sich wie eine

Katze, mit federnden, lautlosen Schritten. Er ging unhörbar noch zwei Schritte weiter und schaltete sich dann in die Auseinandersetzung ein.

«He, für jemanden mit Schichtproblemen gibt es den Dienstweg, Fournier. Und der Dienstweg bin ich. Sie müssen sich an mich wenden, wenn –»

«Horgan hat mich gebeten –»

«Und was *Mister* Horgan sagt, wird gemacht, das wissen Sie.»

«Auf anderen Baustellen wechseln sie auf vierundzwanzig. Auch die von nebenan wechseln auf vierundzwanzig.»

Horgan sagte: «Wenn es nötig ist, gehen auch wir auf vierundzwanzig. Wie war die Arbeit heute?»

«Alles okay. Aber man kann sich nicht darauf verlassen, dass das Wetter so bleibt.»

«Darauf kann man sich nie verlassen.»

«Stimmt, deshalb dachte ich, wir sollten auf vierundzwanzig wechseln, solange es noch schön ist. Ich hatte mit Mrs. Horgan darüber gesprochen, sie schien der gleichen Meinung zu sein, und da dachte ich –»

«Fournier, Sie haben offenbar Watte in den Ohren.» O'Day war allmählich rot angelaufen. «Es reicht. Gerry, ich kümmere mich darum.» Er packte Fournier an den Schultern, drehte ihn um und bugsierte den Mann, der größer war als er, durch die Tür. Ihre aufgeregten Stimmen waren noch eine Weile gedämpft zu hören, bis sie sich schließlich beruhigten. O'Day behielt stets die Oberhand, und das wusste er.

In der plötzlich eingekehrten Stille fragte ich mich, was Kevin Fournier wohl wirklich bei Mrs. Horgan gewollt hatte. Die Dringlichkeit, mit der er sein Anliegen vorgebracht hatte, schien nichts mit irgendwelchen

Schichtproblemen zu tun zu haben. Absolut nichts, auch wenn Horgan ihm seine Erklärung vielleicht abgekauft hatte.

Horgan ging nicht in sein Büro zurück. Er stand wie angewurzelt auf der Stelle, als wüsste er nicht mehr genau, wo er war. Marian stützte sich auf den Ellbogen, um den Spalt in ihrem tiefen V-Ausschnitt zu betonen, und starrte ihren Traumboss mit großen Augen an. Etwas war da im Gange.

Etwas war im Gange, so viel war sicher. Die Spannung im Container nahm so zu, dass ich sie wie ein Seil hätte ergreifen können. Ich war noch nicht lange bei diesem Job, doch bereits jetzt erinnerte er mich an andere üble Arbeitsplätze, etwa den Mannschaftsraum der Polizei, wenn Abmahnungen in der Luft lagen, wenn falsche Entscheidungen getroffen worden waren, wenn sich bei einem großen Fall nichts, aber auch gar nichts bewegte.

Von Eddie hatte ich den Auftrag, mich zu akklimatisieren, mit Arbeitsprozessen und Personal vertraut zu werden und Bericht zu erstatten. Sonst hatte er mir nichts an die Hand gegeben, weder einen Namen noch einen Hinweis darauf, was eigentlich die Aufmerksamkeit der Aufsichtsbehörde erregt hatte.

«Gerry», sagte Marian leise, «alles in Ordnung mit Tess?»

«Was?» Horgan klang überrascht, als wäre er jäh geweckt worden.

Das vernachlässigte Kind, laut Marian eine sehr helle Dreizehnjährige, hieß Krissi. Tess war mir neu.

«Es war so toll mit ihr», fuhr sie begeistert fort, ohne Horgans wachsende Gereiztheit zu bemerken. «Dachte ich zumindest –»

Der Traumboss unterbrach sie. «Hatte ich Sie nicht gebeten, mir die technischen Daten der Endarbeiten am Kanaltunnel herauszusuchen?»

«Ich glaube nicht.»

«Doch, bestimmt. Herrgott, Marian, bekommen Sie die Dinge in den Griff, ja? Ich bin sicher, dass ich – Herrgott nochmal, vorerst keine Anrufe durchstellen. Und besorgen Sie mir schleunigst die Tunnelpläne.» Er verschwand in seinem Büro.

Marian veränderte ihre Haltung und biss sich auf die kirschroten Lippen. «Was glotzen Sie so?», sagte sie.

Ich haute in die Tasten. Druckte neue Sicherheitsvorschriften aus, checkte Rechnungen, prüfte versicherungstechnische Anfragen von Arbeitern. Während einer Pause machte ich mit einer Kamera, die besser war, als sie aussah, Fotos von der Baustelle. Da ich nicht wusste, ob ich damit vielleicht mangelhafte Bautechniken offenlegte oder nachwies, dass weniger Leute beschäftigt waren, als auf der Lohn- und Gehaltsliste standen, verbrauchte ich jede Menge Filme und musste einem neugierigen Zuschauer vorschwindeln, meine kleine Schwester sei total vom Big Dig fasziniert. Ich verschwieg allerdings, dass meine kleine Schwester und ich zurzeit kaum miteinander redeten.

Gerade machte ich meine eigene kleine Inspektion der Bauart und des Typs des Alarmsystems in unserem Container, als Marian mich einlud, mit ihr essen zu gehen. Ich verschob weitere Recherchen auf später und sagte freudig zu. Nichts geht über eine klatschhafte Angestellte.

3 Eine halbe Stunde und die ganze Innenstadt standen mir zur Verfügung, und ich wäre liebend gern in Chinatown eingekehrt, wie eine Taube auf dem Weg zum heimatlichen Schlag. Aber ich wollte Marian als neue beste Freundin gewinnen, deshalb ließ ich sie ein Lokal für unser Lunch auswählen. Ergebnis war, dass ich mir mit den Ellbogen einen Weg durch das Touristengedränge im nahe gelegenen Quincy Market bahnen musste. Ein kapitaler Fehler. Der Markt, drei riesige Hallen voller Läden und Lebensmittelstände, zieht mehr Besucher an als die meisten großen Sehenswürdigkeiten des Landes.

Marian hatte ein Faible für die Pizzen im Regina's, was erheblich besser war als der grüne Blattsalat, auf den ich mich gefasst gemacht hatte. Sie nahm sich zwei Stücke mit Salami und Käse und bestellte eine Cola light zum Hinunterspülen. Da es bei den Anchovispizzen eine Warteschlange gab, tröstete ich mich mit Peperoni und Pilzen.

«Arbeiter kommen kaum hierher, eher Angestellte aus den Büros.» Sie strahlte im Vorbeigehen einen Mann im Dreiteiler an und ließ sich an einem vollen Tisch im Rundbau nieder. «Die Männer auf der Baustelle bringen sich meist ein Butterbrot mit und setzen sich zum Essen auf die Erde.»

Angenehmer als dieser Laden, dachte ich erbittert, während ich die Mahlzeitreste von einem Vorgänger beiseite schob und zwischen ein paar Teenagern, die sich darüber stritten, wer das Dessert bezahlen sollte, und einem Ehepaar, das sich feindselig anschwieg, einen Platz für meinen Hocker fand.

«Gehst du mit jemandem?»

«Hmm?» Ich hatte gerade den Mund voller Pizza.

«Hast du einen Freund? Einen Ring trägst du nicht.»

Ich ließ mich eine Weile von ihr aushorchen und hatte meinen Spaß daran, mein Leben neu zu erfinden. Ich hielt mich allerdings weitgehend an die Realität, denn die besten Lügen sind immer der Wahrheit am nächsten. Meine kurze Ehe war ein Pluspunkt und trug mir ihr Mitgefühl ein, die Art von seltsamer Hochachtung, die unverheiratete junge Frauen Geschlechtsgenossinnen entgegenbringen, die so etwas schon hinter sich haben. Sobald es ging, lenkte ich Marians Redeschwall wieder zu ihren eigenen Freuden und Leiden zurück und schnalzte bei dem Verlobten, der im letzten Augenblick kalte Füße bekommen hatte, den astronomisch hohen Mieten in Boston und den anderen Kümmernissen eines Großstadtsingles jeweils anteilnehmend mit der Zunge.

Sie hatte direkt nach der Schule bei Gerry Horgan angefangen und war von der grässlichen Miss Farlock eingearbeitet worden, einem Drachen, der anscheinend keinen Vornamen hatte. Miss Farlock war nicht in Pension gegangen, sondern an ihrem Schreibtisch vom Tod ereilt worden, die einzige Möglichkeit für Gerry, sie loszuwerden, denn sie war schon die Sekretärin seines Vaters gewesen und hatte zum Firmeninventar gehört. Seit Miss Farlocks Ableben hatte es eine Reihe von unbefriedigenden Ersatzkräften und Aushilfen gegeben. Marian hoffte sehr, dass ich bleiben würde.

Zu Anfang sei sie noch Big-Dig-Fan gewesen, erzählte sie mir, und stolz darauf, dazuzugehören. Das Projekt sei großartig, es würde sicher in die Geschichte eingehen, und obwohl ein Bürocontainer kalt und zugig sei, hätte sie sich doch begeistert dafür entschieden, weil das «Loch» tolle Karriereaussichten verhieß. Jetzt sei sie nicht mehr so sicher angesichts all der Verzögerungen und der Anordnungen, die Gerry und Liz träfen und dann widerriefen. O'Day sei wirklich ein Heiliger, so wie er damit zurechtkäme. Ich versuchte, Einzelheiten von ihr zu erfahren, aber sie erging sich lieber in detaillierten Privatgeschichten wie der von den Stahlbaumonteuren, die an die Containerwand gebummert hatten, als sie ihr rotes Kleid trug, was ihr so peinlich gewesen sei, dass sie das Kleid nie wieder bei der Arbeit getragen hätte, und vielleicht sei es ja auch wirklich zu eng gewesen? Ob ich glaubte, dass sie Diät halten müsste?

Ich beruhigte sie und fügte hinzu: «Mach dir keine Vorwürfe, nur weil Horgan dich zusammengestaucht hat. Du hast mir nichts davon gesagt, dass er so leicht hochgeht.»

«Tut er eigentlich auch nicht.»

«Wer ist denn Tess?» Mir war aufgefallen, dass ihr allein schon die Erwähnung des Namens einen scharfen Anpfiff eingetragen hatte. «Eine frühere Freundin?»

«Nichts dergleichen. Tess ist Gerrys Hund.» Marian presste verärgert die Lippen zusammen, sodass sie nur noch einen dünnen Strich bildeten.

«Er bringt seinen Hund mit zur Arbeit?» Ich fragte mich, ob es sich um einen Wachhund handelte, der zurückblieb, wenn die Arbeitsteams Feierabend hatten.

«Nein, ich habe mich nur manchmal um seinen Hund gekümmert. Nicht dass er mich gebeten hätte, ihn auszuführen oder Hundefutter zu kaufen. Gerry hätte mich nie um so etwas gebeten. Aber Liz –»

«Sie hat dir solche Aufträge gegeben?»

«So schlimm ist sie auch wieder nicht.» Dieses Zugeständnis rang sie sich nur mit Mühe ab. «Ab und zu bittet sie mich, etwas zu dieser stinkvornehmen, privaten Tagesschule zu bringen, in die ihre Tochter Krissi geht.

Ehrlich, man sollte doch meinen, eine Mutter könnte eine Stunde Zeit erübrigen, um selbst nach ihrem Kind zu sehen.»

Sie erzählte mir, dass Tess der *süßeste* Hund sei, ein goldgelber Labrador, ganz entzückend. Er gehöre eigentlich Krissi, und Krissi sei ebenfalls entzückend.

Entzückend ist ein Wort, das ich verabscheue. Ich lächelte und kaute. Die Peperoni war ölig und scharf, und ich erwog gerade, mir noch ein Stück Pizza zu holen, als Marian mich plötzlich fragte, ob ich ein Geheimnis hüten könnte.

Ich hatte das Gefühl, als müsste ich jetzt die Hand aufs Herz legen und schwören, lieber tot umzufallen, als je etwas auszuplaudern; so jung kam sie mir vor, als sie mich nun ernsthaft durch ihre meterlangen Wimpern ansah.

«Aber sicher», sagte ich, «du kannst mir vertrauen.»

«Es kann sein, dass ich Tess *etwas angetan habe.*»

Als der Hund noch klein war, hätte sie einmal, es sei wohl ein Sonntag gewesen oder jedenfalls ein freier Tag, auf ihn aufgepasst. Tess habe es in ihrem Apartment gefallen, obwohl sie nicht so viel hätten herumtollen können, weil sie kein Haustier halten dürfe und das kleinliche alte Arschloch vom zweiten Stock es sicher gleich dem Vermieter gesagt hätte, wenn er Bellen gehört hätte. Erst nachdem sie den Hund zu den Horgans zurückgebracht hätte, sei ihr aufgefallen, dass die Nadel weg war.

«Die Nadel?»

«Ich wollte mir einen Knopf am Mantel annähen.»

Meine Visionen von Spritzen und Drogen verflogen im Nu. Eine *Nähnadel.* Ich hatte früher viel mit Fixern zu tun; das hängt mir noch aus dem Polizeidienst nach. Vielleicht ist es auch meine Aversion gegen Hausarbeit. Ich habe so lange Jahre keinen Stich mehr getan, dass ich nicht mehr weiß, wie man überhaupt anfängt. Die Handarbeitslehrerin in der High School empfahl mir, lieber Werken zu nehmen.

«Ich hatte sie gerade eingefädelt», erzählte Marian weiter, «und dann klingelte das Telefon, und da muss ich sie weggelegt haben. Als ich Tess nach Hause gebracht hatte, habe ich nach der Nadel gesucht, aber ich konnte sie absolut nicht mehr finden. Nicht so schlimm, dachte ich, aber dann hat Gerry mir den Hund nicht mehr überlassen, und als ich nachfragte, hat er mich abgekanzelt, und als Nächstes habe ich gehört, dass Tess beim Tierarzt ist. Wenn sie die nun gefressen hat? Eine Nadel mit Faden?»

Ich zog eine Augenbraue hoch. «Es gibt doch Röntgengeräte.»

Sie redete weiter, als hätte sie mich nicht gehört. «Meinst du, ich sollte es Gerry erzählen? Es ist wirklich dumm. Ich habe versucht, den dämlichen Tierarzt anzurufen, aber der wollte mir nichts sagen, hat vielmehr gefragt, *wer ich denn eigentlich sei.* Ich habe überlegt, ob ich nochmal da anrufe und so tue, als wäre ich Liz, aber ich kann das nicht gut. Und außerdem hat Tess ja vielleicht doch nur 'ne Hundekrankheit, Würmer oder so was. Ich möchte nicht, dass Gerry von mir denkt, ich wäre pflichtvergessen oder –»

«Ich kann das gut», sagte ich.

«Du? Meinst du, den Tierarzt anrufen?»

«Wenn du das willst, ja.»

«Das würdest du machen? Das wäre toll, aber was ist, wenn sie Liz nun *kennen*, wenn sie ihre Stimme kennen?»

«Ich bin gut im Stimmenimitieren», sagte ich wahrheitsgemäß. «Ich gäbe wahrscheinlich eine ganz gute Liz ab.»

«Tatsächlich?»

Ich wollte eben ja sagen, aber zwei Männer in Jeans und schweren Stiefeln bahnten sich gerade einen Weg durch die Menge und winkten dabei lächelnd in unsere Richtung. «Kennst du die Typen?»

Marian verdrehte die Augen, fuhr sich mit der Zunge über die Lippen und fragte mich hastig, ob vielleicht irgendetwas zwischen ihren Zähnen stecke. Sie nahm automatisch Haltung an und setzte ein strahlendes Lächeln auf, wohl eine Wirkung des Testosterons.

Jede Menge davon entströmte dem Netteren von den beiden. Er hatte dunkles, lockiges Haar und begrüßte Marian mit einem «Hey», wobei er ihr eine Weile den Rücken tätschelte. Der andere nickte bloß stumm mit dem Kopf. Er war groß und sehnig, hatte einen vorspringenden Adamsapfel und ein fliehendes Kinn. Die Dessert essende Teenagerschar erhob sich zum Gehen, und die beiden Männer ließen sich auf den frei gewordenen Stühlen nieder und schoben sie nach hinten, um mehr Platz für ihre Beine zu haben.

«Ist die Pizza gut?» Der Lockenkopf streckte mir die Hand entgegen. «Ich bin Joey. Maurer. Und das ist Hector. Sind Sie das neue Mädel?»

Ich nickte mit gesenkten Augen, damit er den aufblitzenden Ärger nicht bemerkte, und nahm das «Mädel» hin, um als neue Sekretärin nicht in den Ruf zu geraten, eine hochnäsige Tussi zu sein.

«Ich bin Maurer. Mein Job, nicht mein Name. Sind Sie eine von den Hingham-Evans'?»

«Woher wissen Sie meinen Namen?»

«Spricht sich rum, Carla, Namen und so was. Ich kannte mal einen Evans aus Hingham. Der Polizeichef ist ein Evans. Irisch, stimmt's?»

Das ist Boston. Die Leute hören deinen Namen und müssen dich gleich einordnen und mit einem Etikett versehen, und hier in der Gegend sind die Iren und die Italiener in der Mehrzahl.

«Ich bin in Detroit aufgewachsen», sagte ich, wonach normalerweise Schweigen eintritt. Auch eine lokale Merkwürdigkeit: Im Cambridge der Akademiker, wo ich wohne, nimmt jeder gleich an, dass man von auswärts kommt und hier studiert hat. In Boston und im Cambridge der Einheimischen hingegen geht jeder davon aus, dass man von hier ist.

«In Detroit ist jetzt alles arabisch, stimmt's?» Joey, der Amateursoziologe, biss in seinen Hot Dog.

Er warf ständig lange Seitenblicke auf Hector, während er mit mir sprach; ich glaubte die beiden ziemlich gut einordnen und etikettieren zu können. Der scheue Hector war scharf auf Marian oder holte sich zumindest seinen Kick, indem er ihr in die Bluse starrte, und Joey, sein Kumpel, der offenbar ganz gut bei Marian ankam, hatte ihn mitgebracht, damit er mal genauer hingucken konnte.

«Hast du frei?» Marians Augen verengten sich argwöhnisch.

«Wir sind zwar da, aber die Betonmischer nicht. Auch wieder so 'ne Sauerei, mit Verlaub gesagt.»

«Scheiße.» Marian fing sofort an, die Papierteller und Servietten einzusammeln.

«Die Lkws sitzen auf 'nem anderen Bauabschnitt fest, und niemand weiß, ob sie zu uns unterwegs sind oder nicht. Hector und ich dachten, dass wir uns inzwischen ruhig ein paar Knacker reinziehen und die Ladys anschauen können.»

«Winter», sagte ich. «Ihr werdet nicht viel sehen.»

«Ha», sagte Hector, sein größter Beitrag bisher.

«Ich gehe, Carla. Ich glaube, ich muss für Gerry ein paar Anrufe erledigen.»

«Marian, du bist viel zu nett zu ihm.» Joey verbarg sein Lächeln hinter einer Dose Cola. «Warum bleiben Sie nicht noch ein bisschen, Carla?»

«He», sagte Hector.

«Ich gehe mit Marian.»

Sie schenkte mir ein Lächeln, als ich ihr half, den Abfall in den überfüllten Mülleimer zu stopfen. Wir machten einen guten Schnitt auf dem Kopfsteinpflaster und kamen nach kaum zwei Gehminuten an den Absperrungen und dem Bauzaun an.

Es mochte ja ein Weltwunder sein, aber in meinen Augen war es nur ein gigantisches Loch im Boden, eine von Fahrbahnen überbrückte weite, klaffende Wunde voller Gerüste, Lastwagen und geheimnisvollen Maschinen, übersät mit Rohren und Schläuchen. Ein Mann fegte den hart gestampften Erdboden auf dem Grund der riesigen Grube. Die anderen liefen ziellos hin und her, lehnten an Wellblechschuppen oder saßen auf Eisenträgern. Als Tariflohnempfänger waren sie ein teurer Haufen Müßiggänger.

Horgan war oben und brüllte den Fahrer hoch oben im Führerhaus eines roten Lastwagens an, auf dessen Tür in weißer Schrift NORRELLI & CO. stand. Unser Chef fuchtelte wütend mit den Armen herum, zeigte irgendwohin und schrie etwas. Der Lkw-Fahrer hingegen schien vollkommen gelassen zu sein. Sein zerfurchtes Gesicht spiegelte nichts als allen Überdruss der Welt wider, als hätte er jedes Argument schon hundertmal gehört und wäre durch nichts aus der Fassung zu bringen, schon gar nicht von einem Bauunternehmer mit zornrotem Kopf. Er zuckte mit den Achseln, als kostete es ihn große Mühe.

Horgan ballte die Hände zur Faust, öffnete sie wieder und ballte sie erneut zusammen, und ich war mir nicht sicher, ob er nicht gleich die Lkw-Tür aufreißen und dem Fahrer einen Schlag versetzen würde. O'Day war in der Nähe, aber er quasselte in sein Handy. Von den Bauarbeitern war mir keiner bekannt. Wer nicht unten in der Grube war, hielt gebührenden Abstand und schaute sich die Szene an wie einen Fernsehfilm.

Marian ging schnurstracks auf ihren Traumboss zu. Ich hielt mich etwas zurück und folgte ihr langsam, um keine Aufmerksamkeit zu erregen. Dass mir keiner der Arbeiter bekannt vorkam, hieß noch längst nicht, dass auch niemand auf der Baustelle *mich* wieder erkennen würde. Es sind zwar nicht allzu viele Exknasties auf gewerkschaftlich organisierten Baustellen tätig, aber ich würde mir etwas vormachen, wenn ich glaubte, es gäbe keine solchen Zufälle und bestände kein Risiko, als ehemalige Polizistin erkannt zu werden. Erst recht, wenn ich mich jetzt auch noch einmischte und die Situation entschärfte, die ganz so aussah, als würde sie in Gewalt eskalieren.

O'Day schob das Handy in seine Werkzeugschürze. «Ich habe Norrellis Sohn erreicht. Sagt, wir wären definitiv morgen dran. Das mit heute tut ihm aufrichtig Leid.»

«Darauf kannst du einen lassen», sagte Horgan.

«Lass gut sein, Gerry.»

«Soll ich den ganzen verdammten Trupp sitzen lassen?»

«Wir werden morgen gleich in der Frühe mit dem Betonieren anfangen.»

«Wir sind aber *jetzt* so weit!»

«Mr. Horgan? Könnten Sie mal mit mir zusammen einen Blick auf die Arbeitskostentabellen werfen? Ich bin nicht sicher, ob alles richtig ist, nachdem wir die Daten auf das neue System übertragen haben.»

Ich konnte förmlich sehen, wie Horgans Blutdruck sank, während sie sprach. Er lächelte sie automatisch an, und da erst sah ich seine Frau. Sie hatte sich statt des Kostüms Jeans und ein dickes Sweatshirt angezogen. Mit Schutzhelm und Weste war sie in der Menge kaum auszumachen. Ich musterte kurz die Arbeiter in ihrer Nähe, aber Kevin Fournier war nicht dabei.

Horgan feuerte noch eine letzte Salve auf den Lkw-Fahrer ab, war jedoch nicht mehr ganz bei der Sache. Dann machte er auf dem Absatz kehrt und ging auf den Bürocontainer zu. Marian folgte ihm mit einem halben Schritt Abstand wie ein treuer Hund. Ich beobachtete Liz, wie sie den beiden nachsah, und fragte mich, warum sie ihrem Mann nicht beigestanden oder ihn beschwichtigt hatte. Wenn ich meine Kamera noch gehabt hätte, hätte ich jetzt ein Foto von ihr gemacht. Ich habe noch nie jemanden so einsam, so verloren und verängstigt in einer Menschenmenge stehen sehen.

4

Gleich nach Feierabend um drei Uhr rief ich bei Eddie an, um ein bisschen mehr über den Horgan-Auftrag zu erfahren. Eddie sei in einer Besprechung und wäre vorerst nicht zu erreichen, hieß es, und ebenso gut hätte er auf dem Mond sein können. Ich hinterließ eine Nachricht auf seinem Anrufbeantworter und ging zur Schule.

Nein, ich mache keinen PC-Kurs. Ich gehe zur Schule, zur örtlichen High School «Cambridge Rindge and Latin», um meine kleine Schwester Paolina abzuholen, aus dem einfachen Grund, weil sie wegen schlechter Zensuren und noch schlechteren Betragens Hausarrest hat und man ihr nicht genügend vertraut, dass sie allein nach Hause geht.

Ihr Zuhause ist nicht bei mir. Sie wohnt mit ihrer Mutter und drei jüngeren Brüdern in einem winzigen Haus in Watertown. Ich habe ihr eine «anständige» Cambridger Anschrift verschafft, damit sie auf der Schule, in die sie einst aufgenommen wurde und die für sie nicht Bildungs-, sondern nur Unterhaltungswert hat, bleiben kann. Ich bin sozusagen die Schulmama, vor allem deshalb, weil Marta, Paolinas Mutter, nur wenig Englisch spricht und sich einen Dreck darum schert, ob ihre Tochter eine Ausbildung erhält, die über das Auftragen von Mascara hinausgeht. Nur allzu oft entdecke ich, wenn ich von der Arbeit komme und in der Schule die Klassenzimmer aufsuche, wo meine kleine Schwester eigentlich über Algebraaufgaben schwitzen oder in der Jazzband die Drums spielen sollte, dass sie weg ist.

Häufig zieht sie mit zwei, drei Jungs los. Ich habe mit ihr über ihren Ruf gesprochen und darüber, was Jungs wollen und was für sie dabei herauskommt, aber sie ist bald fünfzehn, und was ich sage, dringt gar nicht erst in ihre vielfach gepiercten Ohren.

Diesmal lernte sie zur Abwechslung mal, hörte jedoch bei meinem Erscheinen sofort auf, guckte mich patzig an, zog einen Flunsch und verkündete, sie habe nicht die

Absicht, mit nach Hause zu kommen. Sie, Amelia, Juan und vielleicht noch andere wollten sich ein paar Videos ausleihen und sie bei jemandem zu Hause anschauen.

«Schön. Bei jemandem, dessen Eltern zu Hause sind?» Meine Augenbrauen fuhren vor lauter Ungläubigkeit ganz von selbst ein Stück in die Höhe. Soweit mir bekannt ist, arbeiten die Eltern von Paolinas Kumpels Tag und Nacht und fallen nur durch ihre Abwesenheit auf.

«Nee», gab sie zu, «aber wen kümmert das?»

«Rate mal.»

Sie kochte innerlich, als ich sie bei der Aufsicht abmeldete. Sie hat schon so viele Versprechen gebrochen, so viele Gelegenheiten verplempert und sich als so wenig vertrauenswürdig erwiesen, dass sie auf der Schule nur noch geduldet ist und kurz vor dem Rausschmiss steht. Draußen, auf dem Weg zu dem Parkplatz, den ich auf dem Broadway ergattert hatte, quatschte sie mir die Ohren voll, warum sie *absolut nicht nach Hause könnte*. Von Marta würde sie schlimmer als eine Sklavin behandelt, sie müsste ständig abwaschen, kochen und auf drei beschissene kleine Brüder aufpassen, und das sei, verflucht nochmal, verflucht unfair.

Fast hätte ich ihr gesagt, sie solle sich gefälligst einer anderen Sprache befleißigen, aber mittlerweile breche ich nicht mehr so leicht einen Streit vom Zaun, und außerdem bin ich in Sachen Sprache selbst keine Heilige. Was sie von sich gibt, macht mir gar nicht solche Sorgen. Ihre Zensuren beunruhigen mich. Sie ist helle, aber sie macht keine Hausaufgaben. Ihre Kleidung beunruhigt mich – ihr heutiges Outfit waren tief sitzende Hosen, die reichlich Bauch freigaben, und die Reste einer Bluse in knalligem Pink. Ihre Einstellung beunruhigt mich, die Überzeugung, jetzt oder nie, nur der heutige Tag zählt, und wenn's mich irgendwo juckt, muss ich mich sofort kratzen. Wie sie einmal überleben will, macht mir Sorge. Die einzige Chance, sie durch die elende Pubertät zu schleusen, ohne dass sie drogensüchtig, schwanger oder – was bei den Kids, mit denen sie herumhängt, ebenso wenig auszuschließen ist – erstochen wird, sehe ich manchmal darin, ein Wasserschloss zu pachten, sie hineinzustecken und die Zugbrücke hochzuziehen. Wenn es doch ginge!

«Wann kaufst du dir endlich 'ne coolere Karre?» Sie glitt voller Verachtung auf den Beifahrersitz meines alten Toyota.

«Ich muss mal eben telefonieren, okay?»

«Sag Marta, dass ich auf keinen Fall nach Hause komme.» Diese Feststellung wäre wirkungsvoller gewesen, wenn sie sich dabei nicht im Rückspiegel betrachtet hätte.

«Ich muss was für die Arbeit recherchieren.»

Da ich keine weiteren Instruktionen von Happy Eddie hatte einholen können, konnte ich mich wohl getrost weiter bei Marian einschmeicheln. Ich hatte mich nicht getraut, den Tierarzt vom Büro aus anzurufen, weil stets die Gefahr bestand, dass Liz hereinschneite, und so hatte Marian mir die Nummer auf einen gelben Klebezettel gekritzelt. Ich holte mein Handy aus dem Rucksack, drückte die Tasten, schloss die Augen und schaltete meine Stimme auf eine höhere Tonart.

Verdammt, wieder besetzt.

Der nervtötende Piepton konnte bedeuten, dass das Telefon kaputt war. Es konnte auch sein, dass es in der Praxis nur so von bellenden und jaulenden Patienten wimmelte und das Personal überfordert war. Vielleicht sollte ich es aufgeben und Marian sagen, ich hätte kein

Glück gehabt, aber der Gedanke gefiel mir nicht. Ich wollte Marian beweisen, dass ich meine Versprechen halte. Sie sollte in meiner Schuld stehen.

Meine Hartnäckigkeit reicht kilometerweit und ist wahrscheinlich mein größtes Plus als Privatdetektivin. Ich bin nicht gerade die Langmut in Person, weiß Gott nicht, aber wenn ich auch nur die leiseste Spur habe, verfolge ich sie bis zum Ende. Zudem bin ich mehr als neugierig, und Horgans ausweichendes Verhalten bei der Frage nach dem Hund ergab keinen Sinn. Wenn der Hund krank war, warum sagte er es dann nicht Marian? Wenn der Hund tot war ... Na ja, vielleicht wollte er bei ihr keine Schuldgefühle auslösen. Vielleicht war er wirklich ein Traumboss.

Marian hatte nicht nur die Telefonnummer, sondern auch den Namen des Tierarztes aufgeschrieben. Paolina wartete missmutig im Auto, während ich in einen Supermarkt eilte und im Branchenbuch nachschlug. Nein, sie hatte Dr. Aronoffs Nummer nicht falsch notiert. Und noch besser: Die Praxis war ganz in der Nähe, auf der Pearl Street am Central Square. Ich ging zum Auto zurück, die Zunge zwischen den Lippen, und überlegte. Paolina war nicht sehr angetan davon, einen Tierarzt zu besuchen, aber ich stellte sie vor die Wahl, entweder mitzukommen oder direkt nach Hause spediert zu werden. Ich müsste es für meinen neuen Job tun. Sie sagte, alles, nur nicht nach Hause, und so rief ich Marta an.

Wir dürften höchstens eine Stunde später kommen, hämmerte sie mir nachdrücklich auf Spanisch ein. Sie müsste weg. Paolina müsste bei den Jungen bleiben.

Ich stellte das Telefon aus und fragte Paolina, ob sie Hausaufgaben machen müsste.

«Nichts Wichtiges.»

Ich nahm den Broadway zur Inman Street und bog an der Mass. Ave. links ein.

«Nie würde ich mir die Haare so färben oder mich so anziehen wie du, und schon gar nicht für einen lausigen Job.»

Sie will Streit, sagte ich mir im Stillen, *und sie macht es gut.* Ich blieb beim Fahren brav zwischen den weißen Streifen und hörte in meiner Phantasie Musik, während Paolina im Radio nach Sendern suchte, die ich, wie sie wusste, nicht leiden konnte.

Manchmal überlege ich, ob ich sie nicht zum Teufel schicken soll, ob ich nicht einfach so tun sollte, als hätten wir uns nie kennen gelernt. Sie ist meine «kleine Schwester», seit sie sieben war; sie ist keine Blutsverwandte. Als ich noch Polizistin war, hat mich eine Frau, die ehrenamtlich für die «Big Sisters» tätig war, dafür erwärmt, ein Kind aus der Nachbarschaft zu betreuen. Paolina, sieben Jahre, aufgeweckt, mit einem Meer von Möglichkeiten, aber aus zerrütteten Familienverhältnissen, hatte mich gleich beim ersten Kennenlernen für sich eingenommen.

Ich versuchte mir die brave Siebenjährige von damals wieder vorzustellen, während ich langsam die Straße entlangfuhr und einen Parkplatz am Rand suchte, was mir ein gellendes Hupen von einem vorbeifahrenden Buick eintrug. Ich gab es auf, fuhr zum städtischen Parkplatz hinter «Blockbuster Video» und fand wundersamerweise einen freien Platz.

«Hinterher essen wir einen Donut oder so was», versprach ich Paolina.

«Eis? Von Toscanini?»

Ein Eis brachte gewöhnlich die Siebenjährige in ihr kurz wieder zum Vorschein. Als wir uns im dichten Verkehr über die Mass. Ave. schlängelten, betrachtete ich sie – glänzendes Haar, dünne Beine, Schuhe mit Plateausohlen. Sie ist viel zu früh von viel zu vielen Erwachsenen sitzen gelassen worden und hatte schon zwei Väter verloren, als sie noch keine fünf war, eine schwere Last für ein Mädchen.

Die Tierarztpraxis war weiter die Pearl Street hinunter, als ich gedacht hatte, ein kleines Ladenlokal auf halbem Wege zur Putnam Avenue. Als ich die Tür öffnete und Glöckchen klingelten, blickten alle Insassen des Wartezimmers gleichzeitig in meine Richtung, und ich dachte, wenn ich solche Massen in meinem Wartezimmer sitzen hätte, würde ich auch die Telefonklingel abstellen. Das Geklingel löste allgemeines Bellen aus. Zwei Möpse setzten an, einer älteren Dame vom Schoß zu springen, und störten dabei einen riesigen Köter, der in der Mitte des Sitzbereichs lag, als wäre er der Teppich. Ein Schnauzer bestieg eifrig den Garderobenständer in der Ecke. Ein Mann hielt einen Metallkäfig auf dem Schoß. Ich konnte nicht erkennen, was darin war, und war mir auch nicht sicher, ob ich's überhaupt wissen wollte.

Der Empfang war in einer kleinen Nische, ein winziges Pult, ein Laptop und ein stummes Telefon unter der Obhut einer mütterlichen Frau mit weichen braunen Locken, einem schlaffen Gesicht und rosigen Wangen, die wahrscheinlich der überheizten Raumluft zu verdanken waren. Ich fragte mich, ob das Etwas in dem Metallkäfig wohl der Grund für diese Hitze war.

Eine elegante Dame in grauem Kostüm und makellosen Pumps stand bei der Sprechstundenhilfe; sie wirkte vollkommen deplatziert in dem schäbigen Büro und schüttelte ärgerlich ihren erhobenen Zeigefinger. Sie war nicht groß, aber so schlank und gebieterisch, dass sie den Eindruck erweckte, groß zu sein.

Die Sprechstundenhilfe klang erschöpft. «Bitte, Miss, ich habe Ihnen schon mehrmals gesagt, dass ich sie nicht gesehen habe. Ich *weiß*, wen Sie meinen, und sie *ist* auch hier gewesen, aber nicht am Freitag –»

«Es steht in ihrem Notizbuch. Ich kann es Ihnen zeigen.»

«Tut mir Leid. Es spielt keine Rolle, was in ihrem Notizbuch steht. Ich kann nicht –»

«Wann haben Sie denn –»

Ich räusperte mich.

«Kann ich Ihnen behilflich sein?» Die Sprechstundenhilfe wandte sich, Erleichterung im Blick, an mich.

«Ich warte», sagte die elegante Dame trotzig.

«Ich wüßte nicht, worauf», murmelte die Sprechstundenhilfe vor sich hin.

Paolina, die sich umgedreht hatte, um den Insassen des Metallkäfigs in Augenschein zu nehmen, stellte sich jetzt neben mich und füllte die Lücke zwischen mir und der schick gekleideten Frau. Prada-Tasche, italienische Schuhe. Ich rechnete kurz nach und hätte beinahe anerkennend gepfiffen. Man sieht nicht oft Klamotten im Wert von mal eben zweitausend Dollar, jedenfalls nicht in Cambridgeport.

«Was kann ich für Sie tun, Miss?», fragte die Sprechstundenhilfe mich noch einmal.

«Horgan», sagte ich mit fester Stimme, denn ich hatte gerade überlegt, dass Liz, wenn sie nicht einmal Zeit für ihre Tochter hatte, ganz sicher nicht den Hund persönlich zum Tierarzt gebracht und wieder abgeholt hatte. Zur Vorsicht sprach ich immerhin höher als sonst, um nicht allzu anders zu klingen als Liz. Ich hatte außerdem meinen Vornamen nicht genannt, konnte also als Liz' Schwägerin durchgehen, falls die Sprechstundenhilfe doch mit Liz Horgan persönlich vertraut war. «Ich würde gern kurz mit dem Doktor über Tess sprechen.»

Das war nur mein Eröffnungsgambit. Um keinen Preis würde ich beim Doktor vorgelassen, wenn das Wartezimmer so voll war wie heute. Paolina bedachte mich mit einem Seitenblick, aber sie weiß, dass sie mich bei meiner Arbeit nie korrigieren darf, was Namen, Adressen oder Berufsbezeichnungen betrifft.

«Ja, Tess ist eine wirklich nette Hündin.» Die Sprechstundenhilfe mochte zwar Liz nicht kennen, aber bei der Erwähnung der Namen Horgan und Tess hatte es offenbar bei ihr geklingelt, oder sie fand einfach alle Hunde nett. Ein Summen ertönte, und sie guckte in die Liste auf ihrem Pult.

«Miss Tepper, Roughy und Toughy, bitte in Zimmer drei.»

Die Möpse verschwanden, und die schlanke Dame sagte: «Wenn der Doktor einen Augenblick Zeit hätte, könnte ich *ihn* vielleicht fragen, ob –»

«Es ist wirklich Zeitverschwendung. Ich habe Ihnen doch gesagt, dass sie nicht hier war.» Die Sprechstundenhilfe strich Miss Tepper von ihrer Liste, sah auf die Uhr und strahlte mich an, um mir zu zeigen, dass nicht ich der Anlass für ihren Unmut war.

Als ich sagte, ich sei mit einer Rechnung nicht ganz klargekommen, und mich ein bisschen verwirrt gab, erfuhr ich, dass Tess derzeit nicht in Behandlung und mindestens zwei Monate nicht mehr da gewesen sei; wenn ich darüber hinaus Auskünfte wünsche, müsste sie bei all dem Andrang erst noch anderswo nach entsprechenden Unterlagen suchen. Mission erfüllt. Jetzt konnte ich Marian beruhigen, und einer so kooperativen Kollegin würde sie bestimmt auch weiterhin ihr Herz ausschütten.

Bei Tess wäre längst wieder ein Check-Up fällig, sagte mir die Sprechstundenhilfe noch. Entweder sei ein Termin versäumt worden, oder es sei etwas durcheinander gekommen. Gerade warf der Schnauzer den Garderobenständer um, wozu ihm der Köter in der Zimmermitte jaulend gratulierte. Ich dankte der Frau und sagte, ich würde auf jeden Fall einen Termin für Tess vereinbaren, sobald ich meinen Terminkalender fände. Als ich mich umdrehte, war Paolina weg.

Mist! Am Central Square, einem von ihr bevorzugten Revier! Sie konnte überall sein, im Billigkosmetikladen, im 99-Cent-Shop oder in irgendeiner der engen Gassen, die von der Pearl Street abzweigen. Der Lebensmittelsupermarkt hat zur Freude aller Spitzbuben Vorder-, Hinter- und Seiteneingänge. Vielleicht war sie auch bereits auf dem Weg zum Haus eines Freundes, um dort Videos anzuschauen, Drogen zu konsumieren und an Sexspielen teilzunehmen. Ich musste sie entweder selbst ausfindig machen oder die Polizei auf sie ansetzen, wie schon ein paar Mal geschehen, und mir hinterher die Witze von den Polizisten anhören. Und Marta musste ich anrufen …

Sie stand keine zehn Meter von der Tür entfernt, ins Gespräch mit der elegant gekleideten Dame vertieft. Ich atmete tief aus und sah zu, wie der Hauch in die kalte Luft stieg.

«Miss Carlyle», sagte die Frau, als ich näher kam, «Ihre Schwester sagt, Sie könnten mir vielleicht helfen.»

«Womit?» Ich klang sicher nicht besonders freundlich.

«Schon gut, Carlotta, ich hab sie schon mal gesehen.» Paolina strahlte zufrieden. «In der Schule. Sie ist so eine, die immer Gutes tut und dauernd zu irgendwelchen Wohltätigkeitsveranstaltungen und so geht. Kriege ich vielleicht eine Vermittlungsgebühr? Wenn du den Job annimmst?»

«Was?»

«Lassen Sie mich bitte erklären –», begann die Dame.

«Ich habe schon einen Job, Paolina.»

«Aber der hier ist total auf deiner Linie.» Sie rieb hinter ihrem Rücken, so, dass ich es sehen konnte, die schicke Dame jedoch nicht, Daumen und Zeigefinger aneinander, die universelle Geste des Geldzählens.

«Ihre Schwester sagt, Sie seien Polizeibeamtin, Miss Carlyle.»

«He, nein, das haben Sie falsch verstanden. Sie ist inzwischen Privatdetektivin und sucht ständig erfolgreich nach Vermissten. Miss – äh, Endicott, richtig? – sucht nach einer Freundin, Carlotta. Miss Endicott, das ist Carlotta Carlyle, meine Schwester – 'ne Superprivatdetektivin! Wahrscheinlich haben Sie schon von ihr gehört.» Paolina ratterte alles maschinengewehrartig herunter, als wollte sie einen Gebrauchtwagen verkaufen.

«Bitte», sagte die Frau, «bitte, es wäre eine solche Wohltat, einmal mit jemandem zu sprechen, der mir sagen kann, was ich tun soll. Könnten Sie mir nicht einfach nur zuhören?»

«Tut mir Leid», sagte ich. «Meine Schwester ist manchmal ziemlich vorlaut.»

«Aber Sie sind Privatdetektivin?»

«Ja.»

«Und haben schon Vermisste gesucht?»

«Ja.»

«Oh, bitte, können wir uns dann nicht einfach mal unterhalten?»

«Ich versuche es gerade zu erklären. Ich habe bereits einen Job.»

«Was immer Sie für die Stunde nehmen, ich erhöhe aufs Doppelte. Oder Dreifache. Nur eine einzige Stunde. Bitte.» Sie trug eine schwere Goldkette um den Hals und eine Rolex am Handgelenk. Beides sah nicht nach Imitat aus.

Die Suche nach Vermissten ist wirklich eher nach meinem Herzen als Bauaffären. Zudem ist es lange her, seit ich einen Funken Bewunderung in den Augen meiner kleinen Schwester gesehen habe, von Hochachtung ganz zu schweigen. Wahrscheinlich würde es weder lange dauern noch weiterführen. Oft muss der Betreffende nur mal die Dinge beim Namen nennen, muss seine eigenen Gedanken laut aussprechen und ordnen.

«Nun komm schon», drängte Paolina. «Irgendjemand muss doch Leute finden, die verschwunden sind. *Mich* würdest du bestimmt suchen, wenn ich vermisst würde, auch wenn ich weggelaufen wäre. Stimmt's?»

«Du wirst doch nicht –»

«Ich habe nicht vor, wegzurennen.» Sie sah mir direkt in die Augen, aber ich konnte nicht sagen, ob sie die Wahrheit sprach oder nicht. Ich kann auf jahrelange Erfahrungen mit Betrügern zurückblicken, die sich mit allen Mitteln aus der U-Haft zu tricksen versuchten, nur bei meiner kleinen Schwester, da versagen meine Fähigkeiten als Lügendetektor.

Ich gab Dana Endicott meine Karte und willigte ein, sie in einer Stunde in meinem Büro zu empfangen. Sie wollte eigentlich keine Sekunde länger warten, aber ich hatte Paolina ein Eis versprochen, und ich bemühe mich, meine Versprechen zu halten.

5 Mein Büro ist mein Haus; mein Haus ist mein Büro. Meine Großtante Bea hat mir ein zweistöckiges Haus im viktorianischen Stil in Gehweite vom Harvard Square hinterlassen, das einen doppelten Zweck erfüllt und trotzdem noch zu viel Raum bietet. Die Hypothek ist längst Geschichte, alles abbezahlt, und das ist gut, denn die astronomisch hohen Grundsteuern machen das mehr als wett. Mein letzter Fall, der, bei dem ich angeschossen wurde, hat seinen Preis gefordert, aber die Gebäudeschäden durch den Brand sind inzwischen behoben. Ich habe die Innenwände selbst frisch gestrichen, nur die Einrichtungsgegenstände im Parterre sind noch immer ein Notbehelf.

Ich dachte, Miss Prada-Tasche würde gar nicht auftauchen, was mir nur recht gewesen wäre. Ich hatte es satt, immer Gespräche führen zu müssen, war es leid, immer unbequeme Bürokleidung zu tragen. Ich beschloss, der Dame eine halbe Stunde zu geben, dann Trainingsklamotten anzuziehen und zur Sporthalle zu gehen. Ich goss mir gerade eine Pepsi ein, da klingelte es.

Dreimaliges Klingeln gilt Roz, meiner Mieterin vom zweiten Stock, die außerdem für gewisse Hausarbeiten zuständig ist und mir gelegentlich assistiert, eine Post-Punk-Künstlerin mit Alien-Frisur, gepierctem linken Nasenflügel und Tätowierungen an den merkwürdigsten Körperstellen. Als nach dem einen Klingeln nichts mehr zu hören war, setzte ich mein Glas ab und machte kehrt.

Die Frau sagte keinen Ton, als ich sie die eine Stufe vom Flur hinab ins Wohnzimmer geleitete. Ich hätte mir gern eingebildet, dass sie die ärmliche Raumausstattung nicht bemerkte, aber wahrscheinlich war sie zu wohlerzogen, um sich darüber zu äußern. Ich war nicht so wohlerzogen und schätzte ihr Alter. Dreißig, vielleicht fünf Jahre mehr oder weniger, und schöne Haut von der Art, die nie ohne Sonnenschutz und breitkrempigen Hut der Luft draußen ausgesetzt war.

Im Wohnzimmer gab es früher ein Plüschsofa, einen hochlehnigen Schaukelstuhl und einen Orientteppich – alles dank Tante Bea –, aber ich bin noch nicht dazu gekommen, etwas Neues anzuschaffen. Mein großes Rollpult war ebenfalls ruiniert, doch dafür habe ich immerhin Ersatz gefunden, wenn auch nur eine Eichenplatte, die ihr Leben einmal als Tür begonnen hat. Mit schwarzen Beinen an der einen und einem Aktenschrank unter der anderen Seite ist es zwar nicht elegant, aber brauchbar. Als Klientensessel dient eine Art Regiestuhl aus Canvas, ausgeliehen vom Schlafzimmer.

Ich bat sie, Platz zu nehmen.

«Ich bin Ihnen sehr dankbar, dass Sie die Zeit für mich erübrigen.» Sie sank aufatmend auf den Stuhl, und ich wartete. Sie klappte den Mund auf und wieder zu, faltete die Hände und brachte schließlich hervor: «Ihre Schwester ist reizend.» Zuerst hatte ich vor allem ihre Kleidung wahrgenommen. Jetzt fielen mir die feinen, ebenmäßigen Züge ihres perfekt ovalen Gesichts, ihr glänzendes braunes Haar und ein paar Sommersprossen auf ihrer ansonsten aristokratischen Nase auf.

«Bisweilen.»

«So schöne Augen.» Ihre hohe Stimme, die sicher angenehm klang, wenn sie sie unter Kontrolle hatte, hörte sich gepresst, fast etwas blechern an.

Ich warf einen Blick auf meine Uhr.

«Ich weiß, ich weiß. Ich habe gesagt, eine Stunde, aber ich musste ein paar Anrufe erledigen. Mein Anwalt hat sich positiv über Sie geäußert.»

Ich zog eine Augenbraue hoch.

«Arthur Goldman sagt, Sie seien ehrlich und würden nicht so schnell aufgeben.»

Ich kannte Goldman. Was *seine* Ehrlichkeit betraf, war ich mir nicht so sicher, aber was soll's, er war Anwalt, und so kam es nicht darauf an. Wenn er ihr Anwalt war, verfügte sie über Millionen statt über Hunderttausende.

«Und nun hoffe ich, Sie gewinnen zu können, mir mehr als nur eine Stunde einzuräumen», fuhr sie fort. «Ich möchte Sie engagieren.»

«Die Person zu finden, nach der Sie in der Tierarztpraxis gefragt haben?»

Drei schwere Ringe funkelten an ihren Händen, aber keiner davon steckte am Ringfinger ihrer Linken. «Hören Sie, ich bin kein Idiot. Ich will auch nichts dramatisieren. Ich bin zuerst zur Polizei gegangen, aber der Beamte dort schien der Meinung zu sein, die Sache ginge mich nichts an. Ich weiß gar nicht, wo ich anfangen –»

«Miss Endicott, richtig?»

«Ach, entschuldigen Sie.» Sie fuhr mit der Hand in ein Seitenfach ihrer Handtasche, beugte sich vor und reichte mir ihre Karte. Die war dick und rahmfarben, trug in erhabener schwarzer Prägung den Aufdruck *Dana Renee Endicott* und stammte sicher nicht aus dem Billigprintshop, mit dem ich geschäftlich verkehre. Als Adresse war Beacon Street angegeben und dazu eine örtliche Telefonnummer, aber nichts so Vulgäres wie eine Geschäftsanschrift. «Bitte nennen Sie mich Dana.» Sie versuchte, schmal wie sie war, in dem breiten Stuhl eine bequeme Haltung einzunehmen, und ich notierte mir, den Stuhl möglichst schnell durch einen anderen zu ersetzen.

«Wer wird denn nun vermisst, Dana?»

«Eine junge Frau. Veronica James.»

Wenn ich geneigt gewesen wäre, den Fall zu übernehmen, hätte ich mir Notizen auf meinem amtlichen gelben Block gemacht. War ich aber nicht, deshalb hörte ich einfach nur zu. «Und?»

«Veejay ist seit fast zwei Jahren meine Mieterin, könnte man sagen, obwohl ich mich eigentlich nicht als Vermieterin ansehe. Ich wohne auf der oberen Beacon Street in einem der alten Sandsteinhäuser. Es gehört schon seit ewigen Generationen meiner Familie. Im Grunde ist es zu groß für mich, aber ich wollte es nicht aufteilen – und manchmal lerne ich auf karitativen Veranstaltungen geeignete Mieter oder besser gesagt Hausgenossen kennen. Zuweilen ist das Haus fast ein Rehazentrum, aber im Augenblick ist nur Veronica da. Und die Hunde.»

Sandsteinhäuser auf der oberen Beacon Street werden laufend scheibchenweise in Eigentumswohnungen umgewandelt, die für sieben- oder achtstellige Summen weggehen. Wenn Bostoner von «altem Geld» sprechen, meinen sie Leute wie die Endicotts mit Eigentum auf der oberen Beacon Street. Zieht man noch den Hinweis auf die «karitative Arbeit», den teuren Rechtsanwalt und die Kleidung, die ich mir selbst zu den extrem herabgesetzten Preisen von Filenes Souterrainladen nicht leisten könnte, in Betracht, erfüllte sich womöglich gerade einer meiner Träume: einmal einem leibhaftigen, lebendigen Philanthropen zu begegnen. Und zum Teufel, ausgerechnet dann bin ich schon anderweitig verpflichtet.

«Ich habe Veronica bei einer Benefizveranstaltung kennen gelernt», sagte Miss Endicott. «Wir haben miteinander geplaudert, wie man das macht bei solchen Anlässen, und es stellte sich heraus, dass sie eine Wohnung in der Innenstadt suchte. Ich habe ihr auf den ersten Blick vertraut, und das ist eigentlich nicht meine Art.»

Sah ich mit braunem statt mit rotem Haar und in Sekretärinnenkluft statt Sweatshirt und Jeans vielleicht vertrauenswürdiger aus? Sie schwieg so lange, dass ich erwog, sie zum Weiterreden aufzufordern. Das mache ich ungern; ich habe es lieber, wenn die Leute reden, wie sie es gewohnt sind, mit Pausen.

«Vielleicht sollte ich mit Freitag anfangen.» Ich sagte nichts, denn ich wollte die Bilder hinter ihren braunen Augen mit dem entrückten Blick nicht verscheuchen. «Am Freitag habe ich sie gesehen, als sie nach Hause kam. Sie hatte eine Sporttasche in der Hand und ihren Rucksack auf dem Rücken, glaube ich, und sie winkte mir zu und sagte, sie wolle ihre Eltern besuchen, Sonntagabend sei sie zurück. Sie wusste, dass ich Montag eine Reise antreten wollte und darauf zählte, dass sie während meiner Abwesenheit die Hunde versorgte.»

Heute war Dienstag. Wenn von letzten Freitag die Rede war, waren das fünf Tage.

«Ich habe drei Hunde, zwei Golden Retriever und einen schokoladenbraunen Labrador, mit Veronicas norwegischer Elchhündin Tandy zusammen vier. Daher weiß ich, dass etwas nicht stimmt. Veronica hätte *niemals* ihre Tandy zurückgelassen.»

Fünf Tage in einem Sandsteinhaus auf der Beacon Street mit drei Hundegefährten verbringen zu dürfen klang in meinen Ohren nicht nach Verlassensein.

Sie erzählte weiter: «Wenn Veejay übers Wochenende wegwollte oder ich vorhatte zu verreisen – ich reise ziemlich viel; ich bin in etlichen Komitees –, leihe ich ihr oft einen Wagen. Sie hat kein eigenes Auto, obwohl sie einen Führerschein hat, und ich habe außer einem Personenwagen noch einen Jeep. Da ich den Audi nehmen wollte, habe ich ihr den Jeep angeboten.»

«Sie ist einfach damit abgehauen?»

«Ich habe ihn ihr *gegeben*.»

Ich nickte, ohne etwas zu sagen, dachte jedoch im Stillen, dass die Cops darin sicher eine Straftat gewittert hatten.

«Seitdem habe ich sie weder gesehen noch mit ihr gesprochen. Meine Reise nach Baltimore musste ich absagen. Ich wollte eine Vermisstenanzeige aufgeben, weiß aber, dass das, was der Polizist gesagt hat, stimmt – sie ist erwachsen und kann gehen, wohin sie will –, und den Jeep kann sie auch gerne benutzen, aber sie *hätte mich angerufen*. Und sie hätte *niemals* Tandy zurückgelassen.» Die Frau biss sich auf die Lippen und verstummte. Ich wartete, aber diesmal war sie wie versteinert, und ich musste nachhaken. «Gibt es noch etwas?»

«Verschiedenes. Ich habe ihre Eltern angerufen. Ich bin – ich habe *geschnüffelt*», sagte sie betont. «Das mache ich gar nicht gerne. Ich … Veronica hat ihren Notizkalender dagelassen, mit Adressen und Telefonnummern drin.»

«Sehr clever», sagte ich anerkennend. «Genau das hätte ich auch getan. Ihre Eltern angerufen.»

«Sie war nicht dort.»

«Hatte sie es sich anders überlegt?»

«Die Eltern wussten von nichts.» Dana starrte ihre gepflegten Nägel an. «Ich weiß. Sie denken jetzt, wenn sie schon ihr Reiseziel falsch angegeben hat, hat sie vielleicht auch gelogen, wie lange sie wegbleiben würde.»

Ich dachte, dass sie sich vielleicht bestens amüsiert und dabei die Zeit vergessen hatte.

«Ihre Eltern … die Mutter, ich weiß nicht. Sie war so seltsam. So zuversichtlich und gleichzeitig völlig vage. Ich wurde mit ihr überhaupt nicht warm.»

Ich nickte.

«Und dann, na ja, dann habe ich ihre Termine überprüft. Sie hat nicht viel aufgeschrieben, und etliches habe ich nicht verstanden. Aber sie hatte jedenfalls einen Termin am letzten Freitag bei Aronoff. Vermutlich ist sie dort nicht aufgetaucht.»

«Aber Sie haben sie *danach* noch einmal gesehen.»

«Nun ja, aber die ganze Woche über war keine Eintragung. Sie hätte doch bestimmt etwas gesagt, mit jemandem gesprochen, von ihren Plänen erzählt. Ich bin vollkommen ratlos. Ich weiß nicht, was ich machen soll.»

«Hat Veronica einen Freund?», fragte ich.

Dana zuckte die Achseln.

«Hat sie viele Verabredungen?»

«Sie meinen wahrscheinlich, ob sie dauernd unterwegs ist – ich kümmere mich nicht um ihre Angelegenheiten. Auf mich hat sie den Eindruck eines ordentlichen, verlässlichen Menschen gemacht.»

Der mit Fahrzeugen verschwindet, die ihm nicht gehören. Ich hätte keine weiteren Fragen mehr stellen, sie mit einer beruhigenden Bemerkung abwimmeln oder zu jemand anderem schicken sollen, aber ich war neugierig. Wenn ich nicht schon für Eddie arbeitete, hätte mich das Widersprüchliche im Verhalten der jungen Frau sehr gereizt. «Wohnen ihre Eltern weit weg?»

«Meinen Sie, ob es ein spontaner Einfall, ein plötzlicher Entschluss gewesen sein könnte, sie zu besuchen? Sie wohnen im Norden der Stadt. In der Nähe von Lowell. In Tewksbury, glaube ich. Glauben Sie, dass etwas passiert ist? Der Jeep ist noch nicht sehr alt, aber er ist schon einmal liegen geblieben. Sie hat kein Handy.»

Es gibt kaum einsame Autobahnen zwischen hier und der Grenze zu New Hampshire. Selbst wenn sie in den Graben gefahren wäre, hätte es jemand bemerkt. Trotzdem, es gibt Teiche, und die sind um diese Jahreszeit zugefroren. Sie sind düster und kalt und locken manchmal potenzielle Selbstmörder an.

«War sie depressiv?»

«Um Gottes willen, nein. Nicht dass ich wüsste. Meinen Sie, ich sollte bei Krankenhäusern anrufen? Sie hatte ja vielleicht wirklich einen Unfall. Sie könnte verletzt sein. Ich ... normalerweise *weiß ich, was zu tun ist*. Ich kann mit Krisensituationen umgehen; mich haut so schnell nichts um. Und jetzt weiß ich nicht, was ich machen soll. Ich habe es der Polizei gemeldet. Was soll ich denn *noch* tun? Ihr Bild auf Milchtüten drucken lassen? Plakate an die Bäume kleben, als wäre sie ein verloren gegangenes Haustier?»

«Immer mit der Ruhe. Holen Sie mal tief Luft.»

Sie riss sich mit sichtlicher Anstrengung zusammen. «Ich bezahle Ihnen die Suche nach ihr, was immer es kostet, was immer es kostet und mehr. Plus Bonus. Mir ist alles recht. Ich habe die Befürchtung, dass etwas Schlimmes, etwas Gemeines passiert ist.»

«Wie alt ist sie eigentlich?»

«Einundzwanzig.»

Ich weiß noch, wie es war, als ich 21 war. Mitten in der Scheidung und meine Eltern tot. Mein Noch- und bald Exehemann hatte es wahrscheinlich aufgegeben, sich zu wundern, wo ich die Nächte verbrachte. In seinem ewigen Kokainrausch hatte er vermutlich nie bemerkt, wenn ich weg war.

Die Hausgenossin der reichen Frau hatte sich vielleicht eine Liebesnacht gegönnt, woraus dann ein ganzes lustvolles Wochenende wurde und schließlich eine ausgewachsene Affäre. Wenn ja, wäre sie sicher nicht erbaut davon, an ihre Verpflichtungen in der Wirklichkeit erinnert zu werden. Vielleicht hatte sie tatsächlich den Wagen ihrer Vermieterin gestohlen. Die Cops nahmen bestimmt nicht gern eine Vermisstenmeldung für jemanden auf, der sich aus freien Stücken mit Gepäck auf und davon gemacht hatte, würden jedoch eine Anzeige wegen Autodiebstahls sofort und mit Freuden aufsetzen.

Andererseits geschehen die merkwürdigsten Dinge. Vielleicht war diese Veejay, diese Veronica James, wirklich auf der Straße einem Verbrechen zum Opfer gefallen und hatte nun das Glück, jemanden zu kennen, der die ganze Maschinerie in Gang zu setzen bereit war, einen Engel, der unbedingt für ihre Auffindung blechen wollte.

Wenn ich vorgehabt hätte, den Fall zu übernehmen, hätte ich jetzt Dana Endicott ausgefragt und alle Informationen über Veronica James auf meinem Block notiert, von weiteren Vornamen bis zum derzeitigen Job, Hobbys, Freunde. Ich begann wahrhaftig zu überlegen, ob ich beides, diesen Fall und Eddies Auftrag, bearbeiten konnte. Die Arbeit für Eddie hatte den Vorzug, dass ich ziemlich regelmäßige Arbeitszeiten hatte und frühmorgens anfing. Ich brauche nicht viel Schlaf. Die Versuchung war groß. Bei der Frau sprang sicher ein fettes Sümmchen heraus.

«Wollen Sie meine aufrichtige Meinung hören?» Das Telefon klingelte, ehe ich wusste, ob sie sie hören wollte oder nicht. Wenn ich ihr zugesagt hätte, hätte sich jetzt der Anrufbeantworter einschalten dürfen. Aber ich hatte ja bereits einen Job, und so hob ich ab und hatte Happy Eddie an der Strippe. Ich entschuldigte mich durch Gesten bei der eleganten Dame im Regiestuhl und nahm das Handy mit in die Küche, um ungestört reden zu können.

«Eddie, wonach suche ich eigentlich?»

«Im Grunde ist es 'ne Routinesache.»

«Na hör mal! Für Routinesachen bin ich nicht lange genug bei dir. In meinen Augen ist nichts am Big Dig auch nur annähernd Routine.»

Er zögerte, offenbar fiel ihm der Umgang mit diesem Auftrag nicht so leicht wie mit den anderen, er wirkte nervös und war weniger forsch.

«Eddie», sagte ich, «spuck's aus.»

«Ich muss dir was sagen. Ich bin in diesem Fall nicht neutral. Ich kenne Gerry Horgan schon seit Urzeiten, kannte noch seinen Vater. Meiner Meinung nach sind die Horgans die Sorte Mensch, die dem Baugewerbe einen guten Ruf eintragen. Die Aufsichtsbehörde muss irgendeinem miesen Typen auf den Leim gegangen sein, der ihnen einen Knüppel zwischen die Beine werfen will. Neid. Konkurrenzscheiße. Wer weiß schon, was dahinter steckt! Die Horgans sollen neue Verträge bekommen, und schon versucht irgend so ein Arschloch über die Hotline, sie aufs Kreuz zu legen.»

Damals, als die Aufsichtsbehörde eine so schlechte Presse hatte, hatte das Amt in Sachen Big-Dig-Betrug eine spezielle Hotline für die allgemeine Öffentlichkeit eingerichtet und ein großes Tamtam darum gemacht. Sie rufen an, wir ermitteln.

«Der Anrufer behauptet, von der Horgan-Baustelle würde ständig etwas verschwinden», fuhr Eddie fort.

«Reden wir hier über Bagatelldiebstähle? Damit haben die beteiligten Firmen und Behörden meist gar nichts zu tun.»

«Sie kommen trotzdem in Verruf, weil es dann heißt, sie bekämen nicht mit, was unter ihren Augen abläuft.»

«Ausgewiesen hat er sich wohl kaum, nehme ich an.»

«Hat keine ID-Nummer hinterlassen. Aber gesagt, er würde vielleicht nochmal anrufen.»

Damit die Leute ermutigt werden, alles, von dem sie Wind bekommen haben, an die Hotline zu melden, werden auch anonyme Anrufe entgegengenommen, was die Sache natürlich für Spinner attraktiv macht. Für jeden Fingerzeig, der zu einer Verhaftung führt, ist eine Belohnung ausgesetzt. Die Anrufer brauchen ihren Namen nicht zu nennen, aber die meisten geben eine siebenstellige ID-Nummer an, durch die sie identifiziert werden und später eventuell kassieren können. Manche geben keine Nummer an. Die Behörde wiegt sich gern in dem Glauben, dass diese anonymen Anrufer aus edelsten Motiven handeln. Ich für mein Teil fragte mich, ob die Horgans vielleicht vor kurzem jemanden gefeuert hatten.

«Es ist eine Beschwerde, der wir nachgehen müssen», sagte Eddie.

«Und Horgan brauchte gerade eine neue Sekretärin? Hat er seine vorige gefeuert? Stammt die Beschwerde von ihr?»

«Es handelt sich definitiv um einen männlichen Anrufer.»

«Also abgehakt.»

«Carlotta!» Eddie holte tief Luft. «War nur so 'n Gedanke von mir. Dass du mir vielleicht da raushelfen könntest.»

Irgendetwas in seiner Stimme brachte mich dazu, mich an die Küchenanrichte zu lehnen und zu wappnen.

«Hier geht es nicht um die Horgans. Es ist eine generelle Sache, in die du vielleicht Licht bringen kannst. Auf Großbaustellen kursieren immer Gerüchte. Über Verbrecherbanden, äh, die Mafia.»

Jetzt hat er die Katze aus dem Sack gelassen, dachte ich und wusste plötzlich mit ernüchternder Gewissheit, warum der Scheißkerl mich eingestellt hatte. Weil ich mal mit einem Typen namens Sam Gianelli zusammen war. Betonung auf *war*. Und der Name Gianelli wird so sehr mit der Bostoner Mafia gleichgesetzt, dass niemand, aber auch wirklich niemand die Tatsache wahrhaben will, dass mein Geliebter – mein Exgeliebter – Sam Gianelli, der jüngste Sohn des Mafiaunterbosses Anthony Gianelli, *nie* mitgemacht hat.

«Du könntest vielleicht einfach mal die Ohren offen halten», murmelte Eddie.

Ich haute auf die Off-Taste, um das Gespräch zu beenden, atmete eine Zeit lang tief durch und trank ein Glas kaltes Wasser. Dann ging ich in mein Wohnzimmerbüro zurück und nahm enthusiastisch Dana Endicotts Auftrag an. Wenn mich Eddie nicht so abgetörnt hätte, hätte ich den Fall vielleicht nicht übernommen. Aber ich legte es mir so zurecht: Er hatte mir keinen reinen Wein eingeschenkt, als er mich einstellte. Okay. Also würde ich ihm auch etwas verschweigen. Und eine kleine, hoch bezahlte Schwarzarbeit würde eine Menge dazu beitragen können, meine Wut abzukühlen. Ich war nie eine Mafiabraut und habe auch entschieden etwas dagegen, für eine gehalten zu werden.

6 Die Vermisste und ich hatten jetzt etwas gemeinsam: Wir gingen beide zwei Jobs nach. Veronica James kümmerte sich, wie ich hörte, tagsüber um anderer Leute Vierbeiner und bediente abends in einem Bar-Restaurant namens Raquela's. Als ich endlich mit der Befragung von Dana Endicott fertig war und 28 Notizblätter mit Fakten und fraglichen Punkten gefüllt hatte, war es sieben, und mein knurrender Magen brachte mich auf die Idee, meine Suche gleich bei Veronicas abendlichem Arbeitgeber zu beginnen. Im Raquela's wird auch Essen serviert.

Dana war zu einem Diner eingeladen und hatte keine Zeit mehr, sodass mein erster Impuls, gleich das Zimmer ihrer Mieterin zu untersuchen, ins Leere ging. Ein andermal, sicherte sie mir zu und schrieb mir als Honorarvorschuss einen sehr großzügigen Scheck aus. Ich hätte ja ihre Karte, sodass ich sie anrufen und einen Termin mit ihr vereinbaren könnte. Ich gestehe, dass ich in der Diele herumtanzte, sobald sie gegangen war, und dabei den Scheck wie einen Geliebten an meine Brust drückte.

Arthur Goldman saß noch immer an seinem Schreibtisch und bestätigte mir, dass Dana Endicott seine Mandantin und noch dazu eine gute sei. Ihre Eltern hätten sich bereits durch ihn vertreten lassen, ehe sie nach New York umgezogen seien, und ihre Großeltern wären seines Wissens schon Mandanten seines Mentors in dieser Kanzlei gewesen. Mit anderen Worten: Der Scheck würde nicht platzen. Ich reichte ihn auf dem Weg zum Abendessen bei der Bank ein.

Nicht allein, dass Vermisstenfälle mehr mein Ressort sind als Baubetrug – rauchgeschwängerte Bars entsprechen auch eher meiner Vorstellung von Einsatzorten als

Baustellen im Morgengrauen. Das Raquela's war lang und schmal, schummerig beleuchtet und mit einer Mahagonibar ausgestattet, die sich an der Längswand des Lokals hinzog und es noch enger erscheinen ließ. Lederne Drehbarhocker mit hohen Lehnen sprossen auf Metallpfosten aus dem Boden. Ich suchte mir hinten einen Platz, von dem aus ich in dem langen Spiegel hinter der Bar die Tische im Auge behalten konnte.

Ich war noch nie als Gast hier gewesen. Mit seiner Lage direkt am Meer war das Lokal zu sehr Schickimicki-Treff für Partnersuchende. Die Musik war schlecht gewählt, Sinatra- und Swing-Konserven statt Blues live. Ich sog Rauch aus zweiter Hand ein und nippte an meinem überteuerten Bier. Die Klientel, überwiegend Weiße, darunter, nach den konservativen Anzügen zu urteilen, haufenweise Rechtsanwälte, sah wohlhabend aus und wirkte leicht abgedröhnt auf Alkohol und Überfluss. Ich musterte die verabredeten Paare an den kleinen Tischen und wunderte mich über den Altersunterschied zwischen den Männern und ihren jungen oder auf jugendlich getrimmten Partnerinnen; ich fragte mich, wie viele der jungen Damen wohl auf Colleges in der Nähe gingen und von einer Hostessenvermittlung herbestellt worden waren wie Lammkoteletts von der Speisekarte.

In einer großen, überwiegend aus Männern bestehenden Gruppe in einer Ecknische herrschte die müde Fröhlichkeit eines kleinen Umtrunks nach Dienstschluss, der in ein gemeinsames Essen mit weiteren Drinks übergegangen war. Ein paar Frauen auf Barhockern waren offensichtlich Huren, die ortsfremde Kongressteilnehmer abschleppen wollten. Ich überlegte, ob ich nicht mal eine von ihnen während meines Polizeidienstes eingebuchtet hatte. Die gleichen schmalen Augen, nur dass sie jetzt durch ihre messingfarbene Perücke anders aussah als damals. Ich war froh, unauffällig gekleidet zu sein. Freizeithosen, Pulli, dezenter Goldschmuck. Ich wollte nicht für eine Hure gehalten werden.

Der einzige Fernseher war ein kleines Gerät über der Bar, in dem CNN lief. Nicht genug, um Sportbegeisterte anzulocken. Ich ertappte mich bei dem Gedanken, ob Sam Gianelli wohl jemals von seiner Wohnung am Charles River Park hierher kam. Nicht dass ich wirklich gehofft hätte, er würde hereinspaziert kommen und mir das träge Lächeln schenken, bei dem mir immer ein Kribbeln über den Rücken lief. Er wäre einfach eine gute Tarnung gewesen; eine Verabredung ist immer eine gute Tarnung. Paare passen in eine Bar und verschmelzen mit der Umgebung. Ein Single an der Bar ist entweder darauf aus, diesen Status loszuwerden, oder will sich in aller Stille voll laufen lassen.

Ich habe beträchtliche Barerfahrungen. Mein Ex und ich hingen in diversen irischen Pubs rum, und als er mich verließ, erweiterte ich mein Repertoire noch. Eine Zeit lang besuchte ich eifrig eine Bar nach der anderen und gabelte mir jede Nacht einen anderen Mann auf, den ich mit nach Hause nahm. Ich hatte Glück, denn ich bestand immer auf Schutz, und irgendwann war das vorbei. Dann kam Sam, und mit ihm ist es noch nicht vorbei, obwohl ich ihn lange nicht gesehen habe. Ich kann noch immer seine Telefonnummer auswendig wählen, aber den Teufel werde ich das tun, nur weil mein Arbeitgeber Eddie Conklin es von mir erwartet. Ich bestellte mir ein weiteres Bier und zerrte an einer Strähne meines falschfarbigen Haars.

Vermisstenfälle lassen sich gut in Kategorien einteilen.

Da ist einmal der geistesabwesende Vielflieger, der vergessen hat, seiner Frau von der Konferenz in Dubuque zu erzählen. Dann gibt es noch die verschwundenen Anteilseigner und unauffindbaren Erben, die meist eher von Anwälten als von besorgten Angehörigen gesucht werden. Für Privatermittler wie mich sind solche Fälle das tägliche Brot. Ich arbeite auch für Adoptivkinder, die ihre leiblichen Eltern suchen, und Eltern, die das Kind suchen, das sie einst zur Adoption freigegeben haben. Der gemeinsame Nenner bei all diesen Fällen ist der, dass die vermissten Personen keine Ahnung davon haben, als vermisst zu gelten. Sie tun nichts, um sich zu verstecken.

Diejenigen, die vorsätzlich verschwinden, sind die schwierigeren Fälle. Kreditbetrüger machen sich davon, um das auszugeben, was sie ergaunert haben, und professionelle Ermittler leben gut davon, ihre Spur im bürokratischen Dickicht der Banken und Betriebe zurückzuverfolgen. Jugendliche Ausreißer sind ein Kapitel für sich; ich halte meine Liste von Verstecken und Hotlines, die bei der Verfolgung ihrer Spur weiterhelfen, immer up to date. Häufig werden Kinder im Gerangel um das Sorgerecht von einem Elternteil entführt, um sich ein Unterpfand für den Scheidungsprozess zu sichern. Alle, die aus freien Stücken ausgerissen sind, sind schwerer zu finden, denn sie sind immer auf der Hut, wechseln oft ihren Namen und ändern ständig ihre Gewohnheiten.

Veejay, die vermisste Veronica, wollte in keine meiner Kategorien so recht passen. Oberflächlich betrachtet, war sie freiwillig verschwunden. Andererseits hatte sie ihren Hund zurückgelassen.

Mein Kater ist unabhängig. Er geht seiner Wege und ich meiner. Solange ihm ab und zu eine Dose Futter hingestellt wird und der Wassernapf voll ist, geht es T. C. gut, und ich habe den starken Verdacht, dass er sich auch allein durchschlägt, wenn ich ihn mal ganz vergesse. Laut Dana Endicott brauchte Tandy, Veronicas norwegische Elchhündin, jedoch viel Auslauf und exzellente Pflege. Ich nahm einen Schluck Bier, ohne darauf zu achten, wie es schmeckte.

Bevor ich aus dem Haus ging, hatte ich bei den Krankenhäusern der Umgebung angerufen, nicht in dem Glauben, Veronica auf diese Weise aufzuspüren, denn Leute mit Gedächtnisschwund und ohne Ausweis existieren nur im Fernsehen in den täglichen Soap-Operas, sondern weil ich mir blöd vorkäme, wenn ich diese Möglichkeit außer Acht ließe und Veejay als Komapatientin im Massachusetts General Hospital wieder auftauchte. Ich hatte auch beim Leichenschauhaus angerufen, weil ich gründlich vorgehe und dort einen Typ kenne. Eine schlanke, 1,68 Meter große, nicht identifizierte, dunkelhaarige Frau, die niemand vermisste, lag weder auf einer Notfallstation noch in einer Kühllade.

Das Bier rann mir durch die durstige Kehle. Die Bedienung trug eine Unisex-Kluft aus engen schwarzen Jeans, weißen T-Shirts, die bei den Frauen weit ausgeschnitten waren, und kleinen weißen Schürzchen mit Taschen für Schecks und Bargeld. Bis auf eine Frau, deren Verzweiflung mit vorrückendem Abend ständig zunahm, schienen alle sehr effizient zu sein. Ich ging davon aus, dass sie die Vertretung für Veronica war.

Der Barmann war um die fünfzig und hatte ein schmales, zerfurchtes Gesicht mit einem sauber gestutzten Bart. Er hantierte ohne Eile, aber jeder Handgriff saß, und er war trotz seiner Ruhe so schnell, dass mindestens zwei ihn ersetzen müssten, falls er einmal kündigte.

Die Stammgäste nannten ihn Carl, und da ihn etliche fragten, wie die Geschäfte liefen, kam ich zu dem Schluss, dass er wohl kaum kündigen würde, weil er vermutlich ein Mitinhaber war. Als ich meine nächste Runde bestellte, fragte ich ihn, ob Veronica noch käme. Veejay.

«'ne Freundin von Ihnen?»

«Freundin von einer Freundin.»

«Sagen Sie Ihrer Freundin, sie soll Veejay sagen, dass sie mich gefälligst anrufen soll. Hör ich nichts von ihr, mache ich ihr die Hölle heiß. Soll ich vielleicht an der Bar *und* an den Tischen bedienen?»

«Ist denn Heidi da?» Das war ein Name, den Dana erwähnt hatte. Veejay hätte ihn ein paar Mal fallen lassen.

«Heidi ist immer da.»

Sie war keine klassische Heidi. Keine große, dralle Blonde mit aufgesteckten Zöpfen, die in Lederhosen herumjodelte. Vielmehr war sie klein und dunkel, und das einzige Merkmal, das sie, wenn mich meine Erinnerung nicht trog, mit ihrer Namensvetterin aus dem Buch gemeinsam hatte, waren rote Backen. Carl deutete in ihre Richtung, und ich sah ihr bei der Arbeit zu, bis ich wusste, an welchen Tischen sie bediente. Als ein Pärchen bei ihr zahlte und ging, setzte ich mich an den frei gewordenen Tisch.

Auf der Speisekarte, die ebenso schick war wie die Lage der Bar, standen chilenischer Zackenbarsch und toskanisches Steak; ich hatte auf keins von beidem Appetit, trotz Spesenkontos einer reichen Dame. Ich bestellte einen Cheeseburger, zu dem ich den Käse selbst auswählen konnte, allerdings hatten sie keinen Velveta. Heidi fragte, ob ich noch jemanden erwartete, und ich sagte, Veejay, aber sie sei bisher nicht aufgetaucht.

«Ich bringe Ihnen den Burger. Noch ein Bier?»

Der Burger war dick, fleischreich und ungesund, eine wahre Wonne. Ein Wall aus gebratenen Zwiebelringen rahmte den Teller ein. Ich verlangte Ketchup, und als Heidi sich einen Weg durch die dicht nebeneinander stehenden Tische zu mir zurück gebahnt hatte, sagte ich: «Veejay hat mir von Ihnen erzählt.»

«Hat sie gelästert?»

«Nein.»

«Dann geht's ja.»

«Wissen Sie, wann sie normalerweise kommt?»

Sie zuckte die Achseln. «Sie müsste längst hier sein.»

«Wenn Sie 'ne Minute Zeit haben, spendiere ich Ihnen ein Bier.»

Sie verzog die Lippen zu einem Lächeln. «Warum nicht!»

Die «Minute» brach erst nach einer Dreiviertelstunde an, und bis dahin hatte ich die fettigen, salzigen Zwiebelringe alle ohne Ausnahme verspeist. Dabei hatte ich das Kommen und Gehen an der Bar beobachtet und erfahren, dass der Mann am Tisch hinter mir eine Angeltour mit der besten Freundin seiner Frau plante und die Warnung seines Freundes, seine Frau würde es mit Sicherheit herausfinden, verächtlich in den Wind schlug. Ich fragte mich gerade, wie lange es wohl dauern würde, bis der Freund es der Frau verriet, als Heidi sich einen Stuhl heranzog, darauf sank und ihre gestiefelten Füße von sich streckte.

Ich hätte ihr wahrheitsgemäß erzählen können, dass ich den Auftrag hatte, Veejay zu suchen, aber die Bierchen waren mir zu Kopf gestiegen, und es erschien mir leichter, meine Story von der Zufallsbekanntschaft weiterzuspinnen. Zuerst tauschten wir Kennen-Sie-so-undsos aus, bis ich endlich auf das Nichterscheinen meiner Bekannten zu sprechen kommen konnte.

«Sobald Veejay wieder da ist, setzt Carl Elvira mit dem Arsch vor die Tür.» Das sagte Heidi mit einer Genugtuung, die nichts Gutes für Elvira verhieß.

«Hat Veejay Freitagabend gearbeitet? Vielleicht habe ich mich geirrt, und sie wollte sich Freitag mit mir treffen.»

«Sie war nicht hier. Hat Schichten getauscht und gebettelt und sich das ganze Wochenende untern Nagel gerissen. Carl war ganz schön sauer. Er ärgert sich natürlich über jeden, der sich das Wochenende frei nimmt.»

«Warum denn das?»

«Vielleicht, weil er selbst seit der letzten Überschwemmung keins mehr hatte. Und als sie Montag immer noch nicht aufkreuzte, sah er sich in seinem Argwohn bestätigt. Elvira ist eingesprungen, aber sie kriegt die Bestellungen nicht auf die Reihe. Man braucht doch bloß ihre Tische anzugucken, die Gäste sehen alle wütend aus.»

Heidi wusste nicht, woher Veejay von dem Barjob gehört hatte. Sie wäre vielleicht ein Jahr hier, vielleicht auch etwas weniger. Sie hätte wenig Kontakt gesucht und keine richtigen Freunde beim Personal gehabt. Je länger wir über Veejay sprachen, umso deutlicher wurde, dass die beiden Frauen zwar miteinander geredet, aber keine Geheimnisse miteinander ausgetauscht hatten. Heidi war besser über Veejays Hund unterrichtet als über ihren Freundeskreis.

«Fand sie den Job gut?», fragte ich.

«Na ja, sie fand gut, was wir alle gut finden: die Kohle. Die Preise sind nicht direkt niedrig, und es gibt fette Trinkgelder. Kongressteilnehmer und Rechtsanwälte, die ihren Mandanten etwas bieten wollen. Diese Leute knausern nicht. Selbst das Mittagsgeschäft läuft gut.»

«Hat Veejay mittags gearbeitet?»

«Nee. Carl hat immer versucht, sie für ganztags rumzukriegen, aber sie passt gern auf Hunde auf. Wenn die Hundepension mehr bezahlen würde, würde sie wahrscheinlich lieber heute als morgen hier kündigen.»

«Vielleicht hat sie dort eine Lohnerhöhung bekommen.»

«So eine blöde Kuh ist sie nicht, dass sie einfach nicht mehr erscheint. Sie würde es auf jeden Fall Carl sagen.»

Veejay ist nicht der Typ, einfach zu verschwinden. Es war gut, Dana Endicotts Auffassung bestätigt zu bekommen.

«Kann ich mir auch nicht vorstellen», pflichtete ich ihr bei, «es sei denn, sie hat einen neuen Typen kennen gelernt.» Dabei nickte ich in Richtung eines muskulös gebauten Kellners mit hellblondem Haar.

«Walter? Auf gar keinen Fall. Der ist tabu. Verheiratet und außerdem auch noch fromm. Der bestimmt nicht.»

«Einer von den anderen?»

«Also, da hätten wir einmal den guten alten Carl, dann den schönen Walter, und dann noch zwei Freds, einen großen und einen kleinen. Und Marty.» Sie ging die verschiedenen Möglichkeiten offensichtlich genussvoll durch und schüttelte am Ende den Kopf.

«Ein Gast?», fragte ich.

«Garantiert nicht.»

Ich zog eine Augenbraue hoch. «Sind die Kerle nicht heiß auf das weibliche Personal?»

«O ja, wenn man diesen Job annimmt, denkt man, super, lauter Männer, jede Menge heiße Flirts, aber wer ist schon scharf auf eine Kellnerin! Die Siegertypen kommen mit Wahnsinnsfrauen an und sind so mit denen beschäftigt, dass sie gar nicht merken, wer ihre Bestellung entgegennimmt. Und die Rowdys, die Kerle, die sich besaufen wollen, wer will die schon! Veejay hatte Donnerstagabend eine ganze Runde solcher Typen, wir dachten schon, wir müssten die Polizei rufen.»

«Stammgäste?»

«Carl hat sie vor die Tür gesetzt. Wir brauchten die Cops nicht.»

Als ich mich laut fragte, ob Veejay die Rowdys wohl kannte, sagte Heidi, das glaubte sie nicht, um sich gleich darauf eilig für den Drink zu bedanken und wieder an die Arbeit zu gehen. Ich warf einen Blick in den Spiegel, um zu sehen, ob Carl ihr ein Zeichen gegeben hatte. Die Frau mit dem messingfarbenen Haar saß nicht mehr auf ihrem Hocker, aber falls sie an Carl Prozente bezahlte, hatte sie ihm vielleicht einen Tipp über meine frühere Tätigkeit gegeben. Es gibt kaum etwas in einem solchen Lokal, was dem Barkeeper entgeht.

Ich blieb an dem Tisch sitzen, bis meine Rechnung kam, beobachtete, wie das Personal nahezu unsichtbar herumwirbelte, und fragte mich, ob es eine anonymere Tätigkeit auf der Welt gab als das Kellnern. Mehrere von ihnen waren wohl hoffnungsvolle College-Studentinnen, Teilzeitkräfte auf dem Weg zu Höherem. Zwei von ihnen, darunter Elvira, machten den Eindruck, als brauchten sie ihren Job verzweifelt, weil sie vielleicht Kinder zu Hause hatten oder der Partner im Gefängnis saß. Heidi sprach mit starkem Bostoner Stadtakzent, schien jedoch clever zu sein. War dies das höchste der Gefühle für sie? Fand sie diese Arbeit glamouröser und weniger einengend als einen Bürojob?

Die Hostess trug Stöckelschuhe und Glitzertop, für

meine kleine Schwester der Beweis dafür, dass sie einen tollen Job hatte. Marta, Paolinas Mutter, pflegt sie in diesem Glauben noch zu bestärken. Heiße Klamotten zu tragen und Männer kennen zu lernen, was konnte man sich Besseres wünschen! *Ich habe in einer Bar einen Mann kennen gelernt.* Wie oft hatte ich diesen Satz, den Vorspann einer trostlosen Geschichte, schon gehört, während ich eine Frau mit traurigen Augen einbuchtete! *Ich habe in einer Bar einen Mann kennen gelernt.*

Ich bezahlte meine Rechnung, gab ein großzügiges Trinkgeld und legte eine meiner Karten dazu, eine ohne die Berufsangabe «Privatdetektivin». Dann ging ich noch einmal an die Bar. Carl hatte anscheinend weder Verdacht geschöpft, noch war er zum Plaudern aufgelegt. Ich schob auch ihm eine Karte hin und sagte, er solle Veejay ausrichten, dass es mir Leid täte, sie nicht angetroffen zu haben, und sie sollte mich bitte anrufen. Dann kam ich noch kurz auf die Rowdys vom Donnerstagabend zu sprechen, aber Carl reagierte kaum, und was sollte es auch. Selbst wenn sie bis Lokalschluss draußen auf Veejay gewartet und sie in irgendeiner Weise belästigt hatten, hatte es nicht viel zu bedeuten. Meine Klientin hatte Veejay am Freitag noch einmal heil und gesund gesehen. Und Freitagabend hatte Veejay nicht bedient.

Wenn sie nun doch Freitagabend da gewesen war und die Rowdys ihr aufgelauert hatten ... Gut, dann hätte ich zumindest eine Idee, wo ich meine Suche beginnen konnte. Es gibt Plätze im nahe gelegenen Hafen, an denen gestohlene Autos zur ewigen Ruhe gebettet werden, und ab und zu findet die Polizei, wenn sie den Kofferraum eines solchen Fahrzeugs aufbricht, eine Leiche darin. Aber Veejay hatte die Beacon Street im Jeep von Dana Endicott verlassen. Sie, die in zwei Jobs gleichzeitig schuftete, wäre bestimmt nicht mit dem Wagen hierher gefahren, wo sie zwanzig Dollar Parkgebühren sparen konnte, wenn sie zu Fuß ging oder die Bahn nahm.

Ich grübelte vor mich hin, dachte an die dunklen Fluten keinen halben Häuserblock vom Raquela's entfernt und gönnte mir schließlich noch ein Bier. Ich ging erst, als der Typ auf dem Nachbarhocker mich an Sam zu erinnern begann, ein sicheres Zeichen dafür, dass ich zu viel getrunken hatte und meinen nächsten Schritt bereuen würde.

7

14 Milliarden Dollar für die Fertigstellung einer Betonbahn von den städtischen Außenbezirken zum Flughafen, die den reibungslosen Verkehrsfluss zum Finanzdistrikt und zurück garantieren sollte, und da stand ich nun morgens an einer überfüllten U-Bahn-Haltestelle und musste achtzehn Minuten auf die Bahn warten. Im ersten Wagen herrschte glühende Hitze, während die Fahrgäste in den hinteren Waggons vor Kälte zitterten. Dicht an dicht gedrängt, an Metallstangen festgeklammert, starrten die Pendler trübsinnig auf graffitibedeckte Mauern.

Am Government Center ergriff ich die Flucht und ging zu Fuß in östlicher Richtung weiter, überquerte den kahlen, windgepeitschten Platz und lief die Stufen hinab; Salzgeruch ließ die Nähe des Meeres ahnen. Ein unablässiger Strom von Autos wälzte sich die Congress

Street hinunter, bis ihn die Ampel zwang, der Fußgängerflut Raum zu geben. Ein Mann vor der Faneuil Hall hielt ein Schild hoch, vielleicht ein Demonstrant, oder er warb für ein Busunternehmen. Die Fanueil Hall, Rathaus und *Cradle of Liberty*, «Wiege der Freiheit», ist eine der Hauptattraktionen des Freedom Trails, eines ziegelgepflasterten Weges, der vom Stadtpark zu dem Platz führt, wo das Bostoner Massaker stattgefunden hat, und selbst an diesem kühlen Aprilmorgen waren überall Touristen. Eine Schulklasse marschierte hinter ihrem Fahnen tragenden Lehrer her, der lautstarke Erklärungen zu Sam Adams, Paul Revere und den Söhnen der Freiheit abgab. Sie mussten praktisch im Gänsemarsch an den hohen Betonabsperrungen vorbeigehen, die das Rathaus von der Straße abschirmten.

Wie ich höre, gibt es solche Absperrungen jetzt auch am Flughafen und vor dem Weißen Haus, eine hoffentlich wirksame Vorsichtsmaßnahme gegen Sprengstoffanschläge wie den in Oklahoma City. Überall, wo ein Verrückter mit einem sprengstoffbeladenen Lastwagen vorfahren könnte, entstehen Betonpuffer. Die Mehrzahl der Touristen scheint nichts gegen die zusätzlichen Sicherheitsvorkehrungen zu haben, aber die meisten besuchen doch lieber die No-Name-Läden am Quincy Market, statt sich im ersten Stock der Faneuil Hall den alten Versammlungssaal anzuschauen und auf die Geisterstimmen längst vermoderter Aufrührer zu horchen. Mir fiel auf, dass mehr Cops unterwegs waren als sonst, aber das lag vielleicht an den verstärkten Sicherheitsmaßnahmen anlässlich des Patriots' Day, von denen Eddie gesprochen hatte.

Ich rief mir im Rhythmus meiner Schritte noch einmal Eddies Anruf in Erinnerung. *Routinesache. Von der*

Horgan-Baustelle verschwindet ständig etwas. Hatte Eddie mir damit sagen wollen, dass ich bei meinen Ermittlungen keine eigenen Wege gehen sollte? Ob Eddie sich geändert hatte, seit er den Polizeidienst quittiert hatte? Nahm er an, dass auch ich mich geändert hatte und einem neuen privatwirtschaftlichen Wahrheitskonzept huldigte, demzufolge ich mich ausschließlich nach den Wünschen eines Klienten oder den Anweisungen eines Chefs richten würde?

Vielleicht hatte Eddie einfach gedacht, dass ich als Sekretärin eines Außenbüros auf einer Baustelle gar keine Zeit haben würde, auf die Wahrheit zu stoßen. Zwischen dem Datenerfassen, Aktensuchen und Überprüfen von neuen Vorschriften, alles Aufgaben, die meinen Bürovormittag füllten, hatte ich mal gerade Zeit zum Niesen. Und sobald die erste Pause anbrach, war die allgegenwärtige Marian so allgegenwärtig wie eh und je.

Ich erzählte ihr von meinem Besuch in der Praxis von Dr. Aronoff; sie war in angemessener Weise beeindruckt von meiner Unternehmung und dankbar für die Informationen. Es gab keine Probleme mit dem Hund der Horgans, sie konnte also getrost vergessen, dass ihre Nadel einen nicht wieder gutzumachenden Schaden angerichtet haben könnte. Ich ließ unerwähnt, dass sie mir damit sogar einen Gefallen getan und eine reiche Klientin beschert hatte. Stattdessen verwickelte ich sie in ein Gespräch über Sicherheitsvorkehrungen, das mit der Frage begann, ob es sicher sei, Wertgegenstände im Bürocontainer zu lassen.

Schließ deine Handtasche in der Schreibtischschublade ein. Es herrscht ein ständiges Kommen und Gehen, und Gelegenheit macht Diebe.

Und was sollte ich machen, falls ich etwas auf der

Baustelle vergessen hatte? Um wie viel Uhr wurden eigentlich die Tore am Abend geschlossen?

Das kommt ganz auf den Zeitplan an. Warte einfach bis zum Morgen.

«Gibt es denn keine Wachhunde oder so was hier?»

Gab es nicht. Ich zog achselzuckend meinen Mantel an und schimpfte einem vorbeifahrenden Baufahrzeug hinterher, dessen Räder größer waren als mein Auto. Dann machte ich einen kleinen Inspektionsgang am Bauzaun aus Maschendraht entlang. Weder oben noch unten Stacheldraht. Schilder wiesen darauf hin, dass auf dieser Baustelle Schutzhelme zu tragen seien und Unfallschutz sich auszahle. An mehreren Stellen war der Erdboden so uneben, dass man unter dem Zaun durchkriechen konnte, und wenigstens eine dieser Stellen lag so versteckt hinter einem Lagerschuppen, dass sie von vorüberfahrenden Fahrzeugen nicht einsehbar war. Nachts, wenn das Gelände nur von fernen Straßenlaternen und vergitterten Baulampen beleuchtet wurde, war es ein Leichtes, sich illegal Zugang zu verschaffen.

Und dann? Ein Auslegerkran lässt sich nicht unter einem Zaun herschieben.

Als ich Marian auf das Thema Baudiebstahl angesprochen hatte, war ihr nichts davon bekannt, oder sie hatte Anweisung erhalten, nicht darüber zu sprechen. Irgendwann in einem unbeobachteten Moment würde ich die Versicherungsakten durchforsten. Falls etwas gestohlen worden war, hatten die Horgans garantiert Versicherungsansprüche geltend gemacht.

Ich ging tiefer in den Schatten der Hochstraße hinein und musste dabei schweren Kabeltrommeln und Stapeln von Baustahl und Zementsäcken ausweichen. Hinter einem Wellblechschuppen fand ich eine Stelle, von der aus ich in die Grube hinunterschauen und zusehen konnte, wie sich die Arbeitstrupps abrackerten und weiße Atemwölkchen in die Luft aufstiegen. Während der Verkehr über mir toste, dachte ich an die vielen Tonnen Stahl, die den alten Highway trugen; ich wusste, dass auf einer Baustelle in der Nähe Stahlträger «abhanden gekommen» waren.

Es wäre mir lieber gewesen, ich wäre zur Arbeit unten im Loch statt im Büro eingeteilt worden. Sicher, ich hatte auf anderen Baustellen Probleme gehabt, weil ich mich zu Anfang ziemlich linkisch angestellt hatte und zu langsam war, obwohl ich schon als Teenager Seite an Seite mit meinem Vater, Polizist im Ruhestand, auf dem Bau geschuftet hatte. Einige Bauarbeiter hatten daraufhin gemutmaßt, ich hätte meinen Gewerkschaftsausweis nur erhalten, weil ich mit einem Gewerkschaftsboss geschlafen hätte, während andere eher vermuteten, ich sei eine eiskalte Lesbe. Ein paar ließen anzügliche Bemerkungen fallen, und einer schrie warnend: «Frau auf dem Bau», damit sich die anderen etwas gewählter ausdrückten. Mich kratzte das alles nicht. Ich war nicht lange genug auf den beiden Baustellen geblieben, als dass mich jemand als die hätte kennen lernen können, die ich war, oder wenigstens die, die ich zu sein vorgab. Ich war einfach eine Frau, wie sie Iren oder «Itaker» waren oder Gianelli ein Mafioso. Aber wer immer sie auch sein und wo immer sie auch herkommen mochten, sie bauten etwas, das das Gesicht der Stadt verändern und Bestand haben würde – eine Aufwärtskurve, eine geschwungene Ausfahrt, einen unterirdischen Highway, den ihre Enkel einst voller Bewunderung entlangsausen würden. Und ich war zum Tippen und Aktenablegen verdammt.

«Unglaublich, was?»

Ich drehte so schnell den Kopf, dass ich mir fast das Genick gebrochen hätte. Das dumpfe Dröhnen der Ramme und das stotternde Geräusch der Bohrhämmer in der Ferne hatten mich daran gehindert, die Schritte des großen Schwarzen rechtzeitig zu hören. Seine Zähne blinkten trotz des Dämmerdunkels, und seine Augenbrauen waren über der vorspringenden Nase fast zusammengewachsen. Indianisches Blut, dachte ich. Er sah aus wie aus dunklem Stein gemeißelt.

«Was schauen Sie sich denn an?», fragte er.

«Darf man hier rauchen?» Wenn ich auf eine Frage nicht antworten will, ist es meine Taktik, selbst eine Frage zu stellen. Meine Gedanken kreisten seit meinem Barbesuch wieder ums Rauchen, und ich hatte schon überlegt, ob ich diese schlechte Gewohnheit wieder aufnehmen sollte. Marian rauchte. Ich roch es an ihren Kleidern. Zigarettenpausen würden uns zusammenschweißen.

«Nein. Zu nah am Azetylen. Ich bin übrigens Leland Walsh. Vorarbeiter. Sie habe ich noch nie hier gesehen.»

«Bauarbeiter?»

«Sind nicht nur Grünschnäbel und Schlammwühler hier. Ich bin Zimmermann. Gewerkschaftsbezirk dreiunddreißig. Und Sie?» Er trug ein dickes Flanellhemd und ein Sweatshirt mit Reißverschluss und Kapuze unter seiner orangenen Sicherheitsweste. Er sprach fast akzentfrei, höchstens mit einem bisschen breiteren A, wie Leute aus dem Mittelwesten.

«Carla. Sekretärin.»

«Hab gehört, dass jemand Neues im Büro ist.» Er zeigte zur Grube. «Und was halten Sie davon?»

Stahlarmierungen ragten aus den Betonspundwänden. Alle möglichen Ungetüme, Geräte und Maschinen, deren Namen ich nicht kannte, türmten sich überall auf dem Lehmboden unter den Balken und Trägern, die den Highway provisorisch abstützten. Ich wusste, dass die Zeit irgendwann ihren Zauberstab schwenken und die Baugrube in eine unsichtbare Hightech-Superschnellstraße verwandeln würde. Die Stadtplaner sprachen schon jetzt von Renaturierung, Springbrunnen, Gärten und einem Freilichttheater. Dort wo wir jetzt standen, würde helles Tageslicht gleißen und keine Spur mehr übrig sein von dem alten Schandfleck über der Erde, nicht einmal ein Schatten.

Im Augenblick fiel es mir jedoch noch schwer, etwas anderes als eine Baugrube, Dreck und gigantische Maschinen zu sehen.

«Ein verdammt teures Loch», sagte ich. «Und verdammt viel Arbeit, die noch zu tun ist.»

«Sie haben ja keine Ahnung, wie es *vorher* da unten aussah, wodurch wir uns da graben mussten. Versorgungsleitungen, Gas, Strom. Abwasserrohre. Verflucht große Kanalisationsschächte. Dampf in Hochdruckrohren. Alles musste ohne Unterbrechung der Versorgung umgeleitet und neu verlegt werden.»

«Deshalb kostet es also so viel.»

«Warten Sie mal ab.» Seine Zähne waren weiß und regelmäßig.

«Bis wann? Bis morgen? Bis es noch teurer geworden ist?»

«Warten Sie mal, bis wir fertig sind. Dann kümmert es niemanden mehr, wie viel es gekostet hat. Sind Sie gern hier?»

«Konnte ich noch nicht feststellen», sagte ich. «Wie läuft denn die Arbeit? Ich habe ein paar Leute sagen hören, sie müssten auf ein Wunder hoffen oder Überstunden machen, um den Zeitplan einhalten zu können. Was meinen Sie?»

Er presste die Lippen zusammen. «Also, Nummer eins: Ich glaube, viele der Männer quatschen zu viel. Nummer zwei: Ich glaube, einige der Bautrupps müssen härter arbeiten. Meine natürlich nicht. Meine Mannschaft besteht aus lauter tollen Kerlen. Wie ich zum Beispiel.»

Ich kam nicht mehr dazu, diesem Satz auf den Grund zu gehen, denn wir wurden von Liz Horgan unterbrochen. Sie trug einen dicken schwarzen Mantel und sank mit ihren hochhackigen Schuhen tief in den Morast ein.

«Carla, stimmt's? Kann ich Sie eine Minute sprechen?»

«Sicher», sagte ich locker, ließ den Vorarbeiter stehen und trat mit ihr in die Nische zwischen zwei Baustofflagern. Ob sie mich zurechtweisen wollte, weil ich so lange Pause machte? «Ich wollte längst zu Ihnen kommen und mich richtig vorstellen. Ich habe das Bild von Ihrer Tochter auf Ihrem Schreibtisch gesehen. Was für ein hübsches Mädchen! Ich habe eine kleine Schwester, allerdings ein paar Jahre älter.» So hätte ich ewig weiterplappern können, aber ich bemerkte auf einmal die Verzweiflung in ihrem Blick und verstummte.

«Ich wollte fragen, ob ich Sie um einen Gefallen bitten dürfte.»

«Natürlich. Gerne.» Sie hatte kein Wort von dem mitbekommen, was ich gesagt hatte. Ihrer Miene nach hatte sie sich nicht einmal gefreut, etwas Schmeichelhaftes über ihre Tochter zu hören. Vielleicht hatte Marian doch Recht, dass das Kind ihr egal war.

Sie strich mit den Händen an ihrem Mantel herunter.

Als sie zu lächeln versuchte, wurden ihre Augenwinkel ganz eng. «Ist eigentlich nur eine Kleinigkeit.» Die Stimme versagte ihr den Dienst, und ich fragte mich nun wirklich, um was in aller Welt sie mich bitten wollte.

«Ist die Sitzung gestern gut gelaufen?», fragte ich, um ihr aus der Verlegenheit zu helfen.

«Oh. Ach ja, die Sitzung. Genau. Heute Morgen war wieder eine, es ging um Politik, ein Arbeitsfrühstück, und da wollte ich Sie um etwas bitten. Ich würde ja selbst runtergehen, aber ich habe nicht das Richtige dafür an – und ich bin auch zu spät dran –»

«Was soll ich machen?»

«Sie könnten dem Mann, der gestern ins Büro gekommen ist, etwas ausrichten. Kevin Fournier. Würden Sie ihn wieder erkennen? Er müsste in der Grube sein, in der Nähe der monströsen Planierraupe hinter dem Bulldozer.»

Der Mann mit den wässrigen blauen Augen.

«Könnten Sie ihm etwas ausrichten? Von meinem Mann? Sagen Sie ihm nur, drei Uhr.»

«Kein Problem.» Sie hatte kaum merklich gezögert, bevor sie «von meinem Mann» sagte. Vielleicht war ihr bewusst geworden, wie die Nachricht sonst klingen würde – nach einer heimlichen Verabredung.

«Doch ein Problem.» Ich fragte mich, ob der Schwarze wohl hinter mir und Liz Horgan herspioniert hatte. Er schien leicht amüsiert zu sein.

«Leland», sagte sie leise. «Wenn ich Sie gesehen hätte, hätte ich *Sie* gebeten –»

«Kevin ist heute nicht da. Ich weiß nicht, wo er steckt, vielleicht ist er krank.»

«Sind Sie sicher?»

«Ja.»

Ich sagte: «Ich schnappe mir trotzdem mal einen Schutzhelm und gehe runter, für den Fall, dass er doch –»

«Nein», sagte Liz Horgan, «wenn Leland sagt, dass er nicht da ist, ist er nicht da.» Ihre Stimme war so ausdruckslos, dass ich nicht hätte sagen können, ob sie erleichtert oder noch besorgter war als vorher. Als ob sie nur zu sich selbst spräche.

«Ich wollte Sie auch was fragen.» Der Schwarze trat vor, und ich bemerkte, dass er breite, ausladende Schultern hatte. «Hat jemand den Schlüssel zu dem Schuppen gefunden, Mrs. Horgan?»

«Noch immer nicht.»

«Dann werde ich mit O'Day sprechen, er soll bei der Firma einen nachbestellen oder einen neuen machen lassen, wenn nötig.»

«Ich spreche selbst mit Harv, Leland. Sie brauchen sich nicht darum zu kümmern. Alles in Ordnung heute?»

«Keine Ratten mehr, falls Sie das wissen wollten.»

Ehe ich Genaueres über die Ratten in Erfahrung bringen konnte, womit sowohl Nagetiere als auch Informanten gemeint sein konnten, schob Liz ihren Arm unter meinen. «Gehen wir rein», sagte sie zitternd. «Es ist eiskalt hier draußen. Ich hoffe, Sie kommen gut zurecht, Carla. Falls es Probleme gibt, kommen Sie doch bitte einfach zu mir.» Bei ihrem müden Lächeln und ihrer offenen Freundlichkeit konnte ich mich in meiner Rolle als Spionin nicht mehr so recht wohl fühlen. *Auch eine Art von Ratte.*

Auch als Polizistin hatte ich verdeckt ermittelt, aber das war lange her, und ich vergaß nie, wer ich war und wem ich Loyalität schuldete. Ich kannte Cops, die die Seiten gewechselt hatten, die sich mit Gaunern eingelassen, die vergessen hatten, wo die Trennlinie zwischen uns und ihnen verläuft. Auf dieser Baustelle schien die Trennlinie unscharf zu sein. Ich hatte nicht das Gefühl, in eine kriminelle Vereinigung einzudringen, sondern eher das Empfinden, eine freundliche Frau zu täuschen und einem gut aussehenden Mann absichtlich einen falschen Namen zu nennen.

Wir stiegen die Holztreppe zum Bürocontainer hinauf, Liz immer noch mit ihrem Lächeln, das sie wie eine Maske aufgesetzt hatte. Ich schloss die Tür, bevor mich Walsh nach meiner Telefonnummer fragen oder ich ihn um seine bitten konnte.

Gegen 14.30 Uhr hatte ich den starken Verdacht, dass in unserem Büro keine Schriftstücke zu Versicherungsansprüchen abgeheftet waren. Das hintere Büro zu inspizieren schien unmöglich zu sein, bis mir plötzlich das Glück hold war. Erst machte Marian früher Feierabend, um einem technischen Berater im Bechtel-Ingenieurbüro Unterlagen vorbeizubringen. Dann polterte ein Typ mit Schutzhelm herein und murmelte etwas von Grundwasser. Auch von Ratten war die Rede. Viel mehr bekam ich nicht mit, aber diese beiden Reizworte genügten, um O'Day und die Horgans doppelt so schnell wie sonst nach draußen zu treiben.

Mein Hauptziel war der hohe Aktenschrank in der Ecke des hinteren Büros, aber zuvor widmete ich mich drei Minuten Liz' Schreibtisch und suchte nach einem Notizbuch oder Terminkalender, nach irgendetwas Schriftlichem über einen Termin um drei Uhr. Als ich nichts fand, nahm ich mir den Aktenschrank vor. Ich zog die oberste Lade heraus und blätterte die Ordner rasch durch: Geräteleasing, Gerätekauf ... Ich schrieb die Namen der Versicherer auf. Eddies Mitarbeiter konnten die Gesellschaften überprüfen und sie bitten, ihre Schadensmeldungen einmal durchzusehen …

Das Telefon klingelte. Zuerst dachte ich, es sei das Schreibtischtelefon, das von der Telefonanlage im vorderen Büroraum durchgestellt war, aber als ich darauf zuging, merkte ich, dass das Klingeln aus Liz Horgans oberster Schreibtischschublade kam. Die meisten Big-Dig-Beschäftigten haben Handys. Liz hatte offenbar vergessen, ihres einzustecken. Ich streckte die Hand nach der Schublade aus, um zu sehen, ob sie abgeschlossen war.

Ich habe das absolute Gehör. Es ist eine Gabe, aber sie kommt selten zur Anwendung, es sei denn, man ist Klavierstimmer oder Stimmenimitator in Vegas. Als die Schublade geräuschlos aufging, nahm ich das Handy heraus, schaltete es ein und sagte mit hoher Stimme im Tonfall von Liz Horgan: «Hallo.» Ich dachte, ich hätte vielleicht Kevin Fournier dran, der mir hoffentlich etwas sagen würde, was ich wissen wollte.

Zuerst hörte ich kaum etwas, nur ein leises Rauschen wie vom Meer. Dann ein schwaches Knistern und dann eine Stimme. Keine Begrüßung, nur Sprechen, kaum hörbar, weit weg und so monoton, als würde etwas vorgelesen oder rezitiert.

«Die südliche Abfahrt der Verkehrsachse in Richtung Verbindungsbrücke am Leverett Circle, Ausfahrt sechsundzwanzig A, ist von heute bis Samstagmorgen an Wochentagen nachts von einundzwanzig bis fünf Uhr gesperrt. Die Storrow-Drive-Auffahrt zur Brücke bleibt bis Donnerstag offen.» Die Stimme klang stockend und unsicher. Im Gegensatz zu elektronischen Ansagen war der Redefluss holprig.

«Hallo?», wiederholte ich noch einmal.

Die Stimme fuhr unbeirrt fort. «Die nördliche Abfahrt der Verkehrsachse in Richtung Causeway Street, Ausfahrt fünfundzwanzig, wird Donnerstag- und Freitagnacht von dreiundzwanzig bis fünf Uhr dreißig gesperrt. Die nördliche Abfahrt des Interstate dreiundneunzig zur Tobin Bridge, Ausfahrt siebenundzwanzig, wird –»

«Wer spricht da?», fragte ich.

Ein kurzes Klicken, dann Stille.

8 Nach Dienstschluss verließ ich das Büro, ging zum Quincy Market und tauchte in der Menge unter. In der Nähe des Kiosks mit den guten Schokoplätzchen, als keine erkennbaren Big-Dig-Arbeiter zu sehen waren, holte ich mein Handy hervor und rief bei der Foundation Security an. Eddie hatte mir gesagt, ich sollte Spike verlangen und ihn darauf ansetzen, Informationen für mich einzuholen, so ähnlich, wie ich meine Mieterin Roz einspanne, wenn ich an einem Fall arbeite. Sie ist ein Computer- und Telefonfreak, und solange ich sie nicht in Person einsetze, sieht auch niemand ihre Tätowierungen, Piercings und punkig gefärbten Haare. Spike kannte mich dem Namen nach und hatte schon auf meinen Anruf gewartet. Ich ratterte die Namen der Versicherungsgesellschaften herunter, bat ihn, die Schadensmeldungen zu überprüfen, und gab ihm die Nummern meines Handys und meines Telefons zu Hause durch. Er klang sehr kompetent, und ich fragte mich, ob er insgeheim ebenso verrückt war wie Roz, ob es ihn vielleicht locken könnte, sich freiberuflich zu betätigen, oder ob er eine geregelte Arbeitszeit und ein festes Gehalt vorzog.

Ich fragte mich auch, ob ich nicht Steuergelder verplemperte, wenn ich die Horgans weiter ausspionierte. Dass Material von der Baustelle verschwand, war nicht direkt ein Kapitalverbrechen, es sei denn, Eddie hatte den Verdacht, dass mehr bestellt als verbaut wurde und sie das Zeug entweder auf dem schwarzen Markt oder an nichts ahnende Kollegen weiterverkauften. Davon hatte er zwar nichts gesagt, aber er enthielt mir anscheinend irgendetwas vor. Vielleicht sollte ich Roz bezahlen, um die Beziehung zwischen Eddie und dem alten Horgan einmal auszukundschaften.

Ich stieß einen Seufzer aus und schüttelte den Kopf. Kein Wunder, dass ich lieber in eigener Regie arbeitete. Ich weiß, dass ich mir trauen kann, außer in Bezug auf Männer. Auf Baustellen sind massenweise attraktive Männer, stark und gut gebaut wie dieser Leland Walsh. Schwer zu sagen, ob Walsh über Gebühr neugierig war, was mich betraf. Vielleicht nahm er seinen Job als Vorarbeiter ernst und hielt es für seine Aufgabe, Neuankömmlinge freundlich willkommen zu heißen. Und dann Kevin Fournier. Bei ihm war ich mir gar nicht sicher. Reizte ihn Liz Horgan? Oder reizte ihn Liz Horgans Macht? Ich starrte mein Handy an und beschloss, zu meinem Abendjob überzuwechseln, obwohl es nicht einmal halb vier nachmittags war.

Manche Privatermittler schwören auf Johnnie Walker, aber ich habe Claire Harper, meiner Lieblingsinformantin beim Kraftfahrzeug-Zulassungsamt, noch nie eine Flasche Scotch zu Weihnachten geschenkt. Stattdessen schicke ich ihr immer am Valentinstag ein Dutzend langstielige Rosen. Bei Claire, einer schüchternen Angestellten mittleren Alters, die zur Zeit meiner Großmutter eine alte Jungfer geworden wäre, sind diese Stiele bestens angelegt, und sie erinnert sich stets an meinen Namen.

Sie ließ mich drei Minuten in der Warteschlaufe hängen, aber für das Zulassungsamt ist das nichts. Als sie wieder dran war, bestätigte sie mir die Fakten, die ich mir auf meinem Block notiert hatte. Veronica James hatte in diesem Bundesstaat kein Fahrzeug angemeldet. Dana Renee Endicott besaß einen schwarzen Jeep des Typs «Grand Cherokee», Baujahr 1997, und als Limousine einen brandneuen taubenblauen Audi A6 Quattro. Ich ließ mir das Kennzeichen des Jeeps noch einmal durchsagen und erfuhr auch die Fahrgestellnummer.

«Irgendwelche Parksünden?» In Boston mit seinen Parkzonen nur für Anlieger ist die Zulassungsstelle oft der schnellste Weg, Ausreißer mit Autos ausfindig zu machen. Sie parken in der Stadt und zack!, haben sie ein Protokoll.

«Tut mir Leid, nichts.»

«Wie aktuell sind Ihre Infos?»

«Wenn der Jeep nach Sonntag aufgefunden wurde, habe ich noch nichts darüber.»

So viel zur Effizienz und Automation beim Zulassungsamt. Ich sagte Claire, ich würde mich noch einmal melden, wählte Dana Endicotts Nummer und drückte auf «Verbinden». Ich hatte die Wahl, entweder die U-Bahn zur Beacon Street zu nehmen oder zu Fuß zu gehen, was wahrscheinlich schneller ging. Ich wollte die Habseligkeiten der Vermissten durchsehen und ihr Zimmer inspizieren. Hatte sie Drucke oder Poster an der Wand hängen? Geblümtes rosa Bettzeug oder schwarzen Satin? Hingen in ihrem Schrank zerfetzte Jeans oder

Lederhosen? Benutzte sie Parfüm, rasierte sie sich die Beine? Ich wollte wissen, was sie mitgenommen und was sie dagelassen hatte. Ich hatte die Frau noch nie gesehen, sie war wie ein körperloser Geist, über den Fremde Andeutungen machten.

Eine Ansage informierte mich darüber, dass Mrs. Endicott zurzeit nicht zu sprechen sei. Ich hinterließ eine Nachricht für sie, dass sie mich so bald wie möglich zurückrufen sollte. Verdammt. Ich hatte nicht einmal ein Foto.

Ich prüfte nochmals nach, ob die Adresse des Arbeitgebers, für den Veronica tagsüber tätig gewesen war, auch wirklich stimmte, und befand, dass es nicht nötig sei, erst dort anzurufen. Irgendjemand würde schon auf dem Gelände der Charles-River-Hundepension auf der Western Avenue in Allston anwesend sein. Hunde brauchen Pflege; Hunde sind keine Katzen.

Mit der U-Bahn kommt man nicht bis Allston. Man muss in einen Bus umsteigen, und wer bereits die Bahn als Hölle empfindet, für den wird der Bus ein wahres Inferno sein. Das letzte Mal, als ich Bus gefahren bin, fingen zwei Kerle, die sich schon dauernd auf Portugiesisch beschimpft hatten, eine Schlägerei an und besudelten die Mitfahrer mit ihrem Blut, bis ein weiterer Fahrgast losbrüllte und eine .38er zog. Ich beschloss, mir diesen Ärger zu ersparen, mit der Bahn nach Hause zu fahren und das Auto zu nehmen.

Die Charles-River-Hundepension mit einem großen roten Schild im Fenster teilte sich einen Häuserblock mit zwei heruntergekommenen Kfz-Werkstätten und einem Schnellimbiss. Der Parkplatz war hinter dem Haus am Ende einer langen, engen Einfahrt. Ein alter brauner Volvo Kombi und ein ehemaliger Schulbus, der himmelblau lackiert war, standen dort. Keine Spur von Danas Jeep. Der Eingang zu dem niedrigen Backsteingebäude war ebenfalls hinten, mit roten Schriftzügen und in fröhlichen Farben bemalt. Die Glasscheiben der Innentür trugen witzige bunte Pfotenabdrücke. Ich brauchte weder zu klingeln noch zu klopfen. Kaum näherte ich mich der Tür, erfüllte raues Gebell die Luft.

«Ja?» Der Mann trug einen grauen Kittel und sah aus wie aus einem Krankenhaus-OP. Er streckte die Nase durch einen engen Spalt.

«Ich hätte gern den Chef gesprochen. Ich verkaufe nichts.»

«Haben Sie einen Hund?»

«Sagen Sie ihm, es geht um Veejay. Veronica James.»

«Sind Sie diese Dana?»

«Nein.»

«Ich sehe mal nach, ob er ’n Augenblick Zeit hat.»

Ich hätte Danke gesagt, aber er hatte mir schon die Tür vor der Nase zugeklappt. Als ich mich eben zu fragen begann, wie lange ich mir das Gejaule wohl noch anhören müsste, kam der graue OP-Kittel wieder und lächelte, um mir klar zu machen, dass er nicht etwa getrödelt hatte.

«Keine Angst vor den Hunden», sagte er und machte die Tür weit auf.

Hunde machen mir keine Angst. Ich habe allerdings eine gewisse Vorliebe für selbständige arrogante Katzen, aber solange Hunde mich nicht von oben bis unten vollsabbern, finde ich sie prima.

Die Hundepension befand sich eine Treppe tiefer in einem großen, holzgetäfelten Saal, der vielleicht früher einmal ein Tanzstudio beherbergt hatte. Davon war in einer Ecke ein Stück abgeteilt, gerade groß genug für eine schäbige Couch und ein paar zerschlissene Sessel. Es roch nicht wie in einem Tanzstudio, sondern nach feuchtem Hundefell. Und Hunde waren überall, Terrier, Labradore, Golden Retriever. Drahtkäfige säumten drei Wände, nicht gerade klein, sondern eher wie Zwinger im Zoo. Bei der siebenundzwanzigsten Schlabberzunge hörte ich auf zu zählen, aber nur, weil ich den Saal inzwischen durchquert hatte und nun ein kleines Büro auf der anderen Seite betrat.

Es war winzig und spärlich mit einem Schreibtisch aus Eisen, ein paar Stühlen und einem einsamen Aktenschrank möbliert. Auf einem Namensschild auf dem Schreibtisch stand Rogers Walters, beide Namen im Plural. Ein Mann sprang auf, als ich hereinkam. Sein Begrüßungslächeln schwand, als er begriff, dass ich keine zukünftige Kundin war.

«Ich würde Ihnen gern ein paar Fragen über Veronica James stellen.»

«So? In wessen Auftrag?» Walters trug braune Wollhosen und ein beiges kariertes Hemd, nichts Modisches, was den Hunden wahrscheinlich egal war, aber um Längen besser als das, was sein Mitarbeiter anhatte, und daher eher für den Publikumsverkehr geeignet. Ein dicker Pullover voller Hundehaare hing über der Lehne seines Stuhls.

Ich hatte mir noch keine Taktik überlegt. Das tue ich meist erst, wenn ich sehe, was auf mich zukommt. «Sie arbeitet doch hier, nicht wahr?» Ich schenkte ihm mein bezauberndstes Lächeln.

«Wer sind Sie denn?» Seine Stimme blieb kühl und spröde, und ich fragte mich, ob mein Lächeln vielleicht wirkungsvoller war, wenn ich einen roten Schopf hatte. Mir fiel auf, dass er sich sehr gerade hielt und wie spartanisch er sich eingerichtet hatte. Nach dem kühl kalkulierenden Blick in seinen Augen zu urteilen, konnte er im Polizeidienst gewesen sein, daher beschloss ich, ihm lieber nichts vorzumachen. Ich reichte ihm meine reguläre Geschäftskarte mit Berufsangabe. Ich benutze sie nicht allzu oft, aber manchmal wirkt sie wie eine Eintrittskarte.

«Privatdetektivin?» Er verzog den Mund, als hätte er einen schlechten Geschmack auf der Zunge. «Nun, Miss Carlyle, worum geht's denn?»

«Veronica arbeitet bei Ihnen?»

«Ich habe sie diese Woche noch nicht gesehen.»

«Von ihr gehört?»

Er schüttelte den Kopf.

«Ihre Freunde machen sich Sorgen um sie.»

«Dann bin ich also nicht der Einzige, den sie ohne Abmeldung hängen lässt.» Er mochte um die 35 sein; sein Haar, das auf einer Seite gescheitelt war und ihm in die Stirn hing, lichtete sich bereits.

«Wann haben Sie sie das letzte Mal gesehen?»

«Am Freitag. Als sie Montag nicht erschien, nahm ich an, sie sei krank. Passte mir gar nicht. Ich musste für sie einspringen und ihre Arbeit übernehmen. Sie hat nicht angerufen. Ungehörig. Später hat eine Freundin von ihr angerufen. Oder war es ihre Schwester, die nach ihr suchte?» Er kratzte sich im Nacken und ließ sich dann auf seinem Stuhl nieder. «Hat mir ihren Namen gesagt, Dana Soundso.»

Er bot mir keinen Stuhl an. «Ihre Vermieterin.»

«Hat sie ihre Miete nicht bezahlt?»

«Doch, doch.»

«Gut, nur – sie wird doch wohl nicht von der Polizei gesucht oder so was?»

«Ich habe nichts mit der Polizei zu tun.» Ich versuchte es noch einmal mit einem Lächeln, aber er wurde kein bisschen wärmer. «Sie waren nicht besorgt oder alarmiert, als sie nicht erschien?»

«Nein, aber ich hatte auch nicht unbedingt erwartet, dass sie lange hier bei uns bleiben würde. Ich will offen sein. Ich zahle nicht genug.» Irgendwo jaulte ein Hund auf, und ich hörte die Außentür klappen. «Der einzige Grund, warum Veronica geblieben ist, waren die Hunde. Sie hat wirklich ein Händchen für Hunde. Die Kunden wollen unbedingt *sie* haben – Veejay soll den Hund ausführen, Veejay soll bei dem Hund bleiben, Veejay soll den Hund ausbilden. Wir kümmern uns rund um die Uhr um jedes Tier, holen es ab, verschaffen ihm Bewegung, pflegen es, das ganze Drum und Dran. Ich gebe es nicht gerne zu, aber wenn sie jetzt hier zur Tür hereinkäme, mit oder ohne Entschuldigung, mit oder ohne Begründung, ich würde sie wieder nehmen, ohne Fragen zu stellen. Ich weiß nicht, wie ich jemand anders finden soll, der so gut mit Tieren umgehen kann, so bereitwillig seine Arbeit tut.» Er blickte mich so hoffnungsvoll an, als könnte ich vielleicht plötzlich weich werden und ihm mein eigenes Verlangen gestehen, für anderer Leute Tiere zu sorgen. Als diese Reaktion ausblieb, sagte er: «Ist das alles?»

«Ist sie mit ihren Kollegen ebenso gut ausgekommen wie mit den Hunden?»

Die Frage schien ihn zu irritieren. «Hier sind ja nur Harold und ich und halbtags noch Erica. Sie – Veejay – hat nie Probleme gehabt. In einem so kleinen Betrieb wie diesem hätte ich was davon bemerkt.»

«Kein Streit, keine Auseinandersetzungen?» Der graue OP-Kittel, das musste Harold sein.

«Nein.»

Ihren Arbeitsvertrag durfte ich nicht sehen – der sei vertraulich –, aber er gestattete mir einen Blick auf ihre Bewerbung. Sie hatte sie vor knapp einem Jahr geschrieben. Adresse, Sozialversicherungsnummer und Angaben zur Familie passten zu den Daten, die ich schon hatte. Nichts war abweichend, nichts ungewöhnlich.

Walters senkte die Stimme. «Am wahrscheinlichsten ist, dass sie einen Typen kennen gelernt hat und – na ja, Sie wissen schon – irgendwo mit ihm in eine Hütte gezogen ist. Sie wird wieder auftauchen. Aber das werden Sie natürlich nicht unbedingt Ihrer Klientin erzählen wollen.»

Ich ignorierte seine Anspielung, dass ich vermutlich auf ein höheres Honorar spekulierte, denn Privatermittler haben notgedrungen ein dickes Fell, und überredete ihn lieber dazu, Veejays letzten Arbeitstag mit mir durchzugehen. Sie hatte am Freitag ganz normal von acht bis vier gearbeitet und war morgens mit dem Bus losgefahren, um die für diesen Tag angemeldeten Vierbeiner einzusammeln. Vierundzwanzig Hunde, vielleicht auch ein paar mehr oder weniger, mit denen Veronica jedoch klarkam als Fahrerin – normalerweise fuhr Harold –, weil der Bus speziell dafür ausgerüstet war und die Hunde die Prozedur kannten.

«Irgendwelche Abweichungen von der Arbeitsroutine in letzter Zeit?»

«Nein.»

«Gab es Hinweise darauf, dass sie Drogen genommen hat? Oder trank?»

«Um so was kümmere ich mich nicht. Hören Sie mal, ich habe im Augenblick nicht viel Zeit. Ich habe noch keinen Ersatz für sie gefunden und muss an die Arbeit.»

Er stand auf, ein Wink mit dem Zaunpfahl, dass er das Gespräch als beendet betrachtete.

«Vielleicht hat sie einem Ihrer Kunden von ihren Plänen erzählt.»

«Das bezweifle ich.»

«Ich würde die Besitzer gern persönlich befragen.»

«Sie werden doch nicht im Ernst glauben, dass ich Ihnen Einblick in meine Kundenkartei gebe! Ich bediene mit meinem Service viel beschäftigte Leute. Er ist nicht billig, und es gibt andere, die so ziemlich das Gleiche anbieten. Ich werde mir ganz sicher meine Kunden nicht damit vergraulen, dass ich ihre Namen an eine Privatdetektivin weitergebe.»

«Es würde diskret laufen. Ich würde Sie gar nicht erwähnen.»

«Veronica arbeitet aber bei mir. Das wissen die Kunden. Vergessen Sie's.» Er hielt meinen Blick aus.

«Dann würde ich gern noch mit Ihren anderen Angestellten sprechen.»

«Muss das sein?»

«Es dauert nicht lange.»

Er ging mit großen Schritten zur Tür. «Harold!»

Der Mann mit dem grauen Kittel erschien, und bevor ich noch ein Wort sagen konnte, fragte Walters ihn: «Hat Veronica dir gesagt, dass sie diese Woche nicht kommt?»

«Nein.»

«Bitte.» Er verschränkte die Arme, eine unmissverständliche Geste, die mir sagte: *Jetzt reicht's. Verschwinden Sie.*

«Und Ihre Halbtagskraft –»

«Erica.»

«Sie würde ich auch gern fragen.»

«Die wird Ihnen das Gleiche sagen wie ich.» Harold hatte ein schmales Gesicht und eine dicke, zerknitterte Nase. «Veejay ist am Freitag wie immer gegangen. Wir haben uns beide gewundert, dass die nicht aufgekreuzt ist.»

«Hat sie spezielle Freunde unter den Hundebesitzern?»

Er schüttelte den Kopf. «Nee, sie mochte nur die Hunde.»

«Haben Sie sie je mit einem Freund zusammen gesehen?»

«Nee.»

«Und jetzt Schluss, wir müssen uns an unseren Zeitplan halten», sagte Walters bestimmt. «Hier geht's zu wie beim Militär. Die Hunde müssen pünktlich am Charles ausgeführt werden – wir sorgen für viel frische Luft und Bewegung –, sie müssen gefüttert und wieder in den Bus gelockt werden. Jetzt ist Verladezeit. Begleite die Lady doch bitte hinaus, Harold.»

Ich hatte Veronicas Zimmer noch nicht inspiziert und noch nicht mit ihren Eltern gesprochen. Die Kundenliste der Charles-River-Hundepension würde ich wahrscheinlich gar nicht brauchen, aber es war mir so vorgekommen, als hütete Walters sie zu eifersüchtig. Als wir die Treppe hinaufstiegen, versuchte ich mein Lächeln an Harold. «Sie merken es sich bestimmt, wo Sie überall Hunde abholen.»

«Der Boss gibt mir eine Liste.»

«Ich wette, Sie könnten mir eine Kopie davon machen.»

Er sagte nicht ja und er sagte nicht nein, aber er verlangsamte seine Schritte, und als wir auf dem Treppenabsatz ankamen, machte er die Tür nicht gleich auf.

«Sie wäre mir einiges wert.»

«Wie viel?»

«Fünfzig Grüne.» Damit kam Dana Endicott billiger weg als mit meinem Stundensatz, wenn ich dem Hundetransport zu allen Besitzern hätte folgen müssen, um deren Adressen ausfindig zu machen. «Bei Erhalt.»

Meine Karte verschwand in seiner Tasche.

9

Ich erwog, zum Sandsteinhaus von Dana Endicott zu fahren und an ihre Tür zu wummern, für den Fall, dass sie zu Hause war, aber nicht ans Telefon ging. Dann überlegte ich, ob es überhaupt klug sei, eine reiche Klientin so zu belästigen, insbesondere angesichts der üblen Parksituation in ihrer Gegend – Abschleppzonen, Parkuhren, die viertelstündlich nachgefüttert werden mussten, und Parkplätze nur für Anlieger. Mein Bein schmerzte, wahrscheinlich wegen des schlechten Wetters, vielleicht aber auch wegen meiner Schuldgefühle. Ich war schon drei Tage nicht zur Gymnastik gewesen.

Schließlich fuhr ich zu Gold's, wo es reichlich Platz zum Parken gab, strampelte mich eine halbe Stunde lang auf dem Fitnessrad ab, machte die für mein Bein empfohlenen Hebe- und Streckübungen und arbeitete mich ächzend durchs Achillessehnen-Training. Dieses Programm vertrieb zwar meine Schuldgefühle, nicht aber die Wolken.

Es war nass und ekelhaft draußen, die Regensalven kamen von allen Seiten, sodass mein Schirm völlig nutzlos war. Ich koche selten, aber an Abenden wie diesem geht nichts über ein Chili con Carne. Ich hielt am Supermarkt an, um die Zutaten zu erstehen. Das Rezept variiert, aber Pizzatomaten aus der Dose und grüne Chilischoten sind eigentlich immer dabei, außerdem ein paar riesige spanische Gemüsezwiebeln, Hackfleisch und jede Menge Knoblauch. Ich duschte, sobald ich zu Hause war, und zog mir bequeme Kleidung an. Dann hackte und rührte ich, probierte und trank gegen die Schärfe ein Bier. Es tat gut, wieder zu arbeiten, nachdem ich so lange untätig gewesen war. Ich arbeite am liebsten in eigener Regie, was sicher etwas damit zu tun hatte, aber aus unerfindlichen Gründen kam mir auch immer wieder der Satz aus einem Stück von Tennessee Williams in den Sinn von dem Vater, der für die Telefongesellschaft arbeitet und sich in die Fernleitung verliebt.

Für mich waren Vermisstenfälle zum Verlieben. Wenn ich je an den Punkt komme, wo ich die Wahl habe und mir etwas aussuchen, mich spezialisieren und auf *eine* Sache konzentrieren kann, werde ich mich auf jeden Fall für die Vermisstensuche entscheiden. Ich befasse mich gern mit etwas, das nicht da ist, wie etwa das Loch in einem Donut. Es ist so, als würde man einen Luftzug beobachten, Turbulenzen, die durch die Abwesenheit eines Körpers im Raum entstehen. Ich konnte Veejay noch immer nicht sehen, nicht einmal im Geiste, aber ich bekam allmählich ein Gefühl für die Wirbel, die ihre Abwesenheit verursachte. Die ungeübte Elvira musste jetzt an ihren Tischen bedienen, dem Chef blieb nichts anderes übrig, als die Arbeit seiner Angestellten zu übernehmen, und die Vermieterin stand mit einem leeren Zimmer da und war ihr Auto los.

Vermisste rühren mich stärker an als verschwundenes Baumaterial, daran besteht kein Zweifel. War die Begegnung mit Dana Endicott vielleicht ein Wink, mich wieder selbständig zu machen? Ich überdachte meine Finanzlage. Mein Konto brauchte mehr als nur eine einmalige Aufstockung. Paolina und das College, rief ich mir ins Gedächtnis zurück; Paolina verfügt zwar über eigene Mittel von ihrem Vater, einem Drogenbaron, aber ich hatte in jüngster Zeit ziemlich viel davon ausgeben müssen, um sie aus der Sozialwohnung herauszuholen, weil ich die Theorie vertrat, dass sie es nie bis zum College schaffen würde, wenn sie dort blieb.

Ich aß mein dampfendes Chili zum Prasseln des Regens an den Fensterscheiben. Ich erwog, Sam Gianelli anzurufen und ihn zu fragen, ob Norrelli & Co. eine bekannte Baufirma war, wie es ihm ginge, ob er verheiratet war und welche Summen die Mafia wohl aus dem «Loch» herausholte. Ich kam zu dem Schluss, dass ich ein Bier zu viel getrunken hatte, spielte noch ein bisschen Gitarre und ging zu Bett.

Am nächsten Morgen zog ich mich im Dunkeln an und liebäugelte mit dem Gedanken, die Reste des Chilis als Mittagsimbiss mitzunehmen. Ich wollte den Lunch mit Marian nicht zur festen Gewohnheit werden lassen, und vermutlich würden sich die Bauarbeiter beim Mittagsmahl zwangsläufig über Diebstähle unterhalten, sobald ihnen traditionelle Gesprächsthemen wie die Frage, wer im Mittelfeld für die Red Sox spielen sollte, ausgingen. Und dann konnte ich, natürlich, den Thermosbehälter nicht finden. Ich wusste, dass ich so etwas besaß, ein rotes Plastikteil mit weiter Öffnung. Die Vorstellung, auf dem kalten Boden zu sitzen und ein kaltes Chili zu essen, war alles andere als verlockend.

Als ich den Thermosbehälter endlich gefunden hatte, war ich schon etwas spät dran. Dann fuhr mir meine Bahn vor der Nase weg, und wie es so geht, verwandelte sich auch noch der Schnee in Matsch, aber als ich, mit Entschuldigungen gewappnet, ins Büro gestürmt kam, war niemand da. Ich steckte den Kopf ins hintere Büro, auch da niemand. Marians Handtasche lag gut sichtbar in ihrer halb offenen Schreibtischschublade, aber nichts sprach dafür, dass die Horgans schon da gewesen waren, und O'Day glänzte ebenfalls durch Abwesenheit. Ich machte eine kurze Bestandsaufnahme von dem, was auf den Schreibtischen der Horgans lag. Das Foto lächelte. Der Laptop fehlte. Ein Hochglanzprospekt des Big-Dig-Firmenausschusses lag auf einer Lohn- und Gehaltstabelle. Ich zog probehalber an der obersten Schublade von Gerrys Schreibtisch. Sie rührte sich nicht, aber die von Liz ließ sich öffnen. Ihr Handy war weg.

Das Licht war an, die Alarmanlage ausgeschaltet. Ich ging wieder ins vordere Büro und verglich meine Uhr mit der Zeitangabe auf dem Mikrowellenofen. Gestern um die gleiche Zeit hatte ich von diesem Container aus Maschinen dröhnen und Bohrhämmer rattern gehört. Jetzt war nur das Zischen des in der Ferne vorbeisausenden Verkehrs zu hören. Ich machte den Vorhang an dem kleinen Fenster einen Spaltbreit auf, stand einen Augenblick unbeweglich da und schnappte mir dann einen Schutzhelm. Es dauerte nur Sekunden, meine Schuhe wegzuschleudern, schwere Stiefel anzuziehen und in meinen Mantel zu schlüpfen. Ich rannte nach draußen und nahm die drei Betonstufen auf einmal.

Gestern hatte auf dieser Baustelle, wohin man auch blickte, eine Betriebsamkeit wie in einem Bienenstock geherrscht, jeder hatte in seinem eigenen Rhythmus gearbeitet, jeder war Teil eines Bautrupps gewesen, der seinem eigenen Takt folgte. Jetzt war kaum Bewegung auf der Baustelle, der Blick wurde magisch auf eine einzige

Stelle gelenkt. Trauben von Leuten mit Schutzhelm standen in der Nähe der trichterartigen Schächte in der Abdeckung und starrten in die Tiefe, und ihr Atem stieg als Wolke in die Luft. Ich hielt auf die westliche Gerüsttreppe zu und fand den Weg durch die Menge versperrt.

«Wo sind die verfluchten Sanitäter?»

«Scheiße, sieht böse aus. Bewegt er sich noch?»

«Kannst du was sehen?»

Baumaschinen sind schwer und störrisch, die Arbeitsbedingungen bei der Eiseskälte hart. Karbidlampen brannten, der Grund war schlüpfrig. Nur drei Menschen waren bisher am Big Dig umgekommen, seit Gouverneur Weld im Dezember 91 eine Flasche Champagner zerschmettert und damit die Bauarbeiten eröffnet hatte. Einer war schwer verletzt worden. Trotzdem waren die Arbeiter vorsichtig und die Sicherheitskräfte wachsam. Tausende sind beim Bau des Panamakanals ums Leben gekommen, Hunderte beim Bau der Golden Gate Bridge. Das «Loch» war eine Modellbaustelle mit beneidenswertem Ruf. Ein Rettungswagen kam schleudernd zum Stehen, Blaulicht blitzte. Ein Mann an der östlichen Gerüsttreppe fuchtelte mit den Armen und schrie: «Bringt eine Trage!»

Ich zwängte mich in die Menge und schob mich dichter an den nächsten Schacht heran. Niemand kletterte die Treppe hinunter, vielleicht war sie blockiert.

Ein Mann sagte: «So wie Horgan Charlie zusammengestaucht hat, muss eigentlich was am Gerüst faul sein, oder?»

«Charlie überprüft das Scheißding jeden Morgen.»

Die Sanitäter hatten Schwierigkeiten, die Trage in den Schacht hinunterzuhieven. Hände packten mit an, halfen beim Hinabsenken. Murren erhob sich, die Rettung würde zu lange dauern. Es hätte doch Übungsmanöver gegeben, ob die Kerle denn nicht aufgepasst hätten? Auf einem Bauabschnitt hätten sie einen Mann mit dem Greifer eines Krans hochziehen müssen. Dies hier sei gar nichts dagegen, warum es dann eigentlich so verflucht lange dauern müsste.

«Tja, er bewegt sich nicht.»

«Wenn du in Ohnmacht fällst, rührst du dich auch nicht mehr.»

«Vielleicht ist er gelähmt.»

«He, vielleicht hat er ja Schwein.»

Aus dem Augenwinkel bekam ich mit, wie Gerry Horgan sich mit rotem Gesicht zum Rettungswagen drängte, die keuchende Liz im Gefolge. Die Sanitäter hoben die Trage mit Hilfe von Arbeitern hoch und ließen sie von Hand zu Hand weiter nach oben wandern. Ein Mann war mit orangenen Gurten darauf festgeschnallt. Ich versuchte, sein Gesicht zu erkennen, aber es blieb hinter Köpfen, Schultern und Schutzhelmen verborgen. Als die Trage oben war, ging ein Raunen durch die Menge und setzte sich wie eine plötzlich auflebende Windbö von Trupp zu Trupp fort. Kevin Fournier.

Die wässrigen blauen Augen im Büro. Der dringende Wunsch, Liz Horgan zu sprechen. Auch ich kämpfte mich durch zum Rettungswagen.

Die orange gekleideten Sanitäter brachten mit raschen Bewegungen Sauerstoffschläuche an. Das Opfer wurde auf eine Pritsche geschnallt. Ich erhaschte einen Blick auf seinen Kopf, der halb von einer Sweatshirt-Kapuze verhüllt und blutverkrustet war. *Er müsste stärker bluten*, dachte ich. Das Blut müsste hervorsprudeln bei einer solchen Wunde.

O'Day, der Baustellenleiter, stand links neben Horgan. Er sah aus, als würde er am liebsten zuschlagen und etwas zerschmettern. Liz Horgan klammerte sich an die Hand ihres Mannes, der sie jedoch abschüttelte und hinter den Sanitätern herlief, während er etwas in ein Walkie-Talkie schrie. Liz berührte O'Day an der Schulter und rannte dann hinter ihrem Mann her. Sie sah aus, als müsste sie sich übergeben.

«Kann ich Ihnen helfen?» Ich stellte mich ihr am Bauzaun in den Weg. «Alles in Ordnung?»

Sie starrte mich ausdruckslos an.

«Carla», sagte ich.

«Es wird schon wieder», sagte sie mehr zu sich selbst als zu mir. «Es wird schon wieder.» Ihre Zähne klapperten. Sie ging einen Schritt, taumelte und hielt sich am Zaun fest, um nicht umzufallen.

Plötzlich stand, wie aus dem Boden gewachsen, Horgan neben mir. «Sie! Bringen Sie sie von hier weg! Geben Sie ihr im Büro Wasser zu trinken oder so was. Komm schon, Liz. Überlass das mir. Es wird schon werden, Liz.»

«Wie denn?», fragte sie leise. «Wie denn! Bei diesem –»

«Wir werden auf vierundzwanzig/sieben gehen, wenn es sein muss. Wir werden tun, was wir tun müssen.»

«Wir werden einen Wachmann für nachts einstellen.» Sie sprach so leise, dass ich sie kaum verstehen konnte. «Wir stellen einen ein. Versprich mir das, Gerry.»

«Okay, okay, Liz. Ich kümmere mich darum.»

«Versprich es», beharrte sie.

«Es wird schon werden.»

«Mein Gott.»

«Geben Sie ihr auch eine Decke», sagte Horgan zu mir.

Ich hätte sie lieber allein gelassen, mir einen Weg in die Grube hinab gesucht und Fußabdrücke und Blutspritzer inspiziert, aber so etwas wäre bei einer Sekretärin aufgefallen und hätte für Fragen gesorgt. Also führte ich Mrs. H., den Arm schützend um ihre Schultern gelegt, zum Büro zurück. Sie bat um Aspirin. Ihre Hand fühlte sich eiskalt an.

Sie hätte Aspirin in der obersten Schreibtischschublade, sagte sie mir. Ich fand es, nahm einen Pullover vom Haken, weil keine Decke da war, und legte ihn ihr um die zitternden Schultern. Ihre Zähne klapperten so sehr, dass es fünf Minuten dauerte, bis sie das Aspirin einnehmen konnte. Wenn sie nicht da gewesen wäre, hätte ich jetzt Eddie angerufen. Ich hatte auf einmal kein Verlangen mehr, meinen Tagesjob aufzugeben. Ich hatte Kevin Fournier auf der Trage liegen sehen. Mir schien, er lag im Sterben, wenn er nicht schon tot war.

Auch ein Toter ist ein Vermisster.

10

Durch das Fenster des Bürocontainers sah ich, wie Horgan zu dem Verletzten und einer Sanitäterin in den Rettungswagen sprang. Das Massachusetts General Hospital war am nächsten. Ich hatte dort mit meiner Schusswunde gelegen. Die noch immer zitternde Mrs. Horgan umklammerte meine Hand und bat mich, Leland Walsh zu holen. Ich konnte ihn nicht finden, nutzte jedoch die Gelegenheit, per Handy Eddie zu benachrichtigen. Ich versuchte, so nahe an die Unglücksstelle heranzukommen, dass ich heimlich ein paar Aufnahmen machen konnte, aber die Gerüsttreppen wurden von finster dreinblickenden Arbeitern mit Schutzhelmen bewacht. Später erzählte mir Marian, Walsh sei ebenfalls zum Krankenhaus gefahren.

Nicht lange, und die Arbeit ging weiter. Die östliche Gerüsttreppe blieb gesperrt, aber die westliche wurde schnell wieder aufgemacht. Einigen Arbeitern passte es nicht, dass sie gleich wieder schuften sollten, nachdem eben ein Kumpel leblos aus der Baugrube gezogen worden war, aber keiner legte die Arbeit nieder. Alle wussten, dass der Bau ein Vielfraß war und dass jede Verzögerung teuer zu stehen kam. Marian rief bei der Baudirektion an und sagte mir dann, die Versicherungen, die Gewerbeaufsicht sowie das Straßenbauamt würden von dort aus benachrichtigt. Wir begannen, Fotokopien von den Unterlagen über die wöchentlichen Sicherheitsprüfungen zu machen. Das Telefon fing an zu klingeln und hörte nicht wieder auf: Reporter, die Gewerbeaufsicht, der oberste Sicherheitsbeamte. Charlie Perez, der für die Sicherheit auf dem betreffenden Bauabschnitt zuständig war, stritt sich heftig mit Harv O'Day. Mitten in dem ganzen Chaos erholte sich Liz Horgan wieder, nahm ihre Arbeit auf und ließ Kaffee und Gebäck für das Büroteam kommen, worüber selbst Marian gerührt und dankbar war.

«Unfall» war das einzige Wort, das ich hörte, als ich mit einer Gruppe Arbeiter zusammen auf dem kalten Boden mein Mittagsmahl einnahm. So ein verdammtes Saupech. Derart weit zurück, und jetzt das. Wird langsam ein Unglücksort. Ich versuchte, das Gespräch auf Kevin Fournier zu bringen, was er für ein Mensch war und wer zu seinen Freunden gehörte, aber da senkte sich gleich drückendes Schweigen über den Trupp. Daraus schloss ich, dass wahrscheinlich niemand Kevin etwas

Schlechtes nachsagen wollte, und das hieß, dass sie nicht besonders optimistisch waren, was seine Genesung betraf. Einige Männer hatten seine Verletzungen von ihrem Standort aus besser sehen können als ich, aber abstürzen sehen hatte ihn offenbar keiner. Es tönte nicht im Chor, Kevin sei ein toller Kumpel gewesen. Niemand behauptete, sein Freund zu sein oder seine Familie zu kennen. Dass er nicht verheiratet war, entnahm ich den Anspielungen auf zahllose flotte Freundinnen. Ein guter Footballspieler, sagte jemand. Wettete gern, hörte ich.

Ich rechnete fast damit, dass Eddie aufkreuzen würde. Als er nicht erschien, rief ich ihn noch einmal an und verabredete mich für den Abend mit ihm. Marian hatte Schwierigkeiten, zum Krankenhaus durchzukommen, und meinte, die Arbeitskollegen würden die Leitung bestimmt mit Handyanrufen blockieren. Sie ließ mich den Leuten sagen, dass sie die Verbindung halten wolle, dass sie alle halbe Stunde dort anrufen und den anderen mitteilen würde, ob sich an Fourniers Zustand etwas geändert hatte. Der wurde anfangs als sehr ernst bezeichnet, Fournier hatte also bei der Einlieferung noch gelebt. Daran änderte sich den ganzen langen Nachmittag nichts. Schlimmer werden konnte es auch nicht; im Krankenhausjargon gibt es keine Steigerung von «sehr ernst».

Ich ging um drei, Dienstschluss für Sekretärinnen; ich war frustriert, hatte jedoch das Gefühl, nichts anderes machen zu können. Ich war keine Angehörige von Fournier, konnte also nicht einfach ins Krankenzimmer spazieren und seine Verletzungen von nahem begutachten. Ebenso wenig war ich städtische Beamte, sodass ich keinen Baustopp ausrufen konnte, oder ein hohes Tier aus dem Big-Dig-Management, das eine sofortige Untersuchung hätte verlangen können. Ich war auch keine Polizistin mehr, die dienstlich hätte ermitteln können, ob es sich um einen Mordversuch handelte, und im Alleingang konnte ich erst recht nichts unternehmen. Eddie hatte mich ermahnt, meine Tarnung aufrechtzuerhalten und nicht auffällig zu werden. Trotzdem hätte ich mich wohl kaum losreißen können, wenn ich nicht meinen zweiten Job und damit eine Verabredung gehabt hätte.

Ich wollte mir endlich Veronica James' Zimmer anschauen, aber daraus wurde wieder nichts. Dana Endicott, wegen dringender Geschäfte nach New York verreist, hatte weder einen Schlüssel dagelassen noch ein festes Datum für ihre Rückkehr angegeben, sondern nur eine Nachricht auf meinen Anrufbeantworter gesprochen. Dieser Aufschub ärgerte mich; ich lasse ungern bestimmte Schritte aus. Ich fragte mich, was die reiche Dame mit ihren Hunden gemacht hatte, ob sie sie vielleicht Rogers Walters und seiner Charles-River-Hundepension anvertraut hatte.

Ich zog mich gar nicht erst um, als ich nach Hause kam, dazu fehlte mir die Zeit. Ich hielt nur zum Tanken an, schob eine Robert-Johnson-CD ins Gerät und versuchte, durch die dröhnenden Bässe des Delta-Blues auf andere Gedanken zu kommen. Autofahren hilft mir normalerweise, mich zu entspannen, aber ich hatte immer noch das «Loch» vor Augen, sodass sich meine Finger um das Lenkrad krampften – die schaukelnde Trage im Dämmerlicht, den Mann, der seinen Helm abnahm und sich bekreuzigte, als der Verletzte vorbeigetragen wurde, die angespannten Gesichter der Arbeiter beim Mittagsmahl. *Warum hatte niemand Fournier stürzen sehen oder schreien hören?*

Tewksbury, in dem Veronica James ihre Kindheit verbracht hatte, ist 22 Meilen von Boston entfernt und war früher das Ackerland armer Bauern, aber von den alten Feldern ist nur noch wenig übrig, und ein Großteil des steinigen Grundes ist in baumlose Parzellen eingeteilt. Familie James wohnte in der Nähe der Ortsmitte, einer Straßenkreuzung mit einer Grünanlage und einer schindelverkleideten Kirche mit spitzem Turm, in einem Haus im Kapstil mit verwittertem grauem Anstrich und durchhängender Veranda. Da ich keine Klingel fand, klopfte ich.

Die Augen der Frau, die die Tür öffnete, waren völlig stumpf. Sie starrte mich an, als würde ich schlechte Nachrichten bringen. Ich sagte jedoch nur meinen Namen und erinnerte sie daran, dass wir schon miteinander telefoniert hatten.

«Wir *müssen* nicht mit Ihnen reden. Sie sind nicht von der Polizei.»

«Das ist richtig. Darf ich reinkommen?» Der niedrige Flur roch nach Mottenkugeln. Irgendwoher kamen Geräusche, das ferne Zirpen und Plärren eines Fernsehers.

«Jack – mein Mann –, er ist da hinten im Zimmer. Es ist alles durcheinander. Er ist krankgeschrieben, aber das können Sie ja nicht wissen.»

Vage. Dana Endicott hatte ihr Telefongespräch mit Veronicas Mutter als wenig informativ und vage beschrieben.

«Das macht nichts.»

Sie zuckte die Achseln und trat beiseite. Der Flur mündete in ein Wohnzimmer mit einer alten, zu prall gestopften Couch mit Schottenkaro. Schondeckchen lagen auf den Sofa- und Sessellehnen, und an der Wand hing Jesus am Kreuz. Das Zimmer, in das sie mich führte, war ein bisschen größer als das Wohnzimmer, und der strahlende 50-Zoll-Farbbildschirm auf der einen Seite sah eher nach Ikone aus als der Jesus im Vorderzimmer. Zwei dicke Sessel standen wie Kinositze davor und dazwischen ein Tischchen für Knabberzeug. Der Mann im rechten Sessel schaute sich *Riskant!* an, und die Lautstärke war beachtlich.

Veronicas Vater war gut zwanzig Jahre älter als die Mutter. Er war blass und aufgedunsen, und allem Anschein nach war seine Vorstellung von einem schweißtreibenden Training, Kartoffelchips zum Mund zu führen. Sein Sessel war in Liegeposition geklappt, und seine hochgelegten, blau geäderten Füße steckten in Fellpantoffeln.

«Gesellschaft, Jack.» Die Frau musste gegen den Fernsehlärm anschreien.

«Was? Wer denn?»

«Die Frau Carlyle, sie fragt nach Veronica.»

Er sah mich ärgerlich an und griff nach der Fernbedienung. Wenn er durch einen Knopfdruck mich statt des Quiz hätte verschwinden lassen können, hätte ich mich jetzt in Rauch aufgelöst.

«Was, zum Teufel, wollen Sie denn?»

«Ihr Gerät hat einen guten Klang», sagte ich bewundernd.

Er schniefte ein wenig und nickte. Sechzig, grau meliertes Haar, angegrautes Bärtchen am Kinn, noch kein rechter Spitzbart, aber auf dem besten Wege dazu. «Wenn Sie reden wollen, setzen Sie sich. Du auch, Helen. Warum stehst du rum, sodass ich hochgaffen muss?» Er reckte den Hals in meine Richtung. «Ich habe mich am Rücken verletzt. Macht mich gottverdammt nervös.»

Helen blieb unentschlossen stehen, bis ich mich auf einen kleinen Polsterschemel setzte. Dann nahm sie ihren angestammten Platz in dem anderen Lehnsessel ein.

«Was soll eigentlich die ganze Aufregung um Ronni?», fragte der Mann. «Sie ist über einundzwanzig. Wir leben in einem freien Land, soviel ich weiß.»

«Natürlich», stimmte ich ihm zu, «ich wollte auch nur sicher sein, dass ich mir das richtige Bild von Ihrer Tochter mache, deshalb würde ich gern von Ihnen etwas über sie hören.»

«Ich habe *vier* Töchter, vier, alle erwachsen und aus dem Haus. Zwei sind verheiratet, eine ist auf dem Fitchburg State College – im zweiten Jahr – und Ronni. Plus vier Enkelkinder.» Er deutete mit dem Arm auf gerahmte Bilder an der Wand, gnadenlos gestellt wirkende Gruppenfotos zum High-School-Abschluss im Wechsel mit Kaufhausschnappschüssen von seinen Enkelkindern. Die Messingrahmen vom Ramschladen waren identisch, und helle, rechteckige Stellen auf der Tapete ließen erkennen, dass die Bilder umgehängt worden waren, als die Zahl der Enkel zunahm. «Unsere Elsie kommt mindestens dreimal die Woche her und bleibt immer zum Abendessen. Wenn sie einkaufen geht, passt Helen auf die Jungs auf.»

«Können Sie mir mal Veronica zeigen?», fragte ich.

«Die in der tief ausgeschnittenen Bluse», sagte Mr. James missbilligend.

Die Mutter räusperte sich. «Ich hatte ihr gesagt, sie sollte etwas mit einem hübschen Kragen anziehen, aber sie behauptete, alle Mädchen würden diese Sachen mit V-Ausschnitt tragen.»

Veronica, unten rechts, hatte glattes, dunkles Haar,das

links gescheitelt war und schmucklos ein hageres Gesicht einrahmte. Ihre Augen, zu groß für das Gesicht, waren ebenfalls dunkel. Sie blickten über die linke Schulter des Fotografen irgendwohin. Während ich das Foto betrachtete, plapperte Mrs. James weiter über Veronicas High-School-Garderobe, dass sie immer nur Schwarz oder Weiß getragen hätte, sie, die Mutter, hingegen wie ihre älteste Tochter Elsie hübsche Farben bevorzuge.

«Hell!» Mr. James unterbrach sie mitten im Satz. «Hel ist die Abkürzung des Vornamens meiner Frau – nicht dass Sie denken, ich würde die ganze Zeit fluchen.» Er gab mir mit einem Blick zu verstehen, dass ich seinem feinen Humor Anerkennung schuldete, und so verzog ich mein Gesicht zu einem hoffentlich angemessenen Grinsen. «Bringen wir's hinter uns. Was wollen Sie über Veronica wissen?»

«Wenn ich es richtig mitbekommen habe, besucht sie Sie nicht so oft wie Elsie.»

Helen James hörte auf, unsichtbare Fusseln von ihrem Rock zu zupfen, und blickte hoch. «Ein-, zweimal pro Monat.»

«Hält sie sich an feste Zeiten?»

«Nein, nicht direkt. Sie kommt zu Geburtstagen und anderen Feiern.»

«Hatte am letzten Wochenende, an dem Wochenende, wo ihre Vermieterin sie hier vermutete, jemand Geburtstag?»

Hels Augenbrauen waren braun, ihr Haar jedoch platinblond, schlecht gefärbt und strohtrocken. Sie schüttelte den Kopf. «Nein. Der älteste Sohn unserer Elsie hatte vor drei Wochen eine große Party. Er ist sechs. Ein schönes Fest. Mit Zauberer und allem Pipapo, und es wurden diese lustigen Tierballons aufgeblasen.»

«War Veronica auf dem Fest?»

«Ja, aber nur ganz kurz.»

«Und letztes Wochenende hatten Sie sie gar nicht erwartet.»

«Nun, die Mädchen wissen, dass sie jederzeit nach Hause kommen können. Unsere Tür ist immer offen. Einmal gab es Ärger mit dem Ehemann, und da ist unsere Tochter zu uns –»

«Hel, das geht sie nichts an.»

«Jack, ich will ja nur sagen, dass Ronni weiß, dass sie immer herkommen kann, ohne sich anzumelden.»

«Also ich habe es schon gern, wenn ich im Voraus Bescheid weiß», sagte er. «Wir sind ja kein Hotel.»

«Wann ist Veronica von zu Hause fortgegangen und hat sich selbständig gemacht?» Ich sah Helen an, aber es war Jack, der antwortete.

«Gestern noch auf der High School, und am nächsten Tag zur Tür hinaus. Ein Großstadtmädchen in der Provinz. Sagt, sie müsste irgendwo leben, wo sie sich jeden Abend einen Film anschauen kann. Unsere Elsie ist immer hier geblieben, auch während ihrer College-Zeit.»

Ich begann Elsie zu hassen. Wer auf dem Foto *sie* war, hatte ich bereits entschieden. Sie musste die sein, die die Nase so hoch trug und so blasiert dreinblickte.

«Jaymie hat bis zu ihrer Heirat auch hier bei uns gewohnt, nur die kleine Jackie nicht, die wollte es dieses Jahr mal mit dem Studentenheim versuchen. Jackie ist unsere Jüngste.» Man merkte, dass er an Jackie hing.

«An welcher Stelle kommt denn Tochter Veronica?»

Helen sagte: «Wissen Sie, ich habe immer gedacht, sie würde fleißig studieren. Sie ist klug, wirklich, aber sie umgibt sich immer mit Tieren. Mami, darf ich einen

Hamster mitbringen, ein Kaninchen – was sie gerade in der Schule hatten.»

«Hel, die Dame ist nicht die Bohne an den verdammten Tieren interessiert.»

«Jack, der Grund, warum die eine Frau sich so aufregt, ist, dass Ronni ihren Hund dagelassen hat.»

«Ja, gut, aber die kann es sich doch leisten, das verdammte Vieh zu füttern. Was macht das schon für einen Unterschied, ob es drei oder vier Köter sind! Die steckt doch ständig ihre Nase in anderer Leute Angelegenheiten, wahrhaftig. Denk doch mal nach. Veronica ist ein hübsches Mädchen. Ich will nicht behaupten, dass sie ein Engel ist, sie ist vielleicht ein bisschen wild. Sie geht aus, und die Frau verlangt von mir, eine Vermisstenanzeige aufzugeben. Teufel auch, die Hälfte der Polizeibeamten hier in der Stadt sind Logenbrüder von mir. Die Hälfte der Mädchen in dieser Stadt leben mit irgendeinem Mann zusammen, mit dem sie nicht verheiratet sind. Das schockt mich längst nicht mehr, obwohl ich finde, dass manche von ihnen ausgepeitscht gehören. Wenn man ein Kind richtig erzieht, gerät es auch richtig, sage ich immer.» Er lief langsam rot an.

Hier ist, was *ich* immer sage: Wer diese blöden Gemeinplätze über Kindererziehung glaubt, tut so, als wäre alles in Ordnung, auch wenn nichts in Ordnung ist. Weil das Verhalten der Tochter auf einen selbst zurückfällt. Ich gab die Idee auf, das Ehepaar James zu bitten, eine Vermisstenmeldung zu machen, und beschloss mit Blick auf die gefleckten Wangen von Jack James, auch den Jeep unerwähnt zu lassen. Der Mann würde womöglich in seinem Stratorester einen Herzinfarkt bekommen bei dem Gedanken, seine Tochter würde des Autodiebstahls verdächtigt.

«Helen, verdammt nochmal.» Er drückte auf einen Knopf an seinem Sessel, und schon schoss sein massiger Körper in eine aufrechte Stellung. «Warum verschwendet diese Frau eigentlich meine Zeit? Du hast ihr doch von dem Anruf erzählt, oder? Ehrlich, Helen, manchmal weiß ich nicht, was mit dir los ist.»

Seine Frau biss sich auf die Lippen und starrte auf ihren Schoß. «Ich habe gar nicht mit Ronni gesprochen.»

«Hat sie angerufen, als Sie nicht da waren?», fragte ich. «Eine Nachricht hinterlassen?» Wenn die nicht gelöscht worden war, konnte ich sie mir kopieren. «Hat sie gesagt, wo sie ist?»

«Also, genau heute früh, da hat ein Mann namens Peter hier angerufen und gesagt, es ginge ihr gut, wir brauchten uns keine Sorgen zu machen. Hat mich gebeten, ihren Vermieter anzurufen. Das habe ich getan und eine Nachricht auf Band gesprochen.»

«Peter?», wiederholte ich. «Peter wer?»

«Tut mir Leid, an seinen Nachnamen kann ich mich nicht mehr erinnern. Er hat ihn genannt, war sehr höflich. Eine nette, freundliche Stimme wie ein Talkmaster. Ich dachte, er wollte mich vielleicht für eine Bank werben oder ich hätte ein Preisausschreiben gewonnen. Ich beteilige mich immer an solchen Preisausschreiben, dann kann ich mich auf etwas freuen. Er sagte, ich würde ihm viel Mühe ersparen, wenn ich den Anruf für ihn erledigen würde, er sei an einem Münzfernsprecher oder so was. Sie wissen ja, wie viel Geld die schlucken.»

«Hat er Vermieter oder Vermieterin gesagt?»

«Das weiß ich nicht mehr. Kann mich nicht mehr erinnern.»

«Hat dieser Peter gesagt, warum Veronica nicht selbst angerufen und Hallo gesagt hat?»

«Ach, er hat ihr nur einen Gefallen getan.» Helen zupfte weiter an ihrem Rock herum. «Ich hoffe, ich habe nichts falsch gemacht. Bei Miss Endicott habe ich die Nachricht hinterlassen, dass ich mit Ronni gesprochen habe und sie sich keine Sorgen zu machen braucht.»

«Haben Sie doch gar nicht. Nur indirekt.»

«Na ja, nicht so richtig.»

«Nennen Sie meine Frau etwa eine Lügnerin?», sagte Mr. James scharf. «Das reicht. Wir haben genug von Ihren Fragen beantwortet.»

«Ich nenne absolut niemanden einen Lügner», sagte ich beschwichtigend, «und ich bin dankbar für die Zeit, die Sie mir opfern. Dieser Peter, können Sie sich erinnern, ob Ihre Tochter den mal erwähnt hat? Ist sie mit ihm zusammen zur Schule gegangen, waren sie Arbeitskollegen?»

«Wir kennen ihre Bostoner Freunde nicht», sagte Helen. «Unter ihren High-School-Freunden war kein Peter, soweit ich mich erinnern kann.»

«Das Mädel hatte keine Freunde an der High School. Ronni ist eine Einzelgängerin. Ganz anders als Elsie. Elsie war im vorletzten Jahr Cheerleader. Sie –»

«Ronni hat aber im Chor gesungen», sagte Helen zur Verteidigung ihrer Tochter. «Das war ihr Freundeskreis. Die Chorsänger.»

«Dann guck dir doch mal an, wen sie alles in den Chor aufgenommen haben», sagte ihr Mann zornig, «darum hat sie nämlich nie anständige Jungen kennen gelernt.»

«Sie hat Rick kennen gelernt.»

«Wer ist Rick?», fragte ich.

«Ihr gottverdammter Mann», sagte Jack voller Abscheu. «Hel, musstest du jetzt diesen Mistkerl erwähnen? *War* ihr Mann, das Arschloch.»

Ich hatte als Allererstes einen Suchlauf zur Erfassung der Personalien von Veronica James gestartet. Es lag nichts über eine Eheschließung oder Scheidung vor. Auch Dana Endicott hatte nichts von Ehe gesagt. Jack James haute auf die Fernbedienung, und schon ging der Fernseher in voller Lautstärke an. Ich versuchte, noch eine Frage anzubringen. Ein grinsendes Model fuhr zu ohrenbetäubendem Rock-'n'-Roll-Gewummer in einem silberfarbenen Geländewagen mit 150 Stundenkilometern eine regennasse Straße entlang. James funkelte mich wütend an, brüllte «Auf Wiedersehen» und wandte sich mit ungeteilter Aufmerksamkeit dem Fernseher zu.

Helen James begleitete mich in den Flur hinaus und sah mich dabei verlegen an. «Ronni und Rick waren nie richtig verheiratet. Er weiß das. Weder kirchlich noch standesamtlich, aber sie hat mit ihm zusammengelebt und so, deshalb nennt er Rick ihren Exmann.»

Als wir in dem engen Flur standen, überredete ich sie dazu, mir Ricks Familiennamen, Garrison, zu verraten und mir seine Adresse zu geben, von der sie allerdings meinte, sie stimme wahrscheinlich nicht mehr.

«Ich glaube nicht, dass sie zu ihm gehen würde. Ehrlich nicht.»

«Wohin würde sie denn gehen, wenn sie in Schwierigkeiten steckt?»

Mrs. James' Miene wurde verschlossen. «Wir sind gegen Abtreibung.»

An diese Art von Schwierigkeit hatte ich gar nicht gedacht. «Hat sie ein enges Verhältnis zu einer ihrer Schwestern?»

«Der Altersunterschied zwischen Ronni und Jaymie ist zu groß.» Sie biss sich wieder auf die Lippen, und ihre Hand krampfte sich um die Türklinke. «Und Jackie, na ja, sie ist noch auf der Schule … Nein, ich fürchte, nein.»

Ich brachte sie so weit, dass sie mir auch deren Telefonnummern gab.

«Helen!» Jack hatte ein ganz schönes Organ, wenn er aufdrehte. Es übertönte das Fernsehgeplärre und sorgte dafür, dass die Frau einen schuldbewussten Blick nach hinten warf.

«Ronni soll mich anrufen, sobald Sie sie gefunden haben», flüsterte sie. «Ich ängstige mich zu Tode. Wir sehen immerfort fern. Da sollte man doch meinen, er wüsste, was draußen in der Welt los ist.»

Fernsehen ist nicht das Leben, meine Liebe, hätte ich am liebsten gesagt. Schaltet das Scheißding aus und atmet mal echte Luft. Stattdessen bedankte ich mich bei ihr. Dann setzte ich mich in meinen Wagen und rief nacheinander die Schwestern an. Weder Jackie noch Jaymie hatten Veronica gesehen, und einen Peter kannten sie auch nicht. Elsie – Mami und Papis Liebling – sparte ich mir für zuletzt auf.

«Bestimmt nicht», sagte sie mit Nachdruck, als ich sie fragte, ob Veejay bei ihr sei. Ihre tiefe, weiche Stimme irritierte mich, denn ich hatte mit einem scharfen, näselnden Ton gerechnet.

«Haben Sie Peters Telefonnummer?»

«Wessen?»

«Kennen Sie einen Freund von Veronica namens Peter?»

«Kein Kommentar.»

«Hören Sie mal, Lady, ich bin nicht vom *National Enquirer*. Ich versuche Ihrer Schwester zu helfen. Ich habe Ihren Eltern nichts davon erzählt, aber Veronica ist mit einem Fahrzeug verschwunden, das ihr nicht gehört.»

«Sie hat ein Auto gestohlen? Heiliger Himmel!»

«Niemand wird sie deswegen verklagen. Jedenfalls nicht, wenn ich sie bald finde.»

«Vielleicht will Ronni gar nicht gefunden werden, haben Sie daran schon mal gedacht? Ach, lassen Sie mich in Frieden. Wir stehen uns nicht besonders nahe. Lassen Sie auch meine Familie in Ruhe. Ihr alle lasst nie locker, stimmt's?» Sie legte mit einem selbstgerechten Knall auf und ließ mich im Dunkeln darüber, wen sie mit «ihr alle» gemeint haben könnte.

Hatte Dana Endicott bei ihr angerufen? Oder zog noch jemand anders Erkundigungen über Veronica ein?

11

«He, tut mir Leid, Kleine. Das muss ein langer Tag für dich gewesen sein.» Eddie streckte die Hand aus, und ich schüttelte sie. Keine Umarmung.

Er hatte eine Pizzeria im North End für unser Rendezvous gewählt, einen Treffpunkt der Sizilianer, wo die Pizza einen dicken, knusprigen Boden hat. Einen oder zwei Monate später hätten wir wahrscheinlich draußen an einem kleinen Tischchen unter einem Cinzano-Schirm gesessen, Espresso genippt und das Leben auf der Hanover Street beobachtet. Ich war direkt von Tewksbury hierher gefahren und hatte halb legal, zu dicht bei einem Hydranten, geparkt. Es war regnerisch, dunkel und windig, und so zogen wir es wie die anderen Gäste vor, drinnen zu speisen.

«Ich habe im Krankenhaus angerufen», fuhr Eddie fort. «Die offizielle Einschätzung ist unverändert. Sein Zustand ist sehr –»

«– ernst, aber es ist schlimmer, Eddie. Ich habe auch mit jemandem gesprochen. Sie halten ihn so lange am Leben, bis sie Leute aufgetrieben haben, die seine Organe brauchen können. Er kommt da nicht wieder raus.»

«Wer hat dir das erzählt?»

«Ein Typ, den ich kenne. Ein Typ, dem ich vertraue.»

«Verdammt. Hier, nimm Platz.»

Der rissige Putz im Innern des Lokals hatte einen Anstrich nötig und der Fußbodenbelag hätte mal erneuert werden müssen. Es gab sieben Tische – setz dich, wer zuerst kommt, wird zuerst bedient. Die Gäste kamen wegen der Puttanesca-Sauce, nicht wegen des bescheidenen Ambiente oder der kitschigen Ausschmückung mit Chiantiflaschen. Ein Feuer brannte in einem gemauerten Kamin an der hinteren Wand. Wenigstens war es warm.

«Ist das nun ein dickes Minus für die Horgan-Bauunternehmung?», fragte ich, sobald ich meinen Mantel ausgezogen und über meine Stuhllehne gehängt hatte.

«Willst du nicht bestellen?» Eddies Kleidung war ungepflegt, und er sah älter aus als bei unserem vorigen Treffen, so alt, dass ich mich fragte, ob Mozzarella und Peperoni ihm bei seinem schwachen Herzen überhaupt bekommen würden. Wir einigten uns darauf, eine große Pizza zu teilen. Bei zwei kleinen hat man im Grunde nicht viel mehr als Kruste.

Er trommelte nervös mit den Fingern auf den Tisch. «Schlimm, jeder Unfall auf der Baustelle ist schlimm, bringt Ärger, aber wahrscheinlich brauchen wir uns keine Sorgen zu machen. Hat nichts mit dem Zeug zu tun, auf das du ein Auge halten solltest.»

«Trotzdem», sagte ich.

«Trotzdem was?»

«Es gibt da so einiges, das ich gern wüsste. Zum Beispiel habe ich niemanden gesprochen, der den Mann abstürzen sah.»

«Das werden Versicherungsfritzen klären.»

«Du willst, dass ich mich auf Materialdiebstahl beschränke?»

Der Kellner unterbrach uns und nahm unsere Bestellung entgegen. Eddie bestellte Bacardi mit Soda. Ich blieb bei Pepsi. Ich war schließlich noch im Dienst.

Kaum war der Kellner gegangen, winkte Eddie mich näher heran und senkte die Stimme. «Hör mal, gestern ist wieder ein Anruf auf der Hotline eingegangen. Über die Horgans.»

«Was?»

«Carlotta, ich lasse mich nicht gern ausnutzen. Für politische Zwecke. Das weißt du doch. Selbst während meines Polizeidienstes habe ich mich nicht von den hohen Tieren herumkommandieren lassen.»

Ich wollte mal nicht daran zweifeln, also nickte ich ernst.

«Wenn ich dächte, dass es etwas Politisches ist, würde ich meine Dienste aufkündigen. Die Sache ist aber die, dass ich nicht genau weiß, was es ist.»

«Eddie, du kennst mich auch noch aus meiner Zeit als Polizistin. Wo nichts ist, da ist nichts.»

Er stieß den Atem aus und lächelte. Seine Finger griffen nach dem Hemdkragen, als wollten sie ihn lockern. «Schön, Carlotta. Manchmal muss ich daran erinnert werden. Tut mir Leid.»

«He, du hast mich eingestellt und kannst mich auch wieder feuern. Ich passe weiter auf, wo's raucht und knistert. Ich habe nichts gegen die Horgans.»

Er nickte und trank einen Schluck Wasser.

«Was ist denn mit dem neuen Anruf über die Hotline?», fragte ich.

«Verkauf von Dreck.»

«Dreck?»

«Der Typ behauptet, jemand würde den Aushub von einer Horgan-Baustelle verhökern. Unrechtmäßig.»

«Mit Dreck lässt sich Geld verdienen?»

«Wenn es um dreizehn Millionen Kubikmeter geht, ja. Weißt du, wie viel Erde das ist?»

Er brannte darauf, mich aufzuklären, und so schüttelte ich den Kopf.

«Damit könntest du dreizehnmal das Foxboro-Stadion füllen.»

Im Foxboro-Stadion spielen die New England Patriots Football.

«Und wer zahlt für den Dreck?», fragte ich.

«Kommt darauf an, wer ihn abtransportiert und wohin. Es gibt Unterhandlungen mit der Stadt, die damit Mülldeponien zuschütten will, drüben auf Spectacle Island entsteht zum Beispiel ein neuer Park. Privatunternehmer sind auch daran interessiert, sie wollen damit Steinbrüche auffüllen und noble Countryclubs draus machen oder ihn an Landschaftsgärtner in den Vorstädten verkaufen.»

Spectacle Island im Bostoner Hafen war immer ein Schandfleck, ein richtiges Stinkloch. So geht es, wenn man ein Areal lange genug als Müllkippe benutzt. Vergrößert und mit Aushub vom Big Dig landschaftlich gestaltet, soll die schnell mit der Fähre erreichbare Insel in Zukunft ein Traumziel für Tagesausflügler sein.

Ich sagte: «Aber bei Dreck von einem einzigen Bauabschnitt kann doch der Preis nicht besonders hoch sein.»

«Genau.»

«Hat der Informant Einzelheiten verlauten lassen?», fragte ich. «Namen?»

Der Kellner brachte die Pizza; sie war zwar nicht perfekt rund, duftete aber nach Knoblauch und Tomaten und war so heiß, dass man sie nicht berühren konnte. Ich sog den Duft ein, und das Wasser lief mir im Mund zusammen. Sechs große Stücke davon waren vormarkiert und ein Messer dazugelegt. Ich schnitt Eddie ein Stück ab und ließ es auf seinen Teller gleiten, aber er beachtete es gar nicht.

«Na los, iss, bevor sie kalt ist», sagte ich.

Meine Hälfte war mit Peperoni, Artischocken und Anchovis belegt. Sie war saftig, scharf und köstlich, doppelt so gut wie ihr Pendant auf dem Quincy Market, und ich schwor mir, Paolina hierher mitzunehmen. Vielleicht mit einer Freundin zusammen, zur Überbrückung der bedrückenden Gesprächspausen.

Eddie probierte einen kleinen Bissen, dann rieb er sich den Mund mit der Serviette ab. «Hör mal, Carlotta, nichts deutet darauf hin, dass diese Dreckgeschichte oder die Sache mit dem Zeug, das angeblich von der Baustelle verschwindet, irgendwas mit dem schrecklichen Unfall zu tun hat. Ich habe mich dahinter geklemmt, seit ich davon weiß. Ich habe auch im Krankenhaus Informationsquellen, die Ärzte meinen, der Mann sei gestürzt.»

«Ja klar, zeig mir mal den Arzt, der zwischen Stürzen und Gestoßenwerden unterscheiden kann, Eddie.»

«So was hältst du für möglich?»

Ich brauchte mir bloß die Gerüsttreppe vorzustellen, und schon kam mir das mulmige Gefühl im Magen wieder in Erinnerung, das ich beim ersten Abstieg in die Grube hatte. «Kann ja sein. Soll ich mal bei den Sanitätern nachhören, ob er noch etwas gesagt hat?»

«Im Rettungswagen?»

«Horgan ist mitgefahren.»

«Ich kümmere mich selbst darum», sagte Eddie.

«Ich werde Spike bitten zu checken, ob Fournier vorbestraft ist, okay?»

«In der Verbrecherkartei? Na gut.»

Ich überlegte, ob ich diese Überprüfung auch auf Harv O'Day und Leland Walsh ausdehnen sollte. O'Day konnte noch leichter als die Horgans mehr Material und Gerät bestellen, als gebraucht wurde. Und Walsh – was erregte eigentlich bei Walsh meinen Verdacht? Das gute Aussehen? Die Art und Weise, wie er mir nachgeschaut hatte, als ich die Stufen zum Bürocontainer hinaufstieg? Sein Verschwinden unmittelbar nach dem Sturz Fourniers?

«Soll ich sonst noch was unternehmen, Eddie? Wird die Baustelle dichtgemacht, wenn Fournier stirbt?»

«Auf gar keinen Fall. Die hohen Herren werden Blumen schicken und ihr Beileid ausdrücken, aber letztlich geht's ums Geld. Bleib am Materialdiebstahl dran – und prüf mal die Verträge für den Abtransport von Aushub.»

«Horgan hat gestern eine Meinungsverschiedenheit mit einem Lkw-Fahrer gehabt.»

«Ja?»

«Einem von Norrelli.»

Eddie trank einen langen Schluck und beugte sich näher zu mir. «Interessant. Vielleicht machst du mal *Gebrauch von deinen guten Kontakten*, du weißt schon.»

Er wich meinem Blick aus und konzentrierte sich lieber auf seine Pizza.

«Etwas gefällt mir nicht», sagte ich.

«Was?»

«Eddie, du weißt doch, dass man manchmal bei einem Fall intuitiv spürt, dass man hier oder da nachgraben sollte. Mein Gefühl gibt mir noch keine Richtung an, aber irgendetwas ist faul. Die Spannung auf der Baustelle –»

«Was für eine Spannung?»

«Vielleicht handelt es sich bei dem, was ich mitkriege, um finanzielle oder auch persönliche Schwierigkeiten, wie eine bevorstehende Scheidung. Kursieren irgendwelche Gerüchte über Liz und Gerry?»

«Scheiße. Hab nichts davon gehört, aber das wäre schlimm, das würde den Saftladen spalten.»

Ich fragte mich, welchen Anteil Liz Horgan an der Horgan-Bauunternehmung besaß. Eddie mochte ich nicht rundheraus danach fragen. Eddie war mit dem alten Horgan befreundet.

Ich sagte: «Hast du Mitschnitte von den Hotline-Anrufen?»

«Sind beim Chef der Aufsichtsbehörde. Warum?»

«Besteht die Möglichkeit, dass beide Anrufe von ein und demselben Mann sind?»

«Also wenn sie's sind, ist es wahrscheinlich irgendein Arsch, der Wut auf jemanden hat. Das FBI-Labor macht Stimmenanalysen. Ich hab einen Kumpel dort.»

«Bin ich nicht gut im Stimmenidentifizieren, Eddie?»

«Teufel auch, ja. Klar, ich erinnere mich.»

«Es ist nicht wissenschaftlich, aber warum lässt du mich nicht mal die Bänder abhören?»

Nicht dass ich glaubte, die Stimmen identifizieren zu können. Ich meine, wenn ich jemandem auf diese Weise eins auswischen wollte, besäße ich doch die Geistesgegenwart, meine Stimme zu verstellen oder einen Freund anrufen zu lassen. Aber ich dachte, ich würde vielleicht eine Vorstellung davon bekommen, wo die Anrufe getätigt worden waren.

Wir aßen die Pizza auf und beschlossen, kein Dessert nachzuschieben, obwohl die Canoli fast platzten vor Schlagsahne.

Es war einfacher, die halbe Meile zum Amt der Aufsichtsbehörde zu Fuß zu gehen, als mit dem Auto dorthin zu fahren. Wir unterquerten die Verkehrsachse und gingen einen schmalen, schlecht beleuchteten Umleitungsweg entlang, der von blau-gelben Absperrungen eingerahmt war. Unter dem alten Highway pfiff der Wind und zerrte an meiner Mütze.

Der Mann, der zweimal über die Hotline angerufen hatte, hatte sich nicht die Mühe gemacht, seine Stimme zu verstellen. Ich hörte den ersten Anruf ab, dann den zweiten. Nochmals den zweiten und wieder den ersten. Es war gut, dass ich ihn einmal zornig erlebt hatte, als er wissen wollte, warum Gerry Horgan nicht auf 24/7-Schichten wechseln wollte. Auch auf dem Tonband klang Fournier wütend.

«Scheiße», sagte Eddie. «Aber es ist nicht sicher.»

«Stimmt», sagte ich. Es war aber sicher.

12

Am nächsten Morgen zog ich die Schultern zusammen und stemmte mich wieder gegen den Wind, neigte den Kopf, als ich am Denkmal von Sam Adams an der Faneuil Hall vorbeikam, suchte im Schatten der *Cradle of Liberty* Zuflucht vor den Graupelschauern, dankbar für den Windschutz und dafür, dass Eddie mich nicht auf eine andere Baustelle beordert hatte, etwa hoch oben auf die neue Schrägseilbrücke. Schon allein beim Gedanken an den eisigen Wind in gut fünfzig Meter Höhe lief mir ein Schauer den Rücken hinunter. Wenn man aus solcher Höhe abstürzte, waren die Folgen klar.

Ich nahm mir vor, die technischen Zeichnungen anzusehen und die Entfernung vom Absturzpunkt Fourniers bis zum Grund der Baugrube nachzuprüfen. Ich spielte im Geiste noch einmal die Kassetten ab, die ich am Vorabend gehört hatte. *Material, das von der Horgan-Baustelle verschwindet. Jemand verkauft den Dreck.*

Wer Aushub verhökert, transportiert ihn nicht in Pappkartons. Er lädt ihn auf Lastwagen, vielleicht auf große rote Norrelli-Lastwagen. Zu Lastwagen gehören Lkw-Fahrer, und die internationale Bruderschaft der Lkw-Fahrer setzt sich aus Männern zusammen, die sich an einen ehernen Code halten: Hau nie einen Fahrerkollegen in die Pfanne. Wenn irgendwo was vom Wagen fällt, geht dich das nichts an.

Fournier war aber kein Lkw-Fahrer. Was wusste er über das angebliche Verschwinden von Baumaterial, über den Aushubverkauf? Hatte er ein Komplott belauscht oder etwas gesehen, was er besser nicht gesehen hätte? Und warum hatte er die Hotline benutzt? Warum war er nicht zu den Horgans gegangen und hatte ihnen von seinem Verdacht erzählt? Weil sie in die Sache verwickelt und dadurch kompromittiert waren ... *Mach Gebrauch von deinen guten Kontakten.* Eddies Worte klangen mir noch in den Ohren, aber es war viel zu früh, Sam Gianelli anzurufen. Viel zu früh ... vielleicht auch viel zu spät.

Fournier starb um 8.57 Uhr, ohne das Bewusstsein wiedererlangt zu haben. Ich erfuhr es nicht von Happy Eddie. Ich erfuhr es – keine Einzelheiten, nur die reine

Tatsache – durch einen Blick auf Marians Gesicht, als sie den Hörer ans Ohr presste. Liz Horgan wusste Bescheid, sobald Marian die Tür zu ihrem Büro aufmachte, ohne vorher anzuklopfen.

Für Liz war die Nachricht ein Schock. Ihre Hände zitterten, als sie sie über der Brust faltete, und sie wurde noch bleicher als bei der Bergung Fourniers aus der Grube. Sie schloss die Augen und atmete stoßweise. Ihre Haare hingen schlaff über ihren blutleeren Wangen. Sie ermahnte Marian und mich, nichts vor der Presse verlauten zu lassen, sondern alle Reporter zum PR-Chef der Big-Dig-Leitung zu schicken. Sie gab Marian Anweisung, noch einmal beim Krankenhaus anzurufen, sich den Namen des Bestattungsinstituts geben zu lassen und die Modalitäten zu klären. Anrufe von Aufsichts- oder Gewerkschaftsfunktionären sollten sofort zu ihr durchgestellt werden. Wir sollten weitere Kopien von den wöchentlichen Sicherheitsberichten des vergangenen Monats bereithalten. Wenn irgendein Arbeiter sie einsehen wollte, bitte schön, wir hatten nichts zu verbergen. Mir reichte sie einen braunen Ordner mit der Bitte, den neuen Nachtwachmann in die Lohn- und Gehaltsliste aufzunehmen.

Die Arbeit forderte mich geistig nicht besonders. Während ich tippte und Jason O'Meara, Geburtsdatum und Sozialversicherungsnummer eingab, war ich mit meinen Gedanken ganz woanders. Die Nachricht vom Tod Fourniers war auch in O'Days Büro gedrungen und hatte einen Moment lang erschüttertes Schweigen ausgelöst, auf das ein leiser Fluch folgte.

«Es ist so schrecklich!» Marian machte ausgiebig Gebrauch vom Kleenex-Vorrat, ehe sie an ihren Schreibtisch zurückkehrte. «Ich weiß ja, dass er nicht im Koma hätte liegen wollen mit Gehirnschaden und so, aber es ist schwer zu glauben, ich meine, er stand doch hier. Er war jung. Und gesund. Er war –»

«Willst du eine Pause machen? Ich kann gut mal allein das Telefon beantworten.»

«Das ist lieb von dir, aber ich muss hier bleiben.»

«Kanntest du ihn gut?»

Sie brauchte keine besondere Aufforderung. «Nicht sehr gut. Ein paar Mal haben wir zusammen Kaffee getrunken. Einmal bin ich mit ihm zu Mittag essen gegangen. Wahrscheinlich hielt er mich für eine gute Bereicherung seines Harems, aber wir passten irgendwie nicht so richtig zueinander, weißt du.» Sie schniefte laut und benutzte ein neues Kleenex. «Ich musste gestern für Gerry die Verbindung zu der Mutter herstellen. Es ist sicher schlimm für sie. Und für Gerry auch. Für uns alle – weiterarbeiten zu müssen, als sei nichts geschehen.»

Gerry Horgan führte gerade Aufsichtsinspekteure über das Gelände. Ich fragte mich, ob er schon etwas von der letzten Wendung der Katastrophe wusste. Bestimmt hat ihn seine Frau benachrichtigt, dachte ich, oder O'Day. O'Day hing am Handy und sprach wütend mit lauter Stimme.

«Hatte Fournier enge Freunde unter seinen Arbeitskollegen?», fragte ich Marian.

«Das weiß ich nicht genau. Ich glaube, Leland Walsh und er kannten sich schon länger. Kevin war ehrgeizig, er wollte sich weiterbilden, wollte Ingenieur werden oder sogar Architekt. Vielleicht hat Mrs. H. ihm weiterhelfen wollen oder so was, ich weiß es nicht.» Sie zog ihre oberste Schreibtischschublade auf, nahm einen kleinen Taschenspiegel heraus und inspizierte ihre Nase und die geröteten Augen. «Der Zeitpunkt ist mir so rätselhaft.» Sie redete weiter, während sie in den Spiegel starrte und ihr Make-up aufbesserte, als spräche sie mit sich selbst. «Das Erste, was Gerry wissen wollte, war, wer ihn hat fallen sehen. Anscheinend niemand.»

Ich wartete.

«Harry Dunegin, einer der Betongießer, hat ihn reglos da unten liegen sehen. Harry war anscheinend als Erster zur Stelle.»

«Könnte er schon in der Nacht vorher abgestürzt sein?»

«Gott, ein schrecklicher Gedanke, er könnte die ganze Nacht dort gelegen haben mit dem vielen Blut im Gehirn. Aber so kann es nicht gewesen sein. Er hat abends noch gestempelt, ich habe seine Stechkarte gesehen.»

Jemand anders kann eine Stechkarte stempeln. Das war einer der Gründe dafür, warum O'Day so dicht an der Stempeluhr saß.

Ich sagte: «Vielleicht hatte er etwas vergessen und kam zurück, um es zu holen.»

«Nach Torschluss?»

«Er hätte drunter herkriechen können. Es gibt einige Stellen –»

«Vielleicht hat er deshalb keinen Schutzhelm getragen.»

Ich hatte schon über den Schutzhelm nachgedacht. «Hat er zu Beginn der Frühschicht gestempelt?»

«Das weiß ich nicht.»

«Verflucht nochmal, das ist doch nicht zu glauben», brüllte O'Day ins Telefon. Ich hatte versucht, etwas von dem Gespräch mitzubekommen, während ich Marian aushorchte, mir jedoch keinen Reim darauf machen können, mit wem er eigentlich redete; es fielen keine Namen. Er schob das Handy in seinen Gürtel und kam zu uns.

«Marian, falls irgendwelche Leute vom Gesundheitsamt erscheinen, möchte ich sofort gerufen werden. Ich will sie nicht in der Grube rumlaufen haben, wenn ich nicht dabei bin. Kapiert?» Er unterstrich seinen Gefühlsausbruch mit erhobenem Zeigefinger und knallte beim Hinausgehen die Tür hinter sich zu.

«Gesundheitsamt?», fragte ich.

«Stell dir das vor! Ausgerechnet heute! Zwei tote Ratten heute Morgen, wir müssen uns also zu allem Überfluss auch noch mit der Rattenplage befassen. Mal ehrlich, wir können zwar die Arbeit nicht niederlegen, wenn jemand stirbt, aber mit Ratten können wir hier nicht weitermachen. Ich gehe um keinen Preis da runter.»

Leland Walsh hatte Ratten erwähnt. Sie waren das Thema Nummer eins gewesen, als das Großbauprojekt zum ersten Mal erörtert wurde. Niemand wusste, wer das Gerücht in Umlauf gebracht hatte, aber es breitete sich so unkontrolliert aus wie ein Waldbrand. Ratten, sagten die Leute, würden überall sein, sobald mit dem Bauen begonnen würde. Tausende vormals harmloser Wanderratten würden, wenn man sie aus ihren Schlupfwinkeln im Hafen vertriebe, im North End, in der Back Bay und in der Innenstadt einfallen. Sie würden scharenweise aus der Kanalisation kommen, in Abflussrohren und Toiletten auftauchen und bis in die Außenbezirke der Stadt vordringen. So schlimm war es bisher nicht.

Ich sagte: «Ich dachte, das mit den Ratten sei ein Ammenmärchen.»

«Bis vor kurzem hatten wir auch keine Probleme, aber was Gerry nach der gestrigen Verzögerung am wenigsten brauchen kann, sind Ratten. Bis der Baustelle Rattenfreiheit bescheinigt wird, läuft gar nichts. Dabei warten die Laster, und die Arbeitstrupps stehen untätig rum.»

Ich fragte mich laut, ob nicht vielleicht ein paar von Fourniers Kumpels Ratten ausgesetzt hatten, um die Bosse auf den Unfall aufmerksam zu machen und zu einem Baustopp zu bewegen.

«Igitt», sagte Marian. «Eine Ratte anfassen?»

Ich sann über symbolische Ratten nach. Ratten, die redeten, wenn sie besser den Mund gehalten hätten, Ratten, die Hotlines benutzten. Jetzt bedauerte ich, dass unser Container mit einer Innentoilette ausgestattet war. Sonst hätte ich eine Entschuldigung gehabt, um nach draußen zu gehen, mir ein stilles Plätzchen gesucht, per Handy beim Leichenschauhaus angerufen und in Erfahrung gebracht, für wann die Obduktion angesetzt war. Ich trommelte mit den Füßen auf die Bodendielen vor Frust. Ich hätte zu gern gewusst, was die Aufsichtsinspekteure hier machten und suchten. Ich wäre nur zu gern draußen auf der Baustelle gewesen, hätte mir das Gerüst und den Weg angesehen, den Kevin Fournier genommen hatte.

«Gott», sagte Marian, «dieser Kaffee ist eine lausige Brühe.»

«Wie wär's, wenn ich kurz zu Starbucks laufe?»

«Super. Dann würde ich Gerry welchen runterbringen.»

«Und den Ratten guten Tag sagen.»

«Scheiße.»

«Ich kann ihn runterbringen. Mir machen sie nichts aus.»

Nach ihrem prüfenden Blick zu urteilen, fragte sie sich, ob ich wohl hinter ihrem Job her war.

«Du trinkst deinen schwarz, richtig?», sagte ich ungerührt, während ich all mein Kleingeld zusammenraffte und verschwand, bevor sie es sich anders überlegen konnte.

Mein Informant beim Leichenschauhaus war nicht

anwesend. Eddie wusste nicht, wann sie Fournier aufschneiden wollten. Bei Starbucks war es gerammelt voll. Nach meiner Rückkehr trug Marian Kaffee zu Liz Horgan hinein und erinnerte mich daran, einen Schutzhelm aufzusetzen.

Nichts ist unverfänglicher als ein Styroportablett in den Händen einer Sekretärin. Ich passierte die Absperrungen, den Maschendrahtzaun, der in Betonsockel eingelassen und mit blau-gelben Schildern versehen war. Jemand hatte mit roter Farbe «Eintritt verboten» auf eine Tonne geschrieben. Dauernd wurde mir auf meinem Weg über die Abdeckung zugerufen: «He, ist das für mich?» Pfeile wiesen zum Bürgersteig auf der anderen Straßenseite. Warnschilder ermahnten die Autofahrer, auf Fußgänger zu achten. Ich spähte in die Baugrube hinunter, während ich das Gelände durchquerte, das einmal ein Park über einer sechsspurigen, unsichtbaren Schnellstraße werden sollte, und horchte auf das Echo meiner Schritte, das von der dicken Holzschalung widerhallte. Die Aussicht war eigentümlich. Nicht wie der Blick aus einem Flugzeug, ganz und gar nicht. Die wenigen Gestalten unten in der Grube wirkten durch den steilen Blickwinkel verkürzt, wie zusammengestaucht, und individuelle Merkmale waren nicht zu erkennen. Man sah einfach nur Schutzhelme, runde Schultern und orangene Westen auf Beinen. Die schlammverkrusteten Lastwagen auf dem Grubengrund wirkten nicht direkt wie Spielzeug, sondern eher wie Modellautos in halber Größe. Besondere Aufmerksamkeit widmete ich den Gerüsttreppen. Aus dieser Perspektive sahen sie fast wie Käfige aus. Vier Stiegen mit jeweils zehn steilen Stufen waren durch flache Treppenabsätze aus Aluminium, etwa 60 × 180 cm groß, miteinander verbunden.

Drei Männer kauerten auf dem ersten Absatz der östlichen Gerüsttreppe, einer davon war Gerry Horgan. Die Treppe war so steil wie eine Leiter. Wenn mich jetzt, wo ich mit beiden Händen das Tablett hielt, jemand stoßen würde – ich warf rasch einen Blick über meine Schulter. Eine Taschenlampe blendete mich, und ich sah nur noch gelbe Kringel.

«Hier darf niemand runter», bellte mich einer der Fremden an. «Gehen Sie wieder rauf.»

«Ich dachte, Sie würden vielleicht einen Kaffee mögen.» Die Becher dampften verführerisch. Die Männer wechselten Blicke; wenn einer schwach wurde, würden auch die anderen zugreifen.

«Kaffee, Mr. Horgan?», fragte ich.

«Gern. Danke.» Dann wandte er sich an die Männer: «Sind Sie inzwischen fertig?»

«Noch ein paar Aufnahmen.»

«Das haben Sie vor zwanzig Minuten auch schon gesagt.» Horgan zog eine Augenbraue hoch. «Ich weiß, ich weiß. Sie tun nur Ihre Pflicht. Schön, aber ich muss hier fertig werden! Da unten warten Betonmischer auf ihren Einsatz. Passiert heute nichts, werden sie morgen anderswo eingesetzt. Verstehen Sie?»

Während Horgan tief Luft holte und sein Temperament zu zügeln versuchte, blickte ich hinunter, um zu sehen, ob die Stelle markiert war, an der Fournier aufgeschlagen war. Ein orangener Stab stak etwas rechts von der letzten Treppenstufe im Boden. Ich versuchte, die Falllinie im Geiste nachzuzeichnen. Wenn er über das Geländer gestürzt war und die Kante einer Metallstufe getroffen hatte, konnte die Kopfverletzung dadurch entstanden sein. Aber wie hätte er *über* das Geländer fallen können? Ob die Stelle richtig markiert war? Ich bezweifelte, dass jemand in dem allgemeinen Durcheinander vor der Bergung des Mannes Fotos gemacht hatte.

Die Sicherheitsexperten hatten sich entschlossen, den Kaffee doch anzunehmen. Daraufhin zog ich mich zurück und stieg wieder hinauf. Vom obersten Ende der Treppe aus war die Sicht stark eingeschränkt, es war zu dunkel, und die vielen Abdeckungen und Verbindungsbrücken über der Grube warfen tiefe Schatten. Ich ging noch ein paar Meter weiter und suchte nach einem besseren Aussichtspunkt. Zu meiner Linken lehnte eine Schar Arbeiter am Bauzaun. Einer rauchte verstohlen, ein Zweiter trank aus einer Thermoskanne, ein Dritter aus einem Styroporbecher. Soweit ich wusste, hatte niemand Fourniers Tod öffentlich bekannt gegeben, aber die düsteren Mienen und zusammengebissenen Zähne vieler Männer verrieten mir, dass alle Bescheid wussten. Ich fragte mich, wie lange die Arbeiter an diesem Morgen schon untätig waren und wie lange sie es den Tag über noch bleiben würden.

«He, Leland, bist du das gewesen, der diese verfluchten Ratten geschlachtet hat?»

Der Name ließ mich aufhorchen. Einer in der Gruppe war der Schwarze, der mich auszufragen versucht hatte. Ich verlangsamte meine Schritte und wünschte, unsichtbar zu sein.

«Nein, ganz bestimmt nicht.» Das war Walshs Stimme. Ich kniete nieder, setzte das Tablett ab, machte den dicken Schnürriemen an einem meiner Arbeitsstiefel auf und rückte die gepolsterte Lasche zurecht.

«Dachte, dazu hättest du vielleicht den Hammer gebraucht, den du vermisst», fuhr die erste Stimme fort. «Hat überall Rattenblut dran, deshalb hast du ihn wohl in dem Loch vergraben.»

«Wer Walshs Hammer benutzt, um Ratten totzuschlagen, kriegt bestimmt Ärger», bemerkte ein anderer.

«Hat das etwa jemand?» Walsh wurde nicht laut, aber sein Ton war drohend. Ich hob mein Tablett auf und verschwand hinter einem T-Träger. Wie lange mochte dieser Hammer schon verschwunden sein? Ärzte würden kaum die Folgen eines Hammerschlags von denen eines Sturzes unterscheiden können. Ich fragte mich, ob Gerichtsmediziner das konnten.

«Hat einer von euch die Ratten getötet?» Walsh sprach jetzt lauter. «He, hört mal her. Ich habe euch was gefragt!»

Ich spähte durch einen Spalt zwischen den T-Trägern. Alle Arbeiter, die dort bei ihm standen, schienen es gehört zu haben, aber keiner trat vor oder schwärzte einen Kollegen an. Einem Mann mit Nickelbrille zuckten die Lippen.

Walsh sagte: «Na schön, im Grunde kann es jeder von euch gewesen sein, aber wenn ihr das nochmal macht, schmeißt sie wenigstens auf einen anderen Bauabschnitt!»

«Die Kerle von nebenan haben sie womöglich zu uns rübergeschmissen», murmelte Nickelbrille.

«Oder besser noch: Nächstes Mal begrabt ihr die Biester. Egal was, Hauptsache, wir können weiterarbeiten. Diese Baustelle hier wird langsam zu einem Trauerspiel.»

«Komm schon, Lee, mach nicht so 'n Wind. Du bist doch derjenige, der alles aufhält mit der Suche nach dem verdammten Werkzeug.»

War auch Werkzeug von Walsh bei dem Zeug, das von der Baustelle verschwand, bei dem Material, von dessen Verschwinden Fournier über die Hotline berichtet hatte? Mir fiel auf, wie gut ich hinter den Eisenträgern verborgen war und wie plötzlich Walsh seinerzeit aufgetaucht war, als ich mit Liz Horgan sprach. Auf dem Bau gab's viele Verstecke. Hatte Fournier seine Anrufe per Handy von einer Stelle hier in der Nähe getätigt? Vom Containertelefon aus? Hatte ihn jemand belauscht? Ich musste die Bandaufnahmen noch einmal abhören und feststellen, ob der Zeitpunkt jedes Anrufs vermerkt worden war. Beim Bostoner Polizeiruf 911 erscheint der Name des Anrufers schon auf dem Computerbildschirm, ehe der Betreffende auch nur ein Wort gesagt hat. Ich wusste ohne Anfrage, dass die Hotline nicht über solche technischen Raffinessen verfügte.

Hatte Fournier jemandem von seinen Hotline-Anrufen erzählt? Aber warum sollte er?

Ein Toter konnte der Aufsichtsbehörde keine Angaben zu fehlendem Material oder Aushub mehr machen. Fournier konnte umgebracht worden sein, weil jemand gemerkt hatte, dass er mehr wusste, als er wissen sollte, dass er reden würde und bereits geredet hatte. Sein Sturz hatte einen vorübergehenden Stopp der Bautätigkeit bewirkt, sodass alles ins Stocken geriet. War das die Absicht? Die Baustelle lahmzulegen, dafür zu sorgen, dass die Bautätigkeit eingestellt wurde?

Der Big Dig ist von Konservativen, Umweltschützern und Bürgerinitiativen gleichermaßen bekämpft worden. Die meisten hatten durch Gegenleistungen irgendwelcher Art zum Schweigen gebracht werden können. Die Feuerwehr, die Mehreinsätze bei Notfällen in den neuen Tunnels befürchtet hatte, war durch den Kauf eines neuen Feuerschutzschiffes für den Hafen beschwichtigt worden. Die Bürgerinitiativen waren durch Einbeziehung in entsprechende Gremien beruhigt, die Umweltaktivisten mit Fakten, Zahlen und gewissen Korrekturen versöhnlich gestimmt worden.

Die meisten Kritiker begnügten sich inzwischen damit, wütende Briefe an die Presse zu schreiben und als besonders scharf verschriene Talkmaster zu informieren. Diejenigen, die den größten Anstoß am Big Dig nahmen, reichten Klage ein. Falls jemand, den die Projektleitung nicht hatte umstimmen können und der den gesetzlichen Weg als unbefriedigend ansah, tatsächlich Sabotage verübt hatte, warum dann ausgerechnet auf diesem Bauabschnitt? Was wäre bewiesen, wenn es auf einem einzigen Teil der Gesamtbaustelle zu Verzögerungen oder einem Baustopp kam? Inwiefern würde es etwas nützen? *Wem* würde es nützen?

Ich musste unbedingt Karten und Verträge studieren. Für welche anderen Arbeiten war die Fertigstellung dieses Tunnelabschnitts die Voraussetzung? Stand ein Bonus für die rechtzeitige Ausführung auf dem Spiel? Laut Eddie bemühte sich die Horgan-Bauunternehmung um weitere Verträge. Wenn sich die Arbeit auf der derzeitigen Baustelle verzögerte oder gar eingestellt werden musste, hätte Horgan kaum eine Chance bei anderen Ausschreibungen. Konkurrenzunternehmen würden den Zuschlag erhalten.

«Hast ja ganz schön lange gebraucht», sagte Marian, als ich wieder ins Büro kam.

13

Wenn ich nicht nach Veejay hätte suchen müssen, hätte ich vielleicht das Leichenschauhaus aufgesucht oder mich an Fourniers Verwandtschaft rangemacht. Aber da gab es Veejay – und Eddie, der mir versicherte, er hätte die Dinge im Griff, während ich, das Handy am Ohr, zum Government Center eilte. Die Obduktion, die für den späten Nachmittag angesetzt war, sollte auf den nächsten Morgen verschoben werden. Die Familie war nicht besonders interessiert daran, aber die Ärzte hatten auf Druck der Versicherungsvertreter darauf bestanden.

«Sind die toxikologischen Tests schon gemacht worden?»

«Zum Teil. Kein Alkohol in seinem Blut. Alles Übrige kommt so bald wie möglich. Wenn nachgewiesen wird, dass er voll getankt oder mit Beruhigungsmitteln voll gepumpt war, ist der Fall für die Versicherungen gegessen.»

«Habt ihr ehemalige Straftäter auf der Lohn- und Gehaltsliste gefunden?» Ich hatte bereits vor einiger Zeit eine Aufstellung der Horgan-Arbeitnehmer an Spike in Eddies Büro geschickt.

«Kein Ergebnis.» Ich konnte fast sehen, wie er die Achseln zuckte. Er wusste ebenso gut wie ich, dass Vorbestrafte meist ihren Namen ändern und sich irgendwo eine Sozialversicherungsnummer ausleihen.

«Hast du was über den Dreck rausbekommen?», fragte er.

«Ich stelle gerade eine Liste aller Transportunternehmen zusammen, die ein- und ausfahren. Ruf mich an, sobald du was über die Obduktion erfährst, ja?»

«Du gehst vielleicht ein bisschen zu scharf ran, Carlotta.»

«Findest du? Manche Kerle fallen aus gleicher Höhe in die Tiefe und haben nichts als ein paar Prellungen. Dieser ist tot.»

«Ja. Versteif dich nur nicht allzu sehr darauf. Ich hab schon ’ne Menge Leichenöffnungen erlebt, die am Ende nichts Beweiskräftiges erbrachten.»

Eine Hupe gellte. «Was? Entschuldigung, Eddie, das habe ich nicht mitbekommen.»

«Erstens haben wir keinen Beweis dafür, dass unser Mann derjenige war, der über die Hotline angerufen hat. Zweitens haben wir keinen Beweis dafür, dass der Tod unseres Mannes durch etwas anderes als einen Unfall verursacht wurde.»

«Den Beweis, dass er die Anrufe getätigt hat, kannst du dir holen, Eddie.»

«Er redet nicht mehr, er ist tot.»

«Jeder hat heutzutage einen Anrufbeantworter, stimmt's? Besorg dir das Band von seinem. Bring es zusammen mit den Hotline-Aufzeichnungen rüber zu deinem Kumpel beim FBI.»

Stille.

«Du hast mich auf der Baustelle eingesetzt, Eddie. Willst du mich wieder abziehen?»

Noch tiefere Stille. Vor der Faneuil Hall warben Plakate für eine große Veranstaltung am Patriots' Day, dem 19. April, zur Feier der *Cradle of Liberty.* Ich fragte mich, welche Expräsidenten wohl als Redner geladen waren – Carter wahrscheinlich, Clinton, Bush Sr. Ich fragte mich auch, wer für die Sicherheit zuständig sein mochte und wer darüber entschied, wer die erste Ansprache halten sollte. Es gab heikle Protokollfragen. Bestimmt waren die Senatoren Kennedy und Kerry vorgesehen und zum Ausgleich Senator Gleason, der Konservative aus Idaho.

Endlich sagte Eddie: «Denk einfach dran, dass du in meinem Auftrag arbeitest. Blamier mich nicht.»

Ich nahm an, dass er damit Aktivitäten meinte, zu denen ich nicht autorisiert war, etwa unbefugtes Schnüffeln im Büro oder im Haus der Horgans, dass ich also keinen Ärger machen sollte. Ich sagte, keine Sorge, und das war vorerst mein Ernst. Ich hatte Wichtigeres zu tun.

Dana Endicott verspätete sich.

Sie hatte unseren Treffpunkt ausgewählt, ein Café am Harvard Square mitten im Verkehrstrubel. Jeder weit vom «Loch» entfernte Ort war mir recht; ich wollte schließlich nicht riskieren, bei meinem Doppelleben einem Big-Dig-Arbeiter über den Weg zu laufen. Ich setzte meinen Rucksack auf einem runden Tisch in einer Ecke ab und reihte mich in die Schlange der Wartenden ein.

Ich holte zwei Tassen der Tagesspezialität, mixte meinen Kaffee so zurecht, wie ich es gern mochte, und stellte eben den anderen auf den Tisch, als sie zur Tür hereinkam. Sie trug einen wadenlangen, dunkelblauen Kaschmirmantel und dazu passende hohe, schlanke Stiefel, auch wieder ein 1000-Dollar-Outfit. Sie ließ den Blick über die Tische schweifen, entdeckte mich schnell und kam zu mir herüber.

«Haben Sie sie gefunden?» Sie schob ihren Stuhl so vehement zurück, dass er gegen den Tisch stieß und der Kaffee überschwappte. «Ihre Mutter hat bei mir auf Band gesprochen. Sie sagt, es sei alles in Ordnung!»

«Wenn Sie Sahne oder Zucker wollen, müssen Sie sich selbst bedienen.»

«Ich trinke ihn schwarz.»

Ich erklärte ihr, dass die Mutter gar nicht mit Veejay selbst gesprochen, sondern nur die Nachricht eines gewissen Peter weitergegeben hatte.

«Sie hat gar nicht mit ihr persönlich gesprochen? Sie hat einfach geglaubt, was ihr ein anderer erzählt hat? Was für eine Mutter –» Ihre Stimme versagte ihr den Dienst.

«Genau. Was für eine Mutter ist sie? Was wissen Sie über die Familie?» Ich sprach leise weiter. Ich bezweifelte aber, dass das eng umschlungene Pärchen am Nachbartisch etwas anderes als sich selbst und seine gegenseitige Anziehung wahrnahm, aber ich hatte es mir zur Gewohnheit gemacht.

«Fast nichts. Veejay hatte nichts dagegen, nach Hause zu fahren, begeistert war sie jedoch auch nicht.»

«Stand sie ihren Schwestern nahe?»

«Sie hat nur eine erwähnt. Sie und ihre Schwester haben in ihrer Jugend zusammen einen Hund gekauft, um den Veejay sich schließlich allein kümmern musste.»

«Jaymie, Jackie oder Elsie?»

«Gibt es drei?» Sie schüttelte den Kopf. «Das weiß ich nicht.»

Durch das Geplauder der Gäste und das Zischen der Espressomaschine war der Lärmpegel im Café ziemlich hoch. Vor dem Fenster brauste der Verkehr auf der Mass. Ave. vorbei.

Ich sagte: «Hat Veronica diesen Peter Ihnen gegenüber je erwähnt?»

«Vielleicht arbeitet er in der Hundepension oder in der Bar.»

Ich hatte bei beiden angerufen. «Nein.»

«Verdammt», murmelte sie. «Ich traue mich kaum noch, Zeitung zu lesen. Jeden Tag der flehentliche Aufruf vom Vater eines vermissten Kindes oder ein Bericht über die Auffindung einer nicht identifizierten Leiche im Teich einer mir bis dahin völlig unbekannten Stadt.»

«Hat Veejay mal jemanden namens Rick erwähnt?» Ich beobachtete ihr Gesicht. Sie zuckte kaum mit der Wimper.

«Kann sein. Ich glaube ja. Aber Rick und Peter, die Namen klingen doch nicht im Entferntesten ähnlich –»

«Kennen Sie Ricks Familiennamen?»

«Er könnte hier drin stehen.» Sie hielt zwei kleine Bücher hoch, das eine mit Spiralheftung, das andere mit einem geblümten Stoffeinband. «Adressbücher. Sie waren in der Küche, in einer Schublade voller Krimskrams. Ich habe sie Ihnen mitgebracht, außerdem ihre detaillierten Telefonrechnungen.»

«Das war doch nicht nötig. Ich hätte sie mir holen können.»

«Genau das ist der Punkt. Heute Abend geht es nicht. Ich muss zu einer Sitzung.»

«Und ich dachte, wir würden zu Ihnen nach Hause fahren.»

«Die Sitzung ist überraschend anberaumt worden. Tut mir Leid, aber da ich Ihnen die Telefonrechnungen und die Adressbücher mitgebracht habe, brauchen Sie nicht Däumchen zu drehen. Peter steht wahrscheinlich drin.»

«Ich muss mir ihr Zimmer ansehen. Ich habe bisher mit ihren Eltern, ihren Schwestern und ihren Kollegen gesprochen. Und mit Ihnen. Aber ich kann mir noch immer kein rechtes Bild davon machen, wer sie ist oder wohin sie gehen würde.»

«Heute Abend kann ich es unmöglich einrichten. Ich habe nur Zeit für den Kaffee, dann muss ich schon wieder los. Lassen Sie mich bitte den Kaffee bezahlen. Oder schreiben Sie ihn einfach auf meine Rechnung.»

Ich sagte: «Warum leihen Sie mir nicht Ihre Hausschlüssel? Ich inspiziere kurz Veejays Zimmer und hinterlege die Schlüssel da, wo Sie wollen. Wenn Sie mir sagen, wo Sie heute Abend sind, gebe ich sie Ihnen dort zurück. Dazu brauche ich höchstens ein, zwei Stunden.»

«Tut mir Leid, aber das geht nicht.»

Ich trank Kaffee, ohne ihn zu schmecken. «Warum nicht?»

«Hören Sie, es tut mir wirklich Leid, aber es geht einfach nicht. Ich habe eine Alarmanlage. Ich werde Ihnen nicht den Code verraten, nur um hinterher alles wieder neu installieren zu müssen. Außerdem sind die Hunde da. Ohne mich kommen Sie nicht rein.»

«Und die Sitzung lässt sich natürlich ebenso wenig aufschieben, wie Sie sich verspäten dürfen.»

«Richtig.»

«Wenn nun Veejay plötzlich heimkäme? Könnte *sie* ins Haus? Jetzt? Heute Abend?»

«Selbstverständlich.»

«Sie kennt also den Code der Alarmanlage.»

«Ja.»

«Wann darf ich denn endlich ihr Zimmer sehen?»

«Ich hatte gehofft, Sie wären mit den Adressen und den Telefonrechnungen –»

Ich schüttelte den Kopf.

«Wie geht es Ihrer Schwester? Sie ist so hübsch mit den großen braunen Augen.» Sie senkte den Blick, hielt ihre Kaffeetasse mit der Hand umklammert und starrte auf die blanke Tischplatte. «Sie werden doch nicht aussteigen, oder? Das mit den Terminen und dem Haus tut mir Leid. Was kann ich denn tun, um –»

«Ich habe mir überlegt, ob ich Ihren Wagen melden soll.»

«Als gestohlen?»

«Wenn die Polizei den Wagen findet, sind wir ein Stück weiter. Es ist immerhin eine Spur, und Sie könnten trotzdem später sagen, Sie hätten vergessen, dass Sie ihn verliehen hatten.»

«Das gefällt mir nicht.»

Mir wollte es auch nicht gefallen.

14

Veejays gedrungene, etwas gestelzte Schrift lag auf der Mitte zwischen Handschrift und Druck. Nachdem Dana gegangen war, trank ich noch eine Tasse Kaffee und blätterte langsam durch die Seiten, kniff dabei prüfend die Augen etwas zusammen und fragte mich, welches der beiden Adressbücher das neuere sein mochte. Beide Bücher mit den gekritzelten und zum Teil durchgestrichenen Eintragungen kamen mir vor wie Relikte aus einem Zeitalter vor Rolodex und Palmtop. Ich fand eine Penelope und eine Pamela, aber keinen Peter.

Der Exmann stand in dem Buch mit Blümcheneinband, aber die Telefonnummer, die mir Mrs. James widerstrebend gegeben hatte, war durchgestrichen, und daneben stand eine neue. Vielleicht waren die Dinger doch nicht so alt, wie ich befürchtet hatte.

Ich rief ihn versuchsweise von meinem Handy aus an, aber er war nicht zu Hause. Ich sah auf meine Armbanduhr. Wenn er einen normalen Achtstundentag hatte, war er womöglich gerade von der Arbeitsstelle nach Hause unterwegs.

Ich ging zu Fuß zu mir, stärkte mich mit noch mehr Koffein in Form einer Maxidose Pepsi und fing von neuem bei A an, wählte jede einzelne Telefonnummer und spielte bei denen, die keine Vorwahl hatten, so etwas wie Roulette, indem ich erst die 617 probierte, dann die 508, als Nächstes die 781 und schließlich die 603. Ich sprach mit einer beträchtlichen Anzahl von Leuten, die Veronica dem Namen nach kannten, aber es war kein einziger Volltreffer dabei. Niemand wunderte sich über meine Nachforschungen, niemand klang besorgt oder schuldbewusst. Niemand kannte Veejays Freund Peter.

Ich wandte mich den Telefonrechnungen zu. In den vergangenen zwei Monaten hatte Veronica nur sieben Ferngespräche geführt, alle mit ihren Eltern unter deren Nummer in Tewksbury.

Ich rief Claire bei der Kfz-Zulassungsstelle an und erfuhr, dass keine Strafzettel auf den schwarzen Jeep ausgestellt worden waren. Wenn die Hunde nicht gewesen wären, hätte ich vielleicht das Haus meiner Klientin in deren Abwesenheit aufgesucht und wäre auch ohne Erlaubnis und Schlüssel dort eingedrungen. Alarmanlagen schreckten mich nicht, vier große Hunde schon.

Derart lahmgelegt, wanderte ich im Wohnzimmer auf und ab, zerrte an einer Haarsträhne und bedauerte, dass ich keine roten Locken mehr hatte. Das Haarfärbemittel hatte die Textur meiner Haare verändert, sie fühlten sich genauso falsch an wie eine Perücke. Eddie hatte mich in Sachen Baubetrug ausgebremst, er wollte nicht, dass ich mich zu sehr hineinkniete. Spiel einfach weiter Sekretärin, benimm dich anständig und warte ab. Und Dana Endicott ließ mich nicht in ihr Haus.

Das erinnerte mich an meine Zeit als Polizistin. Cops haben selten das Glück, sich nur mit einem Fall befassen zu können. Immer brodelt auf der zweiten Flamme auch noch ein Süppchen, kocht vorne etwas über, ist noch ein

Kuchen im Ofen, sind noch Koteletts unter dem Grill. Außerdem haben die meisten auch Familie.

Wie werden Cops mit der Frustration fertig, wenn sie in eine Sackgasse geraten sind? Sie lassen sich scheiden. Sie trinken. Ich erwog, mein Handy zu nehmen und meinen Tätigkeitsbereich in eine Bar zu verlegen, in ein Lokal mit dunklem Mahagoni und Rauch aus zweiter Hand.

Stattdessen brachte ich meinen Computer auf Touren und klickte mich online in ein überregionales Telefonverzeichnis ein. Die Adresse des Mannes, den Veronicas Vater als ihren Exmann bezeichnet hatte, war in Waltham. Ich beschloss, es noch einmal bei ihm zu probieren.

Eine Frauenstimme meldete sich.

«Veronica?», sagte ich fröhlich.

«Tut mir Leid, Sie müssen sich verwählt –»

«Legen Sie bitte nicht auf. Ist Rick da?»

«Einen Augenblick.» Sie hielt den Hörer vom Mund weg und schrie etwas. Ich konnte nicht verstehen, was sie rief, aber es klang nicht gerade erfreut.

Ich wartete. Jemand schmiss den Hörer auf den Tisch oder ließ ihn fallen.

«Wer ist da, bitte?», fragte plötzlich eine tiefe Stimme.

«Caroline. Caroline Grady von der Charles-River-Hundepension in Boston.» Ich bin oft Caroline Grady, nur dass Caroline den unterschiedlichsten Berufen nachgeht. Ich besitze einen Stapel Geschäftskarten auf diesen Namen. Caroline hat, wenn ich das so sagen darf, eine tolle Stimme, tief und sexy und ein bisschen außer Atem. Eine Telefonsex-Stimme. Männer reden gern mit ihr.

«Danke», sagte er langsam und ein wenig bedauernd, «aber nein, danke.»

«Oh, aber Rick – Mr. Garrison, nicht wahr? –, ich habe Ihre Telefonnummer für den Notfall bekommen.»

«Soll das ein Witz sein?»

«Aber keineswegs. Es ist eine vollkommen ernste Sache. Ich habe hier einen Hund in Pflege, der Veronica James gehört. Sie kennen doch sicher Miss James?»

«Ja, aber –»

«Oh, wunderbar. Ich bin ja so erleichtert, das zu hören.»

«Warum?»

«Ich hatte erwartet, dass sie Sonntag ihren Hund wieder abholt –»

«Hören Sie, das geht mich nichts an. Sie sprechen mit dem Falschen.»

«Rick Garrison, richtig? Sie hat mir Ihre Nummer gegeben. Ich habe fest geglaubt, Sie könnten mir helfen, Verbindung zu ihr aufzunehmen.»

«Haben Sie denn ihre Telefonnummer nicht?»

«Manchmal schreibt ein Kunde versehentlich eine falsche Nummer auf –»

«Ich weiß ihre Nummer auch nicht. Bleiben Sie mal einen Moment dran.»

Er drückte den Hörer an seine Brust, damit ich nicht mithörte. Die Frau, die meinen Anruf entgegengenommen hatte, sagte etwas in ärgerlichem Ton.

«Liebling», hörte ich, «es ist nichts. Nur etwas Geschäftliches.»

Dann: «Hallo?»

Ich sagte: «Wären Sie vielleicht bereit, herzukommen und den Hund abzuholen?»

«Um keinen Preis. Und jetzt muss ich –»

«Entschuldigen Sie bitte, aber ist Miss James der Typ, der einen Hund aufgibt, der einfach davongeht und ihn zurücklässt, obwohl sie genau weiß, dass wir ihn dann höchstwahrscheinlich zum Tierheim bringen müssen? Wir sind schließlich kein Wohlfahrtsunternehmen.»

«Wollen Sie damit sagen, dass Veronica vergessen hat, ihren Hund abzuholen?»

«Genau. Und niemand scheint eine Ahnung zu haben, wo wir sie erreichen können.»

«Ihre Eltern leben in Tewksbury. Jack James. Er steht im Telefonbuch.»

«Dort habe ich es schon erfolglos versucht. Sie sind sozusagen meine letzte Hoffnung. Die Eltern sagten, sie wüssten nicht, wo sie steckt. Und den Hund würden sie nicht abholen.»

«Hören Sie, es tut mir Leid –»

«Die Eltern meinten, sie wäre vielleicht mit einem Freund, einem Peter Soundso, zusammen. Haben Sie eine Ahnung –»

«Meine Beziehung zu Ronni ist vor über einem Jahr beendet worden.» Er sprach, als mache er eine öffentliche Bekanntmachung. Vermutlich war es eher eine private für die Frau, die meinen Anruf entgegengenommen hatte.

«Beziehung. Oh, es tut mir furchtbar Leid. Ich wollte keine bösen Erinnerungen heraufbeschwören, Mr. Garrison.»

«Macht nichts.»

«Ich sollte Sie das vielleicht nicht fragen, aber ist Miss James jemand, den wir nicht mehr als Kunden führen sollten? Ist sie unzuverlässig?»

«Nicht in Bezug auf Hunde.»

«Dann vielen Dank erst mal. Sie wissen nicht zufällig die Namen von Freunden, bei denen sie sein könnte?»

«Tut mir Leid.»

«Vielleicht ein neuer Freund?»

«Ich bezweifle es.»

«Oje, wenn ich sie nicht auftreibe, sitze ich mit Dana –»

«Das ist doch wohl ein Witz, oder?» Er lachte laut los und hörte erst auf, als er einen Schluckauf bekam. «Heißt der Hund Dana?»

«Ja.»

«Ein richtiges Biest, stimmt's?» Er musste wieder lachen.

«Ich verstehe nicht recht.»

«Müssen Sie auch gar nicht. Sie haben mich zum ersten Mal heute zum Lachen gebracht. Sie brauchen sich nicht zu entschuldigen. Das Biest!»

Er legte auf, und ich rief sofort bei dem erwähnten Biest an. Nur für den Fall, dass sie mich angelogen hatte und doch zu Hause war. Es klingelte einmal, zweimal, dreimal. Der Anrufbeantworter sprang an. Ich hätte die Nummer 617-555-9687 gewählt. Falls ich eine Nachricht hinterlassen wollte –

Verdammt. Wenn ich bei dem einen Fall nicht weiterkam, sollte ich wenigstens bei dem anderen Fortschritte machen können. Geh zum Angriff über, versuch's noch einmal. Ich entschloss mich zu einem Barbesuch. Aber nicht solo. Eddie wollte ja, dass ich etwaige Mafiaverbindungen aufspürte. Ich tippte Sam Gianellis Nummer ein. Aus einem ebensolchen Impuls heraus wie dem, einem fiktiven Hund den Namen einer Klientin zu geben. Vollkommen impulsiv, und mir war die ganze Zeit schon klar gewesen, dass ich das machen würde.

15 Das Raquela's sah noch genauso aus wie beim letzten Mal, ich jedoch nicht. Ich hatte meine unauffällige Schnüffelaufmachung gegen etwas Feminineres vertauscht, wobei ich hinzufügen muss, dass meiner Vorstellung von feminin enge schwarze Jeans und ein türkiser Pulli mit tief gezogenem Ausschnitt im Rücken eher entsprechen als Spitzenrüschen oder etwas Geblümtes. Statt der Sneaker trug ich jetzt Slipper, außerdem hatte ich Lippenstift aufgelegt, um die fehlende Farbe in meinem Haar wettzumachen, und einen Tropfen Parfüm in meiner Halsgrube.

Wenn man seine alte Flamme wieder sieht, möchte man, dass er das Verglimmen des Funkens bedauert.

Carl war hinter der Bar und plauderte mit einem Mann mit Bürstenschnitt. Heidi bediente an den Tischen. Die Hure mit dem messingfarbenen Haar konnte ich nicht entdecken, aber ein paar Schwestern von ihr schäkerten und tranken mit einer Gruppe von Geschäftsleuten, die Kongressteilnehmer-Namensschildchen trugen.

Im Lokal herrschte der übliche Freitagabendlärm, und es summte nur so von angeregten Feierabendgesprächen. Gäste warteten in einer ungeordneten Schlange an der Tür, aber Sam hatte bereits einen Tisch. Man bekommt einen guten Tisch in dieser Stadt, wenn man Gianelli heißt.

Er ist nicht nur der Sohn von Anthony «Big Tony» Gianelli, dem Mafiaunterboss, sondern auch der erste Mann, mit dem ich geschlafen habe, etwas, das ewig lange her zu sein scheint und mir doch so vorkommt, als sei es erst gestern gewesen. Ich fuhr damals nachts Taxi und war in meinem ersten College-Jahr. Im Hinterzimmer des Green & White-Taxiunternehmens bauten sich Leidenschaft und Hitze auf wie in einem Dampfkessel, und die Bürotür blieb die ganze Nacht über abgeschlossen. Er war mein Chef, und ich war so naiv zu glauben, dass das keine Rolle spielte.

Der Funke kann monatelang schlummern, aber er scheint nie ganz zu verlöschen. Ein leichter Atemhauch kann ihn sofort wieder entflammen. Wer weiß, was das ist, das den einen Mann verlockend sexy macht, während der andere einem wie eine Witzfigur erscheint!

Manchmal denke ich, es ist seine Stimme. Es gab eine Zeit, da habe ich bei ihm angerufen, wenn ich wusste, dass er nicht zu Hause war, nur um seine Ansage auf dem Anrufbeantworter zu hören, und beim Klang der tiefen, rauen Stimme, mit der er den Anruf zu erwidern versprach, überlief mich immer ein wohliger Schauer. Es muss die Stimme sein, dachte ich und wurde zu seinem Tisch gezogen wie Eisen zum Magneten. Ich mag auch manches an seiner äußeren Erscheinung: die feinen Fältchen im Augenbereich, die Art und Weise, wie seine Schultern in die Halspartie übergehen. Er ist kräftig, hoch gewachsen und sieht ziemlich gut aus, wenn man ein Faible für ein eigensinniges Kinn und dunkle Haare hat. Aber er ist kein Model- oder Filmstartyp. Er trug einen dunklen Anzug, anthrazitfarben mit zarten Streifen, und ein dunkelbraunes Hemd.

Wir waren verheiratet, aber nie miteinander. Wir sind beide geschieden. Trotz allem, was ich durch den riesigen Erfahrungsschatz von 19 Monaten Ehe und viel zu vielen Männerbekanntschaften gelernt habe, geht von Sam eine Anziehungskraft aus, die ich weder erklären noch ableugnen kann.

«Eine Margarita? Bier? Oder darf ich eine Flasche Champagner bestellen?» Bei seinem trägen Lächeln bildeten sich mehr Fältchen in seinen Augenwinkeln, als ich in Erinnerung hatte.

Ein Ja zu Champagner hieß so viel wie ein Ende dieser Nacht in einem Gewirr von Laken, Armen und Beinen. Mein Magen krampfte sich zusammen, ich setzte mich schnell hin und hoffte, dass mir keine Röte in die Wangen gestiegen war. Wenn wir mit Champagner anfingen, würde es keine Gelegenheit mehr geben, ihm die Fragen zu stellen, die ich auf Wunsch von Eddie stellen sollte.

«Was für Champagner?», fragte ich.

«Als ich deinen Anruf erhielt, dachte ich, du hättest ohne mich das Trinken angefangen.»

«Meinst du, ich müsste mir Mut antrinken, um dich anzurufen?»

«Überhaupt nicht. Das will ich jedenfalls nicht hoffen. Was ist mit deinem Haar? Nicht dass ich daran etwas auszusetzen fände, es ist nur nicht –»

«Stimmt, nicht ich. Ich soll es auch nicht sein.»

«Wer bist du denn?» Er zündete sich eine Zigarette an und hielt mir das Päckchen hin. Ich schüttelte den Kopf.

«Bloß eine Sekretärin.»

«Suchst du Arbeit? Bei mir kannst du immer als Sekretärin anfangen, besonders, wenn du gut Diktate aufnehmen kannst.»

«Diktate sind out, Sam.»

Wir waren locker wieder in unsere alte Routine verfallen, ließen unsere Augen sprechen und sagten das, was wir uns zu sagen hatten, zwischen den Zeilen.

Heidi kam erheblich schneller an unseren Tisch als letztes Mal für mich alleine. Ich fragte mich, in welchem Maße wohl der Sog der Gianellis daran beteiligt war. «Wollen Sie bestellen?»

«Ich nehme eine Margarita», sagte ich.

Sam zog eine Augenbraue hoch. «Und ich einen Martini. Bombay Saphir.»

«Wie geht's Ihnen?» Heidis Lächeln strahlte viel stärker als damals bei meinem Soloauftritt. «Haben Sie mit Veejay gesprochen?»

«Nein. Sie?» Ihr Lächeln erstrahlte nun auch für Sam in der Hoffnung, er würde ihr vorgestellt.

Ich tat ihr den Gefallen nicht.

Sie sagte: «Carl hat jemanden für den Job gefunden. Wollen Sie Ihre Margarita mit Salz?»

Ich nickte.

«Worum geht's denn?», fragte Sam, sobald sie gegangen war.

«Ich suche nach einer Kellnerin von hier. Einer Frau, die verschwunden ist.»

Gläserklirren und perlendes Gelächter wogte auf und ab, wie der Sinatra-Song im Hintergrund. Die Beleuchtung wirkte noch schummeriger als beim vorigen Mal, die Pflanzen noch grüner. Die Deckenventilatoren verwirbelten den aufsteigenden Rauch zu Nebel. Ich blickte hoch und begegnete im Spiegel hinter der Bar einem Augenpaar. Der Mann senkte sofort den Blick und redete leise mit seinem Gefährten.

Die beiden trugen Anzüge, die für Polizisten zu teuer waren, aber sie hatten den Blick von Polizisten. Der kräftiger Gebaute hätte seinen Schneider anweisen sollen, mehr Platz für das Schulterhalfter zu lassen. Der Schlankere hatte einen Ring am kleinen Finger.

Sam sagte: «Willst du über diese Vermisste mit mir reden? Oder hast du …»

«Dich vermisst?»

«Das würde ich natürlich gern hören.»

«Nicht wegen der Vermissten.»

«Willst du wirklich keinen Champagner?»

«Es geht um einen anderen Fall.»

«Oh …» Er nahm einen langen Zug von seiner Zigarette, und ich wünschte, ich hätte auch eine, um sie in der Hand zu halten und mit ihr das Gespräch zu interpunktieren.

«Eddie Conklin lässt dich grüßen. Ich hab mir's anders überlegt, kann ich doch eine Zigarette von dir schnorren?»

«Ich will dich nicht verleiten, Carlotta.»

«Zu spät.» Das Ritual des Anzündens wird uns nie fremd werden. Wie Fahrrad fahren. Ich kann noch immer ein Streichholz anreißen oder ein goldenes Feuerzeug an meine Lippen dirigieren.

«Ich habe gehört, dass du für Eddie arbeitest.»

Boston ist eine Kleinstadt, die sich als Großstadt tarnt. Man hört von Leuten, die man kennt, und von Leuten, die man nicht kennt. Ich inhalierte, spürte, wie der Rauch in meine Lunge drang. Ich war angetan davon, dass Sam darauf hörte, was man sich über mich erzählte.

«Es hat mich überrascht», fuhr er fort.

«Warum?»

«Ich habe dich für so verdammt selbständig gehalten. Und jetzt arbeitest du für Eddie.»

«Es ist zum Teil wegen der Krankenversicherung.»

«Wie geht's denn mit deinem Bein?»

«Gut. Und mit deinem?»

Es war zerfetzt worden, als bei Green & White eine Bombe hochging. Lange Zeit hatte ich deswegen Schuldgefühle. Ich bereute, es erwähnt zu haben, und fragte mich, ob er mich deshalb statt an der Bar an einem Tisch erwartet hatte, weil ich sein Humpeln nicht sehen sollte.

«Gut.» Das Schweigen wäre ohne die Zigaretten unbehaglich gewesen. «Wie geht's der Kleinen?» Ich angelte in meinem Rucksack nach meiner Brieftasche und reichte ihm ein Foto.

Paolinas neuestes Klassenfoto spricht eine fast zu deutliche Sprache. Nicht wegen der tief ausgeschnittenen Bluse, dem zu roten Lippenstift oder der aufgepeppten Frisur. Sie sieht aus, als sei sie stolz auf ihre Weiblichkeit, aber ich sehe hinter ihrer Arroganz die Angst. Ich glaube, dass man ihr die Angst davor ansieht, wie erwachsen sie schon ist und wie erwachsen sie noch werden wird.

«Sie ist toll. Ein richtiger Schatz.»

«Sie ist intelligent.» Mein Ton war schärfer, als ich beabsichtigt hatte. «Sie ist auch ganz schön versaut.»

Paolina pflegte sich im Spiel immer auszumalen, dass Sam und ich heiraten und sie adoptieren würden, und dann würden wir alle zusammen in den rot leuchtenden Abendhimmel hineinreiten. Dieser Quatsch ist gefährlich, besonders für Mädchen. Er wird in Märchen und in eigens für die Sechs- bis Zehnjährigen gedrehten Filmen vermarktet. Und sie lebten glücklich und in Freuden bis in alle Ewigkeit. Genau das hat mich vom Eheleben abgetörnt. Für immer, glaube ich.

«Hast du einen Freund?», fragte Sam.

Ich war auf diese Frage vorbereitet, parierte sie. «Ich bin sehr beschäftigt mit der Suche nach dieser vermissten Kellnerin und der Arbeit für Eddie.»

«Im ‹Loch›.»

«Es sind Fragen aufgekommen, und –»

«Du meintest, dass irgendwas dreckig ist, und deshalb hast du dich an mich gewandt.»

«Ich meinte, dass du mir vielleicht einen Tipp geben kannst. Es geht nicht darum, dass Eddies Leute groß auftreten, Ärger machen und den Laden schließen wollen. Wir wollen bloß wissen, womit wir es zu tun haben.»

«Es ist immer gut zu wissen, womit man es zu tun hat», sagte er.

Heidi brachte die Getränke; meine Margarita hatte die Größe eines Vogelbadenapfes. Wir stießen mit den Gläsern an. Ich ließ das Salz auf meiner Zunge zergehen und sah im Spiegel zu, wie die beiden Männer mich beobachteten.

«Du hast es nur mit mir zu tun, Sam. Nichts wird auf dich zurückfallen.»

Er schüttelte den Kopf. «Du willst von mir wissen, ob das ‹Loch› eine dreckige Sache ist? Wie soll es denn sonst sein, wenn Politiker bis zum Stehkragen mit drinstecken? Wenn du was über das ‹Loch› wissen willst, sage ich dir, dass es eine ganz besondere Art von Dreck ist. Dreck, hinter dem sich jeder versteckt. Dreck bei der Vergabe der Aufträge. Eine Dreckspur führt bis nach Washington, zurück bis zur Reagan-Administration und noch weiter. Es ist Dreck, den Gouverneure, Kongressabgeordnete und Lobbyisten am Stecken haben.» Das war für ihn eine lange Rede, und ich wunderte mich, mit welcher Leidenschaft er sprach.

«Trinken wir auf den alten Tip O'Neill», schlug er vor. «Und auf all die Kongressabgeordneten, die den Big Dig unterstützt haben, um Tip für die jahrelangen Gefälligkeiten zu danken.»

«Mich interessiert vor allem die Horgan-Bauunternehmung, Gerry und Liz Horgan.»

«Horgan? Wie bist du denn auf die gekommen?»

«Ich nicht. Eddie.»

«Eddie ist offenbar nicht mehr so clever, wie er einmal war, wenn er die Horgans für Itaker hält. Horgan würde eher aufseiten der Iren stehen.»

«Ist er einer?»

«Frag bloß mich nicht. Ich bin ein Itaker.»

«Und Norrelli & Co.?»

«Auch Itaker», sagte er kategorisch.

«Sam, was hast du über Schmiergelder für die Verschiebung von Dreck gehört?»

Seine Augen verengten sich. «Ist das das große Ding, an dem Eddie arbeitet?»

«Er fragt sich, ob die Lkw-Fahrer in betrügerische Machenschaften verwickelt sind.»

«Und du hast gedacht, das würde in meine Richtung zeigen. Verschiebung von Dreck?»

«Verkauf von Dreck.» Ich bediente mich absichtlich der gleichen Wortwahl wie Fournier auf der Kassette.

«Was für Dreck?»

Jetzt zog ich eine Augenbraue hoch. So wie Eddie es dargestellt hatte, hatte ich nur an Dreck in Form von Erde, schlichter alter Erde gedacht, an Bostoner Lehm, an das Zeug, das ausgebaggert wurde.

Sam sagte: «Dein Dreck kann auch Shit sein. Braunes Heroin. Ich weiß, dass manche das *Dreck* nennen.»

Der Straßenjargon ändert sich schnell. Braunes Heroin hieß früher immer mexikanischer Shit.

«Ich habe auch Stickstoff und Chemiedünger schon Dreck nennen hören», fügte er hinzu.

«Du steckst voller Überraschungen, Sam.»

Er lächelte. «Das freut mich zu hören.»

In meinem Kopf tickte es. Verkauf von Dreck ... dass das etwas anderes bedeuten könnte, hatte ich nicht in Betracht gezogen. Dreckige Informationen. Dreckige Erpresserbriefe.

«Kannst du mir mehr darüber sagen, Sam? Damit ich nicht in die falsche Richtung ziele? Was ist zum Beispiel mit Norrelli?»

«Hat nichts mit unserem Geschäft zu tun, Carlotta. Ich bin nicht mehr dein heißer Draht zur Mafia.»

«Wenn auf einer Baustelle tote Ratten auftauchen, kannst du damit was anfangen?»

«Wie gesagt, ich verweigere ergebenst die Antwort.»

Ich hatte die Gerüchte gehört. Für die brauchte ich nun keine Bestätigung mehr angesichts der zwei Gorillas an der Bar, die ständig unruhig die Augen schweifen ließen und an hohen Gläsern mit farblosen Drinks nippten, wahrscheinlich Sodawasser.

«Ich weiß nicht, ob du davon gehört hast. Meinem Vater geht es nicht gut.»

Ich schluckte Tequila. Er gehörte also jetzt zur Organisation. Kein Mafiasohn mehr, sondern einer von ihnen. Die beiden Typen an der Bar waren keine reine Dekoration. Sie hatten ein Auge auf den Erben, bewachten den Boss. Stellten sicher, dass niemand ihren Boss bedrohte.

Ich spürte die Veränderung wie einen harten Knoten in meinem Innern. Und ich wusste, dass ich gut daran getan hatte, trotz meines Verlangens keinen Champagner zu trinken.

Ich bin eine Polizistentochter. Ich werde immer eine bleiben. Es gibt Orte, da gehe ich nicht hin.

16

Der Morgen dämmerte so kalt und grau wie ein Margarita-Kater. Ich saß senkrecht im Bett, voller Panik, dass ich vergessen haben könnte, den Wecker zu stellen, und dann ließ ich mich wieder zurücksinken und streckte mich. Es war Samstag, und obwohl auf anderen

Baustellen weitergearbeitet wurde, herrschte bei den Horgans am Wochenende im Allgemeinen Ruhe. Wie mir Marian erzählt hatte, wurden manchmal Spezialtrupps zu Sondereinsätzen geholt, und wenn es hart auf hart ging, wurden alle Zeiteinteilungen über den Haufen geworfen, aber heute würde es besonders still auf der Baustelle sein. Obgleich die Bestattung selbst noch ausstand, sollte am Nachmittag eine Trauerfeier für Fournier abgehalten werden.

Falls sein Unfalltod in Zweifel gezogen wurde, würde ich wahrscheinlich in der Trauerhalle ein paar bekannte Gesichter sehen. Cops pflegen Trauerfeiern beizuwohnen; Cops pflegen an Beerdigungen teilzunehmen, auch wenn ich noch nie gehört habe, dass ein Verbrecher, von Gram überwältigt, am offenen Grab ein Geständnis abgelegt hätte. Das ist auch nicht der Grund für ihr Erscheinen.

Ich hatte das Leuchten in Fourniers wässrigen blauen Augen gesehen, die Dringlichkeit gehört, mit der er sein Anliegen vorgetragen hatte, aber wenn erst das Morddezernat eingeschaltet wird, ist es zu spät für die Cops, das Opfer noch kennen zu lernen, ihm die Hand zu schütteln und sich bei ihm nach Liebe, Hass und Leidenschaften zu erkundigen. Grabreden machen das Opfer wieder zum Menschen. Der Kreis von Angehörigen und Freunden – wer an der Beerdigung teilnimmt und wer nicht oder wie viele Trauergäste anwesend sind – sagt zwar etwas über das Opfer aus, aber manche Cops wollen gar nichts über das Opfer erfahren. Sie kommen, weil sie ihre Akkus aufladen wollen, weil sie eine frische Motivation für ihre Arbeit brauchen, für Recht oder Vergeltung oder beides.

Wenn ein Mensch wie Veronica James verschwindet, gibt es weder eine Trauerfeier noch eine Beerdigung.

Einige wenige erregen kurzfristig öffentliches Aufsehen, sie kommen groß in den Nachrichten heraus oder in die Schlagzeilen, sie werden gesucht, für sie werden Aufrufe gedruckt und Fähnchen verteilt. Die meisten sind jedoch schon wochen- oder monatelang weg, ehe jemand Alarm schlägt, und dann gibt es keinen allgemeinen Aufschrei, sondern nur ein bisschen Papierkram. In manchen Ländern verschwinden laufend Menschen. Ins Gefängnis, in den Gulag, in die Verbannung. In Chile sind jahrelang so viele Menschen verschwunden, dass sie zur Cause célèbre wurden: *Los Desaparicidos*. Sie sind spurlos verschwunden – manche wurden bei lebendigem Leibe über dem Südpazifik aus Militärflugzeugen geworfen.

Paolina weiß, dass ich sie finden werde, falls sie verschwinden sollte. Aber ein Gedanke raubt mir nachts den Schlaf: Wenn ich verschwinde, wer sucht dann nach mir? Bisher hatte ich immer angenommen, Sam.

Wir hatten uns bis spät in die Nacht hinein unterhalten, und obwohl das Thema wechselte, blieb unser Gespräch ein Tanz, bei dem fremde Arbeitgeber die Schritte lenkten. Er hatte nur Andeutungen gemacht; ich wusste noch immer nicht, ob er für seinen Vater oder für die Sache seines Vaters, für die Mafia, arbeitete. Machte es überhaupt einen Unterschied?

Ich arbeitete für Eddie und fragte mich, wieweit ich ihm überhaupt vertrauen konnte. Zu seinen Gunsten sprach, dass er mir gleich zu Anfang gestanden hatte, voreingenommen und den Horgans wohlgesinnt zu sein. War es um ihretwillen, dass er mich so bremste? Wenn Spikes Nachforschungen ergaben, dass jemand auf der Baustelle vorbestraft war, würde Eddie diese Information an mich weitergeben oder sie mir vorenthalten? Er verfügte über Personal, über ein Netz von Verbündeten, die vom Schreibtisch aus Spuren verfolgen konnten, aber konnte ich auch darauf bauen, dass er mir die Ergebnisse mitteilte?

Ob er die Kassette aus Fourniers Anrufbeantworter geholt und mit den anderen beiden Kassetten zusammen zum FBI-Labor gebracht hatte? Würde er es mir sagen, wenn Fournier gar keinen Anrufbeantworter besaß oder bei ihm statt eines eigenen Textes eine von diesen Filmstaransagen lief? Würde ich es ihm glauben, wenn er mir sagte, das Band sei rätselhafterweise gelöscht?

Ich erhob mich, blieb vor dem Kleiderschrank stehen und überlegte, was ich zur Trauerfeier anziehen sollte. Ich wollte es nicht übertreiben – ich hatte den Mann ja kaum gekannt –, aber auf jeden Fall wollte ich Anstand beweisen. Ich wählte ein dunkelblaues Kostüm, dazu eine weiße bügelfreie Bluse, und hängte mir das Medaillon meiner Großtante um den Hals.

Am Kühlschrank, meinem schwarzen Brett, hinterließ ich die Bitte an Roz, den Computer anzuwerfen und die finanziellen Verhältnisse der Horgans und ihres Unternehmens zu überprüfen, speziell im Hinblick darauf, was im Falle einer Scheidung mit der Firma passieren würde. Bei ihrer ausgeflippten Frisur und den Tätowierungen überlege ich es mir immer zweimal, bevor ich sie zum Außendienst heranziehe, aber sie übt ohne Zweifel einen Reiz auf Männer aus, weshalb ich ihr auch die Aufgabe übertrug, die Sanitäter ausfindig zu machen, die Fournier geborgen hatten. Eddie hatte gemeint, er würde vielleicht herausfinden, ob Fournier noch etwas gesagt hatte. Roz würde es *bestimmt* herausfinden. Dann konnte ich vergleichen und gegenüberstellen.

Eigentlich ist Roz der Computerfreak, aber ich selbst bin auch nicht so schlecht. Ehe ich aus dem Haus ging, machte ich meine eigene kleine Recherche. Ich hatte bereits ein paar Erkundigungen über Dana Endicott eingezogen, allerdings, wie ich gestehen muss, mit dem Hauptziel, ihre Solvenz festzustellen. Jetzt vertiefte ich mich in ihren familiären Hintergrund, ihre Beschäftigungen, das ganze Drum und Dran. Als einzige Tochter von Franklin und Emily Farr Endicott hatte sie einen ebenso elitären Stammbaum wie preisgekrönte Hunde. Sie war in Privatschulen und Internaten ausgebildet worden, hatte 1992 das juristische Staatsexamen abgelegt und saß gegenwärtig im Vorstand des Smith College, dreier Großunternehmen und vier gemeinnütziger Verbände. Sie hielt sich aus den Zeitungen heraus, während ihre Eltern bei jedem Gesellschaftsereignis in New York gnadenlos abgelichtet wurden. Franklin und Emily hatten doppelt so viele Vorstandssitze inne wie ihre Tochter. Emily war ein führendes Mitglied der *Daughters of the American Revolution*, einer patriotischen Frauenvereinigung.

Als Eddie anrief, um mich zu informieren, dass die Obduktion verschoben worden sei, sagte ich ihm, ich hätte von meinem Kontakt Gebrauch gemacht, aber nichts Relevantes gehört. Ich fragte mich, ob er schon wusste, dass Sam in die Fußstapfen seines Vaters getreten war, ob es vielleicht schon jeder verdammte Cop und jeder Privatschnüffler in der Stadt wusste.

Fournier ist kein irischer Name, aber das Bestattungsunternehmen nannte sich O'Hara's und war ein dreistöckiges, weißes, schindelverkleidetes Gebäude in Southie, groß genug, um als Kirche durchzugehen. Es musste in längst vergangenen Tagen einmal eine Riesenfamilie beherbergt haben; jetzt flankierten Urnen das Holztor, und in der Eingangshalle dämpfte dicker Teppichboden die Schritte.

Kommt herein, erweist ihm die letzte Ehre, tragt euch ins Kondolenzbuch ein und verweilt einen Augenblick in dem langen, von Kerzen erhellten Raum an seinem dunklen, geschlossenen Sarg. Richtig zur Sache ging es jedoch erst zwei Blocks weiter südlich, um die Ecke herum und ein paar Stufen hinunter, in Mikey Finnerans Pub, heute für alle außer Angehörige und Freunde des Verstorbenen geschlossen.

Mikey's Pub war gerammelt voll, als ich dort ankam, allerdings war das Gedränge am hinteren Ende der Bar weniger groß. Wie die meisten Etablissements, die abends öffnen – Kinos, Tanzbars –, wirkte es am helllichten Nachmittag schaurig und schrill, irgendwie daneben. Sonnenstrahlen fielen durch die streifigen Fenster und führten Krieg gegen das Deckenlicht. Etwa zwanzig Schritt entfernt von mir entdeckte ich Marian mit kurzem schwarzem Kostüm und rosa Bluse. Ich hielt kurz an, um von der Bar ein Bier mitzunehmen, und zwängte mich zu ihr durch.

Einige der Trauergäste waren direkt von der Arbeit hergekommen, in Jeans und Flanellhemd. Die Familie hatte verlauten lassen, Arbeitsstiefel seien okay, es würde kein Anstoß daran genommen. Arbeitsstiefel passten zu den Barhockern mit den verschlissenen roten Lederpolstern und zu der verwitterten Holzvertäfelung. Ich sah mich um, ob jemand als Freundin oder Exfreundin infrage kam, als Frau, der Fournier sein Vertrauen geschenkt haben könnte. Ich fasste mehrere Frauen in einer Sitzgruppe weiter hinten ins Auge, Tanten oder

Freundinnen der Familie, streng in Schwarz gekleidet, fragte mich, was sie wohl von der ausgelassenen Gesellschaft, dem Rauch und der Musik, dem Geschnatter und Gelächter hielten. Die Frauen in engen Pullovern schienen einen Ehrenplatz an der Bar zu haben, aber kein Gesicht spiegelte die Trauer einer jungen Witwe wider, und so ließ ich meinen Blick weiter über die Menge schweifen. Die echten Trauernden waren vielleicht abwesend, noch zu erschöpft von den Nachtwachen am Krankenbett, um eine solche Zusammenkunft durchzustehen.

Leland Walsh, den ich in einem Spiegel sah, unterhielt sich leise mit O'Day. Liz Horgan konnte ich nicht ausmachen, aber ihren Mann, der zielstrebig von Gruppe zu Gruppe ging, hier die Hand auf eine Schulter, dort auf einen Arm oder auf einen Rücken legte und Anteil nehmend mit dem Kopf nickte, ehe er sich weiterdrängte. Es wurde generell über die Baustelle geklagt und besonders über das Wetter.

«Der Scheißbeton ist gebröselt wie Erdnusskrokant.»

«Mit so kalten Händen kannste ums Verrecken keinen Baustahl verlegen. Was machste da?»

Ein Bantamgewicht um die fünfzig bestellte einen Schuss Tequila und sagte, er würde sich nicht wundern, wenn seine Mannschaft als Nächstes ein verfluchtes Mumiengrab ausbuddeln würde.

Ein jüngerer Mann lachte und meinte, das Komischste, was sie je ausgegraben hätten, sei das Klosett von einer Frau aus der Kolonialzeit gewesen. Voller Kirschkerne war es, und was denn davon zu halten sei?

«Bauchschmerzen bestimmt. Ich habe gehört, dass Jody Fargo ein halbes Boot gefunden hat. Jedenfalls die Planken von einem Boot.»

Ich setzte mein Bier ab und zündete mir meine erste Zigarette heute an. Ein Boot war eigentlich nichts Besonderes. Vieles von der Innenstadt ist auf aufgeschüttetem Land errichtet worden, nur die Ortsnamen erinnern noch an frühere Wahrzeichen, wie in Fort Hill – das Fort ist längst geschliffen und der Berg in die Bay gekippt worden, um das Stadtgelände zu vergrößern. Die Archäologen fürchteten noch immer, dass Artefakte aus der Kolonialzeit von den Bauarbeitern ausgegraben und unwissentlich zerstört werden könnten. Wie die meisten Bürger dieses Bundesstaates hatte ich gar nicht gewusst, dass Massachusetts überhaupt so etwas hatte wie einen staatlichen Archäologen, bis Teams entlang der Baustellenroute nach Schätzen zu graben begannen. Ich wusste, dass der Horgan-Bauabschnitt in der Nähe von Mill Pond und Paddy's Alley lag, den am gründlichsten durchwühlten und erforschten archäologischen Stätten bisher.

«Wie es hier so läuft, sitzen wir womöglich auf einem alten indianischen Begräbnisplatz.»

«Die Indianer sind drüben auf Spectacle Island. Hier haben wir nur den Mist aus der Kolonialzeit.»

«Über dieser Baustelle liegt nicht der Fluch der Pharaonen, sondern Horgans Fluch.»

«He, halt's Maul. Ich habe schon auf anderen Horgan-Baustellen gearbeitet, und da war nie so was wie 'n Fluch.»

Ein Mann in einem Arbeitshemd aus Drillich kletterte auf einen Barhocker und klopfte mit einem Löffel an sein Glas, bis es still wurde. Er brachte eine Reihe von Toasts auf Kevin Fournier aus, und überall klirrten Gläser beim Anstoßen.

Marian sagte über meine Schulter zu mir: «He, nett,

dass du gekommen bist.» Ihre hauchdünne Bluse hatte den gleichen Farbton wie ihr Gloss-Lippenstift.

«Du siehst wahnsinnig gut aus», sagte ich.

«Du findest also die Bluse nicht zu gewagt?»

Der Körper war zu gewagt, aber das sagte ich nicht. «Hör mal, weißt du eigentlich, ob Fournier doch noch eine Chance hatte, mit Mrs. Horgan zu reden?»

Sie zuckte die Achseln. Bluse und Körper warfen Wellen.

Ich sagte: «Er war ziemlich wütend an dem Morgen – du weißt schon, als er nicht mit ihr sprechen konnte.»

«Ja, richtig, er hat mich noch um ihre Privatnummer gebeten, aber ich habe ihm gesagt, die käme für ihn nicht infrage.»

«Sind Angehörige von ihm da?», fragte ich.

Sie stellte sich auf die Zehenspitzen und reckte den Hals. «Ich glaube nicht. Bisher nicht. Sie haben aber das Lokal selbst ausgesucht – Gerry bezahlt nur die Getränke –, da müssten sie eigentlich noch kommen. Die Familie ist nicht groß – Mutter, Vater, ein paar Tanten mütterlicherseits, glaube ich, und ein Bruder in Übersee, beim Militär. Ich weiß nicht genau, ob er hierher unterwegs ist oder was. Einige dieser Typen müssen Kameraden aus seiner Militärzeit sein.»

Armee und Baugewerbe. Kein Wunder, dass mehr Jungs als Mädels da waren. Marian setzte sich in Bewegung, ich auch. Während ich bekannten Gesichtern zunickte, fiel mein Blick auf mein Spiegelbild über der Bar. Kaum jemand würde mich in der Frau mit dem graubraunen Haar und der Brille wieder erkennen. Beim richtigen Blickwinkel höchstens am Profil.

Ich lenkte meine Schritte mit Bedacht, spitzte die Ohren. Die meisten Satzfetzen, die ich mitkriegte, hatten nichts mit Fournier, seinem Tod oder dem «Loch» zu tun. Ich hörte eine Menge über einen gebrauchten Toyota mit Vierradantrieb und ein Mädchen, das für 25 Dollar fast alles täte. Ich hörte, dass ein Typ von einem Lastwagen angefahren wurde, aber auf dem Wege der Besserung sei, dass er hätte aufpassen sollen, denn die Laststraße hinter dem Postanbau in Südboston sei eine Todesfalle, wie jeder wüsste.

Mir fiel niemand ins Auge, der von der Polizei sein musste, und es schien auch keiner der Bauarbeiter ein verdeckter Ermittler zu sein. Eben hatte ich meine Suche nach einer kummervollen Fournier-Freundin wieder aufgenommen, als mir Horgans Bariton zu Ohren kam, im Trio mit Harv O'Day, dem Baustellenleiter, und einem muskulösen Mann, den ich schon einmal in der Nähe unseres Büros gesehen hatte. Horgans Organ war laut und aggressiv. Ich schob mich dichter heran, aber anscheinend hatte ich den Höhepunkt eines hitzigen Streites bereits verpasst.

«Vielleicht ist es falsch abgelegt worden. Hast du daran schon mal gedacht? Passiert dauernd.» Der Muskelmann versuchte, Öl auf die Wogen zu gießen, Frieden zu stiften.

O'Day murmelte: «Schon möglich, Dennis, kann schon sein.»

«Bestimmt», sagte der Mann namens Dennis enthusiastisch. «Dein Mädchen denkt nur an die Frisur, die Nägel, den Freund. So ist das eben. Ihr zwei, vertragt euch wieder. He, komm schon, Gerry. Er hat es doch nicht so gemeint, Herrgott nochmal.»

Horgan war es sichtlich peinlich, dass aller Augen auf sie gerichtet waren. «Die verdammte Gewerbeaufsicht und all das macht mich noch ganz verrückt, Harv. Bin wohl ein bisschen ausgerastet. Tut mir Leid.»

Statt seine ausgestreckte Hand zu ergreifen, starrte O'Day ihn nur hasserfüllt an und stolzierte davon. Ich dachte, der Chef würde jetzt hinter ihm herlaufen, ihn herumwirbeln und die Meinungsverschiedenheit in eine Schlägerei umwandeln, aber der Mann namens Dennis schaltete sich schnell ein und bestellte eine neue Runde Getränke. Ich konnte ihm wahrscheinlich sogar einen Familiennamen zuordnen. Dennis Marcantonio war ein Bau-Subunternehmer, dessen kleinerer Container an unseren angrenzte.

O'Days Auftritt brachte ihn in meine Nähe. «Hoffentlich denken Sie nicht, *ich* hätte etwas falsch abgelegt», sagte ich.

«Voll hier, was?» Die Wangen des drahtigen Mannes waren gerötet, sein Ton jedoch normal.

«Probleme?» Ich fragte mich, welchen Grund zur Klage es gegen Horgan geben könnte oder umgekehrt und ob vielleicht Alkohol den Disput aufgeheizt hatte.

O'Day setzte sein Glas hart auf dem Tresen ab. «Sie sind auf Zeit da, richtig?» Ich überlegte, ob er damit vielleicht meinte, dass ich mich raushalten sollte. Ich nickte, aufrichtiges Mitgefühl im Blick. O'Day musste eigentlich wissen, ob Fournier am Morgen, ehe er gefunden wurde, noch gestempelt hatte.

«Von welcher Agentur denn?», fragte er.

«Franklyn Mellors.»

«Aha, ja, Horgan sagt, Sie wären gut, aber legen Sie es nicht darauf an, Miss Marian auszustechen.»

«Es ist genug Arbeit für uns beide da, vielleicht sogar für eine dritte Kraft, falls die Firma einen weiteren Zuschlag bekommt.»

«Arbeit gibt's immer, aber schauen Sie doch, wie alle hier trinken und die Zeit vertrödeln. Viele von diesen

Männern haben kaum ein Wort mit Fournier gewechselt. Sie selbst haben ihn ja auch kaum kennen gelernt. Keine Disziplin, das ist es. Leichtsinnig und verflucht undiszipliniert.»

«Wollen Sie damit sagen, dass Fournier leichtsinnig war?»

Er senkte die Stimme. «Der Mann ist tot. Nichts Schlechtes über ihn.»

«Ich habe gehört, er hätte keinen Schutzhelm getragen.»

«Ja, gut, aber was sagt das schon über den Mann? *Leichtsinnig und verflucht undiszipliniert.*»

Mit diesen Worten knallte er sein Glas auf die Theke und zwängte sich durch die Menge Richtung Ausgang. *Verdammt.* Ich hätte ihn aufhalten und versuchen können, mehr über die Stempelkarte aus ihm herauszuholen, aber ich bezweifelte, dass jemand für Fournier gestempelt hatte, während O'Day die Stechuhr im Auge hatte. O'Day wiederum würde nicht zugeben, dass er womöglich gerade nicht an seinem Schreibtisch gesessen hatte, jedenfalls nicht einer Angestellten auf Zeit gegenüber. Warum mochte ihn mein Mitarbeiterstatus interessiert haben? Falls er bei Franklyn Mellors Erkundigungen über mich einzog, hatte ich eine weiße Weste, denn Eddie hatte eine Abmachung mit dieser Agentur. Ich wünschte, ich hätte O'Days Streit mit Horgan von Anfang an mitbekommen, und wüsste, was falsch abgelegt worden war.

Leland Walsh stand plötzlich links neben mir und fragte mich, ob ich noch ein Bier haben wollte.

Ich nickte. «O'Day und Horgan haben sich ja ganz schön in die Wolle gekriegt. Wissen Sie, worum es ging?»

«Klang so, als wenn es um Sie gegangen wäre. Sind Sie das Mädchen, das nicht richtig ablegen kann?»

«Wollen Sie, dass ich Ihnen das Alphabet aufsage? Vorwärts? Oder rückwärts?»

«Ein andermal.» Eine schwarze Lederjacke, über einem schwarzen T-Shirt zugeknöpft, machte ihn zum bestangezogenen Mann im Lokal. «Carla, stimmt's?»

«Ich habe gehört, dass Sie im Krankenhaus waren. Wissen Sie, ob der Arzt irgendwas gefunden hat – eine Ursache für seinen Sturz?»

«Ursache?»

«Zum Beispiel, dass er einen Schlaganfall hatte. So wie Fahrer manchmal. Die dann eine rote Ampel überfahren und gegen einen Baum prallen.»

«Achtzigjährige Fahrer.»

«Vielleicht war mit seinen Schuhen etwas nicht in Ordnung. Oder seinem Gleichgewichtssinn.»

«Oder seinem Glück. Brauchen Sie immer eine Ursache, wenn jemand stirbt?»

«Mir ist eine Ursache lieber.»

Er lächelte. «Wenn jemand Lungenkrebs bekommt, wollen Sie also wissen, ob er geraucht hat.»

Ich drückte meinen Zigarettenstummel in einem überfüllten Aschenbecher aus. «Haben Sie Feuer?»

«Kann sein.» Er wühlte in seiner Tasche, und sein Gesichtsausdruck veränderte sich. «Verdammt. Warten Sie, ich hole Ihnen Streichhölzer –»

Ich sah Gold blitzen, als er die Hand um etwas ballte. «Da auf der Theke liegt eine Schachtel. Was ist denn das?»

«Hat mir Kev gegeben, vor ein paar Tagen. Eine Art Glücksbringer, und ich wünschte wahrhaftig, er hätte es behalten.»

«Er muss gewollt haben, dass Sie es bekommen.»

«Na ja, er hat es mir nicht direkt *gegeben*, eigentlich sollte ich es nur eine Zeitlang für ihn aufbewahren.»

Ich streckte die Hand aus. «Kann ich es mal sehen?»

Er öffnete seine Faust und zeigte mir ein flaches goldenes Oval mit einem winzigen Loch an einem Ende. Es erinnerte mich an eine Erkennungsmarke vom Militär. Auf einer Seite war ein farbiges Dekor, möglicherweise Emaille. Er drehte es um, bevor ich mehr als nur einen dunkelroten Stern erkennen konnte.

«Jetzt kann ich es nur noch seiner Mutter geben – oder in sein Grab werfen.»

Er stopfte es wieder in seine Tasche, und ehe ich fragen konnte, ob ich es mir nicht genauer ansehen dürfte, landete Marian flatternd neben mir.

«Lee, ich wollte nur sagen, wie Leid es mir tut. Carla-Schatz, ich muss los. Bis Montag!»

«Du gehst schon?» Gerry Horgan stand noch an der Bar, und ich hatte angenommen, nur sein Verschwinden könnte Marian dazu bewegen, auch zu gehen. Sie war ganz in ihrem Element, ständig in Bewegung und strahlte.

Sie schürzte die Lippen. «Ich dachte ja, Lady Liz würde hier aufkreuzen, aber nein, ich muss mich auf den weiten Weg zu ihr nach Hause machen. Es steht in meiner Tätigkeitsbeschreibung, Mädchen für alles, Botendienste innerhalb und außerhalb der Baustelle. Sie ist gestern Abend rausgerauscht, ohne diesen wichtigen Vertrag zu unterzeichnen, dabei muss er unterschrieben, eingetütet und diesen Nachmittag noch ausgeliefert werden, sonst ist er nur noch als Klopapier zu gebrauchen. Den ganzen verfluchten Weg nach Brookline raus, oder ich muss ihn selbst unterschreiben.»

Einerseits hätte ich nur zu gern den Goldgegenstand in Walshs Tasche noch einmal gesehen, andererseits wollte ich auf Fourniers Familie warten, und nun ergab sich auch noch die Chance, einen Blick auf ein wichtiges Dokument zu werfen und dabei sogar Liz Horgan zu Hause kennen zu lernen …

«Ich könnte einspringen», erbot ich mich. «Ich wette, es steht auch in *meiner* Tätigkeitsbeschreibung. Wohin soll ich das Schriftstück denn bringen, wenn es unterschrieben ist?»

«Das würdest du tun?» Marians Mund verzog sich zögernd zu einem Lächeln, während sie den Blick durch den Raum voller Männer schweifen ließ. «Du bist viel zu gut zu mir. Erst der Tierarzt und jetzt noch das hier. Kannst du es mir hierher zurückbringen?»

«Kein Problem», sagte ich.

«Oh, aber –»

«Was?»

«Ich hatte gehofft, bei der Gelegenheit Tess wieder zu sehen. Und Krissi.»

Tess war der Hund. Krissi die Tochter. «Wie du willst.»

«Ich habe ein Büchlein für Krissi gekauft, ein kleines Buch über Hunde. Würde es dir etwas ausmachen –»

«Wenn es keinen halben Zentner wiegt, nehme ich es mit.»

«Darf ich ihr auch noch ein Briefchen reinlegen?»

«Sicher.»

«Aber das musst du *ihr persönlich* geben, nicht ihrer Mutter, verstehst du?»

«Klar.» Ich schenkte ihr ein selbstloses Lächeln und hätte beinahe den forschenden Blick verpasst, mit dem Walsh in meine Richtung sah.

17 **Marian hätte wahrscheinlich** ein Taxi genommen oder wäre mit der Green Line gefahren. Ich machte einen Umweg und fuhr erst mit der Red Line nach Cambridge, um einen Zwischenstopp zu Hause einzulegen.

Gerry und Marian hatten vielleicht bei Liz angerufen, ihr gesagt, dass ich gleich da sein würde, deshalb beeilte ich mich, den Umschlag über Dampf zu öffnen, die einzige Klammer in der linken oberen Ecke zu entfernen, die sieben Seiten zu kopieren, zusammenzutackern und den Umschlag ordentlich wieder zuzukleben. Ich überflog das kopierte Dokument nur kurz, ehe ich es in einen leeren Umschlag schob und in die unterste Schublade unter das Branchenbuch legte. Mir fiel auf, dass der Name «Elizabeth Horgan» als Erster unter den Firmeninhabern der Horgan-Bauunternehmung aufgeführt war.

Von Cambridge nach Brookline gibt es keinen schnellen, einfachen Weg. Als ich endlich über Nebenstraßen nach Allston gekurvt war, regnete es wieder, ein leichter Sprühregen, der die Bodenhaftung nicht gerade verbesserte. Für den Fall, dass Liz mich fragte, warum ich so lange gebraucht hätte, hatte der Wettergott mir eine gute Entschuldigung an die Hand gegeben.

Brookline ist eine Stadt des Geldes, aber nicht wie Weston oder Dover – abgetrennt, weiß und weit entfernt von allen Unruheherden –, da es zu dicht bei Boston liegt. North Brookline mit seinen Wohnblöcken, Zweifamilienhäusern und ein paar verstreuten Studentenheimen ist fast eine Großstadt. Das richtig dicke Geld ist südlich der Route 9 zu finden, in der Nähe von «The Country Club», «The» großgeschrieben, einem Golfplatz, der vor kurzem dem öffentlichen Druck nachgeben und Menschen aller Rassen zulassen musste. Ich warf noch einmal einen Blick auf die Adresse, die Marian mir aufgeschrieben hatte. Eindeutig im Süden.

In meiner Aufmachung als Taxifahrerin hatte ich Computer-Milliardäre vom Flughafen nach Hause gefahren und im Torschatten ihrer eingezäunten Supervillen abgesetzt, aber wie viel Geld im Baugewerbe steckt, hatte ich nicht geahnt, bis ich das Anwesen der Horgans sah. Land ist in der Bostoner Gegend knapp und teuer, doch dieses Haus thronte auf einem fast hektargroßen Gelände. Das ist nicht viel, wenn man dabei an die riesigen Farmen in Kansas denkt, aber ein Hektar in Brookline kostet ebenso viel an Grundsteuern und noch mehr.

Das Haus stand auf einer Anhöhe, zwei elegant gealterte Backsteinstockwerke vorn, hinten wahrscheinlich drei, breitete sich mit zahllosen Anbauten aus und hatte genügend Fenster, um eine Heizölfirma in Verzückung zu versetzen. Zwei hohe Kamine rauchten über dem Schindeldach. Die lange Einfahrt teilte sich und führte dann schwungvoll von zwei Seiten her zu einer überdachten Wagenauffahrt. Als ich behutsam in deren Schutz anhielt, fühlte ich mich wie Aschenputtel auf dem Weg zum Prinzenball.

Halogenlampen strahlten mit leisem Knacken auf und blendeten mich fast. In meinem Nacken kribbelte es, und ich fragte mich, wo die automatische Videokamera versteckt sein mochte. Die Eingangstür öffnete sich, noch bevor ich die Klingel gedrückt hatte, und Liz Horgan blickte mich verständnislos an. Ihr zerzaustes Haar wurde von einem Stirnband aus dem Gesicht gehalten. Als ich dicht genug an sie herangekommen war, konnte ich riechen, dass sie getrunken hatte. Sie roch, als hätte sie eine kleine Privattrauerfeier für Kevin Fournier abgehalten.

«Was wollen Sie?» Sie klang alles andere als freundlich.

«Marian brauchte Ihre Unterschrift, und –»

«Ich hatte ihr doch gesagt, sie soll das verdammte Ding per Boten schicken. Ich hatte ihr gesagt, dass ich –»

«Ich musste ohnehin in diese Richtung», log ich und fragte mich, ob Marian mich wohl ausgetrickst und hierin die Gelegenheit gesehen hatte, mich bei der «Zicke» in Misskredit zu bringen. «Was für ein wunderschönes Haus. Haben Sie hinten noch einen Garten und einen Swimmingpool?»

Das hätte zum «Wollen Sie nicht hereinkommen?» überleiten sollen, tat es aber nicht. Sie redete weiter, als hätte ich keinen Ton gesagt. «Ach, was soll's. Tut mir Leid. Und dann bei diesem Wetter. Ich weiß nicht. Es tut mir Leid. Ich dachte, Sie wären –»

Sie sprach leise, fast so, als redete sie mit sich selbst, und ich dachte, sie würde vielleicht weiterreden, wenn ich sanft nachhakte: «Sie dachten, ich wäre – was?»

Sie schloss die Augen und presste die Fingerspitzen auf ihre Schläfen. «Egal.»

«Ich weiß nicht, ob Sie und Ihr Mann nicht beide hier unterschreiben müssen oder nur Sie», fuhr ich fort. «Mr. Horgan sollte vielleicht für alle Fälle noch einen Blick darauf werfen. Ich will nicht, dass Marian mir den Kopf abreißt.»

«Gerry ist nicht da. Geben Sie's mir.» Sie riss den Umschlag auf und fing an zu lesen. Wie sie mit dem Ding umging, hätte ich es auch einfach mit Klebeband zukleben können. Ihr musste eiskalt sein in den Cordsamthosen, dem Sweatshirt und den Frotteehausschuhen. Das Vordach hielt zwar den Regen ab, aber der Wind pfiff so, dass mir sogar in meinem Anorak alles andere als warm war.

«Dürfte ich wohl mal Ihre Toilette benutzen?», fragte ich.

Sie zögerte. «Es – es ist alles schrecklich durcheinander.»

Ich sah sie bittend an, bis sie mir widerstrebend die Tür aufhielt.

Ein Orientteppich lag krumm und schief auf dem Marmorfußboden und war an einer Ecke umgeschlagen, um ungebetene Gäste zum Stolpern zu bringen. An der Wand lehnte neben verstreuter Zigarettenasche ein Besen. Die Blumen in der Vase ließen die Köpfe hängen. Durch einen Bogendurchgang konnte ich in einen riesigen Wohnraum mit kunstvoll geschnitzten Stühlen schauen, die unordentlich an die Wand geschoben worden waren. Neben einem Ebenholz-Steinway stand ein ausladendes weißes Sofa voller Wäschestücke.

«Links», sagte Mrs. Horgan scharf. «Die zweite Tür. Das Licht ist an.»

Das Durcheinander kam mir spanisch vor, denn zu einem Platz wie diesem gehörten eigentlich ein bis zwei Hausangestellte. Es passte allerdings perfekt zu der Liz Horgan, die wichtige Dokumente zu unterzeichnen vergaß und sich bei Sitzungen immer verspätete. Ich wäre fast in einen Hundenapf voll Wasser getreten.

Das Bad war ebenfalls mit Marmor gefliest und mit einer Tapete in zartem Blümchendekor tapeziert. Das Waschbecken hatte die Form einer Muschel, die Armaturen waren aus Messing. Zwei Landschaftsgemälde zierten die Wände, aber ein Arzneischränkchen, das ich hätte durchsuchen können, fehlte. Es war so etwas wie ein schickes Gästebad, in dem man sich die Nase pudern konnte, nur wurde die Wirkung durch ein schwarzes Reisenecessaire aus Leder verdorben, das hinten auf der Toilette stand, eine versilberte Haarbürste und eine Dose Deospray.

Das Necessaire enthielt ein verschreibungspflichtiges Arzneifläschchen mit einem Antibiotikum auf den Namen Gerald Horgan, das abgelaufen war. Die Haare in der versilberten Bürste waren grau meliert. Jemand hatte das Waschbecken benutzt, um sich zu rasieren.

Keine Wäsche. Bei dem Durcheinander auf der Couch konnte es sich um zusammengeknautschtes Bettzeug handeln, falls Gerry Horgan dort schlief und sich in dem Gästebad rasierte. Ich spülte die Toilette, ließ Wasser am Waschbecken laufen und überlegte, wie viel von den Spannungen auf der Baustelle durch Ehestreit begründet sein könnte.

Hatten eheliche Dissonanzen Fournier von der Gerüsttreppe gestoßen? Liz Horgans Augen und Gesicht waren geschwollen, vielleicht hatte sie, mutterseelenallein in diesem gigantischen Haus, nicht nur getrunken, sondern auch geweint.

Fernseh- oder Radiogeräusche waren nicht zu hören. Keine Musik, kein Hinweis auf Marians Lieblingskind, die fotogene Krissi oder Kristal, das Mädchen, dem ich heimlich ihr Briefchen geben sollte. Das große, leere Haus stimmte mich traurig. Es passte irgendwie zu Paolinas gescheitertem Märchen von Sam und mir. Ein Haus wie dieses sollte eine glückliche Familie beherbergen, dachte ich, mit einem schwanzwedelnden Hund und einer Tochter, die fröhlich Klavier übt, während Papi sich um das Feuer im Kamin kümmert.

Ich klebte mir ein Lächeln ins Gesicht. «Ist dieses Anwesen jemals für eine Zeitschrift fotografiert worden?»

«Nein.»

«Spielen Sie Klavier? Oder Ihre Tochter?»

«Die Papiere sind unterschrieben.» Damit wollte sie mir die Tür weisen, aber ich ignorierte den Fingerzeig.

«Ich bin kurz bei der Gedenkfeier für Kevin gewesen, es war wirklich nett. Den Angehörigen hat es bestimmt auch gut gefallen.» Mir war bewusst, dass ich dick auftrug und zu viel redete, doch ich machte offenbar gar keinen Eindruck, entlockte der stark benebelten Frau keine Reaktion. «Ach ja, eh ich's vergesse, ich habe etwas für Kristal mitgebracht.«

«Was? Geben Sie's her!»

«He!» Ihre Hand hatte sich um mein Handgelenk geschlossen wie eine Rohrzange. Sie schaute darauf hinab, als gehöre sie einem fremden Menschen, dann lockerte sie ihren Griff langsam wieder.

Ich wühlte in meinem Rucksack. «Hier, es ist nichts Besonderes. Marian hat mich gebeten, ihr ein Buch zu geben. Ich wollte ihr nur einen Gefallen tun.»

«Entschuldigen Sie, das war ein Missverständnis. Es ist sehr nett von Marian. Ich gebe es meiner Tochter.»

«Wenn sie zu Hause ist, würde ich es ihr gern persönlich überreichen. Marian erzählt oft von ihr. Ich habe eine kleine Schwester ungefähr im gleichen Alter, sie geht auf das ‹Rindge and Latin› in Cambridge. Ist Kristal auf der Brookline High School? Oder auf einer Privat...»

Ich versuchte, das Gespräch zu verlängern, um eventuell das Telefon oder die Türglocke klingeln zu hören, vor allem aber, um herauszufinden, warum sie mich unbedingt schnell wieder loswerden wollte. Auf die Wut, die ihr plötzlich ins Gesicht geschrieben stand, war ich nicht vorbereitet.

«Was machen Sie eigentlich hier? Was wollen Sie?»

«Marian brauchte Ihre Unterschrift –»

«Ich habe das verdammte Ding doch bereits unterschrieben!»

«Ich musste mal auf die Toilette. Bitte entschuldigen Sie.»

«Haben Sie alles gesehen, was Sie sehen wollten? Krissi ist nicht da. Gerry ist nicht da. Geben Sie mir, verflucht nochmal, was immer Marian Ihnen mitgegeben hat, und sagen Sie ihr, sie soll ihre gottverdammten Geschenke von jetzt an behalten oder Gerry im Büro mitgeben.»

Ihre Finger hatten sich erneut um mein Handgelenk geschlossen, aber sie merkte vermutlich gar nicht, dass sie Druck ausübte. Ich ließ Regenschirm und Rucksack auf den Boden fallen und gab ihr meinerseits eine kleine Kostprobe von dem Griff, den Cops anwenden, wenn sie jemanden zum Mitkommen bewegen wollen. Sie ließ meine Hand fallen, als stände sie in Flammen.

Ihre Augen verengten sich. «Von welcher Agentur haben wir Sie eigentlich?»

Die gleiche Frage, die mir auch O'Day gestellt hatte. Ich beantwortete sie, und sie murmelte mit der Hand vor dem Mund etwas, das ich nicht richtig verstehen konnte, vielleicht «Sie haben's mir gesagt» oder «Sie haben mich gewarnt». Sie hatte erheblich zu viel getrunken.

«Bis Montag dann», sagte ich.

«Sie gottverdammte Schnüfflerin.» Sie ließ ihre Hände herunterfallen, als hätte sie die Kontrolle darüber verloren. «Sie sind gefeuert. Lassen Sie sich bloß nicht einfallen, wieder aufzukreuzen. Sie sind gefeuert, verflucht nochmal.»

Ich hob langsam meine Siebensachen auf. «Mrs. Horgan», sagte ich, «ich arbeite doch für Sie. Wenn ich Ihnen irgendwie helfen kann –»

«Ja, machen Sie, dass Sie wegkommen.» Sie schlug die Tür so hinter mir zu, dass sie beinahe meine Hacken getroffen hätte.

Ich fuhr nach Southie zurück und fragte mich, wer sie wohl vor Schnüfflern gewarnt hatte. Dachte, dass Happy Eddie ihr womöglich den Tipp gegeben hatte. Fragte mich, ob er ihn auch an ihren Mann weitergegeben hatte.

Ich brachte den Umschlag in den inzwischen ziemlich leeren Pub zurück und wurde dankbar von Marian umarmt. Sie hatte ebenfalls ganz schön getrunken und klebte an einem tätowierten Stahlbaumonteur namens Dave. Kichernd erzählte sie mir, sie hätte Leland Walsh meine Telefonnummer gegeben. Ich hätte hoffentlich nichts dagegen.

Das ist das Schöne daran, zwei Jobs nachzugehen: Wirst du bei dem einen gefeuert, kannst du auf den anderen zurückgreifen. Ich fuhr zur Beacon Street zu Dana Endicott; mit meinem dunkelblauen Kostüm würde ich in diesem eleganten Viertel kaum auffallen. Es war Samstag, vielleicht war sie schon aus New York zurück und ausnahmsweise mal nicht auf einer Vorstandssitzung. Ich hatte vor, bei ihr zu klingeln, mich nicht abwimmeln zu lassen und Veronicas Zimmer zu durchsuchen. Herauszufinden, warum Rick Garrison so gelacht und Dana ein Biest genannt hatte.

Ein Rettungswagen und eine Polizeistreife standen vor ihrem Haus, Rotlicht blitzte.

18 Der Einsatzwagen von Revier A war leer. Im Rettungswagen – von der gleichen Firma, die auch zur Baustelle gerufen worden war – lief noch der Motor. Ich parkte im Halteverbot und überflog die Hausnummern. Die beiden Fahrzeuge standen direkt vor Dana Endicotts dreistöckigem Sandsteinhaus, und die Haustür war angelehnt.

Ich schlug auf den Knopf meiner Warnblinkanlage und war auch schon unterwegs.

In der Einfahrt tat sich etwas, Räderquietschen war zu hören, und ich hatte ein Gefühl, als stände ich wieder im Schatten unter der Hochstraße und sähe zu, wie orange gekleidete Gestalten einen ausgestreckten, regungslosen Kevin Fournier aufhoben. Einen Herzschlag lang hielt sich dieses Trugbild, dann merkte ich, dass die Frau auf der Rollbahre bei Bewusstsein war und protestierend mit den Händen gestikulierte.

«Bitte, mir geht's doch gut.» Höflich wie immer, Dana Endicott.

Eine stämmige Frau in einem formlosen Pullover folgte der Prozession den schmalen Pfad entlang, die Arme über den Hängebrüsten verschränkt, und redete unaufhörlich auf Spanisch vor sich hin.

«Was ist denn los?», fragte ich.

«Aus dem Weg, Lady», war die automatische Reaktion der dünnlippigen Sanitäterin.

«Ich bin eine Freundin. Ist sie okay?»

«Wenn Sie uns den Weg nicht länger versperren, ja. Los!»

Ich trat beiseite.

«Miss Carlyle?» Meine Klientin streckte den Arm aus, ergriff meine Hand und drückte sie mit beruhigender Festigkeit.

«Ja.»

«Bitte bleiben Sie hier und warten Sie auf mich. Esperanza, bleib du auch hier bei ihr. Hilf ihr. Zeig ihr –»

«*Bitte, Señorita.* Ich komme mit.»

«Bleib hier ... bei meiner Freundin.»

Sie hoben sie hinten in den Rettungswagen; über dem linken Auge hatte sie einen Druckverband. Aus ihrem kurzen dunklen Haar sickerte Blut, erheblich mehr als nur ein Tropfen, es lief über ihr Ohr und am Hals herunter. Der Kragen ihres hellbeigen Cardigans war blutgetränkt.

Esperanza sah zu, wie sie abtransportiert wurde, kaute auf ihrem Daumen und murmelte dabei unentwegt: *«Ay Jesus, Dios mio»*, bis ich sie fragte: *«¿Hay policias en la casa?»* Sind Polizisten im Haus?

«¡Ay! Los chupos!» Sie rannte ins Haus, ich hinterher.

Beim Betreten der geräumigen Halle, in der wir jetzt standen, waren wir zwischen den Glaswänden zweier riesiger Aquarien hindurchgegangen. Wenn ich mich nicht so dicht an die schnell gehende Esperanza gehalten hätte, wäre ich stehen geblieben und hätte die umherschießenden farbenprächtigen Fische und die Luftblasen der zischenden Sauerstoffzufuhr bestaunt. Über dem Kamin an der gegenüberliegenden Wand hing ein Gemälde in Gelb- und Rottönen, die mit der Pracht der exotischen Fische konkurrierten. Die hohe Decke wurde von hellen Holzbalken getragen, an denen Kristalllüster hingen. Ein Orientteppich von der Größe eines Fußballfeldes bildete den Rahmen für champagnerfarbene Sofas und Polsterstühle, auf denen mindestens dreißig Leute, vielleicht auch mehr, Platz hatten. Weitere Gemälde schmückten die Wände, und ich hoffte, Zeit zu finden, sie eingehender zu betrachten.

Der kleine Polizist sprach langsam, als rede er mit einem Kind. Esperanzas abschätzigem Blick war anzumerken, dass sie wusste, was er dachte, und beschlossen hatte, die Einfältige zu spielen, denn ihr vormals gutes Englisch wurde zusehends schlechter. Ich hätte die Masche womöglich gar nicht bemerkt, wenn ich sie nicht schon so oft bei Marta, Paolinas Mutter, erlebt hätte, die sich immer zu helfen weiß und ihre Englischkenntnisse blitzartig verliert, sobald ein Gespräch eine Wendung nimmt, die ihr nicht gefällt.

«Sie nicht bewegt. Da ist Blut.»

«Zeigen Sie uns, wo Sie sie gefunden haben.»

«Ich rufe neun-eins-eins. Ich erzähle Ihnen, was ich weiß, alles, was ich weiß. *No más.*»

Am Fuß der hinteren Treppe war verschmiertes Blut auf dem blanken Holzfußboden. Ich sah zu, wie die Cops rasch die Stufen inspizierten und nach einer schadhaften Stelle, einer Falte in dem grünen Läufer suchten. Der große Polizist kritzelte etwas in sein Dienstbuch und war anscheinend zufrieden. Esperanza unterdrückte ein Zittern, als er nach ihrem Namen fragte.

Sie nannte ihn widerwillig. «Jetzt gehen, *por favor.*»

«Sollen wir jemanden benachrichtigen? Ihren Mann, einen Bruder?»

«Nein. Jetzt gehen.»

«Sie wird ins General Hospital gebracht. Haben Sie die Nummer?»

«Ich werde sie raussuchen», sagte ich. Ich konnte sie auswendig.

«Gut, dass Sie sie gefunden haben.» Der kleine Polizist lächelte Esperanza an.

Das Lächeln versetzte sie sichtlich in Angst und Schrecken. *«Virgen Santisima.»* Sie bekreuzigte sich, als sie die Tür hinter ihm schloss, und lehnte sich gegen das Holz, als brauchte sie eine Stütze. Ich konnte nicht recht schätzen, ob sie um die dreißig oder um die vierzig war. Ihre dunklen Augen sahen alt aus.

«*¿Estas bien?*», fragte ich.

«*Me siento desmayar.*» Mir ist schwindelig.

«*Ti preparo te.*» Ich werde dir Tee kochen.

Mit meinem Spanisch kann ich keinen Blumentopf gewinnen, aber es half mir, mich von den Polizisten abzusetzen, und brachte mich auf ihre Seite. Die Angst in ihren Augen schwand allmählich, und wir stiegen eine Treppe höher zur Küche hinauf, wobei wir ein Esszimmer durchquerten, das eines Berichts im *Architectural Digest* würdig gewesen wäre, nicht protzig, sondern wunderschön gestylt mit warmen Holztönen und dunklen Farben. Die Wände in der Küche waren blassgelb gestrichen, und die Arbeitsflächen bestanden entweder aus Granit oder etwas, das so aussah wie Granit. Der Kühlschrank war als Schrank getarnt, an einer Eisenstange hingen Kupfertöpfe, und die beiden Spülbecken blitzten nur so.

Trotz Esperanzas Protest machte ich Tee und versuchte sie davon zu überzeugen, dass wir Miss Dana am besten helfen würden, wenn ich mich im Haus frei bewegen könnte. Wieder wurde ihr Blick argwöhnisch; jetzt hielt sie mich offenbar für eine Immobilienmaklerin, dabei hatte doch Miss Dana nichts davon gesagt, dass sie ihr schönes Haus verkaufen wollte. Vor lauter Sorge kniff sie den Mund zu einem dünnen Strich zusammen, aber immerhin willigte sie ein, dass ich mir das Haus ansehen könnte, während sie dabei war.

Auf der alleruntersten Etage, erklärte sie mir, seien die alten Personalräume. Miss Dana hätte aber keineswegs

Bedienstete, sie sei sehr modern, und sie, Esperanza, komme nur an vier Tagen in der Woche her, um im Haus zu helfen. In einem der kleinen Schlafzimmer hätte sie ein paar Kleider zum Wechseln. Außerdem befände sich da unten auch der Weinkeller. Aber niemand wohne mehr dort. Sie würde natürlich sofort dort einziehen, wenn sie darum gebeten würde, sich schwarz kleiden wie ein Hausmädchen und jeden Tag für Miss Dana arbeiten, falls sie es wünschte, aber so wäre es auch gut. Sie wäre auch noch bei anderen Leuten angestellt. Sie lebe bei ihrer Schwester und deren Familie.

Im ebenerdigen Parterre waren die spektakulären Aquarien, ein kleineres Wohnzimmer und ein Musikzimmer mit zwei Steinway-Flügeln. Hier war alles vom Feinsten; dagegen wirkte Liz Horgans Villa in Brookline hoffnungslos neureich. Ich stieg zum nächsten Stock hinauf, dicht gefolgt von einer immer nervöser werdenden Esperanza. Das Design des silbernen Tafelaufsatzes mitten auf dem Esszimmertisch stammte möglicherweise von Paul Revere. Jedes Buch in der holzvertäfelten Bibliothek sah aus, als sei es heute Morgen noch abgestaubt worden.

«Sie gucken hier, ja? Ich muss an die Arbeit.» Vom Lächeln auf ihren Lippen war in ihren Augen nichts zu sehen.

Ich wartete ein, zwei Minuten, dann folgte ich ihren leisen Schritten eine Etage höher.

Der Treppenabsatz war lichtüberflutet. In die hohe Decke waren Dachfenster eingelassen, und der Raum war voll gestellt mit allen möglichen Gewächsen, wie feinfiedrigen Farnen, Palmen, Spinnenpflanzen und anderem mehr, was ich nicht kannte. Eingerichtet war er mit Rattanmöbeln und geblümten Polstern. Es roch nach Duftsträußchen. Zwei große Teddybären, die an einem runden Tisch saßen, auf dem ein Teeservice mit Rankendekor stand, verstärkten den Eindruck eines Geheimgartens oder Puppenhauses für Erwachsene. Der eine trug einen Strohhut, der andere einen passenden Kapotthut. Ein Flur führte zu einem fürstlichen Schlafzimmer mit hellgrünem Teppichboden und rebenbemalten Wänden. Auf einer Seite war eine separate Sitzecke, die wie ein überdachter Patio wirkte, mit riesigen Fenstern und Rattansesseln.

Die Haushälterin kniete sich neben einen der Sessel mit geblümtem Bezug und ordnete Kissen auf dem Teppichboden. Ich schaufelte sie beiseite und betrachtete die dunkle Stelle auf dem hellgrünen Wollplüsch.

«*Por favor. No llamas a la policia.*» Esperanza schluckte hastig. Sie schob ihre Zunge in den Mundwinkel.

Ich erklärte ihr in vorsichtigem Spanisch, dass es *eine* Sache wäre, die Polizei anzulügen, aber eine ganz andere, eine Freundin von Miss Dana zu belügen. Ich könnte Miss Dana nicht helfen, solange ich nicht die volle Wahrheit wüsste. Blut löge nicht, und das Blut auf dem Teppich erzähle eine ganz andere Geschichte als die, die sie der Polizei aufgetischt hätte.

Sie biss sich auf die Lippen.

«Cops müssen nicht alles wissen», fügte ich etwas freundlicher hinzu. «Man lügt nicht ohne Grund.»

«*Es verdad.* Ich sie hier finde.»

Die Rattanmöbel hatten keine scharfen Kanten. Der Teppichboden war dick und weich.

«Ich sie hier finde, als würde sie schlafen. *Habia mucha sangre.* Da ist Blut. Ich rufe *policia*, aber dann sie wacht auf und ist böse, dass ich anrufe. Sie sagt, ich muss schnell nach unten, helfen.»

Wenn Dana Endicott von einer Waffe getroffen worden war, dann war diese verschwunden. Es war kein scharfer oder schwerer Gegenstand in der Nähe, kein Aschenbecher, keine Vase, kein Kaminbesteck.

«Sie sagt, ich ihnen erzähle, sie ist die Treppe hinuntergefallen. Aber ich nicht lüge. Ich sage nur, ich finde sie, und sie liegt da. Ist keine Lüge.»

Es gibt solche und solche Lügner.

«Ich musste *policia* anrufen», sagte sie nachdrücklich. «Miss Danas Augen nicht gut.»

Auf den Nachttischchen lagen verschiedene persönliche Dinge herum. Rechts neben dem ausladenden Himmelbett waren vier Pappkartons aufgestapelt.

Für mich sind meine Fälle so etwas wie große Puzzlespiele. Jede Tatsache ist ein speziell geformtes Teilchen davon, jedes hat seine Bedeutung für das Ganze. Dana hatte Ausflüchte gemacht, sie hatte mich davon abgehalten, mir Veronicas Zimmer anzusehen. Veronicas «Ex» hatte auf Danas Namen mit bitterem Spott reagiert. Einige Puzzleteilchen hatte ich zwar bereits zusammengefügt, aber jetzt sah es so aus, als hätte ich sie falsch zusammengesetzt.

Sie schoben sich in eine neue Form: Dana wollte keine Polizisten hier oben haben, wollte nicht, dass ich Veronicas Zimmer inspizierte. Weil Veronicas Zimmer ihr eigenes war. Die ordentlichen Pappkartons waren nicht von Eindringlingen mitgebracht worden, die einen Diebstahl begehen wollten. Da ihr klar war, dass sie mich nicht ewig würde fernhalten können, hatte Dana offenbar beschlossen, Veronicas Siebensachen umzuräumen, sie auf einer anderen Etage oder in der Eingangshalle unterzubringen. Warum machte sie solchen Umstand für eine Täuschung, heute, wo schon biedere Zeitungen voller Storys über Schwulenclubs und abartige Boy-Scout-Gruppen sind?

Wenn eine Ehefrau verschwindet, ist der Ehemann stets ein Verdächtiger. Angesichts der Beziehung Danas zu Veronica war also anzunehmen, dass Dana etwas mit deren Verschwinden zu tun hatte. Aber sie war trotzdem zu mir gekommen und hatte mich mit der Suche beauftragt. Ich dachte an den Reichtum, der um mich herum sichtbar wurde, den Wert des Hauses, die Gemälde, das Silber. Fragte mich, ob sich vielleicht jemand über Veronica an Dana heranzumachen und sie zu erpressen versucht hatte.

«Señorita», sagte Esperanza in flehendem Ton. *«No llamas a la policia.»* Nicht die Polizei einschalten.

«Wenn ich sie nicht rufen soll, musst du mir meine Fragen wahrheitsgemäß beantworten.»

«Sí. Ay, santa Madre, Virgen Santisima.»

«Wer war außer Miss Dana noch hier, als du gekommen bist?»

«Niemand. Ehrlich. Niemand.»

«Auch nicht Miss Veronica?»

«Sie kennen Miss Veronica?», fragte sie gespannt.

«Ja.» *Noch eine Lügnerin mehr in diesem Zimmer.*

«Sie ist nicht da.»

«Was war auf dem Fußboden?»

«*Nada*, nur Abfall, Papierkram aus den Schubladen.»

Niemand kennt ein Haus besser als diejenige, die es putzt. Ich bat sie, sich im Namen der *Virgen Santisima* umzuschauen und mir zu sagen, ob irgendetwas fehle, irgendwas, wie klein es auch sein mochte.

Sie drehte sich um sich selbst, ließ den Blick über jede Konsole und jeden Schrank wandern und suchte mit den Augen jede Oberfläche ab, während ich mir vorzustellen versuchte, was in dieser kühlen Oase schief gegangen sein könnte. Hatte Dana, als sie gerade eifrig die Kartons voll packte, Schritte auf der Treppe gehört und aufgeschaut? Hatte sie den Eindringling erkannt, ihn herzlich begrüßt?

«Las fotografías.» Esperanzas besorgte Stimme riss mich aus meinen Gedanken.

«Was für Bilder?»

«Ich weiß nicht, wer darauf ist, aber Bilder, die Miss Veronica auf dem Tisch hat. *Ya se fueron las fotografías.* Sie sind weg.» Sie zeigte mir mit den Händen deren Größe, etwa 15 × 20 cm, vielleicht auch kleiner. Sie hätte sie erst gestern abgestaubt, meinte sie. Mit Silberrahmen, die geputzt werden müssten.

Ich sagte: «Sag mal, war die Tür abgeschlossen, als du heute gekommen bist?»

«Sí.»

«Die Alarmanlage eingeschaltet?»

«Nein.»

«Und die Hunde? *Sind die auch weg*?»

Sie schlug sich mit der Hand auf den Mund. «*Dios mio*, habe ich vergessen. *Los perros*, ich habe sie in die Hinterkammer gesperrt, hat Miss Dana gesagt, damit *policia* ihnen nichts tut.» Und weg war sie, klapperte die Treppe hinunter und rief die Tiere beim Namen, als seien es Kinder.

Ich folgte ihr, kam jedoch nicht bis ganz unten. Die Hunde stoppten mich, wedelten mit den Schwänzen, bellten und beschnüffelten die Fremde neugierig. Esperanza zeigte mir Veronicas Tandy, ein intelligent aussehendes Tier von einem halben Zentner mit einem Kopf wie ein Schäferhund und einem Körper wie ein Husky. Die beiden Golden Retriever bellten und drückten mit den Schnauzen gegen meine Beine. Der schon ältere Labrador lag anmutig auf dem Teppich.

Vier Hunde, die frei im Haus herumlaufen. Ich rief von meinem Handy aus beim Krankenhaus an. Von der Patienteninformation erfuhr ich, es täte ihnen Leid, aber sie könnten mir nichts über eine Dana Endicott sagen. Eine Person dieses Namens sei nicht eingeliefert worden.

Ich beendete das Gespräch und wählte eine andere Nummer, die Telefonnummer des Mannes, der mich seinerzeit über den Zustand Kevin Fourniers aufgeklärt hatte. Er sagte, ich solle warten, dann informierte er mich, eine Dana Smith sei als Notfall mit einer Gehirnerschütterung eingeliefert worden. Sie sei sofort auf die Privatstation gebracht worden und würde über Nacht dort bleiben.

Ob ich wohl reinkäme und sie besuchen könnte?

Er hielt es für sehr wahrscheinlich, dass ich vorgelassen würde; sie hatte mich als nächsten Angehörigen angegeben.

19 Ein düsterer, regnerischer Sonntagmorgen.

Ich versuchte angestrengt, länger zu schlafen, mich in der angenehmen Vorstellung zu wiegen, einen Tag ohne Tippen und Aktenabheften vor mir zu haben, aber ich wälzte mich ruhelos und verknautschte das Kopfkissen, bis ich mich schließlich angewidert aufsetzte. Liz Horgan hatte mich gefeuert, Dana Endicott lag im Krankenhaus; alles lief saumäßig.

Gestern Abend hatte ich noch angenommen, Dana

Endicott hätte mich als nächste Angehörige angegeben, weil sie reden wollte. Das war ein Irrtum. Sie wollte keineswegs reden; sie wollte sich bloß verstecken vor irgendwelchen Kollegen aus den prüden Vorstandskomitees, vor allem aber vor ihren Eltern, die nichts von ihrem wirklichen Leben ahnten, die nie etwas von ihrem wirklichen Leben erfahren sollten, solange sie es verhindern konnte. Besonders ihre Mutter würde entsetzt sein. Diese «Tochter der amerikanischen Revolution» hatte keinen blassen Schimmer, dass ihre Tochter eine Lesbe war. Und der konservative Vater würde eines Tages vielleicht gern für ein Amt in einem konservativen Bezirk kandidieren. Meinen Namen hatte sie nur angegeben, weil es zu den Vorschriften gehörte, die leere Spalte «nächste Angehörige» auszufüllen, Veronica weg war und ich als in ihren Diensten Stehende keine Gefahr darstellte.

Was hatte ich aus meinem langen Samstagabend im Krankenhaus gelernt? Dass dort die meisten Schusswunden der Stadt landen, aber das wusste ich schon vorher. Ich war damals selbst mit meiner stark blutenden Wunde auf einer Trage dort eingeliefert worden. Mein Bein hatte auf dem kalten Flur und im überheizten Wartezimmer heftig zu pochen begonnen. Wie ich hatte feststellen müssen, war die Privatstation gut bewacht. Ich hatte mir etwas einfallen lassen müssen, um hineinzukommen.

Bei meiner Klientin hatte ich mich nur knappe zehn Minuten aufhalten können, und in dieser kurzen Zeit hatte sie mir erklärt, es hätte sich absolut nichts geändert, außer dass mir doch jetzt klar sein *müsse*, wie dringend es geboten sei, Veronica zu finden. Bestimmt würde ich jetzt einsehen, dass sie sich nicht einfach aus dem

Staub gemacht hatte. Veronica liebe sie, bete sie an, und sie liebe Veronica. Es sei, darauf hatte sie bestanden, eine *feste Beziehung*. Veronica würde sie nie ohne ein erklärendes Wort verlassen. Und ganz gewiss würde sie nie für eine Woche, einen Monat oder irgendeine Zeit mit einem *Mann* verschwinden. Sie hätte Rick Garrison ihretwegen fallen lassen. Sie könnte *nichts* mit Männern anfangen und würde keine fünf Minuten an jemanden mit Namen Peter verschwenden.

Und was war im Haus passiert? Wer hatte sie so zugerichtet? Wir hatten gar nicht erst Zeit mit der Phantasiegeschichte vom Sturz auf der Treppe vertrödelt. Männer, hatte sie gesagt. Einbrecher. Mit unkenntlichen Gesichtern, wie im Film. Männer, die mit Strümpfen maskiert waren. Ich bohrte weiter. Wie viele Männer? Ob sie sie vielleicht doch erkannt hätte?

Sie hatte gemeint, es seien zwei gewesen. Jedenfalls zwei, die sie gesehen hätte, aber es sei alles so schnell gegangen, dass sie sie nicht beschreiben, geschweige denn identifizieren könne. In ihrem Entsetzen, vielleicht vergewaltigt oder ermordet zu werden, hätte sie nur einen sehr flüchtigen Eindruck gewonnen. Die Ärzte hätten ihr allerdings gesagt, dass sie bis auf die Wunde am Kopf unversehrt sei. Es müsse ein Gelegenheitseinbruch gewesen sein – *so etwas gibt es ja* –, und wenn nichts Wertvolles fehle, läge es wohl einfach daran, dass Esperanzas Eintreffen die Männer verscheucht habe.

Ich hatte schweigend zugehört, bis ihre Stimme schwächer wurde.

«Was war denn mit den Hunden?», fragte ich.

Ach ja, sicher, Veejay hätte nie die Hunde im Stich gelassen. Das hätte sie mir doch schon gesagt. Und sie sei allmählich sehr müde.

«Nein. Ich meinte, was heute mit den Hunden im Haus los war.»

«Wie bitte?»

«Haben sie gebellt? Sind sie hinter den Männern hergejagt, von denen Sie angegriffen wurden? Oder haben sie dabeigesessen und geknurrt?»

«Die Hunde.» Daraufhin hatte sie die Augen geschlossen und so lange nicht mehr aufgemacht, dass ich gedacht hatte, sie wäre eingeschlafen.

Als ich meine Frage wiederholt hatte, hatte sie den Knopf gedrückt, der an einem Kabel von ihrem Automatikbett herabhing, der herbeieilenden Krankenschwester gesagt, sie sei vollkommen erschöpft, und mich höflich hinauswerfen lassen.

Ich stand auf, zerrte einen schwarzen Hosenanzug hinten aus dem Schrank und kleidete mich an. Kevin Fourniers Beerdigung war auf elf Uhr festgesetzt. Ich war früher da, denn ich hatte mich vorher mit Happy Eddie verabredet, dessen großer, beigefarbener Oldsmobile mit laufendem Motor in der Nähe des Seiteneingangs am Saint-Joseph's-Friedhof stand. Als ich danebenfuhr, kurbelte er das Fenster herunter und forderte mich auf, bei ihm einzusteigen, er hätte Kaffee.

Ein Stück weiter die Straße entlang fand ich eine Parklücke und ging dann zu ihm zurück.

«Du trinkst ihn schwarz, stimmt's?» Er reichte mir einen Styroporbecher. Ich hatte den Verdacht, dass er irgendwo in seinem Wagen auch Donuts hatte, keiner Intuition zufolge, sondern wegen des Puderzuckers auf dem Revers seines dunkelblauen Anzugs.

«Beschissener Tag. So was von Regen. Kann jeden Augenblick wieder losgehen. Haste Neuigkeiten für mich?» Damit hielt er mir eine Schachtel Dunkin'-Donuts hin, mit Zuckerguss oder Geleefüllung zur Auswahl.

Während ich einen Donut mit Zuckerguss aß, schilderte ich ihm die Szene mit Liz Horgan und behielt ihn dabei im Auge, um herauszufinden, wie viel von der Geschichte er selber schon wusste. Als alter Profi verzog er keine Miene, außerdem hatte er einen Kaffeebecher und einen Donut, um sich dahinter zu verstecken. Jedenfalls war ich nicht sicher.

«Sie ist hochgegangen wie eine Rakete», schloss ich meinen Bericht. «Hat mich gefeuert. Ich glaube nicht, dass die Möglichkeit besteht, wieder in Gnaden von ihr aufgenommen zu werden.»

«Na ja, sie hatte doch *getrunken*», sagte er zögernd.

«Sie war aber nicht sturzbesoffen. Sie wird sich erinnern.»

«Verdammt.»

«Du musst wahrscheinlich jemand anders dort einsetzen, Eddie.»

«Du sagst, ihr Mann schläft auf der Couch?»

«Ja.»

«War mal bei ihnen», sagte er traurig. «Was denkste, isses nur 'ne Familiensache, kannste ihnen 'ne weiße Weste bescheinigen?»

Ich rieb mir den Zucker von den Fingern. «Ich glaube, ich habe den Obduktionsbefund noch nicht gesehen. Dabei wird der Mann heute beerdigt, Eddie. Die Obduktion muss schon gewesen sein. Hast du den Bericht?»

«Hab ihn noch nicht gelesen.»

«Ich will ihn haben.»

Er trank einen Schluck Kaffee. «Also, wenn du gar nicht mehr auf der Baustelle ...»

«Ich kann mir auch selbst eine Kopie beschaffen, wenn's sein muss.»

Der Trauerzug kam von der Leichenhalle durch das Tor und bog auf eine Seite der gewundenen Straße ein. Sieben Wagen folgten dem Leichengefährt, weniger, als ich nach der Feier im Pub erwartet hatte. Vielleicht hatte die Familie auf einem stillen Abschied am Grab bestanden. Etliche mochten auch durch das Wetter entmutigt worden sein. Oder die Baustellenbosse hatten eine zügige Bestattung in aller Stille gewünscht. Eddie nickte mir zu, wir stiegen aus dem Auto aus und hielten uns hinter Kiefern und Hemlocktannen außer Sichtweite. Ich war vielleicht nicht mehr auf der Baustelle, aber es war nicht gut für mich, mit Eddie zusammen gesehen und womöglich als eine aus der Truppe der obersten Aufsichtsbehörde erkannt zu werden.

Dem Kalender nach war heute Frühlingsanfang oder hätte es wenigstens sein sollen; das gelblich braune Gras auf dem Saint-Joseph's-Friedhof ließ nichts davon ahnen. Der Wind peitschte die Zweige der immergrünen Gehölze, und dann fing es kräftig an zu regnen. Ich hatte meinen Schirm im Toyota gelassen.

«Eddie?»

«Ja.»

«Ich werde morgen meinen Schreibtisch aufräumen. Das muss sie mir doch gestatten, nicht wahr? Ich habe eine Liste der Transportunternehmen zusammengestellt. Die kann ich mir schnappen und noch einmal durchsehen. Und –»

«Und was?»

«Gibt es eine Telefonnummer, die Lkw-Fahrer anwählen können, um ein Band abzuhören, das sie über die neuesten Big-Dig-Entwicklungen, die Umleitungen und die Verkehrslage informiert?»

«Glaub ich nicht. Die Pendler können eine Website einsehen, außerdem gibt es täglich eine Spalte darüber in den Zeitungen. Warum?»

Ich hatte an den Anruf gedacht, den ich an meinem zweiten Tag im Büro auf Liz Horgans Handy entgegengenommen hatte. Ich blieb ihm die Antwort schuldig.

Der Regen ging in gleichmäßiges Prasseln über. Der erste Wagen hinter dem blumengeschmückten Leichenwagen war ein Mietwagen. Ein dunkel gekleidetes Paar um die vierzig stieg aus. Der Mann half der Frau aus dem Auto, und dann fassten sie sich, beide blass und wie betäubt, bei der Hand. Ein junger Mann in Soldatenuniform tätschelte der Frau die linke Schulter. Er hatte es also geschafft, rechtzeitig zur Beerdigung seines Bruders herzukommen.

Eddie sagte: «Ich bringe dich auf einem anderen Bauabschnitt unter. Hast du eigentlich Höhenangst? Weiß ich nämlich nicht mehr.»

«Ich möchte lieber an der Horgan-Sache dranbleiben.»

«Du bist gefeuert, Kleine.»

«Es gibt einiges, was ich machen könnte, ohne mich auf der Baustelle aufzuhalten.»

«Du willst mich doch nicht verschaukeln, oder? Sag die Wahrheit, Carlotta. Hat dieser verfluchte Fabian dich als Sicherheitskraft für die Faneuil Hall angeheuert? Habe gehört, dass er alle Freiberufler der Stadt einstellt und mehr zahlt, als ich zahlen kann.»

«Nichts dergleichen, Eddie.»

«Scheiße. Der verflixte Zeitplan ist es, der ihnen Sorgen macht. 19. April, Patriots' Day. Die Waco-Gang hält sich in letzter Zeit bedeckt, das weißt du sicher. Fremde sind jetzt da draußen, die machen Mist und lassen Botschaften hochgehen und so 'n Scheiß, während die einheimischen Schwachköpfe am Jahrestag des Bombenanschlags in Oklahoma City groß rauskommen. Also wirklich, wenn ich verrückt wäre, was könnte mir dann besser gefallen, als zuzuschauen, wie ein Haufen Expräsidenten in die Luft fliegt? Und zur gleichen Zeit stolziert die Hälfte der normalen Polizeimacht, alle wie Freiwillige im Unabhängigkeitskrieg uniformiert, irgendwo draußen in Lexington und Concord herum.»

Die Friedhofsarbeiter hatten ein grünes Zelt aufgestellt und das braune Gras bis zum Grab mit grünem Kunstrasen von der Rolle abgedeckt. Der hielt zwar den Dreck von den Schuhen fern, wirkte jedoch ziemlich fehl am Platz, als hätten die Trauernden vor, eine Runde Minigolf zu spielen, sobald der Sarg in der Grube verschwunden war. Es goss immer stärker, und die Leute schlüpften dankbar unter das Zeltdach, wo sie ihre Regenschirme erst zuklappten und dann wieder aufspannten, als sie merkten, wie unzureichend der Schutz war. Die Eltern ließen sich auf Klappstühle in der ersten Reihe sinken. Der Bruder blieb militärisch stramm stehen.

«Darf ich noch ein bisschen weitermachen, Eddie?»

«Ohne Fragen zu stellen?» Er seufzte. «Lass mir Zeit zum Nachdenken.»

Außer Liz und Gerry Horgan waren noch Harv O'Day und Dennis Marcantonio sowie drei oder vier Männer da, die nach Bauarbeitern aussahen und die ich sicher erkannt hätte, wenn sie Jeans und Schutzhelme getragen hätten. Liz schwankte auf ihren hohen Absätzen, sie nahm am Ende der Stuhlreihe Platz und sah aus, als würde sie demnächst in Ohnmacht fallen.

«Was war denn deiner Meinung nach gestern mit Liz los, Eddie?»

«Wie meinste?»

«Ich war eine gute Zeitarbeiterin, Eddie. Ich habe viel Mühe auf mich genommen, um eine echte Hilfe zu sein, und dann wumm.»

«Trinker», sagte er achselzuckend.

«Ist sie eine Trinkerin?» Er hatte mir gestanden, mit dem alten Mann befreundet zu sein, aber war er auch ein Freund der ganzen Familie? Was genau wusste er eigentlich von Liz und Gerry?

«He, Carlotta, du weißt doch, was ich meine. Jemand hat getrunken und stellt alles Mögliche an. Wer versteht das schon? Glaub mir, ich mach dir keine Vorwürfe. Ist dein Stolz verletzt?»

«Ein bisschen. Ich war wirklich nicht so auffällig, Eddie.»

«Na ja, es machen nun mal Gerüchte die Runde. Du weißt ja, man sagt, dass sowohl das FBI Leute unten auf der Baustelle hat als auch das Justizministerium. Seit die Kosten in astronomische Höhen gestiegen sind, gibt es Gerüchte, Untersuchungen, Vorladungen, Anklagejurys, was auch immer. Vielleicht hat ihr jemand einen Wink gegeben.»

«Vielleicht hat sie Angst, ihr Mann könnte sie beobachten lassen», sagte ich leise. «Beschatten.»

«Eine Scheidungssache? Ich hör mich mal um.»

«*Ich* mach das, Eddie. Und ich bekomme ganz bestimmt den Obduktionsbefund zu sehen, okay?»

«Ich schick ihn dir per Boten. Und wenn nichts drinsteht, kannst du mir vielleicht einen Bericht schreiben, dass es sich vermutlich um eine persönliche Sache zwischen Eheleuten handelt.»

Ich hatte noch immer nicht den Vertrag gelesen, fragte mich jedoch, ob die Horgan-Bauunternehmung vielleicht als Firma eingestuft war, deren Inhaberin eine Frau war, und ob diese Tatsache ihnen einen Vorteil im Gerangel um die Aufträge verschaffte. Vielleicht wollten Liz und Gerry das Unternehmen zusammenhalten, bis sie den nächsten Zuschlag hatten.

«Ich muss gehen», sagte Eddie. «Verdammt kalter Regen. Ruf mich an, wenn du den Bericht fertig hast.»

«Schick mir den Obduktionsbefund ins Haus.»

20

Ich habe mein Teil an Beerdigungen mitbekommen: die meiner Mutter, bei der gesungen, geklagt und gebetet wurde; die meines Vaters mit einem Meer von blauen Uniformen; die meiner Tante Bea in Stille und Würde. Selbst nach so langer Zeit fließen die Erinnerungen nicht ineinander; jede für sich ist ein Stück erstarrte Zeit. Auch als Polizistin habe ich mein Teil davon abbekommen: von Verbrecherbestattungen, bei denen man sich die Autokennzeichen notiert, bis hin zur Beerdigung von Unfallopfern, auf der man in voller Uniform erscheint, um der betroffenen Familie zu zeigen, dass man Fahrerflucht als Straftat ernst nimmt. Ich habe miterlebt, dass Leute am Grab in Ohnmacht fielen, dass es lautes Klagen gab, dass es Ohrfeigen setzte oder dass Ringkämpfe ausgetragen wurden, und einmal gab es sogar eine echte Schlägerei, bei der ein Priester in vollem Ornat umgestoßen wurde.

Ich beschloss, mich zu der Trauergemeinde zu gesellen, aber hinten zu bleiben, etwas auf der Seite, um besser beobachten zu können, ohne selbst aufzufallen.

Eddie hatte nichts von seiner Suche nach einer Kassette mit Fourniers Stimme gesagt, die er zusammen mit den Aufzeichnungen der Hotline-Anrufe bei der Aufsichtsbehörde ins FBI-Labor hätte schicken können. Entweder wollte er sich nicht in die Karten gucken lassen, oder er tat überhaupt nichts in der Hoffnung, ich würde die Sache ruhen lassen, und dann könnten die Horgans alle Anschuldigungen mit dem Mann zusammen begraben und so weitermachen, als sei nichts geschehen.

Es wurde immer kälter, und der Regen ging in Graupelschauer über. Ich vergrub die Hände tief in den Jackentaschen und fühlte dabei Papier knistern. Ich hatte Liz das Buch schließlich doch überlassen, das mir Marian für ihren Schatz Krissi mitgegeben hatte, aber ohne das Briefchen, das dazugehörte, das Briefchen, das ich nur persönlich überreichen sollte. Ich ließ die Fingerspitzen über die zugeklebte Lasche gleiten. Marian war nicht bei den paar unter dem Zeltdach Versammelten. Wenn ich meinen Schreibtisch ausräumte, würde ich es ihr zurückgeben und mich entschuldigen. Aber erst nachdem ich es über Dampf geöffnet hatte. Die Stimme des Priesters wurde lauter, und Fourniers Mutter schluchzte auf.

Leland Walsh stand mit einem Schirm halb unter dem schützenden Zeltdach, allein. Ich trat zu ihm und benutzte seinen Regenschirm als Vorwand, da ich selbst keinen dabeihatte.

«Nett, Sie zu sehen», murmelte er.

Der Priester sprach von der Auferstehung, die jedem

sicher sei, der an den Herrn glaube, und Fourniers Familie weinte wie der Himmel. Ich zählte die Trauergäste und überlegte, ob mir irgendein Name zu der stämmigen Gestalt neben Harv O'Day einfiel. Der Mann hatte hellgraues, wie mit der Kreissäge geschnittenes Haar und hielt sich noch strammer als der Soldatenbruder. Ich glaubte nicht, ihn schon auf der Baustelle gesehen zu haben. Es mussten auch hohe Tiere anwesend sein. Herren von der obersten Bauleitung und Gewerkschaftsbosse. Presseleute. Ich erkannte einen Reporter vom *Herald* wieder und einen vom *Globe*.

Vergangene Nacht hatte ich mich online in Zeitungsarchive eingeloggt und nach früheren Unfällen im «Loch», nach einem Muster, gesucht. Zwei Bautischler hatten sich beim Aufprall auf den Boden einer Ausschachtung unter der Atlantic Avenue in der Nähe der Beach Street die Beine zerschmettert. Zwei Arbeiter waren ums Leben gekommen: einer 98, als er von einem Bagger gegen eine Betonabsperrung gedrückt wurde, und einer 99 durch einen Sturz aus fünf Meter Höhe. Eine 42 Jahre alte Frau, die auf dem Dach eines Autobahntunnels in der Nähe der South Station gearbeitet hatte, war zehn Meter tief gefallen und hatte überlebt.

In Anbetracht der Größe des Projekts eine unbedeutende Zahl. Das würde in den Zeitungen stehen, aber keiner der Reporter würde es Kevin Fourniers Mutter so ungeschminkt sagen wollen.

Fournier konnte auch nicht tiefer als drei, vier Meter gefallen sein.

Als der Sarg in die Grube gesenkt wurde, schluckte Leland Walsh hörbar. Der Mann neben O'Day nahm neben Liz Horgan Platz und flüsterte ihr etwas ins Ohr. Sie senkte den Kopf über den Händen. Ich hatte nicht gedacht, dass ihr Gesicht noch bleicher werden konnte, aber es wurde tatsächlich kreidebleich.

«Wer ist das?», fragte ich leise. Auch Leland Walsh hatte es gesehen. Ich konnte es an seinen Augen und seinen Bewegungen sehen, daran, wie er mit der kräftigen bloßen Hand den Schirmgriff umklammerte.

«Der neue Nachtwachmann. Ich weiß nicht, warum er hier ist.»

«Ein Freund der Horgans?»

Er zuckte die Achseln. «Mag sein. Kann auch sein, dass er Kev von einem anderen Job her kannte.»

Der Priester beendete seine Ansprache. Mrs. Fournier stand zitternd am Grab und warf eine weiße Rose hinein. Der Soldatenbruder schaufelte Erde darauf und steckte den Spaten zurück in den Haufen Grabaushub, dass es knirschte.

«Gab es mal einen *alten* Nachtwächter?», fragte ich.

«Was?»

«Wenn das der neue Wachmann ist, wie wurde die Bewachung dann vorher geregelt?»

«Drei, vier Baustellen teilen sich einen Mann. Ein alter Sack, dreht ein paar Mal seine Runde, schläft wahrscheinlich die meiste Zeit. Niemand macht sich groß Sorgen, wegen der vielen Sonderpolizisten.»

Nach den Gesetzen des Staates Massachusetts muss auf jeder Baustelle, die dem Autoverkehr in die Quere kommt, ein dienstfreier Polizist dafür bezahlt werden, dass er die Autofahrer zur Vorsicht mahnt und den Umleitungsverkehr regelt. Bei so vielen Polizisten auf den Straßen rings um die Baustellen wiegten sich die Bauunternehmer in Sicherheit.

Ein jäher Windstoß packte den Regenschirm und schlug ihn um. Ich griff zur gleichen Zeit wie Walsh zu, um ihn festzuhalten. Unsere Hände berührten sich. Ich spürte die feinen Härchen auf seinem dunklen Handrücken und ein Prickeln, als stände ich unter Strom.

«Ich komme nicht mehr zur Arbeit», flüsterte ich.

«Warum denn nicht? Was ist passiert?»

Ich zuckte mit den Schultern, als wollte ich sagen, es sei eine zu lange Geschichte. Was ja auch stimmte. Ich wollte nicht, dass sich unsere Augen begegneten.

Er senkte den Regenschirm, um uns von den anderen zu trennen. «Haben Sie heute Abend Zeit? Dann können wir zusammen irgendwohin gehen, vielleicht was trinken.»

«Kennen Sie eine Bar namens Raquela's?», fragte ich.

«Wie wär's gegen sieben? Wir können gemeinsam etwas essen. Ist es das Lokal am Pier in der Nähe der Baustelle?»

Ich nickte.

«Ja, ist wirklich ganz in der Nähe. Das trifft sich gut. Wollen Sie meinen Regenschirm bis heute Abend haben?»

Ich schüttelte den Kopf. Er ging ein Stück weiter und war bald in ein Gespräch mit einem Mann in einem teuren Überzieher vertieft. Ich blieb bis zum Schluss, sah zu, wie die Trauergäste am Grab vorbeidefilierten und manche zum Abschied eine Schaufel Erde hineinwarfen. Ich achtete darauf, wer zu wem ins Auto stieg, und versuchte, die feineren Leute von den Arbeitern und die Angehörigen von den Freunden zu unterscheiden. Der neue Nachtwachmann Jason O'Meara, dessen Namen ich in die Lohn- und Gehaltsliste eingetragen hatte, ging, ohne ein Wort mit Familie Fournier oder Gerry Horgan zu wechseln. Ich hielt ein Auge auf Leland Walsh, aber er kam nicht dicht genug an das Grab heran, um seinem Freund irgendwelche Erinnerungsstücke ins Grab zu werfen.

Auch ich bekundete der Familie kein Beileid. Ich kannte sie ja nicht. Stattdessen streute ich eine Handvoll Erde auf den Sarg, als alle anderen gegangen waren, dachte dabei an den Mann, der so dringend Liz Horgan hatte sprechen wollen, und rief mir seine wütende Stimme auf dem Band in Erinnerung. Ich würde ihm die letzte Ehre erweisen, indem ich den Obduktionsbefund genauestens durchkämmte. Ob Eddie ihn mir nun schickte oder nicht.

21

Um 11.52 Uhr war ich wieder in meinem Auto, nass bis auf die Knochen. Ich ließ den Motor auf Hochtouren laufen, stellte die Heizung auf die höchste Stufe ein und spürte ein lauwarmes Rieseln der Luft. Jetzt konnte ich nach Hause fahren, mich umziehen und die Stunden und Minuten zählen, bis Eddie mir den Obduktionsbefund schickte oder bis er ihn nicht schickte. Ich schaltete die Scheibenwischer ein, warf einen Blick über die linke Schulter und ordnete mich in den Verkehr ein. Cops wissen es, Privatdetektive wissen es. Wenn man ermittelt, verändert man leicht den Verlauf eines Falles und verursacht Wirbel. Beobachtung verändert den Gegenstand der Beobachtung.

Ich war auf der Horgan-Baustelle eingesetzt worden, um anonymen Telefonanrufen nachzugehen. Auf der Baustelle war ein Arbeiter ums Leben gekommen. Beides war nicht unbedingt miteinander verknüpft. Selbst wenn Fourniers Tod kein Unfall gewesen war, wäre er vielleicht doch gestorben, ob ich nun meine Nase in die Sache gesteckt hatte oder nicht. Er war ja vielleicht einfach ausgerutscht, gefallen und abgestürzt.

Ich hatte die Suche nach der verschwundenen Veronica James aufgenommen und dabei die Raquela-Bar und die Charles-River-Hundepension besucht, ihre zwei Arbeitsstellen. Am selben Abend hatte Veronicas Mutter den Anruf eines Fremden erhalten, der ihr versicherte, Veronica ginge es gut, und sie gebeten hatte, das auch der Frau auszurichten, die mich engagiert hatte. Zufall? Ich schob eine Chris-Smither-CD in den Player, schaltete die Scheibenwischer auf Schnellstufe und versuchte, mich nicht durch mein Frösteln in meiner Fahrweise beeinflussen zu lassen. Die Heizung meines Toyotas war ein hoffnungsloser Fall. Regen machte die Straße rutschig, Salz verschmierte die Windschutzscheibe, und der Verkehr kroch nur noch dahin und gab mir reichlich Zeit, die drei schwarzen Cherokee-Jeeps zu begutachten, die wie Katzen meinen Weg kreuzten. Keiner hatte das richtige Kennzeichen.

Ungefähr eine Woche lang war ich Carla Evans gewesen, zwei Wochen lang Kate, die Bauarbeiterin, drei Wochen lang Kitty, die Lkw-Fahrerin. Die Erleichterung, die ich jetzt hinter dem Lenkrad darüber empfand, wieder Carlotta, wieder ich selbst zu sein, die halbwegs unabhängige Privatermittlerin, war greifbar und so wirklich wie das Salz auf der Windschutzscheibe. Ich brauchte meine Zunge nicht mehr im Zaum zu halten, brauchte nicht mehr ständig auf der Hut zu sein. Ich war mehr als willens, meinen eigenen Namen wieder anzunehmen, aber nicht bereit, den Horgan-Fall aufzugeben. Zum einen, weil Eddie so verflucht viel daran gelegen war, ihn abzuschließen. Zum anderen empfand ich eine starke

Sympathie für Liz Horgan, obwohl sie mich gefeuert hatte. Sie versuchte, alles zu tun, gleichzeitig ein Kind aufzuziehen und einen für Frauen ungewöhnlichen Beruf auszuüben. Außerdem interessierte mich Leland Walsh, wie ich gestehen muss. Wenn ich heute Abend mit ihm essen ging, musste ich mich entscheiden: Carla oder Carlotta? Würde Walsh, der die Sekretärin Carla attraktiv fand, womöglich nichts für die Privatdetektivin Carlotta übrig haben?

Namen ändern sich. Die Route 128 heißt jetzt Route 95, obgleich die Einheimischen sie immer noch 128 nennen. Veronica James, von ihrem Dad Ronni genannt, hieß bei Dana Endicott Veejay. Verstand sich Veronica ebenso gut wie ihre Geliebte darauf, ihr Privatleben geheim zu halten? Mich reizte dieses Spiel der Täuschung, diese Kunst der täglichen Geheimniskrämerei, dieses Verbergen eines Teils der eigenen Persönlichkeit. War das blumige Schlafzimmer im Obergeschoss des Endicott-Hauses der einzige Ort, an dem Veronica locker und entspannt die sein konnte, die sie war? Wurde das Versteckspiel mit zunehmender Übung leichter? Hütete sie schon ganz automatisch ihre Zunge?

Ich stellte mir die Horgan-Baustelle vor, die lange Grube mit all den Abdeckungen, das gleichmäßige Summen der unsichtbaren Betriebsamkeit da unten, das Ausbaggern, Betonieren, Schweißen. Ich fuhr schnurstracks die Route 3 entlang, aber die Gegend hätte ich nicht beschreiben können. Hinter dem Metronom der Scheibenwischer sah ich das Foto von Veronica. Was lag hinter den dunklen, ruhigen Augen?

Veronicas älteste Schwester hieß jetzt Elsie Lerner und wohnte in Chelmsford in einem pompösen Bungalow, der aber bis auf die Garage, die Platz für drei Wagen bot, auch nicht größer war als die genauso aussehenden Nachbarbungalows. Gartenschmuck versteckte sich zwischen den Büschen, kleine Zwerge und sogar ein grell bunter Flamingo, der auf dünnen Beinen vor sich hin zitterte. Ehe ich auf die Klingel drückte, inspizierte ich die Garage auf einen schwarzen Cherokee.

Auf mein Klingeln hin kam Elsie mit einem Blick, der mehr Argwohn als Neugier verriet, zur Tür. Prüfend musterte sie den langen Mantel, den ich über meinem Beerdigungsanzug trug. Anscheinend war ich nicht von Greenpeace, sie brauchte also nicht zu überlegen, ob sie mich mit einem Scheck abspeisen oder mich verscheuchen sollte. In den Hauptmerkmalen – Augenfarbe, Haarfarbe, Teint – glich sie ihrer Schwester.

Ich reichte ihr meine Karte und sah, wie sie die Kiefer zusammenbiss. Sie würde scharfe Falten bekommen, wenn sie so weitermachte, aber im Augenblick war ihr Gesicht noch recht ansprechend, einmal abgesehen von den Furchen der Unzufriedenheit, die sich bereits abzuzeichnen begannen. Sie trug kohlrabenschwarze Freizeithosen und einen dunkelbraunen Pullover, der sich über ihrer Brust spannte.

«Ich muss nicht mit Ihnen reden», sagte sie schroff.

«Es kostet Sie doch keinen Pfennig.» Ich hatte schon den Fuß bereit. Einen Moment lang dachte ich, sie würde die Tür zuknallen, aber dann guckte sie rasch nach rechts und links und kniff den Mund noch fester zusammen. «Sie kommen besser rein. Ich will nicht, dass die Nachbarn –»

Der Apfel fällt nicht weit vom Stamm. Familie James

machte sich allem Anschein nach mehr Sorgen darum, was die Polizei denken würde, wenn sie Veronica als vermisst meldete, als darum, dass sie vielleicht in Gefahr schwebte.

Elsies Wohnzimmer war unpersönlich und protzig, das weiße Sofa mit durchsichtiger Plastikfolie abgedeckt. Ich nahm auf einem Stuhl Platz und schauderte bei dem Gedanken, mit den Beinen die Plastikfolie zu berühren. Sie bat mich nicht, den Mantel abzulegen, bot mir auch keinen Kaffee an.

«Mein Mann kann jeden Augenblick nach Hause kommen, und ich will nicht, dass Sie irgendetwas vor meinen Kindern äußern.»

Grandma hatte offenbar Abzüge von ihren Fotos machen lassen und verteilt. Die Schulabschlussfotos steckten in den gleichen Messingrahmen. Die Kinder mit ihren Bändern und Fliegen sahen unglücklich aus. Elsie hatte ihr eigenes Konterfei aus jungen Jahren genau in die Mitte über das folienbezogene Sofa gehängt.

«Wer bezahlt Sie eigentlich?» Ich brauchte mich nicht anzustrengen, das Gespräch in Gang zu bringen. Elsie spielte gern die Rolle der Fragestellerin.

«Dana Endicott.»

Sie schniefte.

«Kennen Sie sie?»

«Ich weiß ein bisschen was *über* sie. Veronica muss endlich zu Verstand gekommen sein, dass sie ausgezogen ist. Wie die zwei leben, ist –» Sie suchte nach einem passenden Wort, die Nase voller Abscheu gerümpft, und brachte schließlich ein «unnormal» hervor.

«Ihre Schwester hat fast ihre gesamte Kleidung und ihre Schuhe zurückgelassen. Make-up, Schmuck. Den Hund.»

«Sind Sie dort gewesen?» Sie sah aus, als würde sie gleich eine detaillierte Beschreibung verlangen. Sie sah auch so aus, als würde sie mich gern nach meinen eigenen sexuellen Vorlieben ausfragen und in Erfahrung bringen, ob ich «normal» war.

Ich sagte: «Hat Ihre Schwester früher schon einmal in Schwierigkeiten gesteckt – ist sie als Kind ausgerissen, hat sie Drogen genommen?»

«Wie kommen Sie denn darauf? Wieso fragen Sie so etwas?»

«Ihre Eltern wollen keine Vermisstenanzeige aufgeben. Ich dachte, sie hätten vielleicht ihre Gründe dafür.»

«Wir leben sehr zurückgezogen.»

«Ihre Mutter hat mir erzählt, sie hätte einen beruhigenden Anruf erhalten.»

«Wenn sie das gesagt hat, stimmt es auch.»

«Von Peter.»

«Ich habe Ihnen schon mal gesagt, dass ich keinen Peter kenne.»

«Wenn der Anruf nun von einer Pamela statt von einem Peter war? Würde Ihre Mutter einen anderen Namen nennen, um den guten Ruf der Tochter zu wahren?» *Besser eine vermisste Tochter als eine lesbische Tochter?*

«Ich finde, Sie sollten gehen, bevor mein Mann –» Sie presste die Lippen zusammen und starrte die Fotos an der Wand an. «Haben wir nicht schon genug gelitten?», sagte sie bitter.

Ich folgte ihrem Blick, richtete die Augen auf die Messingrahmen und hatte auf einmal das gleiche Puzzleteilchengefühl wie in Danas Schlafzimmer. Vier Töchter, vier Enkelkinder an der Wand der Eltern James. *Elsie, Jaymie, Veronica, Jackie*. Ich sah mir die Klassenfotos an

Elsies Wand noch einmal genau an. Keine Schwester kam zweimal vor, keine war doppelt, in anderer Pose abgelichtet worden.

«Wie viele Schwestern haben Sie?», fragte ich.

Elsie schlug die Augen zu Boden und zählte die Noppen des Teppichs. «Eine meiner Schwestern ist tot. Sie ist ... gestorben. Sie müssen jetzt gehen. Mein Mann kommt gleich, und ich habe noch nicht einmal die Einkäufe weggeräumt –»

Dreierlei war passiert, seit ich den Fall «James» übernommen hatte: Mom James hatte einen Anruf erhalten; jemand hatte auf Dana Endicott einen Überfall verübt; jemand hatte Fotos von Veronicas Nachtschränkchen entfernt. Wenn *ich* in das Haus eingebrochen wäre, hätte ich Gemälde und Silber mitgehen lassen.

«Und wann ist Ihre Schwester gestorben?»

«Tut mir Leid, aber Sie *müssen* jetzt gehen ... Die Einkäufe. Die Milch verdirbt.»

«Welches Foto ist sie?»

Sie zögerte, ehe sie darauf zeigte. Die fünfte Schwester erinnerte mit ihrem langen, in der Mitte gescheitelten Haar an das Reliefbild auf einer alten Kamee. Sie hatte ungewöhnlich schmale Augen, eine hohe, gebogene Nase und kam mir eine Sekunde lang bekannt vor, als hätte ich sie schon einmal in einem Laden oder Restaurant gesehen.

«Wie hieß sie denn?»

Elsie stand bereits. «Wenn Sie nicht in dreißig Sekunden aus dem Haus sind, rufe ich die Polizei.»

Ich hatte große Lust, sie beiseite zu schieben, das Haus zu durchsuchen und das gottverdammte Bild an der Wand zu klauen. Als die Wut, die in mir aufgewallt war, wieder abgeklungen war, erhob ich mich, und Elsie rannte förmlich mir voraus durch den Flur, um mir die Tür aufzuhalten. Ich ging zu meinem Wagen, ließ den Motor an und schaltete die Heizung ein.

Die Eltern James hatten ihre Fotos also nicht etwa umgehängt, um mehr Enkelkinder an der Wand unterzubringen. Die Anordnung hatte sich mit dem Tod einer Tochter geändert. Sie hatten nicht von ihr gesprochen, na und? Vielleicht taten sie das nie. Wie sollte man auch einen solchen Verlust in ein beiläufiges Gespräch einflechten? Würde Mrs. Fournier auf die Frage nach ihren Kindern antworten, dass sie einen Sohn hatte, der beim Militär sei? Oder würde sie immer sagen, sie hätte zwei Söhne, aber einer sei gestorben? Ich erwog, noch einmal bei Elsie zu klingeln und sie zu bitten, mir das Foto der Toten auszuleihen. Ich überlegte, ob ich zur High School von Tewksbury fahren sollte. Dort gab es Jahrbücher mit den jeweiligen Abschlussfotos, aber sonntags war die Schule geschlossen.

Ein düsterer, regnerischer Sonntag.

Polizeiwachen schließen auch an Wochenenden nicht. Ich fuhr ins Zentrum von Tewksbury.

Der Beamte Ralph Danford ließ sich nicht von meinen Referenzen beeindrucken und sah nicht ein, dass mich das alles etwas anging. Eine gute Familie, die James'. Würde seit langem hier leben. Ein Mädchen sei bei einem Autounfall ums Leben gekommen. Sein aufgesetztes Lächeln war ebenso wirkungsvoll wie eine Maske, und da ich es nicht schaffte, ihn zu reizen oder weich zu kneten, fuhr ich nach Boston zurück, grübelnd, wie es sich wohl in Wahrheit verhalten mochte. Wenn sie bei einem Autounfall ums Leben gekommen war, warum hatte er mir dann nicht Datum, Tag und Stunde genannt? Wenn sie bei einem Autounfall ums Leben gekommen war, warum hatten dann ihre Eltern ihr Foto von der Wand genommen?

Ich fuhr an meinem heimatlichen Cambridge vorbei und weiter den Storrow Drive nach Clarendon, um den Stadtpark herum und kreuz und quer durch Danas Viertel, immer auf der Suche nach dem schwarzen Jeep. Nicht dass ich glaubte, ihn zu finden – ich fand ihn auch nicht, aber ich fand eine Parklücke, ein seltenes Glück, und ergriff die Gelegenheit beim Schopf. Ich klapperte Danas Nachbarn ab und fragte sie, ob sie einen schwarzen Jeep gesehen hätten, der am Vorabend auf der Straße parkte, vielleicht in der zweiten Reihe.

Da kann man jeden Polizisten fragen: Manchmal hat man bei diesem Job Vertretergefühle. Aber ich kannte auch einen Cop, der auf der Suche nach einem Zeugen für einen Überfall an einer Tür klingelte. Ein Mann in T-Shirt und abgeschnittenen Jeans öffnete, hielt sofort die Hände hoch und lieferte dem Polizisten Kokain im Wert von einer Viertelmillion Dollar aus.

Wer sucht, der findet, pflegte meine Großmutter auf Jiddisch zu sagen.

Die Hauseigentümer wussten von nichts, und das Personal hatte Ausgang. Die Leute in den teuren Wohnvierteln sind lieber ungestört. Eine ältere Frau betrachtete mich voller Argwohn, als sei ich ein Räuber und wollte ihr Haus für meine Bande auskundschaften. Nach kalten anderthalb Stunden wurde mir klar, dass ich mir die Hacken ablief und die Hände abfror, nur um mir nicht einen vollkommenen Fehlschlag einzugestehen. Es war nicht zu leugnen: Ich war raus aus der Horgan-Baustelle – gefeuert.

22 **Vollkommen durchgefroren** wieder zu Hause, stampfte ich mit den Füßen auf, damit das Gefühl in meine Zehen zurückkehrte, während ich Marians Briefchen über Dampf öffnete. Ich machte mir aus einer Fertigmischung und kochendem Wasser Kakao und setzte mich zum Lesen an den Küchentisch.

«Schätzchen, bist du sauer, oder was? Fühlst du dich vielleicht von mir bedrängt, weil ich das mit dem Tippenlernen gesagt habe und dass du den Jungen fallen lassen sollst? Vielleicht ist er gar nicht so übel. Ich bin jedenfalls nicht sauer auf dich! Ruf mich an oder komm vorbei. Du fehlst mir, M.»

Das erste PS lautete: *«Wie geht's all den Zombies in Goldsby?»* Das zweite: *«Wie geht's Tess? Sie ist soooo süß.»* Ich war froh, dass ich mir Kakao gemacht hatte; so war wenigstens der Dampf zu etwas nütze gewesen. Warum um alles in der Welt hatte Marian ein solches Getue um die paar hingekritzelten Sätze gemacht? Warum hatte ich ein so harmloses Briefchen dem Mädchen nur persönlich geben sollen?

Ich schloss die Finger um die Bechertasse und wärmte mir die Hände. Ich hatte auch den Vertrag, den ich kopiert und unter das Branchenbuch gelegt hatte, mit in die Küche gebracht. Ich nahm die sieben Seiten aus dem Umschlag und arbeitete mich durch Sätze, die voll gestopft waren mit speziellen Vertragsformulierungen, in denen von RFPs, DSCs und IPCS, Leistungsgarantien und PERT-Tabellen die Rede war.

«Ist das Kakao?»

Roz, meine Mieterin, erschien in der Tür, angelockt vom Duft. Wenn andere Leute ihren Kopf mit einem Handtuch umwickelt haben, denkt man an frisch gewaschenes Haar. Bei Roz denkt man an frisch gefärbtes Haar. Ich fragte mich, welchen Farbton sie diesmal erzielen wollte. Manchmal experimentiert sie mit eigenen Farbmischungen und kommt dann zu sehr ungewöhnlichen, überraschenden Ergebnissen. Sie machte den Kühlschrank auf und begutachtete eingehend den Inhalt, um sich dann ein Glas Erdnussbutter aus dem Küchenschrank zu ziehen.

«Es ist noch mehr Kakao da, wenn du welchen magst. Was hältst du hiervon?» Ich reichte ihr das Briefchen.

«Verschlüsselt?», riet sie.

«Das bezweifle ich. Ist irgendwas per Boten angekommen?»

Sie schüttelte den Kopf. «Keine Anrufe, keine Päckchen.»

Mist. Nun musste ich doch meinen Mann beim Leichenschauhaus anrufen, ihn wieder um einen Gefallen bitten, und Gefallen sind eine harte Währung in meiner Branche.

Ich sagte: «Hast du mit den Sanitätern gesprochen?»

«Coole Typen.»

«Fournier.»

«Der Mann, der abstürzte. Hat kein Wort gesagt.»

«Und sonst?»

Sie hatte sich mit den Firmenanalysen von Dun & Bradstreet beschäftigt. Ich überflog ihren Bericht, dann ging ich langsam mit dem Finger die Geschäftsleitung der Horgan-Bauunternehmung durch. Gerald Horgan war als Hauptmanager für das Finanz- und Rechnungswesen, Elizabeth als Hauptgeschäftsführerin gelistet. Leonard Horgan, Gerrys Vater, leitete den Vorstand. Die Firma war in wenigen Händen und das kleinste Unternehmen mit einer größeren Anzahl von Bauaufträgen im «Loch». Das hieß, dass sie bei der Ausschreibung gegen starke Konkurrenz die kostengünstigsten Angebote gemacht hatten.

Wenn ich klein sage, meine ich keine kleine Familienklitsche. Die anderen Mitspieler waren riesige multinationale Konzerne wie Bechtel/Parsons/Brinkerhoff oder inländische Firmen wie Perini mit Standort in New England. Modern Continental, ein unmittelbarer Konkurrent, war das größte Unternehmen in New England.

Ich las weiter. Die Firma Horgan war auf modernstes technisches Gerät spezialisiert, das eigens für beengte Arbeitsareale entwickelt worden war. Durch die Arbeit im «Loch» war sie inzwischen auch Spezialist für Spundwände und mit dem Bau von Straßen und Tunneln in allen New-England-Staaten sowie einem Brückenprojekt in New York beauftragt.

Was machten dann beide Topmanager zusammen auf dieser einen Baustelle?

«Gibt's noch was, das nicht hier drinsteht?», fragte ich Roz.

«Sie haben seit kurzem eine neue Anwaltskanzlei. Bates, Eppes, Morgan.»

«Woher hast du das denn?»

«LexisNexis online.»

Die Kanzlei Bates, Eppes, Morgan wird von den meisten lokalen Firmen eingeschaltet, die eine Unternehmensbroschüre zusammenstellen und auf den Markt wollen. «Interessant. Gut gemacht.»

Der Kakao war fast kalt; er schmeckte nicht mehr. Ich warf einen Blick auf meine Uhr, rechnete kurz und stieß meine Tasse beiseite. «Roz, bist du noch eine Weile hier?»

Sie tippte an ihren Handtuchturban und nickte.

«Ruf mich auf dem Handy an, wenn irgendwas von der Foundation Security gebracht wird.»

«Okay.»

«Und hier, noch vager geht es nicht: Ich möchte etwas über ein Mädchen in Erfahrung bringen, Familienname James, Vornamen weiß ich nicht, ist so etwa in den letzten fünf bis zehn Jahren gestorben. In den Neunzigern. Ist in Tewksbury zur High School gegangen, mit Abschluss.»

Sie machte Tippbewegungen mit ihren erdnussbutterverschmierten Händen. «Okay, aber –»

«Aber was?»

Sie kniff abwägend die Augen zusammen. «Willst du bei deinem Haar wieder die normale Farbe auswachsen lassen? Ich könnte dir –»

«Nein danke.»

Oben zog ich die Jacke meines Beerdigungsanzugs aus und warf die zerknitterte weiße Bluse in den Wäschepuff. Ich wollte nicht das Gleiche im Raquela's anhaben wie bei meinem Treffen mit Sam. Das kam mir wie ein schlechtes Omen vor. Ich wählte einen dunkelgrünen Pulli, der besser aussah, als mein Haar noch rot war. Aber zumindest konnte ich die Haare frei hängen lassen, statt sie hochzustecken.

Ich ging früh los. So blieb mir unterwegs noch Zeit für einen Zwischenstopp.

23

Statt auf den Parkplatz der Charles-River-Hundepension zu fahren, parkte ich am Fluss nahe dem Cambridge Victory Garden, ging zu Fuß zurück und überquerte die Soldiers Field Road bei der Ampel an der Everett Street, die Arme gegen die Kälte verschränkt. Es hatte aufgehört zu regnen, aber die schweren Wolken hingen bedrohlich tief.

Ich hatte bisher an zwei verschiedenen Orten nachgeforscht, und dann hatte Helen James, Veronicas Mutter, einen Anruf erhalten. In einer Stunde war ich mit Leland Walsh an dem einen Ort verabredet. Ich ging im Geiste die Leute noch einmal durch, die ich an dem anderen Ort kennen gelernt hatte, stellte sie mir bildlich vor: Rogers Walters, den etwas aufgeblasenen Inhaber der Charles-River-Hundepension, der bis zu einem gewissen Punkt hilfsbereit gewesen war, und den ruhigen Harold, Veronicas Kollegen mit dem grauen Kittel, den Fahrer des Hundebusses. Als ich ihm meine Karte gegeben und ihm einen schnellen Fünfziger für Walters' Kundenliste angeboten hatte, war ich mir sicher gewesen, dass er anrufen würde. Walters hatte zugegeben, miserablen Lohn zu zahlen, und doch hatte Harold keine Verbindung zu mir aufgenommen.

Ich wich großen Pfützen auf dem Bürgersteig aus. Das trübe Licht am Himmel begann zu schwinden. Der Wind frischte auf und schüttelte die kahlen Äste einer kleinen Buche.

Egal, was seit jenem Abend geschehen war, an dem sie verschwunden war, Veronica hatte – nach Angabe meiner Klientin – nur für das Wochenende gepackt und war allein weggefahren. Wenn sie vorgehabt hätte, sich mit einer neuen Liebe zu treffen, hätte sie Dana vermutlich darüber im Dunkeln gelassen, um ihre mietfreie Unterkunft nicht zu verlieren. Falls sie das Wochenende mit einer neuen Liebe verbracht hatte, wo hatte sie ihn – nein, nicht *ihn*, sondern höchstwahrscheinlich *sie* dann getroffen? Es gab noch eine zweite Frau, die bei der Hundepension als Halbtagskraft angestellt war, eine Erica Mullen. Ich wollte Erica sehen, mit Erica sprechen, mir ein Bild von Erica machen. Und ich wollte die Kundenliste haben, heute noch dringender als gestern. Irgendetwas war mit den Hunden bei Dana Endicott gewesen; mich hatten sie angebellt, während sie sich bei dem Überfall anscheinend ruhig verhalten hatten.

Was konnte geschehen sein? Hatte Veejay ihrer neuen Liebe von Danas tollem Haus erzählt? Hatte die neue Liebe Veejays Schlüssel entwendet und beschlossen, sich mit eigenen Augen davon zu überzeugen? Waren Danas mit Strümpfen maskierte Männer real oder erfunden? Die Gehirnerschütterung war real. Was meine Klientin sagte, war also *zum Teil* wahr. Aber nicht die ganze Wahrheit. Nein, nicht die ganze.

Ich ging an Boylston Auto vorbei, und meine Gedanken folgten einer anderen Spur. Ob Veronica etwas gesehen hatte, das der Anlass zu ihrem Verschwinden gewesen war? In dieser Gegend gab es zwei Autokarosseriewerkstätten, und Karosseriewerkstätten ziehen Kriminalität an wie Knochen Hunde. Beide Werkstätten wirkten verlassen, die Türen waren verschlossen und die Fenster verdunkelt. Keiner der Autodiebstahl-Gangs, gegen die ich als Polizistin ermittelt hatte, hatte mit einer der Werkstätten in Verbindung gestanden. Sie gehörten nicht zu den einschlägigen Etablissements.

Gleich gegenüber der Hundepension war eine Billigtankstelle, daneben auf der einen Seite eine Versicherung und auf der anderen ein Büroklotz aus Backstein. Ich las das Schild an dem Bürogebäude. Zwei Steuerprüfer, ein Versicherungsmakler und ein Chiropraktiker. Eine Bank mit Glasfront nahm die Straßenecke ein, und der einzige andere Laden in der Nähe war ein Store 24. Der Kakao lag schon in weiter Ferne, und der Gedanke, meine kalten Hände an einem großen Becher Kaffee zum Mitnehmen zu wärmen, war fast ebenso verlockend wie der, die Hundepension ein bisschen näher in Augenschein zu nehmen. Ich versprach mir den Kaffee für später und schlenderte lässig in die Einfahrt hinein. Der Parkplatz war leer, selbst der angemalte Schulbus war weg. Die Hintertür war nur durch eine niedrige Mauer von der Trade-All-Karosseriewerkstatt getrennt. Auf der anderen Seite fiel der Blick auf einen Backsteinschuppen.

Ich hatte mich beim letzten Mal auf dem Parkplatz nach Veronicas Jeep umgeschaut, den Schuppen allerdings ausgelassen, weil ich angenommen hatte, dass er zu der Kfz-Werkstatt nebenan gehörte. Jetzt sah ich ihn mit neuen Augen an. Auf den ersten Blick wirkte er wie eine verlassene Ruine, die mit abgestorbenem Efeu überwuchert war, aber als ich mir den Erdboden genauer ansah, entdeckte ich schwache Reifenspuren im Schotter. Auf einer Seite befanden sich graue Garagentore, und der Weg davor war von Efeuranken befreit worden. Ich rüttelte an den beiden altmodischen Toren und versuchte sie anzuheben, aber vergeblich.

Die einzigen Fenster waren kleine, rechteckige Oberlichter über den Toren. Ich überlegte gerade, wie ich hinaufgelangen könnte, um mir Einblick zu verschaffen, ob ich vielleicht mein Auto holen und mich auf das Autodach stellen sollte, als ich einen Haufen Hohlblocksteine hinter der Garage liegen sah. Ich hob einen Block an, schätzte ab, wie viele ich brauchen würde, um die nötige Höhe zu erreichen, und machte Ernst mit dem Schleppen und Aufstapeln. Drei unten, darauf die nächsten zwei und obenauf noch einen. Nachdem ich die Pyramide ein wenig stabilisiert hatte, trat ich einen Schritt zurück und begutachtete mein Werk.

Von unten aus war kaum zu erkennen, ob die Fenster aus getöntem Glas oder nur dreckig waren. Ich holte ein Päckchen Papiertaschentücher aus meinem Rucksack und vergewisserte mich durch einen Rundumblick, dass ich allein war und nicht beobachtet wurde. Zwei Möwen kreisten über dem Fluss. Die Reifen der Autos, die die Soldiers Field Road entlangsausten, zischten auf der nassen Fahrbahn. Die Hohlblocksteine wackelten einmal kurz, aber der Aufbau hielt, und schon stand ich oben, presste die Nase an die Scheibe und starrte hinein, konnte jedoch nichts sehen. Ich probierte es mit einem Taschentuch und rieb kräftig. Das Tuch wurde schwarz, und ich nahm ein neues.

Innen stand der Schulbus und daneben mindestens ein weiteres Fahrzeug, kaum zu erkennen, aber doch so hoch und so dunkel, dass es gut ein schwarzer Jeep sein konnte. Ich kletterte wieder hinunter und arrangierte die Blöcke vor dem zweiten Tor neu, stieg mit frischen Papiertüchern hinauf und nahm diesmal auch eine Taschenlampe aus den Tiefen meines Rucksacks mit.

Es war jedenfalls ein Geländewagen, schwer zu sagen, ob dunkelblau oder schwarz, vielleicht auch dunkelgrün. Ich starrte und starrte und versuchte, einen günstigeren Blickwinkel zu finden, von dem aus ich den Umriss des Wagens besser sehen und vielleicht die Marke erkennen konnte. Das Licht der Taschenlampe spiegelte sich in der Fensterscheibe und blendete mich, und erst als ich mir die Augen mit der Hand abschirmte, konnte ich das grün-weiße Nummernschild erkennen, ein New-Hampshire-Schild, also das falsche Auto. Ich biss mir auf die Lippe und kletterte wieder nach unten, fluchte, als ich mir dabei die Strumpfhose zerriss, und war mehr denn je auf Fakten versessen, hätte mich schon mit der Andeutung eines bruchstückhaften Fingerzeigs begnügt, und sei es auch nur, um den Riss in der Strumpfhose wettzumachen.

In meiner Phantasie stellte ich mir das Büro vor, den Aktenschrank, der die Adresse und Telefonnummer der Angestellten Erica Mullen barg und obendrein noch die Adressen und Telefonnummern einer ganzen Reihe von Leuten, Männern wie Frauen, die regelmäßig Kontakt zu der vermissten Veronica gehabt hatten. Eine schmale Treppe hinunter und durch einen Raum voller Käfige. So nah. Schließlich drückte ich auf den Klingelknopf neben der Tür, zählte langsam bis dreißig. Klingelte noch einmal, hielt mein Ohr an die Glasscheibe, horchte auf Gebell. Kein Luftzug regte sich. Eine Alarmanlage war mir bei meinem ersten Besuch nicht aufgefallen. Das Türschloss war primitiv, ein alter Freund, es wartete nur darauf, geknackt zu werden.

Der Himmel war fast dunkel. In fünfzehn Minuten würde ich meine Taschenlampe brauchen, nur um den Weg zu meinem Wagen zurückzufinden. Ich fröstelte, dachte an den Kaffee im Store 24, das simple Schloss, den Aktenschrank, die Kundenliste.

Das kleine Fenster links vom Eingang war so hoch, dass es kein Dieb einschlagen und hindurchgreifen konnte, um die Tür zu entriegeln. Ich holte einen Hohlblockstein von meiner Pyramide, stellte ihn auf seine Schmalseite und stieg hinauf. Ich spähte schräg nach unten und suchte nach dem verräterischen rot blinkenden Licht.

Der haarlose Hund stand mucksmäuschenstill keine dreißig Zentimeter von der Tür entfernt, mit offenem

Rachen, heraushängender Zunge und gespitzten Ohren. Ich sog den Atem ein und fiel beinahe von meinem Steinblock. Ein Weimaraner, dachte ich, gut abgerichtet und lautlos. Mir sind Wachhunde lieber, die bellen. Kein Wunder, dass es keine Alarmanlage gab.

Ich sprang von meinem Stein und ließ jeden Gedanken an ein Eindringen fahren. War es überhaupt legal, heimlich einen lautlosen Hund zu halten? Ich stellte mir einen ganz gewöhnlichen Einbrecher vor, der Schmerzensgeld einzuklagen versuchte, einen Winkeladvokaten, der frech vor Gericht stand und behauptete, dass Walters es der Öffentlichkeit schuldig sei, ein Warnschild anzubringen.

Ich fand eigentlich auch, dass er ein Warnschild hätte anbringen müssen. Das Schloss war sehr einfach, fast eine verzierte Einladung.

Ich trug meinen Hohlblockstein wieder zur Pyramide, stieg noch einmal hinauf, schaute angestrengt auf das Nummernschild und kritzelte die Zahlen und Buchstaben auf einen Fetzen Papier, den ich sorgfältig in meiner Tasche verstaute. Gerade als ich die Hohlblocksteine abbaute und an ihren alten Platz hinter dem Schuppen zurückbrachte, piepste mein Handy. Es war Roz. Eddie und die Foundation Security hatten endlich den Obduktionsbefund rübergeschickt. Ich sah auf die Uhr. Falls der Verkehr es zuließ, konnte ich den Befund eben noch holen und meine Strumpfhose wechseln, ehe ich mich zum Raquela's aufmachte. Schnell fuhr ich am Store 24 vorbei; Kaffee gab's ein andermal.

24 **Der Verkehr war mehr als miserabel,** an jeder Ampel blieb ich hinter irgendeinem Idioten stecken, der unbedingt beim Wechsel auf Gelb sofort auf die Bremse treten musste. Ich traf achtzehn Minuten zu spät an der Uferstraße ein und fuhr lieber in ein sündhaft teures Parkhaus, statt mich auf eine zeitraubende Parkplatzsuche zu begeben. Ich eilte frostige Straßen entlang, schlüpfte rasch ins Raquela's und blickte ins Dämmerdunkel der Bar. Ich hätte mein Geld sparen können. Leland Walsh hatte sich noch mehr verspätet als ich, falls er nicht das Warten satt gehabt hatte und schon wieder gegangen war.

Vielleicht hatte ihm die schicke Inneneinrichtung des Lokals auf den ersten Blick missfallen, vielleicht war er zu dem Schluss gekommen, dass aus einer Beziehung, die in einem solchen Partnertreff ihren Anfang nahm, nichts Gutes entstehen könnte. Oder die laute, blecherne Musik, wie gemacht, um peinliches Schweigen zu überbrücken, hatte ihn verscheucht. Oder die Beleuchtung war zu schummerig, die Pflanzen sahen zu gesund aus. Ich nahm mir eine Zigarette und zündete sie mit Streichhölzern an, die ich auf der Bar fand.

Vielleicht war er aufgehalten worden.

Carl, der Barkeeper, nickte mir zu und fragte mich, ob ich Veejay inzwischen gesehen hätte. Als ich verneinte, seufzte er. Er würde es ja nur ungern zugeben, aber er hätte sie nicht für den Typ gehalten, der ihn einfach so im Stich lassen würde, und meist würde er sich darin auch nicht irren, ich sollte ihn nicht für einen Idioten halten. Würde ihn nicht überraschen, wenn sie plötzlich auftauchte und es sich herausstellte, dass sie krank war oder einen Unfall gehabt hatte.

«Haben Sie in den letzten Minuten einen Schwarzen

hier gesehen, einen großen Mann, der auf jemanden wartete?»

Er schüttelte den Kopf.

«Hat irgendjemand angerufen und eine Nachricht für eine große Frau hinterlassen?» Ich konnte mich gerade noch bremsen; fast hätte ich «einen Rotschopf» gesagt.

«Nein.»

«Gut.»

Ich bestellte mir ein Harp vom Fass und nahm am hintersten Ende der Bar Platz. Das Paar an dem Tisch, der mir am nächsten stand, war in ein Gespräch vertieft, der Barhocker neben mir frei. Niemand achtete besonders auf mich, als ich den braunen Umschlag aus meiner Tasche holte und den Obduktionsbefund herauszog.

Sauber getippt. Schwarze Worte auf weißem Papier. Klinische Diagnose, Gesamtdiagnose, zusammenfassender klinischer Befund. Ich war dankbar für den nüchternen, objektiven Stil, dankbar, dass ich bei der Leichenöffnung nicht dabei gewesen war. O ja, früher schon. Die neuen Räume des Leichenbeschauers auf der Albany Street waren auch nicht im Entferntesten mit den stickigen Kabuffs im alten Leichenschauhaus zu vergleichen. Das Gebäude ist sauber, modern und effizient, doch ich werde es so lange meiden, bis eine Klimaanlage erfunden worden ist, die Gerüche vertreibt.

Kevin Frederick Fournier, 27, männlich, weiß, wohlgenährt, Schädelfraktur mit rechtsseitig eingedrücktem Scheitelbein. Durahämatom im Bereich des rechten Scheitellappens. Mehrere kleinere intrazerebrale Hämatome. Todesursache: Herniation der Kleinhirntonsille. Die Seiten lieferten mir jede Menge Fakten: Dauer des Krankenhausaufenthalts, Todestag und -zeit, Obduktionstag und -zeit, Name des sezierenden Arztes. Nutzlose Fakten, die nichts erklärten und die die einfachste Erklärung nicht zu entkräften vermochten: dass er auf den Kopf fiel und starb.

Wenn ein Verbrechen nicht als Verbrechen behandelt wird, ist es schwerer zu lösen, und dieses war von Anfang an als Arbeitsunfall eingestuft worden. Und nicht nur das, es war auch noch hastig behandelt worden. Wäre Fournier an der Aufschlagstelle gestorben, gäbe es zumindest Fotos von seiner Leiche am Fundort.

Man arbeitet mit dem, was man hat. Der Leichenbeschauer hatte die Hände Fourniers nach Wunden überprüft und unter seinen Fingernägeln nach etwaigen Hautfragmenten gesucht, woraus zu schließen gewesen wäre, dass er sich zur Wehr gesetzt hatte. Aber nichts sprach dafür, dass es einen Kampf gegeben hatte. Falls er sich in einem letzten verzweifelten Versuch auf einen Angreifer gestürzt hatte, der ihn von der Gerüsttreppe stoßen wollte, war doch kein Kontakt zustande gekommen. Auch seine Kleidung war gründlich durchsucht worden. Stiefel, Socken, Jeans, Rolli, Sweatshirt mit Kapuze. Windjacke, Handschuhe. Nichts Ungewöhnliches. Ich fragte mich, ob die Sachverständigen der Versicherung Wert auf die Untersuchung von Händen und Kleidung gelegt hatten oder Eddie.

Die interessantesten Fakten waren die über die Zeit, den Zeitpunkt der Verletzung, den Todeszeitpunkt. Sie schienen die Vermutungen, die Marian einmal geäußert hatte, zu bestätigen. Fournier war nicht frühmorgens zur Baustelle gegangen, abgestürzt und innerhalb kürzester Zeit gefunden worden. Seine Körpertemperatur bei seiner Einlieferung ins Krankenhaus deutete darauf hin, dass er schon stundenlang auf der Erde gelegen hatte.

In einem zweiten Umschlag waren Fotos, Nahaufnahmen von der Kopfwunde. Ich blätterte sie schnell durch, möglichst unauffällig, denn ich wusste: Wenn ich selber mich von ferne dabei sähe, würde auch ich ts, ts machen angesichts einer Frau, die sich offensichtlich Pornobilder anschaute.

«He, Sie wieder!» Heidi sprach mich über meine Schulter an. Sie musste sich auf Zehenspitzen genähert haben. Ich drückte die Fotos an meine Brust.

«Sie sind ja plötzlich ganz schön oft hier.» Ihre Stimme klang kühl, und nach einem genaueren Blick auf ihre ebenmäßigen Gesichtszüge kam ich ins Grübeln. Ich hatte in ihr nie jemand anderen gesehen als Veejays Arbeitskollegin, eine flüchtige Bekannte.

Ich schob den Packen Fotos umgedreht wieder in den Umschlag. «Ich bin Privatdetektivin und suche nach Veronica James, Heidi.»

Ich sah Ungläubigkeit in ihren Augen aufkeimen, dann Argwohn. Sie schaute nicht weg, versuchte auch nicht, meinem Blick auszuweichen. Es kam keine Reaktion, die ich als schuldbewusst hätte bezeichnen können, aber ich bin schon öfter hinters Licht geführt worden.

Sie ließ sich auf dem freien Barhocker neben mir nieder. «Steckt sie in irgendwelchen Schwierigkeiten?»

«Wenn ich das nur wüsste! Sie wird vermisst.»

«Gekidnappt? Ist sie reich oder –»

«Ich habe nichts von Kidnapping gesagt.»

«Stimmt. Das war blöd. Es ist nur – ich weiß nicht. Als ich sie zum ersten Mal gesehen habe, fand ich, dass sie jemandem ähnlich sieht, nicht direkt einer Prominenten, aber –»

«Wem?», fragte ich freundlich.

Sie biss sich auf die Lippen und starrte in den Spiegel.

«Ich weiß nicht. Überall sieht man Gesichter, wie im Fernsehen. Nicht dass ich meine, sie hätte wie ein Filmstar oder so was ausgesehen.»

«Und sie hat sich nicht mit Männern abgegeben.»

Ihr Blick heftete sich auf mein Bierglas und blieb dort. «Na ja, was soll's. Mir ist das egal. Geht mich nichts an.»

«Wussten Sie das?»

«Ich habe mich gewundert. Sie war irgendwie unnahbar, wissen Sie? Aber kommen Sie nicht auf komische Gedanken. Wir beide haben uns bei der Arbeit unterhalten, und das war's dann auch. Ich ficke Männer. Manchmal wünschte ich mir, es ums Verrecken nicht zu tun, aber so bin ich nun mal.»

«Gibt es hier eine Szene, einen Abend für Schwule?»

«Hier?» Sie schaute umher. «Hier sind Jungs und Mädchen. Ich hab hier noch keine Jungs mit Jungs gesehen. Frauen mit Frauen, das weiß ich nicht. Ich würde es wahrscheinlich gar nicht merken, solange sie sich nicht betatschen.»

Das South End ist Bostons Schwulenviertel – restaurierte Reihenhäuser, gute Restaurants, wenig Kriminalität. Die Lesbenbars sind hauptsächlich in Jamaica Plain. Brookline hat zwar einen lesbischen Bevölkerungsanteil, aber dessen Kriminalitätsrate ist so niedrig, dass ich selten was damit zu tun hatte. Ich ging im Geiste Freunde, Kontaktpersonen und Bekannte durch.

Heidi stand auf. «Ich muss wieder an die Arbeit.»

«Hat Veejay jemals einen Mann namens Peter erwähnt?»

«Nein.»

«Was ist mit ihrer Familie? Eine Schwester, die gestorben ist?»

«Darüber hat sie nie ein Wort gesagt.»

«Hat sie überhaupt etwas gesagt, das ungewöhnlich oder merkwürdig klang?»

«Tut das nicht jeder? Sie hatte einen Hundetick, hat nur von Hunden erzählt. Wenn mir noch was anderes einfällt, sag ich's Ihnen. Ich muss jetzt zu meinen Gästen.»

Ich sah ihr nach, als sie ging, schwarze Hosen, weißes T-Shirt. Die Leute sind ohnehin schwer anhand ihrer Kleiderwahl einzuordnen. Stecken sie in einer Einheitstracht, wird es erst recht schwierig. Heidi trug Make-up und baumelnde Ohrringe. Ihre Fingernägel waren lackiert. Sie wirkte ausgesprochen feminin. Genauso wie Dana Endicott.

Ich bestellte mir noch ein Bier, wartete weitere zwanzig Minuten und überlegte, ob Leland Walsh mich vielleicht versetzt hatte, weil er entdeckt hatte, dass ich nicht Carla hieß. Ich widmete mich wieder dem Obduktionsbericht und war frustriert über mein Unvermögen, die vielsilbigen Begriffe schlüssig zu deuten. Tascheninhalt. Schlüsselring, 52 Cent Kleingeld, sechs Aspirintabletten in einem Döschen, eine Tüte Gummibärchen.

Geht eines Morgens mit einer Plastiktüte voll Gummibärchen zur Arbeit und sieht sein Zuhause nicht mehr wieder. Bei dem verfluchten Beutel Gummibärchen hatte ich auf einmal einen Kloß im Hals und musste schlucken. Und ein Schlüsselring. Das Goldmedaillon, das er Leland Walsh gegeben hatte, sah aus wie etwas, das man an einen Schlüsselring hängen kann. Ich versuchte mir die Prägung ins Gedächtnis zurückzurufen, warf noch einmal einen Blick auf die Uhr und trank mein Bier aus. Leland Walsh hatte mich vergessen. Ich bedauerte, dass ich mir so viel Mühe mit meiner Kleidung und dem Make-up gegeben hatte. Zu dumm. Das elektrische Prickeln, das ich verspürt hatte, war eine einseitige Angelegenheit – nur ich stand unter Strom.

Als ich mich erhob, kam es mir so vor, als hörte ich so nah, dass sein Atem mich im Ohr kitzelte, Walshs Stimme, wie er mir sagte, das Raquela's sei ja ganz in der Nähe der Baustelle, und das träfe sich gut. Die Baustelle war heute, am Sonntagabend, geschlossen, was machte es also für einen Unterschied, ob sie in der Nähe lag oder nicht? Ich klatschte den Betrag für mein Bier auf die Bar und ging schnell zur Tür.

25

Der Wind pfiff in kalten Böen vom Atlantik, und ich wünschte mir sehnlichst, einen Pullover unter meinem Mantel zu tragen, einen Schal, eine eng sitzende Mütze. Ich wollte, ich hätte die Bar früher verlassen und ein Bier weniger getrunken. War Walsh auf Fourniers Beerdigung durch irgendetwas, das er mit halbem Ohr aufgeschnappt hatte, auf gewisse Ideen zum Tod von Fournier gekommen, die sich nur auf der Baustelle nachprüfen ließen? Hatte er vorgehabt, nach Feierabend heimlich sein verschwundenes Werkzeug zu suchen?

Fournier war allein zur Baustelle zurückgekehrt und ums Leben gekommen.

Meine Gedanken hielten mit meinem immer schneller werdenden Gang Schritt. Die Atlantic Avenue war von Straßenlaternen hell erleuchtet und ziemlich menschenleer. Ein paar Autos fuhren die Küste entlang, ein Taxi sauste vorbei. Kleine Trauben von Fußgängern, in dicke Mäntel gehüllt, strebten dem warmen Licht ihrer Hotelfoyers zu. Nächte wie diese waren ein Segen für die

Polizei. Zu eisig für Gauner, um sich auf der Straße herumzutreiben, zu feucht und eine Kälte, die einem in Mark und Bein drang.

Blau-gelbe Barrieren versperrten mir die Sicht. Ich eilte daran vorbei zur Einzäunung mit dem Baustellentor. Die beiden Torflügel waren fest mit einer Kette zusammengezurrt, die durch ein schweres Vorhängeschloss gesichert war. Ich blieb still im Schatten stehen und versuchte, den Nachtwachmann anhand seiner Schritte oder seines Taschenlampenkegels auszumachen.

Die Baustelle schien einsam und verlassen zu sein.

Der alte Highway war wie eine ausgefranste Wunde, seine Eisenträger trennten die Stadt von der Küste. Die Luft in seinem Schatten war schwer, die Dunkelheit tief und abschreckend. Ich wusste, dass die Touristen, die an der Faneuil Hall fröhlich die Bars bevölkerten, nur wenige Minuten von mir entfernt waren, so nahe, dass ich mich fragte, ob sie wohl den Puls in meinem Handgelenk klopfen hörten. Ich ging außen am Zaun entlang und versuchte mir einzureden, dass Walsh unsere Verabredung einfach vergessen hatte.

Ich hatte längst erwogen, die Baustelle einmal nachts zu besuchen, mich an die Alarmanlage im Bürocontainer zu wagen und nach versteckten Schadensmeldungen an die Versicherung zu suchen. Wenn ich hätte einbrechen wollen, hätte ich geradewegs den Bereich zwischen Büro und Müllcontainer in der Nähe des Materialschuppens angesteuert, wo Leland Walsh bei unserer ersten Begegnung plötzlich hinter mir stand und mich fragte, was ich von der Baustelle hielte. Ich hätte dunkle, enge Kleidung getragen und mich leicht unter dem Zaun durchwinden können.

Mein Mantel war schwer, klobig und zu lang. Walsh

war noch klobiger, groß und breitschultrig. Ich ging weiter, die Hände wärmesuchend tief in den Taschen vergraben, und überlegte, wie Walsh sich Eintritt verschafft hatte, *falls* er eingedrungen war. Ein lachendes Pärchen schlenderte über die State Street. Es bemerkte mich gar nicht.

Ein Großteil des ebenerdigen Baustellenareals war frei zugänglich, nur die Schilder «Betreten verboten» erinnerten Passanten daran, dass sie vom Fußgängerweg abgewichen waren. Ich schlug mich an Kabeltrommeln und Bauholzstapeln vorbei zu dem Zaunabschnitt durch, der von dem Metallmüllcontainer verdeckt wurde, und ließ den Strahl meiner Minitaschenlampe über das Aluminiumgeflecht gleiten. Die losen Enden waren zusammengedrückt worden, sodass es eine Sekunde dauerte, bis mir bewusst wurde, was los war. In Bodennähe waren sechs Elemente sauber durchgetrennt. Als ich dagegen drückte, öffnete sich ein Dreieck, das groß genug für einen Mann wie Walsh war.

Vor langer Zeit habe ich mit meiner kleinen Schwester Paolina eine Abmachung getroffen: Ich spaziere nicht um Mitternacht durch verlassene Lagerhäuser. Ich nehme meinen Revolver mit, wenn ich Bösewichter beschatte. Ich laufe nicht mit hauchdünnen Kleidern und Stöckelschuhen herum wie die Heldin eines Schundromans.

Ich machte eine kurze Bestandsaufnahme. Die Baustelle lag in Rufweite eines Sonderpolizisten, das war also nicht so übel. Mein Revolver lag zwar in einer abgeschlossenen Schublade in meinem Büro, aber ich hatte immerhin meine eigene Version einer Tränengaswaffe dabei, einen besonders stark riechenden Haarspray, der billiger, aber ebenso wirksam ist. Ich fühlte mit der Hand in den Tiefen meiner Tasche nach, ob er auch da war. Wenn ich geahnt hätte, dass ich an diesem Abend noch unter einem Zaun durchkriechen müsste, hätte ich Hosen getragen statt des Rocks und der Strumpfhosen, in denen ich mir den Hintern abfror. Meine Stiefel waren brauchbar, sie hatten hohe Schäfte und waren bequem. Mein Rock war eng, aber auf einer Seite der Länge nach geschlitzt, sodass ich notfalls rennen konnte.

Wenn Walsh hier eingedrungen war, um mehr über Fourniers Tod in Erfahrung zu bringen, wollte ich mit von der Partie sein. Wenn er eingedrungen war, um eigenen Geschäften nachzugehen, Geschäften, die etwas mit dem Verkauf von «Dreck» zu tun hatten – tja, auch dann wollte ich Bescheid wissen. Die Frage war, warum er, wenn er durch die Öffnung im Zaun eingestiegen war, nicht zeitig genug wieder herausgekommen war, um unsere Verabredung einzuhalten.

Ich duckte mich tief und kroch mit dem Kopf voran auf verbotenes Terrain. Der Zaun krallte sich an meinem Mantel fest, und ich blieb hängen. Ich griff mit der linken Hand hinter mich, zog, und schon war ich durch und befand mich im Schutz des Müllcontainers. Ich blieb geduckt, balancierte auf den Hacken und horchte, während über mir der Verkehr brauste. Ich hatte keinen Schimmer, wann der Wachmann seine nächtlichen Runden drehte. Vielleicht war er im warmen Baucontainer eingeschlafen und merkte nichts. Oder er hatte Walsh ertappt und fortgejagt. Oder Walsh war nicht zum Treffen gekommen, weil er eine Zelle im Revier A wärmte.

Falls ja, wollte ich mich um keinen Preis zu ihm gesellen. Es sind zu viele alte Kumpel dort, die sich auf meine Kosten amüsieren würden. Ich glaubte, ein Geräusch zu hören, das nicht vom Autoverkehr stammte, das Tuckern einer Maschine in weiter Ferne. Nichts, das an Schritte erinnert hätte. Vielleicht waren es Arbeiter auf einer fernen Baustelle, die Nachtschicht hatten.

Für den Fall, dass mich der Wachmann der Horgans erwischte, brauchte ich eine gute Ausrede, aber mir fiel nichts ein. Ich beschloss weiterzugehen; wurde ich nicht erwischt, brauchte ich auch keine gute Ausrede. Ich lief leicht geduckt zur westlichen Gerüsttreppe. Der Tunnel wurde von einer einzigen vergitterten Baulaterne und dem schwächer werdenden Schein der Straßenlaternen beleuchtet. Während ich hinunterstieg, leuchtete ich im Gedenken an Fourniers tödlichen Ausrutscher mit meiner Taschenlampe sorgsam jede Stufe ab.

Im Tunnel war es schaurig still, vom Verkehr oben war nur noch ein leises Brummen mit Pausen dazwischen zu hören. Ich ließ den Lichtkegel meiner Taschenlampe am Boden über die hellen Spundwände gleiten. Die Träger über mir warfen dunkle Schatten. Es war zwar nicht wärmer hier unten, aber der Wind war nicht so schneidend. Ich richtete die Lampe auf die im Norden angrenzende Baustelle. Ein Bulldozer stand neben einem Betonmischer. In der Anfangszeit des Tunnelbaus mussten Fahrzeuge zum Einsatz in den tiefen Gruben auseinander genommen, hinuntergelassen und wieder zusammengebaut werden, aber inzwischen gab es einen leichteren Zugang über behelfsmäßige Auf- und Abfahrtsrampen. Die Fahrzeuge erschienen mir riesig und dunkel wie eine wartende Herde großer Tiere. Ich ging langsam, nahm alles in mich auf und horchte.

Einmal meinte ich Schritte zu hören, die sich näherten, und gleich stand mir der lautlose Weimaraner aus der Charles-River-Hundepension vor Augen. Wenn der Wachmann nun einen Hund hatte? Beim leisen Getrappel huschender Pfoten schrak ich zusammen und sah im

Licht meiner Taschenlampe kleine Augen, die rot glühten. *Ratten.*

Als ich dicht an einem Stapel Zementsäcke neben einem Fahrzeugungetüm vorbeikam, hielt ich inne und horchte wieder auf den Wachmann, der nicht da war. Langsam nahm ich wahr, dass ich außer dem Geräusch meines eigenen Atems noch etwas anderes hörte, ein rhythmisches Echo auf jeden meiner Atemzüge, schwer und gedämpft, und es kam von dem Zementsackstapel.

Der gefesselte Mann lag mit angewinkelten Knien auf seiner rechten Seite, und seine Füße waren hinten nach oben gezogen. Auch seine Hände waren gefesselt, und von da aus war der Strick um seinen Hals gelegt und dann zu den Fußgelenken gespannt. Ein dünner dunkler Streifen lief aus einer Wunde an seinem Schädel. Ich ließ das Licht meiner Taschenlampe über sein Gesicht gleiten. Walshs Mund war mit silbrigem Klebeband zugeklebt. Seine Augen waren offen, irgendwie starr, aber das war vielleicht Täuschung und lag am Licht. Als er mich erkannte, versuchte er einen Laut von sich zu geben. Seine Augen blickten flehend. Er kniff sie zu, und ich senkte den Lichtstrahl.

Sein Kopf lag auf dem Erdboden und war gut unter dem Schutzblech der riesigen Bulldozerräder versteckt. Wenn ich sein mühsames Atmen nicht gehört hätte, wäre ich an ihm vorbeigelaufen. Seine dunkle Kleidung und sein dunkles Gesicht verschmolzen mit der Nacht.

Ich flüsterte: «Der Wachmann?»

Er stöhnte.

«Ist er die Polizei rufen gegangen?»

Während ich sprach, suchte ich nach meinem Taschenmesser. Ich habe es normalerweise in der Handtasche, nicht in der Hosentasche, und da fallen die Sachen immer nach unten. Trotz der Kälte brach mir Schweiß auf der Stirn aus. Walshs Augenausdruck sagte: «Beeilung.» Ich streifte meine Handschuhe ab, stopfte sie in die Manteltaschen und fand endlich das Messer. Meine Finger schlossen sich um den Metallgriff und öffneten es. Zuerst durchschnitt ich den Strick an den Füßen Faser um Faser. «Nicht bewegen. Dann zieht er sich fester.»

Er steckte in einer klassischen Gangsterschlinge, einer Fesselung, die ihn stranguliert hätte, wenn er sich daraus zu befreien versucht hätte. Ich fragte mich, warum der Wachmann, wenn er kein Handy hatte, nicht das Telefon im Container benutzte. Er kannte bestimmt den Code für die Alarmanlage. Ich schnitt und löste den Strick, so schnell es meine klammen Finger in dem schlechten Licht vermochten. Ich hätte gut ein zweites Paar Hände gebrauchen können. Walsh schien zu nichts nütze zu sein, er war kalt und blutleer. Er fummelte an dem Klebestreifen auf seinem Mund herum.

«Ruhig», sagte ich warnend. «Hat er Sie erkannt? Weiß er, wer Sie sind?»

«Nichts wie weg hier. Ich habe den Zaun am Müllcontainer aufgeschnitten.»

Ein Stück Eisenrohr lag in der Nähe von Walshs Füßen. «Hat er das benutzt?»

«Weiß ich nicht.»

An dem einen Ende war ein dunkler Streifen, vielleicht Blut. Ich zog mir die Handschuhe wieder an, hob das Rohr auf und wog es prüfend in der Hand.

«Los. Ich glaube, er will Schnaps holen.» Walsh hob eine Hand zum Kopf und ächzte. «Soll so aussehen wie ein beschissener Unfall, als hätte mir irgendein Fahrer morgens den Kopf platt gewalzt.»

«Der Wachmann?»

«Ich weiß nicht, ob es überhaupt der Wachmann *war*. Ich weiß nicht, wer mich niedergeschlagen hat. Ich weiß nur, dass ich nicht mehr hier sein will, wenn er wiederkommt.» Seine Hand, die mein Handgelenk umklammert hielt, war eiskalt.

Wir nahmen die westliche Gerüsttreppe und stiegen, obwohl es schnell gehen musste, ganz langsam hinauf, weil Walsh Mühe hatte, das Gleichgewicht zu halten. Schwer atmend schleppte er sich von Stufe zu Stufe. Ich schob eine Hand unter seinen Ellbogen, führte ihn, aus Sorge, dass er eine Gehirnerschütterung haben könnte. Das Loch im Zaun war noch genauso, wie ich es zurückgelassen hatte. Ich zog es auf und half ihm hindurch.

Ein Wagen kam die Atlantic Avenue entlanggefahren, eine große schwarze Fregatte, die ohne Licht segelte. Ich duckte mich und zerrte Walsh mit mir in den Schatten des Müllcontainers. Der Cherokee-Jeep fuhr langsam an uns vorbei und hielt dann in der Nähe des Bürocontainers.

Die Nummernschildbeleuchtung war abgeklemmt, aber der Laternenschein genügte. Es war nicht Danas Kennzeichen. Ich erhaschte nur einen flüchtigen Blick darauf, glaubte jedoch, dass es New Hampshire war, wie das, was ich vor einigen Stunden gesehen hatte. Grün auf weiß. «Live free or die» lautet das umstrittene Motto dieses Bundesstaates. Frei leben oder sterben. Ich wartete, wir warteten, während wir hinter dem eisernen Container kauerten. Zwei Männer stiegen aus dem Jeep. Einer musste einen Schlüssel für das Tor haben. Ich hörte, wie es quietschend aufging.

«Verflucht nochmal, können wir nicht endlich abhauen?», brachte Walsh mühsam im Flüsterton heraus.

Ich wollte lieber bleiben, näher kriechen, um mehr zu erkennen als nur Umrisse, Formen und Schatten. Walsh schwankte und zupfte an meinem Ärmel. Seine Zähne klapperten, und seine Haut in dem spärlichen Licht sah grau aus.

Wir hörten ihn beide, den gellenden Schrei der Überraschung oder Wut. Vielleicht fielen fünf, sechs wütende Worte, aber das einzige, was hängen blieb, war «weg». Jetzt ließen wir alle Vorsicht fahren und rannten, so schnell wir konnten.

Nettes Date.

26

Ich schob das Eisenrohr vorsichtig unter den Fahrersitz, erleichtert, dass der lange Stolperlauf zum Parkhaus vorüber war. «Zum General Hospital? New England Medical? Wohin lieber?»

«Zu keinem von beiden.» Walsh sank in den Beifahrersitz; er atmete schnell und mühsam. «Bloß nicht.»

Mit seinem Arm fest um meine Schultern und meinem um seine Taille, um ihm beim Gehen Halt zu geben, hatte ich die beißende Kälte gar nicht so gespürt wie früher am Abend.

«Sehen Sie mich an», sagte ich bestimmt. «Wie heißen Sie? Wozu gehören Sie?»

Er grinste mich an. «Mir geht's gut, Coach. Ich kann wieder ins Spiel.»

«Zeigen Sie mir Ihre Augen.»

Er drückte ein Auge betont langsam zu wie beim Zwinkern und machte es wieder auf. Seine Pupillen waren gleich groß, und das Weiße vom Auge war so weiß, dass es fast bläulich schimmerte. Er war gut drauf mit seinem ansteckenden Grinsen und alberte herum, dabei hatte er sich noch vor fünfzehn Minuten so verhalten und so ausgesehen, als sei eine Fahrt zur Unfallstation unumgänglich. Seine plötzliche Genesung ließ bei mir Zweifel an seinem vorherigen Benehmen aufkeimen. Hatte er einfach nur um jeden Preis von der Baustelle wegkommen wollen, was angesichts seines Empfangs dort begreiflich war, oder hatte er mich weglocken wollen, bevor ich etwas sah, was ich nicht sehen sollte?

«Wohnen Sie hier in der Nähe?» Er unterbrach mich in meinen Gedanken.

«In Cambridge.»

«Haben Sie Heftpflaster?»

Als ich mich vorbeugte, um das Handschuhfach aufzuziehen, stoppte er mich, indem er meine Hand festhielt. «Zu Hause?»

«Ich kann Sie nach Hause fahren», sagte ich langsam.

Er ließ meine behandschuhte Rechte nicht los; er hielt sie in der Linken und legte seine rechte Hand darauf. «Es ist noch früh. Wir könnten reden. Leben Sie allein?»

«Kommt darauf an, was Sie unter allein verstehen.»

«Single», sagte er.

«War verheiratet. Habe ein Haus. Und eine Mieterin.»

«Ein Mann?»

«Eine Frau.»

«Schön. Ist das alles, was die Heizung in diesem Auto bringt?»

Ich nickte. Er fröstelte gekonnt, dann ließ er meine Hand los, sodass ich rückwärts setzen und den Wagen beim Parkhauswart auslösen konnte. Walsh saß still mit gesenktem Kopf da, während ich die Auffahrt zur 93 und die Abbiegung zum Memorial Drive nahm. Am

Fluss entlang fuhren die Autos schnell, und Auspuffgase hingen in der Luft wie Nebelschwaden. Das dreieckige Citgo-Schild am Kenmore Square pulsierte rot auf der Bostoner Seite des Charles River.

Ich fuhr in meine enge Einfahrt und schloss die Eingangstür auf. Walsh folgte mir, drehte sich in der Diele nach allen Seiten und spähte die Treppe hoch, als erwarte er jemanden. Das Haus sah täuschend bewohnt aus, denn die Lampen, die ich immer anlasse, um Einbrecher abzuschrecken, brannten fröhlich.

Walsh beäugte argwöhnisch das Wohnzimmer. «Ist das hier so was wie ein sicheres Haus?»

Das verblüffte mich erst einmal. «Meinen Sie das Viertel?»

«Sie sind keine Sekretärin.»

Ein sicheres Haus. Vielleicht lag es am Nichtvorhandensein von Möbeln, oder der Mann hatte zu viele Filme gesehen. «Ich bin jedenfalls *nicht* vom CIA.»

«Ich dachte FBI. Wie ich gehört habe, ist der überall im ‹Loch›.»

«Kommen Sie mit in die Küche», sagte ich freundlich.

«Sagt die Spinne zur Fliege.» Jetzt grinste er wieder.

«Sie können auch hier bleiben, wenn Sie wollen, aber im Bad neben der Küche gibt's ein Desinfektionsmittel. Ich hole Ihnen etwas zum Verbinden, während Sie sich die Wunde auswaschen. Wollen Sie Aspirin?»

Er wollte gerade nicken, unterließ es dann jedoch lieber, den Kopf so schnell zu bewegen.

Ich sagte: «Danach unterhalten wir uns.»

Er verschwand in dem winzigen Bad, und ich ging die Treppe zum ersten Stock hinauf und wühlte im Medizinschränkchen. Ich nahm Verbandsmull und Leukoplast heraus und staunte über die Mengen Zeug, die ich zur Wundbehandlung und zum Verbinden angesammelt hatte. Ich war wohl im falschen Beruf.

Ich breitete all meine Schätze auf dem Küchentisch aus und schaltete den Wasserkocher ein. Die Toilette wurde gespült, und Walsh erschien, das Gesicht so feucht, dass ich überlegte, ob Roz vielleicht versäumt hatte, frische Handtücher hinzuhängen, und die Haut so dunkel, dass sie glänzte. Ich sah zu, wie er in den kleinen Spiegel über dem Waschbecken im Bad schaute und fachmännisch einen Verband anlegte.

«Sehr ordentlich», sagte ich.

«Sani bei der Armee.»

«Haben Sie Kevin dort kennen gelernt? Bei der Armee?»

«Ich kenne ihn noch viel länger, schon vor der High School. Was? Sie glauben mir nicht?»

Selbst im Spiegel bemerkte er die leisesten Veränderungen in meinem Mienenspiel und las praktisch meine Gedanken. Ich musste vorsichtiger sein. «Auf der Beerdigung haben Sie Abstand gehalten. Von seiner Familie –»

«Seine Familie mochte mich nie. Die falsche Hautfarbe.»

«Möchten Sie Kaffee?»

«Schwarz.» Er lächelte, beschäftigte sich mit dem Aufwickeln von Verbandsmull und legte die Rollen wieder in den Karton. «Es sei denn, es ist Brandy da.»

«Bei Ihrem Kopf, ich weiß nicht recht.»

«Es ist mein Kopf. Brandy tut mir gut.»

Ich bestückte die Kaffeemaschine mit Filter und Kaffeemehl. Walsh schien damit zufrieden zu sein, still zu warten. Er hatte sich einigermaßen erholt und sah inzwischen verwegen aus mit dem Verband über der Stirn und dem einen schimmernden Goldknopf im Ohr. Er hatte ihn offenbar entfernt, bevor er in die Baustelle eindrang, und nach dem Verbinden wieder angesteckt.

Bonnie Raitt singt einen wehmütigen Joni-Mitchell-Song, der mit einem Gitarrenriff voller Synkopen anfängt. *«I met you on a midway at a fair last year, and you stood out like a ruby in a black man's ear.»* Ich hab dich letztes Jahr in der Mitte eines Jahrmarkts getroffen, und du bist aufgefallen wie ein Rubin im Ohr eines Schwarzen. Ich ermahnte mich, diese verführerische Melodie in meinem Kopf abzustellen. Songs sind für romantische Zwischenspiele und nicht für die Nachwehen eines Mordversuchs. *Wenn es das war.*

«Ein hübscher Raum. Schönes Haus. Ihres?»

Meine Küche ist groß und quadratisch und so alt, dass auf einer Seite sogar noch eine Speisekammer ist. Wenn ich sie zum Verkauf freigäbe, würde der Makler sie als unverfälscht anpreisen, eine Umschreibung dafür, dass ich nie Geld oder Lust hatte, sie zu renovieren. Die einzige Spülmaschine, die ich habe, ist Roz.

«Was ist heute Abend passiert?» Ich stellte eine Tasse Kaffee auf den gescheuerten Eichentisch und fügte einen großzügigen Schuss Brandy hinzu.

«Wer sind Sie?», fragte Walsh.

«Jemand, der helfen möchte.»

«Quatsch.»

«Also gut: jemand, der Ihnen den Arsch rettet. Und wer sind Sie denn eigentlich?», konterte ich.

«Ich habe nur meinen Führerschein dabei. Und den hätte ich auch zu Hause lassen sollen in Anbetracht meiner Pläne für diesen Abend.»

Ich streckte gebieterisch die Hand aus, während er im Sitzen die Schnürsenkel seines linken Arbeitsstiefels löste, es sich anders überlegte und dann den rechten Stiefel aufschnürte. Auf der Karte, die im Socken steckte, war eine Adresse in Jamaica Plain, seine Größe mit 1,94 Metern und sein Gewicht mit 93 Kilogramm angegeben. Ich hätte weniger geschätzt. Nach einem kurzen inneren Monolog reichte ich ihm eine meiner Geschäftskarten: Name, Adresse, Telefonnummer, Privatdetektivin.

«Carlotta», sagte er. «Der Name gefällt mir.»

«Ich würde es sehr begrüßen, wenn Sie ihn für sich behalten.»

«Für wen arbeiten Sie denn?»

«Normalerweise arbeite ich in eigener Regie, aber derzeit könnte man sagen, dass ich fürs ‹Loch› tätig bin.»

«Fürs Justizministerium?»

«Für die Aufsichtsbehörde. Die spielen im gleichen Team.»

«Das ganze Zeug ist ein solcher Sumpf. Wo das Geld hinfließt? Das wüssten sie gern, sagen sie, aber die Wahrheit wollen sie nicht hören.»

«Ich schon.»

«Es ist ein sauteures Projekt. Himmel, jeder, der schon mal was gebaut oder renoviert hat, der schon mal einen verdammten Pool in seinem Garten betoniert hat, weiß doch, dass man nicht findet, was man erwartet hat. Das Problem sind immer die Schätzungen gewesen. Die Politiker wollten grünes Licht, folglich stellten sie eine geschönte Rechnung auf. Sie zählten darauf, dass alles richtig gemacht würde, und hatten sich in jeder Hinsicht verkalkuliert. Was geschehen ist, liegt in der Natur des Menschen. Jeder, der zu wissen behauptet, was da unten los ist, bevor er überhaupt einen Spatenstich getan hat, ist nichts weiter als ein Gedankenleser, ein Spinner, ein Zirkusakteur und sollte lieber auf eine verdammte Tournee gehen.»

Das Beste, was man tun kann, wenn jemand drauflos schwadroniert, ist Ruhe bewahren. Mich beschlich das Gefühl, er redete nur, um nichts sagen zu müssen, redete immer weiter über das «Loch», um etwas anderem auszuweichen, vielleicht um die Fragen, die ich ihm stellen wollte, nicht beantworten zu müssen.

«Mann, sie haben eine Riesensauerei da unten gefunden. Bürokratensauerei, Umweltsauerei, Kanalsauerei. Sie sind auf alten Mist gestoßen, den Archäologen retten wollten, auf Schichten, zu weich für einen Tunnel, auf Schichten, zu hart für einen Tunnel, und auf Fels, wo eigentlich kein Fels sein sollte. Versorgungsleitungen liegen da, wo sie nicht liegen dürften, alte Tunnel und Abwasserkanäle und – wissen Sie, wofür das Geld sonst noch verbraten wurde?»

Ich schüttelte den Kopf und nippte an meinem Kaffee.

«Um die Stadt am Laufen zu halten. Um provisorische Rampen und Straßen zu bauen, damit die Pendler weiterhin ihre Büros erreichen können. Und sie haben Schmiergelder bezahlt. Sie haben es Ausgleichszahlungen genannt, aber das ist nur ein anderes Wort für Schmiergeld. Und jetzt, wo nur noch soundso viel Aufträge übrig sind, werden sie jede Firma dreimal checken und kein gutes Haar dran lassen.»

«Ich bin nicht eingeschleust worden, um den Horgans was anzuhängen.»

«Jetzt pumpen sie Geld in Schnüffler. Ich habe gehört, dass es einen Excop vor Ort gibt, der dafür sorgt, dass etwas gut riecht, wenn es in Wahrheit stinkt, und stinkt, wenn es eigentlich gut riechen müsste.»

Jesus. Das würde ich mir merken.

Walsh ging allmählich die Luft aus. Er schloss einen Augenblick die Augen.

«Wollen Sie vielleicht doch noch zur Behandlung?»

«Nein.»

«Eine Eispackung?» Ich holte einen Eisbeutel aus dem Gefrierfach.

«Sie werden ganz schön hart rangenommen in Ihrem Job, oder?»

Ich fragte mich, was er wohl sagen würde, wenn er die Schusswunde in meinem Schenkel sehen könnte, und dann fragte ich mich, was er wohl sagen würde, wenn er die Schusswunde in meinem Schenkel sehen *würde*. «Nein», sagte ich leise und dachte dabei, was für einen großen Unterschied ein kleines Wörtchen doch ausmachen kann.

Er drückte sich den Eisbeutel an den Kopf. Die Wunde war oben an seiner Stirn, kein allzu großer Schaden in Anbetracht der Schwere des Rohrs unter meinem Autositz.

Ich atmete ein und stieß die Luft langsam wieder aus. «Dann erzählen Sie mir mal von Ihren Plänen für den Abend.»

«Carlotta, untersuchen Sie Kevins Tod?»

Ich mochte es, wie er meinen Namen aussprach, und probierte es daraufhin mit seinem. «Leland, denken Sie doch mal nach. Ich war schon da, bevor er abgestürzt ist.»

«Das ist keine Antwort.»

«Mehr als das, was Sie mir antworten.»

Bei seinem Grinsen konnte er alle Register ziehen, von reuevoll über charmant bis hin zu absolut sexy. «He, ich wollte nur in einen Lagerschuppen einbrechen.»

«Aus Spaß?»

«Herrgott nochmal, dauernd verschwindet etwas und taucht wieder auf! Ich habe mein Werkzeug weggepackt und erwarte, verdammt nochmal, es da wieder zu finden, wo ich es hingelegt habe.» Er langte über den Tisch und goss sich noch mehr Brandy in die Tasse, bot auch mir die Flasche an. «Da steht doch dieser Materialschuppen, sieht eigentlich fast genauso aus wie die anderen, nur dass niemand die Schlüssel hat. Ich vermute, dass mein Werkzeug da drin ist. Teufel auch, ich weiß nicht, was eigentlich da drin ist, aber niemand kann die Schlüssel finden, und das macht mich verdammt neugierig. Deshalb bin ich heute Abend hin, um ihn aufzubrechen und herauszufinden, was zum Teufel drin ist und warum jeder, den ich danach frage, total ausrastet.»

«Jeder?»

«Horgan. O'Day.»

«Und was ist dann passiert?»

«Ich weiß noch, dass ich den Zaun aufgeschnitten habe. Ich war ziemlich von mir eingenommen. Wollte ein bisschen rumspionieren und später vor einer schönen Frau damit prahlen.»

Ich zog eine Augenbraue hoch. «Erinnern Sie sich daran, die Gerüsttreppe runtergeklettert zu sein?»

Er zuckte die Achseln.

«Haben Sie gesehen, wer Ihnen den Schlag versetzt hat?»

Wieder Achselzucken.

«Was wissen Sie über den Verkauf von Dreck?»

«Was meinen Sie denn damit?»

«Ihr Freund Kevin hat die Hotline der Aufsichtsbehörde angerufen und gesagt, es würde Zeug von der Baustelle verschwinden.»

Er setzte sich etwas aufrechter hin. «Werkzeug und so 'n Scheiß. Habe ich ihm gesagt.»

«Er hat noch einmal dort angerufen. Beim zweiten

Mal hat er behauptet, jemand auf der Horgan-Baustelle würde Dreck verkaufen.»

Walsh schüttelte langsam den Kopf. «Davon habe ich keinen blassen Schimmer.»

Nur mit Mühe gelang es mir, kein genervtes Gesicht zu machen. Als ich ihn fand, halb unter den Bulldozerrädern, hatte es den Anschein, als sei ich über einen weiteren «Unfall» gestolpert, der sich ereignen sollte. Wenn Kevin Fournier nicht ausgerutscht, sondern ermordet worden war, weil er etwas wusste, folgte daraus, dass ein zweiter Unfall hätte stattfinden sollen, weil Walsh das Gleiche wusste. Verflucht nochmal, wenn er nichts wusste, warum ging man dann das Risiko ein, ihn umzubringen?

Walsh sagte: «Scheiße, wenn sie ihn untersucht hätten, die Pathologen von der Albany Street, hätten sie gewusst, dass er keine Treppe runtergefallen ist.»

«Sie haben ihn untersucht.» Jemand hatte vielleicht *gedacht*, Walsh wüsste etwas, hatte *angenommen*, dass er etwas wusste. «Ich habe den Befund.»

«Darf ich ihn sehen?»

«Er war Ihr Freund. Es sind Fotos dabei, die sind schwer zu vergessen.»

Er zögerte.

«Ich war früher Polizistin. Ich habe den Befund durchgesehen und finde nichts. Ein Schädelbruch ist ein Schädelbruch. Die Pathologen können nicht sagen, wodurch er verursacht wurde, ob durch einen Sturz oder einen Schlag. Und ebenso wenig können sie sagen, ob der Mann gefallen ist oder gestoßen wurde.»

«Mist.» Aus lauter Frust ließ er die Hand schwer auf den Tisch fallen, und das Klatschen hallte im Raum wider. «Dann erspare ich mir lieber den Kummer, aber verdammt nochmal, ich wünschte, ich könnte etwas tun.»

«Vielleicht erinnern Sie sich später an mehr. Manchmal geht das so nach einem Schlag auf den Kopf.»

«Sind Sie sicher, dass Sie selbst nicht oft verhauen werden?»

«Nicht allzu oft.»

Wieder diese Andeutung von Grinsen. «Sie lassen sich jedenfalls nicht *umhauen*.»

Ich trank meinen Kaffee.

Er stand auf und verstaute den Eisbeutel wieder im Gefrierfach. Als er zurückkam, stellte er sich hinter meinen Stuhl und legte mir die Hände auf die Schultern. «Der meiste Aushub ist schon Ende letzten, Anfang dieses Jahres, zwischen Dezember und Januar, abgefahren worden. Tag für Tag sind Laster zum Bagger gefahren, alles Kipper, eine lange Reihe.»

Wenn es schon vor Monaten über die Bühne gegangen war, warum hatte Fournier dann erst jetzt angerufen?

«Hat er wirklich ‹Dreck› gesagt?» Walshs Finger übten Druck auf meine Schulterblätter aus, und ich konnte nur mit Mühe ein Stöhnen unterdrücken. «Was für Dreck?», hatte Sam Gianelli gefragt, und mir wurde plötzlich bewusst, dass ich schon eine ganze Weile an Sam dachte, während ich Walsh beobachtete und ihn in Figur und Statur mit Sam verglich. Der Gedanke stimmte mich traurig, und dann wurde ich – wieso, weiß ich nicht – trotzig. Ich wollte, dass Walsh mir half, Gianelli zu vergessen.

«In dem Zimmer, durch das wir vorhin gegangen sind», murmelte er, «ist da eine Couch, irgendwas Weiches zum Sitzen?»

«Früher, ja. Jetzt gibt es nur Kissen auf dem Fußboden.»

«Klingt doch gut.» Er fragte nicht weiter nach, warum, und das mochte ich.

Wir gingen ins Wohnzimmer und begannen, Holz für ein Feuer im Kamin aufzuschichten. Er ging dabei nach System vor; er platzierte die Scheite senkrecht, hielt nichts von Zeitungspapier zum Entfachen, drehte am Ende jedoch ein paar Zeitungsseiten fest zusammen, um nicht im Keller nach alten Schindeln suchen zu müssen. Dann behauptete er, das Aufschichten und Anzünden des Feuerholzes hätte ihn so erschöpft, dass er sich auf den Teppich legen müsste. Als ich ihm ein Kissen unter den Kopf schieben wollte, sagte er, er würde den Kopf lieber auf meinen Schoß legen.

«Oder wollen wir erst über Politik reden?» Bisher hatte ich sein Grinsen schon sexy gefunden, aber dieses Mal war es einfach umwerfend.

«Ich würde lieber über Musik reden.»

«Das interessiert Sie an einem Mann? Vorher?»

«Das ist eine der Sachen, die mich interessieren. Vor was?»

Er überhörte meine Frage. «In Sachen Musik bin ich ziemlich altmodisch. Die Temptations, Marvin Gaye, das ganze Motown-Zeug. Tanzen und Zuhören, beides. Ich ganze gern. Langsam.»

Meine Leidenschaft ist Delta-Blues. Auch mein Exmann, Bassgitarrist, stand darauf. Sam mag modernen Sound lieber, vor allem Big Bands, bisweilen auch Alternative Rock, aber wir konnten uns immer bei Bessie Smith treffen. Mit Motown konnte ich leben. Je nun, ich konnte wahrscheinlich sogar mit einem Mann klarkommen, der Wagner liebte, gesungen von walkürenhaften Sopranistinnen; nur wenn jemandem die Musik gleichgültig ist, bin ich abgetörnt.

«Sie sind wirklich hübsch, wissen Sie das? Hey, das mögen Sie nicht hören, wie?»

Ich war nicht etwa auf Abstand gegangen, war nicht einmal merklich zusammengezuckt, und doch hatte er es gemerkt. Es ist wahr, «hübsch» kann ich nicht leiden. «Hübsch» assoziiere ich mit «schwach», und ich nehme an, dass ich vor allem stark sein will. Ich bin kein Mädchen, das lieber ein Junge wäre, nichts von der Art. Ich genieße dieses bittersüße Sehnen, wenn ich mit einem Mann zusammen bin, aber was ich für dieses Gefühl tue, hat seine Grenzen, denn am Ende muss ich doch wieder stark sein.

«Hey, kommen Sie wieder zurück. Wollen Sie über Ihren Exmann reden?»

«Nein.»

«Wie wär's mit Religion?»

Ich musste lachen. «Haben Sie mit dieser Taktik wirklich Erfolg?»

«Immer. Darauf können Sie wetten.»

«Ich bin halb Jüdin und halb Katholikin, falls es Sie interessiert. Und Sie?»

«Jüdin und Katholikin?»

«Ja, hinterher habe ich immer abgrundtiefe Schuldgefühle.»

«Hinter was?»

Ich zog unschuldig eine Augenbraue hoch.

Er sagte: «Ich bin Heide. Sind Sie jemals mit einem Schwarzen gegangen?»

«Bisher noch nicht, aber ich gehe nicht nach Schwarz und Weiß.»

«Wonach gehen Sie denn?»

Nach der Chemie. So lautet die einfache Antwort. Und das ging unfehlbar immer daneben. Mein Freund

Mooney, der Cop, hat einmal gesagt, er könnte jeden Mann, auf den ich scharf wäre, sofort einlochen, weil es in der Vergangenheit des Mistkerls todsicher irgendetwas gäbe, das eine Festnahme rechtfertigte.

«Weiß ich nicht», sagte ich.

«Wir könnten's ja ausprobieren.»

Er streckte die Hand aus und streichelte meine Wange, legte mir die Hand in den Nacken und zog mich zu sich, bis sich unsere Lippen berührten und ich das vertraute Prickeln in der Magengegend spürte. Er roch nach Kaffee, Brandy und Desinfektionsmittel. Es war warm vor dem Kaminfeuer, und der Teppich war dick und weich. Wegen der Kälte draußen trugen wir beide lagenweise Kleidungsstücke übereinander, sodass das Ausziehen nicht gerade filmreif war, es glich eher einem fieberhaften Wettrennen mit der Zeit als einer lustvollen Verführungsszene im Kino. Es ist nun einmal so, Strumpf- und lange Unterhosen oder warme Wämschen entbehren nicht einer gewissen Komik. Ebenso wenig wie Kondome. Erst lachten wir ausgiebig, dann nicht mehr.

«Hast du zufällig ein Bett?», fragte er nach einer langen Zeit.

«Oben.»

Er seufzte und zog mich am Haar. «Ich dachte, du hättest vielleicht in allen Zimmern nur Kissen. Fänd ich gar nicht schlecht. Dein Haar duftet gut.»

«Es ist normalerweise rot. Ich habe es für den Baujob graubraun gefärbt.»

«Kannst du es wieder entfärben?»

Wir sammelten unsere überall herumliegenden Kleidungsstücke ein, und bei irgendetwas, vielleicht beim Geklimper von Kleingeld, als ich seine Hose hochhob, fiel es mir ein. Ich fragte ihn, ob er mir den Schlüsselanhänger zeigen könnte, den Kevin ihm gegeben hatte, den Glücksbringer.

Er fuhr mit der Hand in die rechte Hosentasche, schob sie tiefer hinein. Dann wühlte er in der linken Hosentasche. «Er ist weg.»

«Was heißt das, weg? Bist du sicher, dass du das Ding nicht herausgenommen und zu Hause gelassen hast?»

«Glaub ich nicht. Nein. Es muss mir aus der Tasche gefallen sein oder ...»

«Hast du das Bild darauf noch im Kopf?»

«Ein Kreis. Mit einer Art Wellenlinien.»

«Könntest du es zeichnen?»

Er kniff die Lippen zusammen. Ich holte Papier und Stift von meinem Schreibtisch, und dann zeichnete er unbeholfen mit viel Radieren das Muster nach, und der schwache Schein des verlöschenden Feuers glänzte auf seiner dunklen Haut.

«Ist nicht gerade meine Stärke», sagte er, als er fertig war.

«Nein», pflichtete ich ihm bei.

Wir gingen nach oben und liebten uns noch einmal, dieses Mal nicht so stürmisch wie vorher, sondern langsam, rhythmisch und voller Befriedigung. Es dauerte lange, bis ich danach einschlafen konnte. Schwarze Jeeps geisterten durch meine Träume.

27

«Was um Himmels willen hast du gemacht?» Marian starrte mich von ihrem Schreibtisch aus an.

Sekundenlang dachte ich, sie hätte Knutschflecken auf meinem Hals gesehen oder könnte meine Gedanken lesen und wüsste, dass ich die Nacht in den Armen des Zimmermanns und Vorarbeiters Leland Walsh verbracht hatte. Warum sollte es mir auch nicht anzusehen sein, so, wie ich mich fühlte: leicht, unbekümmert und wohlig ermattet.

Dann dämmerte es mir, dass sie wahrscheinlich meinte, warum ich gefeuert worden war.

«Ich erzähl dir's später, mit allen blutrünstigen Einzelheiten», versprach ich ihr hastig. «Ich will Liz Horgan lieber nicht begegnen.»

«Da tust du auch gut dran. Sie hat eine Stinklaune.»

«Ist sie hier?»

«Unten in der Grube mit einem Sicherheitsfunktionär der Gewerkschaft.»

«Nur noch zwei Sachen, Marian, okay? Mehr nicht.» Während ich mit ihr redete, leerte ich emsig meine Schreibtischschubladen. «Ich bin da über ein paar unklare Speditionsrechnungen gestolpert. Die meisten waren für Transporte im Dezember und Januar ausgestellt –»

«Wer hat dir denn den Auftrag gegeben, die Rechnungen zu prüfen? Ich dachte, du würdest dich um die nächsten Termine –»

«Liz hat mich darum gebeten», log ich. «Sie hat gesagt, dass seit kurzem eine neue Speditionsfirma dabei ist, und von der kann ich überhaupt keine Rechnungen finden.»

Marian schürzte die Lippen. «Vor ungefähr einer Woche hat ein Lkw ein paar Ladungen abgeholt. Ich habe ihn vorfahren sehen.»

«Welche Firma? War's Norrelli?»

«Den Namen weiß ich nicht mehr, aber er hatte ein rotes Karo im Logo, falls dir das weiterhilft.»

«Du bist fabelhaft, Marian.»

«Es tut mir so Leid, dass du gehst. Mein Gott, irgendjemanden *müssen* sie einstellen. Ich versinke hier in Arbeit. Hast du übrigens Krissi mein Briefchen gegeben? Hat sie irgendwas gesagt, eine Antwort für mich mitgegeben?»

Verdammt, ich hatte den Brief in meinem Auto vergessen, das in der Nähe im Halteverbot stand. «Ich habe sie gar nicht zu Gesicht bekommen. Tut mir Leid. Ich habe Liz das Buch gegeben.»

«Ach, nicht so schlimm. Wirklich nicht. Wirf das Briefchen weg. Ich mache mir bloß Sorgen um das Mädchen.»

Wohl eher Sorgen um den Vater des Mädchens. Im Grunde machst du dir nur Sorgen darum, wie du dich bei dem Mädchen einschmeicheln kannst, um bei Papi zu punkten. Ganz sicher war ich aber nicht. Vielleicht war ihr Interesse aufrichtig. Zu viel Misstrauen kann in meinem Geschäft ebenso gefährlich sein wie zu wenig Misstrauen.

«Ich mache mir auch Sorgen um den Hund», fügte Marian seufzend hinzu.

«Aber ich habe dir doch –»

«Klar, aber habe ich den Hund wieder gesehen?»

«Etwas anderes, Marian, sind hier Schlüssel verschwunden?»

«Schlüssel?»

«Zu einem Lagerschuppen.»

«Davon weiß ich nichts.» Sie schien perplex zu sein. «Mrs. H. hat dich doch nicht etwa des Diebstahls bezichtigt, oder?»

«Nichts dergleichen.»

Ich ging, so schnell ich konnte, mit dem Versprechen, dass wir in Verbindung bleiben wollten, was für beide nicht sehr überzeugend klang. Ich stieg die Betonstufen hinunter und hielt mich dabei an dem rauen Holzgeländer fest. Das dumpfe Dröhnen der Hämmer und das Klirren des Baustahls mischte sich mit dem Brausen des Verkehrs über mir; die Erde hatte einen schweren, feuchten Geruch. Wenn ich Veronica James gefunden hatte und sich die Gelegenheit ergab, würde ich Eddie um einen Job bitten, bei dem ich mit den Händen arbeiten, mich dreckig machen und ein kleines Stück von einem Tunnel bauen durfte, der lange überdauern würde.

Ich hätte auch Harv O'Day und der Hand voll Arbeiter, mit denen ich gut auskam, auf Wiedersehen gesagt, aber ich wollte nicht auf Walsh treffen, der vorhatte, pünktlich zu erscheinen und so zu tun, als sei nichts vorgefallen. Er hatte mir versprochen, auf die Reaktionen der anderen zu achten und es mir zu sagen, falls ihm jemand gezielte Fragen über den gestrigen Abend stellen oder irgendetwas sein Erinnerungsvermögen auffrischen sollte.

Natürlich konnte es auch sein, dass die Arbeit auf der Baustelle heute eingestellt würde, wenn die roten Augen, die ich am Vorabend gesehen hatte, auf mehr Ratten schließen ließen. *Ratten.* Wurden auch andere Baustellen wegen der Ratten geschlossen? Wieder eine merkwürdige Sache, die ich in meinem Bericht ebenso erwähnen konnte wie den seltsamen Anruf über die baubedingten Straßensperren und den Ehemann, der auf dem Sofa schlief ... Ich dachte an Liz Horgans verhärmtes Gesicht, ihr zerzaustes blondes Haar, ihr leeres Haus. Wenn nun etwas mit der Tochter nicht stimmte ... Wenn etwas mit der Tochter nicht stimmte, konnte das zwar der Grund für die miese Laune der Eltern sein, aber nicht für alle Spannungen und Zwischenfälle auf der Baustelle.

Ich schließe meine Fälle gern ab. Ich löse sie gern, schreibe einen ordentlichen Abschlussbericht, lasse mich bezahlen und genieße das Gefühl, jeden Cent ehrlich verdient zu haben. Stattdessen musste ich nun die Trümmer bergen und aus lauter Flickwerk einen Bericht für meinen Nachfolger zusammenschustern, immer vorausgesetzt, dass Eddie Conklin nicht einfach über mein Urteil hinwegging, die Hotline-Anrufe ignorierte, Fourniers Tod als Unfall deklarierte und den Horgans grünes Licht gab.

Verdammt, ich hätte nicht gefeuert werden dürfen. Auf dem Heimweg hörte ich Radio – Rockmusik, so laut aufgedreht, wie ich es gerade noch ertragen konnte –, aber auch das konnte den Chor vorwurfsvoller Stimmen in meinem Kopf nicht ausblenden.

Für Fingerabdrücke braucht man kein Hightech-Gerät. Schon mit einfachsten Mitteln kann man vernünftige Abdrücke herstellen, und die hatte ich: schwarzen Puder, einen feinen Pinsel und das Stück Rohr, das Walshs Kopf getroffen hatte. Zwanzig Minuten später widmete ich mich in meinem Büro, mit Einmalhandschuhen bewehrt, dieser Arbeit. Dass ich etwas finden würde, glaubte ich eigentlich nicht. Verbrecher benutzen ebenfalls Handschuhe; das ist ein eherner Grundsatz in der Branche. Aber ich bin unersättlich, wenn es darum geht, lose Fäden zusammenzuknoten.

Ich sprenkelte Puder auf das Rohr, und tatsächlich! Jemand war so dämlich gewesen, es mit bloßen Händen anzufassen. Ich musste lächeln. Verbrecher sind dumm; auch ein eherner Grundsatz der Branche. Ich konnte deutlich nicht nur einen Daumen, sondern drei gut abgebildete Fingerspitzen erkennen. Ich hatte mir Tesafilm und ein paar kleine Karteikarten bereitgelegt.

Ein Lagerschuppen, der sich nicht öffnen ließ. Welcher? Warum wusste Marian nichts davon? Was konnte in einem so kleinen Schuppen verwahrt werden, das einen Mord wert war? Ich ließ meine Gedanken schweifen, während meine Hände ihre Arbeit taten. Gefälschte Hunderter. Raubkopien von DVDs. Kinderpornos. Drogen. Ich war auf nichts gestoßen, was auf Kokain, Ecstasy oder Heroin hingedeutet hätte, es sei denn, unter «Verkauf von Dreck» war der Handel mit Heroin zu verstehen. Ich übertrug die Abdrücke auf die Karten, beschriftete sie, schob dann das Rohr in einen Plastikbeutel und verstaute es unter meinem Schreibtisch. Eddie konnte die Abdrücke für mich nachchecken.

Ich hörte förmlich wieder Walshs tiefe Stimme, wie er von einem Excop erzählte, der auf üblen Baustellen für Wohlgeruch und auf guten Baustellen für Gestank sorgte. Eddie war ja sehr darauf bedacht gewesen, dass ich schnell auf der Horgan-Baustelle anfing und möglichst schnell wieder von dort verschwand.

Was sollte ich denn nun in meinen Abschlussbericht aufnehmen? Würde Eddie die Fingerabdrücke überprüfen lassen, wenn ich ihm die Geschichte von Walsh und seinem nächtlichen Abenteuer erzählte? Sollte ich überhaupt den verschlossenen Lagerschuppen erwähnen?

Vielleicht hatte ich bessere Chancen, wenn ich Eddie bat, die Fingerabdrücke aus reiner Gefälligkeit zu überprüfen, mit der Begründung, ich wollte einen künftigen Mieter auschecken oder einen Freund von Paolina. *Verdammt. Wem soll man vertrauen? Wem kann man vertrauen?* Während ich noch über diese Fragen nachgrübelte, kam meine derzeitige Mieterin gerade mit eiligen Schritten die Treppe herunter.

«Arbeit gefällig?», rief ich ihr entgegen.

Roz bewegte sich immer sehr schnell, deshalb beunruhigte mich ihr Tempo auf der Treppe nicht weiter. Langsamere, schwerere Schritte folgten ihr, was mich auch nicht aus der Fassung brachte. Roz ist eine Langschläferin, außerdem schläft sie selten allein und, was das betrifft, kaum jemals zweimal mit demselben Mann. Sie trug ein fuchsienrotes T-Shirt mit dem Aufdruck «Yankees sind das Letzte», und ihr Haar war jetzt marineblau.

Ich bat sie, die Karten mit den Fingerabdrücken zu fotografieren und mir in ihrer Dunkelkammer im Keller drei Abzüge zu machen. Einen würde ich selbst behalten, einen an Eddie schicken und einen an einen Kumpel bei der Polizei, wahrscheinlich Mooney. Sollte Moon zu einem anderen Ergebnis kommen als Eddie, hätte ich etwas dazugelernt. Ich erwog, Moon zu bitten, den Namen und die Personenbeschreibung von Leland Walsh zu überprüfen. Dabei zupfte ich an einer Haarsträhne.

«Carlotta?» Roz trat von einem Fuß auf den anderen. Hatte sich wahrscheinlich nicht von ihrem Freund verabschiedet.

«Ach ja, ich brauche sie übrigens schnell.»

«Gut, aber das kostet dich mehr.»

«Kannst du hiermit etwas anfangen?» Ich zeigte ihr Walshs Zeichnung von dem verschwundenen Goldmedaillon.

«Ist das eine Tätowierung?»

«Ich habe es auf einem Metallplättchen von der gleichen Größe wie diese Zeichnung gesehen. Farbig. Rot, blau, grün. Vielleicht emailliert. Meines Erachtens könnte es das Symbol einer Gang sein oder tatsächlich ein Tattoo.» Schade, dass es nicht Marians Lastwagenlogo, das rote Karo, darstellt, dachte ich.

«Ich kann mich mal umhören.»

«Könnte ein Firmenemblem sein. Eine Art Logo.» Die dunkle Stimme gehörte Roz' Freund, mal Geliebtem, mal Karatelehrer, einem Mann, der nur einen Vornamen hat: Lemon.

«Ich gebe es ins Graphikprogramm ein und lasse es online checken», sagte Roz. «Lemon hat einen tollen Mac. Massenhaft Leute wollen zum Beispiel wissen, ob jemand das gleiche Firmenlogo benutzt. Ich tue einfach so, als wollte ich dieses Wellenliniendesign als mein Signet verwenden, ohne von irgendwelchen Wettbewerbshütern gerichtlich belangt zu werden, weil ein anderes Unternehmen es bereits benutzt, okay?»

Als sie gegangen waren, machte ich mich an meinen Bericht. «Ständig verschwindet etwas von der Baustelle.» «Verkauf von Dreck.» Warum hatte sich Fournier so verflucht unklar ausgedrückt? Hatte er jemanden decken wollen? Hielt er absichtlich mit Informationen zurück? *Warum?* Ich wusste, dass manche Typen die Hotline dazu benutzten, Konkurrenten in Schwierigkeiten zu bringen. Ich fragte mich, ob jemals jemand mit der Hotline gedroht hatte: Tu, was ich sage, oder ich verpfeif dich. Wenn Fournier nur von dem Wunsch motiviert worden war, der Gerechtigkeit zum Sieg zu verhelfen, warum hatte er seine Geschichte dann nicht mit Worten erzählt, die jeder verstand?

Ich warf den unvollendeten Bericht in meine Schreibtischschublade, schob sie mit einem Knall zu und schloss sie ab. Ich würde das verdammte Ding später fertig stellen. Es war Montag heute, der Beginn einer neuen Arbeitswoche. Ich war von der Horgan-Baustelle geflogen, aber man sollte auch die Sonnenseiten sehen: Ich hatte schließlich noch einen zweiten Auftrag, den einer reichen Klientin, die im Krankenhaus lag, einer Klientin, die sich weigerte, offen mit mir zu reden.

Die Charles-River-Hundepension würde geöffnet haben, und ich brauchte noch immer Erica Mullens Adresse und die Kundenliste von Walters. Ich fragte mich, ob der inzwischen Ersatz für Veronica gefunden hatte.

Ob ich Roz dazu überreden konnte, ein paar Tage Hundepflegerin zu spielen, wenn ich ihr genug dafür bezahlte? Falls ja, konnte ich dort aufkreuzen und die Mitarbeiter mit Fragen zu meinem neuen Hündchen bombardieren. *Braucht es Spezialfutter? Ist Dr. Aronoff ein guter Tierarzt?* – Ich hatte eine gewisse Schwäche für Aronoff; immerhin hatte ich Dana Endicott in seiner Praxis kennen gelernt. Vielleicht schickte Walters ebenso wie die Horgans seine Tiere dorthin. Während ich die Leute mit Beschlag belegte, konnte Roz die Akten durchwühlen und sich die Kundenliste schnappen.

Damit stand mein Plan einigermaßen fest. Aber würde Walters Roz mit ihrem marineblauen Haar, den Tätowierungen und allem Übrigen überhaupt einstellen? Na, mal sehen. Ich holte tief Luft. Die High School von Tewksbury war ebenfalls montags geöffnet. Zuerst die tote Schwester oder zuerst Erica Mullen? Ich hatte Lust zum Fahren, also gewann Tewksbury.

28

Die High School war offen, aber sie hätte ebenso gut geschlossen sein können nach dem bisschen, was ich über Veronicas tote Schwester in Erfahrung brachte. Ein älterer Englischlehrer mit blankem Glatzkopf hatte ein paar der anderen James-Schwestern unterrichtet. Er ließ sich freudig über Elsie aus, eine *wirklich viel versprechende Schülerin*, während wir an einem beengten Tisch in der Cafeteria saßen, die nach pappigem Kartoffelbrei roch. Jaymie sollte ebenfalls klug gewesen sein. An Veronica konnte er sich kaum noch erinnern, und er schien auch nicht gerade der Typ zu sein, den man nach ihren frühen lesbischen Neigungen hätte fragen können. Seiner Meinung nach war Lisa – oder hieß sie Leslie? – auf eine Privatschule gegangen. Vielleicht war sie besonders begabt gewesen, vielleicht auch verhaltensgestört. Er biss sich auf die Lippen und runzelte die Stirn, konnte sich jedoch beim besten Willen nicht mehr an den Namen der Schule erinnern.

Ich stieg seufzend wieder in mein Auto. Nach einer Stunde Fahrt hätte ich bei der Charles-River-Hundepension sein können, aber da ich schon einmal weit draußen im Nordwesten der Stadt unterwegs war, beschloss ich, stattdessen zu Familie James zu fahren in der Hoffnung, dass sich Jack James' Rückenprobleme gebessert hatten. Falls er zur Arbeit gegangen war, nahm Helen vielleicht die Chance wahr, um mit mir über die –

Goldsby-Schule.

Die Buchstaben auf dem Straßenschild sprangen mich förmlich an, und ich trat schon auf die Bremse, ehe ich weitergedacht hatte. Ich bog sofort scharf rechts ab auf eine gewundene Zufahrtsstraße, die von Ulmen gesäumt war. Eine Privatschule gleich in der Nachbarschaft, zwischen High School und Haus, und wenn das James-Mädchen besonders begabt gewesen war … Privatschulen machen sich gern in der Kommune beliebt, indem sie begabten Einheimischen Stipendien zur Verfügung stellen.

Eine vage Vermutung, ja, vielleicht eine Ahnung, aber

auch die Gelegenheit, ein gutes Werk zu tun und zugleich meine unersättliche Neugier zu befriedigen. Marians Briefchen an die kleine Krissi Horgan lag noch immer in meinem Wagen. *Wie geht's all den Zombies in Goldsby?* Ich steckte es in meine Tasche, während ich das kurvenreiche Sträßchen entlangfuhr. Manchmal glaube ich, wenn ich mich um anderer Leute Kinder kümmere, kümmert sich jemand anders vielleicht auch um meines. Wie man in den Wald hineinruft, so schallt es heraus. Ich hatte schon länger nichts für Paolina getan, dabei hatte sie mir die gut betuchte Klientin verschafft.

Wem wollte ich was vormachen? Wenn ich an der Schule hielt und Krissi ihr Briefchen gab, tat ich das, weil ich den Fall Horgan noch nicht aufgegeben hatte. Liz hatte mich zwar gefeuert, aber ich war noch nicht so weit, einen abschließenden Bericht zu schreiben.

Ein Schotterparkplatz lag am Ende der Straße. Ein grasüberwachsener Hof war von Gebäuden eingerahmt, die mehr wie gemütliche Privathäuser aussahen und weniger wie schulische Einrichtungen. Ein großer alter Backsteinbau fügte sich so nahtlos in die Landschaft ein, dass er gut dort hätte gewachsen sein können wie eine uralte Eiche. Wenn ich könnte, überlegte ich, würde ich dann die gute Fee für mein Patenkind Paolina spielen, es mit meinem Zauberstab berühren und auf eine Schule wie dieses Goldsby versetzen? Wollte ich überhaupt, dass sie auf eine Schule ging, in der die Reichen lernten, wie man noch reicher wird, und sich mit denen befreundet, die einem am ehesten dabei behilflich sein können, die Erfolgsleiter emporzuklimmen? Bestimmt waren in den Türrahmen von Goldsby keine Metalldetektoren wie im Cambridger «Rindge and Latin's».

Die Forsythienbüsche hatten an den Zweigspitzen bereits gelbe Knospen. Hin und wieder eilte ein Schüler an mir vorbei, einen Rucksack über die Schulter geschwungen und besser gekleidet als jeder Altersgenosse an der High School von Tewksbury. Ich fragte mich, ob ich Liz und Gerry Horgans blonde Tochter wohl erkennen würde, falls sie an mir vorbeikam. Wäre sie ebenso lebhaft, effizient und nervös wie ihre Mutter oder schroff und impulsiv wie ihr Vater?

In Goldsby gingen die Töchter von Staatssekretären und die Söhne von Industriemagnaten zur Schule. Ich hatte früher schon beruflich mit Privatschulen zu tun gehabt und erfahren, dass Privatdetektive stets auf höfliche Ablehnung stoßen. Auch wenn jemand auf den Gedanken kam, ich sei von der Presse, saß ich schnell wieder auf der Straße. Nach einer ehemaligen Schülerin zu fragen war sicherer, als Fragen über eine derzeitige Schülerin zu stellen, aber niemand würde sich zu einer Antwort verpflichtet fühlen.

Mein Aufzug war nicht schlecht, und Leute aus New-England, besonders alter Wohlstand, zeigen eine offene Verachtung für alles Modische. Ich konnte eine Mutter sein, die Interesse daran hatte, hier eins ihrer Kinder unterzubringen, nur war ich nicht sicher, ob das der richtige Weg war. Ich schlenderte von einem weinumrankten Gebäude zum nächsten weinumrankten Gebäude und las die Schilder rechts neben jedem Säulenportal: Musikschule, Naturwissenschaftliches Labor, Mathematisches Institut. Eine kleine schmucklose Tür auf der Rückseite eines größeren Gebäudes trug das Schild «Schulverwaltung». Ich ging zu meinem Wagen zurück und vertauschte meinen Rucksack mit einer Aktenmappe, die ich immer im Kofferraum habe. Ich drehte mein Haar auf dem Kopf zusammen und steckte es mit einer Spange fest, betrachtete das Ergebnis im Rückspiegel und legte Lippenstift auf.

Dann ging ich wieder zu der kleinen Tür, klopfte behutsam, drehte den Messingknauf und trat in die Wärme. Der Eingangsflur war eng und gab durch eine Glastür den Blick auf ein freundliches Kaminfeuer, einen abgetragenen Orientteppich und die Art von Möbeln frei, die unsere Großmütter besessen haben könnten, wenn sie Nestorinnen der New-England-Gesellschaft gewesen wären.

Die junge Frau am Schreibtisch hörte auf, auf ihrer Tastatur herumzuhämmern, und blickte mich mit scharfen Augen aus einer dunkel gerahmten Brille an. Sie trug ein rosa Twinset, hatte schwarz gefärbte Haare und ein kämpferisches Kinn. Ich hatte auf eine nette ältere Dame gehofft.

Ich händigte ihr eine meiner Pseudogeschäftskarten aus und entschuldigte mich, dass ich ohne Terminabsprache gekommen sei. Miss Harriman sagte, das sei schon in Ordnung, und womit sie mir behilflich sein könnte. Als ich erwiderte, ich käme auf Geheiß eines Mandanten, der zum Gedenken an eine ehemalige Schülerin eine Spende zu machen wünsche, schenkte sie mir ein umwerfendes Lächeln, bot mir Kaffee an und sagte, Mrs. Bowman würde entzückt sein, mich zu empfangen.

Mrs. Bowman war genau die nette ältere Dame, die ich mir vorgestellt hatte. Ihr weißes Haar kringelte sich um ihr Haupt wie eine Wolke aus Löckchen, und ich sah hier und da die rosa Kopfhaut durchschimmern. Ihr Zimmer war ein wenig stickig, aber gemütlich eingerichtet in Blau- und Goldtönen. Sie begrüßte mich würdevoll, drückte mir fest die Hand und lud mich ein, zwischen einem Sofa und einem Sessel zu wählen. Meine

Geschäftskarte wies mich nicht direkt als Anwältin aus. Es stand nur ein Name darauf: Kathleen Andrews, dazu eine fiktive Bostoner Adresse.

Mein Mandant, informierte ich Mrs. Bowman, wünsche als Spender ungenannt zu bleiben, ob das ein Problem sei? Eine strahlende Miss Harriman brachte Kaffee für zwei und zog sich wieder zurück, während Miss Bowman und ich uns in ein so langes Gespräch über die Schwierigkeiten anonymer Philanthropie vertieften, dass der Name der Schülerin, deren Gedächtnis die Spende dienen sollte, nur noch eine untergeordnete Rolle spielte. Bei der Erwähnung des Namens Lisa James sprach ich etwas undeutlich. Ich sagte, meines Wissens müsste sie zum Jahrgang 92 gehören, aber es könnte auch 93 gewesen sein, da wäre sich mein Mandant nicht sicher gewesen.

Mrs. Bowman suchte die Jahrgänge 92 und 93 aus einem Mahagonibücherschrank. Ein leichter Schatten glitt über ihr Gesicht, als sie mit dem Finger über die Gesichter der Abschlussklasse von 1992 fuhr.

«Sie meinen nicht etwa Leslie Ellin James, oder?», fragte sie mit ausdrucksloser Stimme.

«Doch. Tut mir Leid. Hatte ich nicht Leslie gesagt?»

«Nein, das hatten Sie nicht.» Sie sprach so betont ruhig, als beherrsche sie sich nur mühsam.

«Ein Versprecher.»

«Miss Andrews, an welche Ehrung hatte Ihr Mandant denn gedacht?» Ihr Tonfall hatte sich verändert und war fast feindselig geworden.

«Nichts Ostentatives. Eine Steinbank vielleicht, ein Garten oder ein Baum. Wenn Sie einen Vorschlag machen könnten, bin ich sicher –»

«Es dürfte *nichts* sein, das ihren Namen trägt. Nichts in dieser Richtung.»

«Entschuldigen Sie bitte, gibt es da etwas, von dem ich nichts weiß?»

«Ich fürchte, dass ich Ihrem Mandanten wirklich davon abraten muss, unsere Schule als Sprachrohr für ein politisches Statement zu benutzen.» Mrs. Bowman wandte den Blick ab und glättete die Manschetten ihrer Seidenbluse.

«Einen Augenblick bitte noch, Mrs. Bowman. Ich fürchte fast, ich werde selbst von meinem Mandanten für irgendetwas ausgenutzt.» Ich sprach erst erstaunt, dann indigniert. «Ich habe keine Ahnung, wer dieses Mädchen ist, außer dass mein Auftraggeber mal mit ihr befreundet war. Warum sollte es ein politisches Statement sein, wenn ihr Name irgendwo erscheint? Mein Mandant will nur etwas spenden und selbst ungenannt bleiben –»

«Miss Andrews, Leslie Ellin James hat an dieser Schule keinen Abschluss gemacht.»

«Ihr Bild scheint aber doch in Ihrem Jahrbuch zu sein.»

«Sie hat uns vor dem Abschluss verlassen. Sie ist – man darf wohl sagen, dass sie weggelaufen ist. Dann hat sie einen – einen vollkommen unpassenden Gefährten gefunden. Sie hat ihn geheiratet, und als sie starb, hieß sie Leslie Harrow.» Sie betonte den Namen besonders und machte dann eine Pause, als erwarte sie eine Reaktion meinerseits.

«Ich verstehe nicht recht.»

«Es ist einfach ein Ereignis, an das sich niemand in dieser Gegend erinnern möchte. Manche denken trotzdem an sie, ob sie wollen oder nicht; aber wir brauchen wirklich keine Gedenktafel.» Sie straffte den Rücken und sah mir direkt in die Augen. «Wie Sie wahrscheinlich wissen, ist Leslie Harrow ein Jahr danach in Waco, Texas, gestorben – ich muss immer daran denken, dass sie eins von diesen Kindern gewesen ist, obwohl sie damals schon selbst ein Kind hatte. Ich muss daran denken, dass sie eins der Kinder war, die an jenem schrecklichen Ort erschossen wurden oder verbrannten.» Sie hob die Hände zum Kinn und legte die Fingerspitzen an die Lippen, als spreche sie ein Gebet.

«Sie meinen die Branch-Davidianer-Sekte.» In mir sträubte sich etwas gegen diese Worte.

«David Koresh und Konsorten. Ich erinnere mich kaum an die Namen der anderen.»

Koresh. Der Name war mir geläufig. *Leslie James starb in Waco.*

«Ich muß Sie nun bitten zu gehen», sagte Mrs. Bowman. «Sie sehen selbst, dass eine Gedenktafel außer Frage steht.»

Ein Tod in Waco war ein Tod, den sowohl die Familie als auch die Schule lieber vergessen wollte. Ein unscharfes Foto flimmerte damals über die Fernsehbildschirme und wurde von den Nachrichtenmagazinen gedruckt, ein Foto wie von den Opfern eines Flugzeugabsturzes und doch extrem anders, weil *Schuldgefühle*, *Schuldzuweisungen* und *Scham* dabei ihre schmutzige Rolle spielten.

«Es tut mir Leid», sagte ich zu Mrs. Bowman.

Miss Harriman sah mich erstaunt an, als hätte sie erwartet, dass ich länger in dem hinteren Büro bleiben und in besserer Laune wieder herauskommen würde. Kein Zweifel, ich war erschüttert. Ich war schon fast an der Tür, als mir der dünne Umschlag in meiner Tasche einfiel. Miss Harriman saß schon wieder am Computer. Als ich sagte: «Entschuldigen Sie», blickte sie auf.

«Ja?»

«Kennen Sie viele Schüler hier?»

«Ich bin *selbst* Schülerin hier.»

«Wissen Sie, wo ich Krissi Horgan finden könnte? Kristal Horgan.»

Sie verzog den Mund. «Sie ist seit etwa einem Monat nicht mehr hier gewesen. Wahrscheinlich muss sie das ganze Jahr wiederholen. Sie würden staunen, wie viele Schüler einfach wegbleiben. Und die Familie fährt derweil Ski in Gstaad oder sonst wo.» Während sie arbeiten müsste, sagte ihr Blick.

Kristal Horgans Familie war durchaus nicht sonst wo, sondern in Boston.

Ich sagte: «Sie könnte doch krank sein», und wartete, wie Miss Harriman darauf reagieren würde.

Sie lachte kurz auf. «Ich würde sagen, die meisten Mädchen hier, die der Schule einen Monat fernbleiben, sind schwanger. Ganz bestimmt.»

Sie war eigentlich zu jung für so viel Zynismus. Ich fragte mich, ob sie vielleicht einen familiären Hintergrund wie Paolina hatte, hier Stipendiatin war und als Teilzeitkraft arbeitete, um die Kosten zu decken.

«Kristal allerdings nicht», sagte sie, während sie sich wieder ihrem PC widmete. «Sie hat nur Hunde im Kopf. Jungs nimmt sie überhaupt nicht zur Kenntnis.»

29

Ich saß im kalten Auto – fünf Minuten, zehn Minuten, eine halbe Stunde – und versuchte das, was ich erfahren hatte, zu verdauen und mit Veejays Verschwinden in Einklang zu bringen. *Leslie James starb in Waco.*

Irgendwann muss ich doch den Schlüssel gedreht haben, vielleicht, um die Heizung anzustellen, und dann sauste ich auf einmal Route 3 entlang, ohne überhaupt gemerkt zu haben, dass ich fuhr. Leslie James war also in dem berüchtigten Inferno umgekommen, in dem Feuersturm, der andere Feuerstürme nach sich zog. Ich hatte ihr High-School-Foto in der Zeitung gesehen, eins von vielen, von Frauen und Kindern, die verbrannten, als das Gelände in Brand gesteckt wurde. Ich konnte mich noch an die erschütternde Fernsehdokumentation erinnern. *David Koresh* war der eine Name, der immer wieder fiel, *Ruby Ridge* der andere. *Oklahoma City ... Tim McVeigh ...*

19. April 1993. Vor sieben Jahren ... Leslie stand 1992 kurz vor ihrem High-School-Abschluss, war folglich 18 oder 19, als sie starb. Wenn Veejay heute 21 war, dann war sie damals was? – elf oder zwölf, als sie ihre Schwester umkommen sah. Vielleicht die Schwester, mit der sie am engsten verbunden war, die Schwester, mit der sie sich einen Hund teilte.

Was war, wenn beide, sowohl meine Klientin als auch deren Haushaltshilfe, die Wahrheit und nichts als die Wahrheit sagten? Maskierte Männer, die sich trotz einer verriegelten Tür mühelos und unbehelligt von großen Hunden Eintritt verschafften und Fotografien stahlen. Meine Gedanken wirbelten nur so. Veronica James war freiwillig gegangen und hatte ihren geliebten Hund zurückgelassen. Sie wurde vermisst, und es war meine Aufgabe, sie zu finden.

Außerdem hatte ich noch eine zweite Aufgabe, nämlich den Bericht über die Horgan-Baustelle abzuschließen. Krissi Horgan, die ebenfalls eine Hundenärrin war, wurde sie auch vermisst? Sie war der Baustelle so abrupt ferngeblieben, dass Marian schon fürchtete, das Mädchen mit irgendetwas verärgert zu haben. Fast einen Monat war sie nicht mehr in der Schule gewesen, und zu Hause schien sie auch nicht zu sein. Nur Hunde im Kopf. Schwanger konnte sie nicht sein, weil sie nur Hunde im Kopf hatte und Jungs überhaupt nicht zur Kenntnis nahm ...

Mooney, mein Freund von der Kripo, zieht mich immer auf mit meiner «Intuition». Ich kann nichts dafür. Mir fallen schon leiseste Andeutungen, Veränderungen in der Sprachmelodie oder ein Wechsel im Tonfall auf. Ich registriere das, oft unbewusst, es sinkt ab und kommt irgendwann wieder hoch. Ich sehe es wie feine Seidenfäden, die scheinbar einzeln nebeneinander existieren, um dann zusammenzulaufen, sich zu verweben und manchmal sogar ein Muster zu bilden. Oder wie Puzzleteilchen, die ihren Platz verändern und ein anderes Bild ergeben. Ich zupfte an meinem Haar, fuhr schneller, als ratsam war, dachte an schwarze Jeeps im Schuppen hinter der Charles-River-Hundepension, im schwachen Schein der Straßenlaternen nahe der Horgan-Baustelle.

Ich habe nichts für all die Arschlöcher übrig, die an ihrem Handy hängen, während sie mit überhöhter Geschwindigkeit über verkehrsreiche Autobahnen fahren, gelbe Fahrbahnmarkierungen ignorieren, ganz zu schweigen von weißen, und sich und andere in Gefahr bringen. Ich für mein Teil bin Taxi gefahren; ich bin ein Profi, ich kann damit umgehen. Ich tippte Claires Nummer im Kraftfahrzeugamt ein und bat sie, noch ein Kennzeichen für mich zu überprüfen. Von New Hampshire. JN 6794, die Nummer, die ich durch das schmutzige Schuppenfenster gesehen hatte. Dann erfragte ich bei der Auskunft Dr. Aronoffs Nummer, obwohl ich sie irgendwo in meinem Notizbuch hatte. Ich wollte nur nicht an den Rand fahren, nicht auf der 128. Es gibt Leute, die tatsächlich auf der Standspur der 128 fahren. Ich hämmerte die Nummer ein und sagte der Sprechstundenhilfe, ich könnte nicht warten. Ich musste wissen, ob Dr. Aronoff eine Vereinbarung mit der Charles-River-Hundepension hatte und deren Notfälle behandelte. Tat er.

Ich bog zu einer Raststätte ab, zerrte an meinem Haar und starrte das Handy an. Ich drückte auf Wahlwiederholung, und als Aronoffs Sprechstundenhilfe abhob, meldete ich mich mit verstellter, hoher Stimme als Liz Horgan und sagte, ich wollte einen neuen Termin für Tess vereinbaren.

«Tut mir Leid mit letztem Mal», sagte ich.

«Schon gut, aber wenn Sie es das nächste Mal nicht schaffen sollten, rufen Sie uns unbedingt an. Nicht wahrgenommene Termine sind für uns äußerst unangenehm. Dr. Aronoff ist schließlich sehr beschäftigt.»

Ich beendete das Gespräch und durchforstete das Handschuhfach nach einer Flasche Wasser. Meine zwei Fälle könnten miteinander verknüpft ... könnten möglicherweise miteinander verknüpft sein. Ich war Dana Endicott bei Dr. Aronoff begegnet, während ich etwas für Marian klären musste. Ich fand das Wasser, legte den Kopf in den Nacken und trank. Die Horgans konnten ebenfalls Kunden der Hundepension sein. Vielleicht hatte Veejay den Hund jeden Tag abgeholt, zum Tierarzt gebracht und Trainingsstunden zur Hundeerziehung gegeben, an denen auch Krissi Horgan teilgenommen hatte.

Und? Und was? Ich wusste es noch nicht, aber ich musste immer an den Polizisten denken, der nur den Zeugen für einen Überfall suchte. Wenn man wegen eines möglichen Zeugen an einer Tür klingelt und ein Spitzendealer mit erhobenen Händen herauskommt, muss man die Handschellen parat haben. *Verdammt.* Der Kreisverkehr am Fresh Pond war sicher ein einziges Chaos mit all den Baustellen, aber ich nahm trotzdem Route 2 und riskierte den Stau.

Ich rief Roz an und sagte ihr, sie sollte im Internet Leslie James Harrow in Verbindung mit «Waco» suchen.

«Waco? Das Massaker? Okay. Übrigens sind die Abzüge fast trocken.»

«Bleib dran. Bring einen Abzug von den Fingerabdrücken rüber zur Foundation Security, State Street 425, zehnter Stock, gib ihn Eddie Conklin und sag ihm, dass er von mir kommt und er mir den Gefallen tun soll, ihn so schnell wie möglich auszuchecken. Lass deinen Charme spielen.»

«Soll ich mit den Titten wackeln?»

«Was auch immer. Ist Lemon da?»

«Klar.»

«Gib ihn mir mal. Und fütter den Kater, bevor du aus dem Haus gehst.»

Ich konnte sie rufen hören, und dann näherten sich Schritte. «Ja?»

«Hallo, Lemon, willst du einen Job?»

«Immer.»

«Hast du noch den Hund?»

Er schnaubte. «Hannibal? Was willst du von ihm? Er ist kein Bluthund.»

«Ist er je zum Hundetraining gewesen?»

«Machst du Witze?»

«Super.»

Am Fresh-Pond-Kreisverkehr hätte ich beinahe eine 360-Grad-Runde gemacht und wäre zur Goldsby-Schule zurückgefahren, weil ich dachte, jemand, *irgendjemand* dort müsste mir doch mehr über Veronicas Schwester oder Krissi erzählen können. Aber dann kamen mir wieder der lautlose Weimaraner, der schwarze Jeep und der 19. April 1993 in den Sinn, und ich fuhr weiter, zwängte mich durch den dichten Verkehr, um auf dem Parkplatz von Store 24 Lemon zu treffen.

30

Der Verkehr war das eine Problem, Lemon das andere. Ich hatte ihm genaue Anweisungen gegeben, und er hatte mir gesagt, ich könnte in 15 Minuten mit ihm rechnen. Er leitet einen Dojo in Somerville, aber vor seiner Bekehrung zu einem reinen Leben mit Karate war er Performance-Künstler und hat jede auf dem Markt befindliche Droge zweimal probiert. Ich beschloss, die von ihm geschätzte Zeit zu verdreifachen, wich auf der vertrackten Kreuzung des Storrow Drive mit der Route 2 einem Geländewagen aus und fuhr am Fluss, der sich an der Grenze zu Watertown entlangwindet, in die Soldiers Field Road. Laut Walters bekamen die Hunde durch Laufen am Charles River viel frische Luft und Sonne, aber es war keine Spur von ihnen zu entdecken. Ich wendete in die Gegenrichtung, fuhr über die Ampeln an der Everett Street und erblickte die Meute schließlich in der Nähe der Lars-Anderson-Brücke Richtung Osten in der Obhut einer dunkelhaarigen Frau und Harolds, des Mannes, der es versäumt hatte, mich wegen der Kundenliste anzurufen.

Ein Wahnsinnsanblick, all das goldfarbene Fell und lauter wedelnde Schwänze. Ich hatte auch noch nie so kunstvolle Leinen gesehen. Sie glichen Pferdegeschirren und ermöglichten es den Begleitern, jeweils mehrere Hunde zusammen zu führen; allerdings räumte ich der Frau, die etwas zierlicher war als der Mann, keine großen Chancen ein für den Fall, dass die Hunde alle gleichzeitig auf die Idee kamen, loszurennen. Harold führte acht Hunde und die Frau, bei der es sich wahrscheinlich um Erica handelte, sechs. Ich bemühte mich, mir einen detaillierten Eindruck von ihrer äußeren Erscheinung zu verschaffen, aber beide Menschen trugen mehrere Schichten Joggingkleidung und Laufschuhe, die Frau außerdem noch eine eng anliegende Mütze. Sie war ziemlich jung, klein und dunkelhaarig. Danach zu urteilen, wo die beiden jetzt waren und welche Richtung sie eingeschlagen hatten, würden sie wohl frühestens in einer Stunde wieder in der Pension zurück sein.

Ich fuhr zum Parkplatz von Store 24. Lemon war nirgendwo in Sicht, also ging ich in den Store, erstand einen Kaffee und versuchte, aus dem Mann hinter der Theke ein bisschen Klatsch über seinen Straßennachbarn herauszukitzeln. Er meinte, die Pension sei noch nicht lange in Betrieb. Er hätte den Bus im Herbst zum ersten Mal gesehen, und jetzt sei der Frühling da. Der Frühling dauert in Boston ungefähr zwei Tage. Wer niest, verpasst ihn. Es sei verrückt, hätte er gedacht, einen Schulbus zu benutzen und die Tiere damit zu irgendeiner affigen Hundeschule zu kutschieren. Wenn man einen Hund besäße, würde man doch mit ihm spazieren gehen, und die Kinder würden mit ihm spielen. Manche Leute, schnaubte er verächtlich, hätten einfach zu viel Geld und zu wenig Grips.

Ich nahm meinen Kaffee mit nach draußen, setzte mich ins Auto, ging verschiedene Radiosender durch.

Ein Flugzeug war über dem Südchinesischen Meer verschwunden. Ein Mann war von einem Regionalzug der MBTA erfasst und getötet worden. Die Stadt heizte sich allmählich für das Marathon und den großen Festakt am Patriots' Day in der Faneuil Hall auf. *Wo zum Teufel blieb Lemon?* Die Hunde würden ja vielleicht ewig weiter am eiskalten Fluss entlangrennen wollen, aber Erica und Harold kürzten das Training womöglich ab.

Die lebhaften Hunde und der fröhlich bemalte Schulbus wirkten so normal und natürlich, dass ich mir gemein vorkam, die Hundepension überhaupt zu verdächtigen, etwas mit Veejays Verschwinden zu tun zu haben. Und doch ... Der Eingang war von der Öffentlichkeit nicht einsehbar. Ein lautloser Hund bewachte ihn. Der Schuppen hinter dem Parkplatz war eine versteckte Garage. Ein erwiesenermaßen unterbezahlter Angestellter ließ sich nicht bestechen. Walters Rogers hatte sich damit gebrüstet, sein Unternehmen militärisch straff zu führen. Ich assoziiere militärische Disziplin nicht mit Tierpflege.

Als Lemon mit seinem Kombi auf den Parkplatz einbog, stieg ich zu ihm ins Auto, und Hannibal, ein großer Schäferhundmischling, bellte stürmisch und versuchte über die Sitzlehne zu klettern, um mein Haar zu fressen. Hannibal, als Wachhund für den Dojo erworben, brachte es nie so weit, diesen Posten auszufüllen. Er erwies sich als unerziehbar, war verspielt wie ein junges Hündchen und so dumm wie Bohnenstroh. Mein Kater T.C. kann ihn zur Verzweiflung treiben.

«Hast du alles verstanden?», fragte ich Lemon.

«Klar», sagte Lemon. «Performance Art. Liegt auf meiner Linie.»

«Lass dich nicht abwimmeln. Bleib dran.»

«Machst du Witze? Ich und Hannibal? Wir lassen uns nie abwimmeln.»

Er wollte noch die Uhrzeit vergleichen, und ich willigte ein, denn er hatte tatsächlich eigens für diese Gelegenheit eine Timex angelegt. Ich hatte ihn vorher noch nie mit einer Uhr gesehen. Ich tätschelte Hannibal, der dadurch völlig aus dem Häuschen geriet, und schlenderte die Western Avenue hinauf zur Charles-River-Hundepension. An der Tür drückte ich anhaltend auf den Klingelknopf, wartete und klopfte mit dem Fuß auf den Boden.

Walters, mit dicken Cordhosen und Flanellhemd, das Haar sorgfältig auf den Schädel gekleistert, öffnete die Tür. Ich nahm zur Kenntnis, dass er meine Größe hatte, durchschnittlich gebaut war und keine sichtbaren Narben trug. Als er mich wieder erkannte, verfinsterte sich seine Miene.

«Haben Sie was dagegen, wenn ich reinkomme?» Ich war schon drin, bevor er etwas einwenden konnte, und so verkniff er sich eine unfreundliche Äußerung. Der unfreundliche Gesichtsausdruck blieb.

«Haben Sie sie finden können?» Seine Frage klang nicht gerade nach großem Interesse.

«Hat Peter angerufen und erklärt, dass sie weggefahren ist?»

«Tut mir Leid, nein. Ich habe nichts gehört, und hier ist heute viel zu tun.»

«Es dauert nicht lange.» Ich sprang die Treppe hinunter und schritt munter auf sein Büro zu. Außer mich mit einem Hund zu bedrohen, konnte er kaum etwas anderes tun, als mir zu folgen. Die meisten Käfige waren leer. Ich musterte sie genau und entdeckte zwei kleine Terrier, konnte aber keinen Weimaraner ausmachen.

Eine der Bürowände bestand aus lauter Lamellentüren. Walters' eiserner Schreibtisch hatte eine flache Mittelschublade und auf der Seite drei tiefere Schubladen. Sein Notebook war eingeschaltet; auf dem Bildschirmschoner tollten wolfsartige Hunde oder hundeartige Wölfe herum. Der Aktenschrank hatte vier Schubfächer, eins davon stand einen Spalt offen. Nicht viele Orte zum Suchen, aber ich würde auch nicht viel Zeit haben.

«Also, Miss Carlyle, ich wüsste nicht, wie ich Ihnen weiterhelfen könnte. Ich erwarte einen Anruf, und –»

«Ich bin in eine Sackgasse geraten», gestand ich ihm.

«Sie taucht bestimmt wieder auf.»

«Sie scheinen ein guter Menschenkenner zu sein, Mr. Walters.» Mein Lob stimmte ihn milder. «Ich weiß, wie sehr es Ihnen widerstrebt, mir Ihre Kundenliste zu geben, obwohl ich Ihnen versichert habe, dass ich die Leute garantiert nicht belästigen würde.»

«Es freut mich, dass Sie –»

«Ich möchte aber wetten, dass Sie Ihre Kunden gut kennen. Wenn ich Ihnen ein paar Fragen stellen dürfte, käme ich auch ohne die Liste klar.»

«Nun ja, aber –»

«Vorweg: Haben Sie einen Kunden namens Peter, vielleicht auch Peters? Mit Nachnamen oder Familiennamen?»

«Nein.»

«Sind Sie sicher? Vielleicht handelt es sich um den Ehemann einer Kundin. Wenn Sie einmal auf Ihrer Liste nachsehen könnten, würden Sie –»

Sein Blick glitt kurz zum Aktenschrank. «Ich kenne meine Klientel.»

«Wie lange würde es denn dauern?»

«Ich habe dafür keine Zeit.»

«Hat Veejay ein besonderes Interesse an einem Kunden gehabt? Er muss nicht unbedingt Peter heißen. Hat sie vielleicht in einem Hundetrainingskurs jemandem bevorzugt geholfen, einem Kunden, mit dem sie sich unter Umständen angefreundet haben könnte?»

Los, Lemon, dachte ich. *Wieso trägst du eine Uhr, wenn du nicht draufschaust?*

«Ich habe Ihnen bereits gesagt, dass sie gut mit den Kunden zurechtkam. Sie war schließlich vom Fach.»

«Hat sie sich je privat mit einem Kunden getroffen?»

«Nein.»

«Da scheinen Sie ja ziemlich sicher zu sein.»

«Ich weiß natürlich nicht, was sie in ihrer Freizeit gemacht hat, aber niemand hat mir gegenüber je so etwas erwähnt, und wenn, hätte es mir sehr missfallen.»

Ich seufzte tief auf. Das dauerte etwa zwei Sekunden. *Lemon, wo bist du?* Walters war inzwischen so gereizt, dass es nicht mehr lange gut gehen würde.

Die Türklingel schrillte laut, zweimal, und dann ging die Tür mit lautem Quietschen auf. Ich hatte sie beim Hereinkommen nur leicht angedrückt. Lautes, wütendes Gebell folgte. Der große Kläffer rastete offenbar bei all den guten Hundedüften vollkommen aus.

«He, jemand da?», rief Lemon. «Hannibal, lass das liegen.»

«Das scheint ein Kunde zu sein», sagte ich.

«Unsinn. Einen Augenblick bitte.»

«Ich habe noch ein paar Fragen und warte gern.»

Ich machte es mir auf meinem Klappstuhl gemütlich und traf keine Anstalten zu gehen. Das Bellen wurde immer lauter, und dazwischen war Lemon zu vernehmen, der vergeblich versuchte, den Hund zur Räson zu bringen. Ein Klappern ertönte, dann Gepolter, und ich dachte, dass sie wohl erfolgreich ein paar Käfige umgeworfen hatten.

Sobald Walters außer Sicht war, machte ich mich über die Maus des Notebooks her und klickte die letzte offene Datei an, eine harmlose Hundefutterrechnung, wie sich herausstellte. Ich ging zum Aktenschrank. Ein Hoch auf die geleckte und gewienerte Militärdisziplin. Die Aktenordner waren in perfekter Reihenfolge alphabetisiert. A für Airdale, B für Beagle. Mist. Wenn es keine zentrale Kundenliste gab, sondern alles unter den jeweiligen Hunderassen abgeheftet war, hatte ich Probleme. Aber wer konnte – K für Kunden. Ich packte das erste sauber getippte Blatt und zog es heraus. Auf der ersten Seite A bis G. Ich blätterte weiter. H. Horgan, Brookline. Damit hatte ich immerhin Recht gehabt. Es *gab* eine Verknüpfung.

Das bewies natürlich nichts, außer dass Boston eine Kleinstadt ist, in der sich die Kreise überschneiden und eine Familie in Brookline ihren Hund durchaus nach Cambridge geben kann ... Ich fuhr mit dem Finger schnell über die weiteren Ordner und suchte nach Erica Mullens Adresse und Telefonnummer, suchte nach etwas, in dem Veejay oder die Horgans erwähnt wurden oder ein Zusammenhang deutlich wurde. Der Lärm vor dem Büro schwoll zu einem Crescendo an. Ich legte die Ordner wieder zurück. Ich hörte Gebell und Laufschritte, und dann schrie Lemon: «Sie können mich auch mal kreuzweise, Sie hirnloser Muskelprotz. Scheiße, und ich dachte, das wäre ein Platz für Hunde!»

Das war das Signal. Er schickte sich jetzt an zu gehen, genauer gesagt, er wurde rausgeschmissen. Ich trat an eine der Lamellentüren und zog mit einem kurzen Ruck daran. Ein gewöhnlicher Schrank, Jacken, Hundeleinen.

Auf dem Boden lagen drei, vielleicht auch vier orangene Bausicherheitswesten auf einem Haufen, genau identisch mit denen von der Horgan-Baustelle. Ich starrte sie einen Augenblick an, dann schloss ich die Schranktür rasch, ließ mich wieder auf meinem Stuhl nieder und schlug die Beine übereinander. Als Walters hereinkam, betrachtete ich gerade gelangweilt meine Fingernägel.

«Manchen Leuten sollte es verboten werden, einen Hund zu halten», polterte er. Er war außer Atem, seine Kleidung war zerknittert, und über seinen linken Handrücken zog sich ein roter Striemen. Sein Blick wurde finster. «Sie gehen jetzt besser.»

Ich hielt seinem Blick stand. Der verdammte Bildschirmschoner war noch nicht wieder erschienen. «Haben Sie inzwischen Ersatz für Veejay gefunden?»

«Nein.»

«Könnten Sie mir Erica Mullens Adresse geben? Ich möchte gern mit ihr sprechen, vielleicht steht sie ja mit Veejay in Verbindung.»

«Tut mir Leid, aber die kann ich nicht herausgeben.» Aus dem Augenwinkel sah ich, dass die Wolfshunde wieder über den Bildschirm tollten. Ich musste mich zusammenreißen, um nicht erleichtert zu schlucken, dankte Walters höflich, schüttelte ihm die Hand und merkte dabei, dass seine Handfläche voller Schwielen war. Auf dem Weg die Treppe hinauf fragte ich mich, wo er den Weimaraner haben mochte. Bei den anderen Hunden, die am Charles River entlangrannten, hatte ich ihn nicht bemerkt.

31 **Lemons leerer Kombi** stand vor meinem Haus. Drinnen schloss ich aus dem Jaulen und Fiepen, dass Hannibal von meinem Kater auf den zweiten Stock hinaufgetrieben worden war. Die Laute, die er von sich gab, waren Mitleid erregend, aber ich ignorierte sie und setzte meinen Weg zum Kühlschrank fort. Ich hatte nichts zu Mittag gegessen, und nach kurzer Konsultation meines Magens war mir klar, dass ich nicht bis zum Abendbrot durchhalten würde. Eine Tüte Milch roch okay. Eier gab es auch. Ich konnte das machen, was ich als Frittata bezeichne und was Sam weniger freundlich Rührei mit Resten nennt. Ich fand einen Rest chinesisches Essen in einem Plastikgefäß, der mir verdächtig vorkam, und kippte ihn in die Spüle. Heureka! Salami, ein paar kalte Backkartoffeln in einer Verpackung vom Deli, eine Zwiebel, die eben zu keimen anfing. Ich gab ein Stück Butter in die Bratpfanne.

Kaum brutzelte die Zwiebel, erschien Lemon, magisch angezogen vom Duft.

«Gut gemacht», sagte ich.

«Der Typ mochte Hannibal nicht, was will er dann eigentlich mit Hunden?»

«Eier?»

«Klar. Hab ich dir genug Zeit gelassen?» Er verschwand wieder, bevor ich antworten konnte, vielleicht, um seinen Hund zu retten. Sicherheitswesten auf einem Haufen im Schrank. Ich haute ein Ei fest auf den Rand einer weißen Steingutschale. Zwei Vermisste, Veronica James und möglicherweise Krissi Horgan. Zwei Tote, Leslie Ellin James, gestorben 1993, und Kevin Fournier von der Horgan-Baustelle. Ich schlug acht Eier auf, goss Milch dazu und arbeitete die Mischung mit einer Gabel durch, bis sie schaumig war. Die verschiedenen Informationsbruchstücke schienen ebenso unzusammenhängend zu sein wie die auf der Anrichte verteilten Zutaten, ein Stück Salami hier, ein Ei dort. Ich fasste das Telefon ins Auge, wünschte, dass Claire *jetzt* anrief. Die Zwiebel zischte, ich drehte die Flamme kleiner und fügte die Kartoffeln hinzu.

Lemon erschien wieder. «Also, ich habe in den Schuppen reingeschaut, aber da war kein Jeep.»

«Leer?»

«Nein.»

«Hast du das Kennzeichen notiert?»

«Leider nein. Sah wie ein Porsche oder Jaguar oder so was aus da drin. Schöne Kutsche, aber das Nummernschild konnte ich nicht lesen. Tut mir Leid.»

«Walters hat gesagt, du dürftest eigentlich gar keinen Hund besitzen.»

«Hannibal besitzt *mich*, das ist also ganz in Ordnung.»

«Ist Roz da?»

«Online. Checkt das Muster.»

«Frag sie, ob sie was essen will.»

Er schlurfte davon. Ich warf dünne Salamischeiben in die Pfanne, sog den Duft ein, goss die Eiermischung darüber und rührte, damit nichts am Pfannenboden anbackte.

«Sie sagt, wir sollten schon mal anfangen, sie holt sich später was. Ach ja, das hier soll ich dir geben.» Er klatschte mehrere Ausdrucke, ein paar einzelne und ein paar zusammengeklammerte Seiten auf den Küchentisch. Ich hatte nicht mehr daran gesessen, seit Leland Walsh hinter mir gestanden und mir die Hände auf die Schulterblätter gepresst hatte.

Ich teilte die Frittata auf zwei Teller auf und sah, dass Lemon schon zwei Plätze am Tisch hergerichtet hatte.

Ich setzte mich auf den Stuhl, auf dem Walsh gesessen hatte, und stellte ihn mir vor, wie er lächelte und sich den Eisbeutel auf den Kopf drückte. Die Eier waren so heiß, dass ich mir die Zunge verbrannte. Während ich an einer Pepsi nippte, las ich den handgeschriebenen Zettel von Roz, der obenauf lag.

«Eddie will die Fingerabdrücke überprüfen lassen», hieß der erste Satz. «Kein Problem. Über 6000 Einträge zu Leslie Ellin James. Opfer des Massakers. Sie war entweder 19 oder 21, je nach Website. Ein Name auf einer Liste, sonst nichts.» Zum Thema «Waco» hatte Roz «Google» als Suchmaschine benutzt und über 10000 Einträge gefunden. «Zum Teil ziemlich abstruses Zeug», hatte sie gekritzelt. «Hier eine Kostprobe.»

Ich fing an zu lesen und las weiter, während die Eier auf meinem Teller hart wurden. Es waren Fotos dabei, entsetzliche Aufnahmen von der Verwüstung am 19. April 1993. Manche Sites enthielten nüchterne Beschreibungen, andere geifernde Hetzparolen, in denen die Branch-Davidianer zu Märtyrern erhoben, Versuchskaninchen für die chemische Kriegführung genannt oder als Zielscheiben für den Test von Sturmgewehren bezeichnet wurden. Ich las das Manifest der Neuen Revolution, den Kampfaufruf der Kingman-Miliz und den Schwachsinn von den Patriotischen Söhnen der Tapferkeit.

Waren die Branch-Davidianer, eine zurückgezogen lebende Sekte der Siebenten-Tags-Adventisten, gefährlich, stellten sie eine Bedrohung für sich selbst und andere dar? Horteten sie illegale Schusswaffen, belästigten sie ihre Kinder sexuell? Als ich alles überflogen hatte, merkte ich, dass ich das nie erfahren würde, und konzentrierte mich lieber auf eine andere Frage. Waren die

Ableger der Gruppe, die die Branch-Davidianer rächen wollten, gefährlich? Das konnte ich mit einem schallenden *Ja* beantworten. Den Beweis dafür lieferte die Asche von Oklahoma City.

Leslie Ellin Harrow, 19, war unter den Opfern aufgeführt. Und da: Zachariah Harrow, der Säugling. Noch ein Foto, das an der Wand der Familie James hätte hängen müssen.

Auf etlichen Websites gab es am Ende so etwas wie Abschusslisten. Da war einmal der Leiter des Amtes für Alkohol, Tabak und Schusswaffen genannt und samt Privatanschrift abgebildet. Dann Louis Freeh, der frühere Chef des FBI. Janet Reno vom Justizministerium. Senatoren, die in den Ermittlungskomitees mitgewirkt und das FBI entlastet hatten. Richter, die überlebende Sektenmitglieder zu Haftstrafen verurteilt hatten. Mehrere Websites applaudierten Tim McVeigh, dem Sprengstoffattentäter von Oklahoma City, zu seiner heldenhaften Rolle, durch die er gleichgezogen hätte. Die Freien Männer der Republik von Arizona dankten ihm dafür, dass er die Schuld auf sich genommen hatte, vertrauten jedoch darauf, dass er nicht allein agiert hatte.

Ich hörte Roz erst, als sie laut sagte: «Ich habe was über den Kreis mit den Wellenlinien.»

«Was?»

«Einen Tätowierer. Entweder gehe ich zu ihm, oder er kommt her. Er ist in New Hampshire. Kommt auf seinen Zeitplan an. He, ich wusste nichts von der ganzen Scheiße, dass das FBI in Waco Babys geröstet hat und so. Du etwa?»

«Roz, man kann *irgendwas* schreiben und im Netz verbreiten. Es gibt keinen Kontrolleur.»

«Genau wie in der Zeitung.»

«*Nicht wie in der Zeitung.* Bei einer Zeitung gibt es einen Verleger, Redakteure, Juristen.»

Sie sah mich mit einem Blick an, der «Na toll» sagte, und ich hoffte nur, dass die Lektüre keinen Sinneswandel bei ihr herbeigeführt hatte. In politischer Hinsicht ist Roz unmöglich, aber sie hat bei aller Unmöglichkeit immer mehr zur Anarchie tendiert als zur extremen Rechten.

«Dieser Eddie hat gesagt, er will seinen Bericht haben. Schien irgendwie enttäuscht, dass ich den nicht gleich mitgebracht habe.»

Ich hatte ihn unvollendet in meinen Schreibtisch eingeschlossen. Ich hatte noch ein oder zwei halbherzige Versuche gemacht, ihn fertig zu stellen – zum Beispiel meine Entdeckungen chronologisch und nach ihrer Bedeutungsschwere Person für Person zu ordnen. Dann hatte ich noch versucht, die Fakten in zwei Gruppen einzuteilen: in solche, die mit der Baustelle in Zusammenhang standen, wie das verschwundene Werkzeug, die Ratten oder der verschlossene Lagerschuppen, und solche, die eher auf Personen bezogen waren und etwas mit der Ehe der Horgans zu tun hatten, wie die verpatzte Verabredung von Fournier und Liz oder der Flirt zwischen Marian und Gerry sowie die dauernden Spannungen.

Ich dachte über Krissi nach. War sie der Schlüssel zu den persönlichen Problemen der Horgans? Kannte sie Veronica gut? Konnten die beiden zusammen ausgerissen sein, ein junges verliebtes Mädchen und eine etwas ältere Lesbe? Aber was zum Teufel hatten diese unten im Schrank aufgehäuften Sicherheitswesten zu bedeuten? Wurden sie beim Hundetraining gebraucht? Wollte ich unbedingt eine greifbare Verbindung herstellen, wo in

Wirklichkeit nur eine höchst lockere Verbindung bestand, nämlich die zwischen einem Hundetrainer und seinem Kunden? Ich hatte immer den schwarzen Cherokee im Schuppen vor Augen, den mit dem New-Hampshire-Nummernschild, und den Jeep mit dem New-Hampshire-Kennzeichen, der später am selben Abend langsam und ohne Licht an der Horgan-Baustelle vorgefahren war.

Der Cherokee ist ein ganz gewöhnliches Fahrzeug, ermahnte ich mich, während ich kaltes Ei in den Spülstein schabte. Genauso gewöhnlich wie Dreck. Vielleicht brachten mich die Hetztexte und Verschwörungstheorien der Waco-Websites von der richtigen Fährte ab. Ich trank Pepsi, biss mir auf die Lippen und ließ das Kaleidoskop der Bilder herumwirbeln in der Hoffnung, einen Faden, eine Theorie, irgendetwas zu fassen zu bekommen, das die einzelnen Zutaten binden, wie Eier die Milch, und sie in eine neue Substanz verwandeln würde. Auf der Horgan-Baustelle: tote Ratten, lebendige Ratten, verschwundenes Werkzeug, ein Lagerschuppen ohne Schlüssel. Bei den Horgans zu Hause: ein leerer Hundenapf, eine verschwundene Tochter, Spannungen, die an Paranoia grenzten. Bei Dana Endicott: eine Vermisste, ein verschwundener Jeep, ein verschwundenes Foto.

Warum wurde das Foto gestohlen? Einmal angenommen, Veronica wusste, egal woher, dass Dana mich engagiert hatte. Oder irgendjemanden engagiert hatte. Das Foto konnte entwendet worden sein, damit ein Ermittler keinen Zusammenhang zwischen Veronica James und Leslie Harrow herstellen konnte. Dieser Zusammenhang war also wichtig …

Mein Handy spielte die Tonleiter, die den Klingelton

ersetzt, und ich schnappte es mir. Claire vom Kfz-Amt hatte eine überraschende Neuigkeit für mich: Das Kennzeichen, um dessen Überprüfung ich gebeten hatte, gehörte zu einem silbernen Jaguar, der in New Hampshire als gestohlen gemeldet war. Ich glaube, ich habe keinen Ton gesagt, oder vielleicht doch, denn Roz und Lemon schauten mich ganz merkwürdig an, als ich zur Tür stürzte.

32

Ich fuhr mit 70 oder 80 Stundenkilometern über Straßen mit einem Tempolimit von 50. Wenn die Polizei mich auf die Seite gewinkt und gefragt hätte, wo es denn brennen würde, hätte ich mich schwer getan, meine Geschwindigkeit zu rechtfertigen. Was würde ein Polizist, der mich zufällig stoppte, wohl von Claires Angaben zu dem Jeep halten? Ich hatte sofort meine Schlüsse gezogen: Dana Endicotts Jeep war im Schuppen der Charles-River-Hundepension abgestellt und mit gestohlenen Nummernschildern getarnt worden. Dana Endicotts Jeep war ohne Licht an der Horgan-Baustelle vorgefahren, hatte angehalten und Fahrgäste ausgespuckt.

Ich fuhr hinter der Allston-Feuerwache an den Straßenrand, ließ den Motor im Leerlauf drehen, beobachtete im Rückspiegel, wie sich die Abgase in der Luft auflösten. Die Windschutzscheibe beschlug, und ich musste die Klimaanlage einschalten, um sie wieder freizubekommen. Ich wählte Dana Endicotts Nummer auf meinem Handy, setzte mich gegen Esperanza durch.

Dana beteuerte, nichts von Veronicas politischen Neigungen zu wissen, fragte, was zum Teufel ich eigentlich machte. Ob ich Veejay etwa in Schwierigkeiten bringen wolle? Ich solle sie lediglich *finden*, nicht ihre politischen Ansichten ausforschen oder ihre Loyalität in Zweifel ziehen.

«Ich versuche ja, sie zu finden», sagte ich nachdrücklich. «Hat sie jemals etwas, *irgendetwas* gesagt, das Sie auf den Gedanken gebracht hat, sie könnte eine Extremistin sein, gleich welcher Couleur?»

«Sie wollte, dass die Regierung sie in Ruhe lässt, sonst nichts. Ihr nicht vorschreibt, wie sie leben und lieben soll. Genau das will auch ich, und ich bin beileibe keine Radikale.»

«Hat sie irgendwelche Politiker gehasst?»

«Ich weiß nicht, worauf Sie hinauswollen –»

«Dana, bitte. Hat sie sich mal gegen, sagen wir, einen Präsidenten, einen Senator ausgesprochen?»

«Wie heißt nochmal der Mann aus Idaho? Senator Gleason. Den hatte sie auf dem Kieker, warum, weiß ich nicht.»

Ich beendete das Gespräch, fuhr wieder auf die Straße, weiter Richtung Süden.

Das Haus der Horgans wirkte so märchenhaft sicher, wie es da auf seiner idyllischen Anhöhe thronte mit einigen wenigen Lampen, die im Innern brannten, dass ich zögerte, mich fühlte wie ein mittelalterlicher Unglücksbote, der Strafe fürchten muss, obwohl ich wusste, dass mich keine Schuld traf. Wenn ich Recht hatte, war das Unglück, das Unwiderrufliche bereits geschehen.

Falls ich mich irrte, würde ich mich entschuldigen. Ich würde barhäuptig zu Kreuze kriechen. Ich hoffte, dass ich mich irrte. Bestimmt irrte ich mich. Boston, einst Wiege patriotischer Gefühle und Zündschnur der Revolution, gehörte jetzt zum ruhigen, liberalen Bürgertum der Ostküste. Unsere revolutionären Tage lagen Hunderte von Jahren zurück, und die heutigen Milizen, Truppen so genannter «Freier Männer», waren ein Phänomen des ländlichen Westens. Ich ließ meinen Wagen unten an der Einfahrt stehen und ging zu Fuß. Als ich das Säulenportal passierte, holte ich tief Luft, dann drückte ich auf die Klingel.

Die Dame des Hauses kam an die Tür, ließ die Kette eingehängt, spähte mit unfreundlichem Blick nach draußen. Sie sah krank aus, und als ihr klar wurde, wer sie gestört hatte, wurde sie wütend.

«Was, zum Teufel, wollen Sie hier?»

«Ihnen aus dem Schlamassel helfen.» Sie wollte schon die Tür wieder zudrücken. «Lassen Sie es mich doch erklären! Ich habe nichts –»

«Sie kriegen Ihren Job nicht wieder.»

«Wenn Krissi zu Hause ist, gehe ich. Ohne ein weiteres Wort.»

«Krissi.» Bei diesem Namen wurden ihre Hände schlaff. «Gehen Sie.»

«Was mich betrifft, haben Sie Recht, Mrs. Horgan, aber nicht ganz. Ich bin keine Sekretärin, aber auch nicht, was Sie denken. Lassen Sie mich rein. Ich kann Ihnen helfen. Es wird keine Probleme verursachen. Ich könnte Ihnen Papiere von der Baustelle gebracht haben, wie letztes Mal.»

Sie schloss die Tür, knallte sie jedoch nicht zu. Die Kette rasselte, die Tür ging wieder auf, und ich trat schnell ein. Das gleiche Durcheinander, die gleiche Trittleiter in der Zimmerecke, der gleiche Besen mit Kehrschaufel. Sie hatten die Haushälterin offenbar in die Ferien geschickt, als die Horrorshow begann und ihre Tochter verschwand.

«Wer sind Sie denn?», flüsterte sie böse.

«Carlotta, nicht Carla. Mit Nachnamen Carlyle. Ich arbeite für die Aufsichtsbehörde, aber im Augenblick nicht. Im Augenblick arbeite ich nur für mich selbst und hoffentlich für Sie. Und für Krissi.»

«Haben Sie sie gesehen?» Trotz ihres Bemühens, normal zu sprechen, versagte ihr die Stimme.

«Ich bin aus einer anderen Richtung darauf gestoßen, Mrs. Horgan. Wir müssen miteinander reden. Ich muss alles wissen, was Sie wissen.»

«Aus welcher Richtung? Wie meinen Sie das?»

«Ich habe eine Vermisste gesucht, und dann merkte ich, dass es zwei Vermisste gab, eine Frau und ein Mädchen. Wie hat Kevin Fournier es herausgefunden? Haben Sie es ihm erzählt?»

«Ich habe es niemandem erzählt. Der gottverdammte Mistkerl! Er wusste, dass *irgendetwas* faul war, sonst nichts. Wusste, dass ich die Bautrupps eigentlich vierundzwanzig Stunden am Tag hätte arbeiten lassen müssen, dass sie Überstunden hätten machen müssen. Er drohte mir, sagte, er würde unsere neuen Verträge platzen lassen, wenn ich nicht –»

«Wenn Sie nicht?»

«Wenn ich nicht mit ihm schlafen würde, klar? Ich weiß nicht – vielleicht hätte ich es getan, zur Sicherheit, wegen Krissi – aber er ist gestürzt –»

«Krissi ist entführt, gekidnappt worden?»

«Gehen Sie.»

«Bitte, ich kann Ihnen nicht helfen, wenn ich es nicht weiß.»

«Wieso sollte ich Ihnen trauen?» Ihre Stimme war schrill. «Sie haben gesagt –»

«Du kannst ihr nicht trauen.» Ich hatte Gerry Horgans Schritte auf der Treppe nicht gehört, weil er keine Schuhe trug. Erst sah ich die Socken, die khakifarbenen Hosen und das offene karierte Hemd mit weißem Unterhemd darunter. Die Waffe in seiner rechten Hand war auf mein Herz gerichtet.

33

Er kam die Treppe herunter, die linke Hand auf dem Geländer, in der rechten, wie es aussah, eine 9-mm-Beretta-Centurion. Ich suchte nach Anzeichen dafür, dass er nicht wusste, wie man damit umging, dass die Pistole ein ungeladenes Spielzeug war, griffbereit für den Notfall im Nachtschränkchen. Er zuckte nicht mit der Wimper, und sein Finger ruhte locker auf dem Auslöser.

«Vorsicht damit.» Ich sprach mit einer Stimme, die so kalt war wie Eiswasser. Schweiß perlte mir über den Rücken.

«Tragen Sie eine Waffe?», fragte er.

Meine S&M Kaliber .40 war in meinem Schlafzimmerschrank eingeschlossen, ungeladen. Ich schüttelte den Kopf, als sich Mrs. Horgan einmischte.

«*Bitte*, wissen Sie, wo Krissi ist?»

«Sei still, Liz.»

«Ich war mir ziemlich sicher, dass Sie nicht an dieser Sache beteiligt sind», sagte ich. «Ich dachte, Sie würden unter Druck gesetzt –»

«Keiner von uns hat sich an irgendetwas beteiligt», sagte Liz Horgan erregt.

«Sei still! Ich lasse nicht zu, dass sie uns alles versaut.» Horgan sprach nur seine Frau an. «Wir brauchen bloß noch einen oder zwei Tage stillzuhalten, dann kommt

Krissi nach Hause. *Es wird so sein, als wäre nie etwas geschehen.*» Jetzt fasste er auch mich ins Auge. «Ab ins Wohnzimmer. Los!»

Er hielt argwöhnisch Abstand, als ich vorbeiging. Ich konnte ihn nicht schneller packen, als er schießen würde, und erinnerte mich noch gut an das letzte Mal, als ich es auf engstem Raum mit einer Pistole aufgenommen hatte. Die Narbe an meinem Schenkel fing an zu kribbeln.

«Wissen Sie überhaupt, mit wem Sie es zu tun haben, Mr. Horgan? Wissen Sie, wer Ihre Tochter in seiner Gewalt hat?» Ich blieb ruhig und sachlich.

«Ich will es gar nicht wissen. Halten Sie den Mund.»

«Für einen klugen Mann sind Sie ganz schön dumm. Sie würden doch auch nie Geschäfte mit Leuten machen, die Sie nicht kennen!» Aus dem Kribbeln wurde Puckern, dann Schmerz.

«Hier geht es nicht um Geschäfte. Sie ist mein einziges Kind. Hinsetzen!» Er wies mit der Waffe auf einen Sessel. «So, wer, zum Teufel, sind Sie? Was geht Sie das alles an?»

«Kevin Fournier hat der Aufsichtsbehörde telefonisch einen Tipp gegeben. Ich bin engagiert worden, um Untersuchungen anzustellen.»

Gerry wandte sich an Liz. «Ich hatte dir ja gesagt, du solltest dafür sorgen, dass er sich abregt.»

«Habe ich ja versucht, Gerry. Himmel, ich hab's wirklich versucht.»

Ich sagte: «Wenn die Leute, mit denen Sie es zu tun haben, Fournier umgebracht haben, nur weil er einen Anruf gemacht hat, wie können Sie dann glauben, sie würden Ihre Tochter laufen lassen? Jemand richtet wahrscheinlich gerade seine Waffe auf sie, wie Sie auf mich.» Ich hätte ihn ebenso gut in den Magen boxen können, so blass wurde er. Wenn ich schnell war und mir die Automatik schnappte –

«Er ist doch gestürzt», sagte Liz Horgan leise. Bei ihren Worten kam ihr Mann wieder zu sich, und ich ließ den Gedanken an einen Sprung vorläufig fallen.

«Er ist doch gestürzt», wiederholte ihr Mann. «Wenn wir ihre Anweisungen befolgen, tun sie, was sie sagen, und wir bekommen sie zurück.» Es klang wie aufgesagt, wie ein Gebet, ständig wiederholt und geleiert, als würde eine Nonne den Rosenkranz beten.

«Sie haben es mit Leuten zu tun, denen das Leben Ihrer Tochter scheißegal ist.»

«Halten Sie den Mund!»

«Sie müssen die Fakten kennen, damit Sie entscheiden können, was Sie tun wollen.»

«Gerry, vielleicht müssen wir wirklich mehr wissen. Vielleicht kann sie uns doch helfen!»

«Du kommst mir immer mit *vielleicht*, Liz. Es geht um Krissi!»

«*Du hast eine Pistole in der Hand*, Gerry.»

«Gott im Himmel, Liz.»

«Wir können so nicht leben, Gerry. Ich kann so nicht leben.» Sie klang völlig hysterisch, als wäre sie kurz vor dem Überschnappen. Ich war froh, dass nicht sie die Pistole hatte.

Ich senkte die Stimme so sehr, dass sie Mühe hatten, mich zu verstehen. «Lassen Sie uns darüber reden. Legen Sie die Waffe weg. Sie werden Sie nicht gebrauchen. Nicht gegen mich.»

«Zur Rettung meiner Tochter würde ich sie wohl gebrauchen», sagte er trotzig.

«Ihre Tochter hat von mir nichts zu befürchten.»

Er wechselte einen Blick mit seiner Frau, dann durchquerte er den großen, kalten Wohnraum und legte die Automatik auf den Flügel. Knapp zwei Schritte daneben blieb er stehen, die Hände hinter dem Rücken verschränkt.

«Wann haben sie Krissi mitgenommen?» Die Beretta war noch in seiner Reichweite.

«Es ist drei Wochen und vier Tage her. Fünfundzwanzig Tage. Am dritten Freitag im März.» Liz Horgan hatte sich wieder fest in der Gewalt. «Sie hat den Hund zum Tierarzt gebracht.»

«Sie hätte nie allein dorthin gehen dürfen», murmelte Horgan.

«Sie ist doch kein Baby mehr! Sie ist alt genug. Du würdest sie ihr Leben lang überall hinfahren –»

«Wenn ich könnte», sagte Horgan. «*Wenn ich könnte. Ich* würde sie nicht alleine gehen lassen. Du hättest sie nicht –»

«Sie hatte doch Tess!»

«Sie hat einen Hund, einen guten Hund, einen wahren Tiger.» Horgan unterbrach die Streiterei mit seiner Frau, um mich zu informieren. «Er hätte nie – sie müssen Tess etwas angetan haben.»

In diesem Punkt hätte ich ihn beruhigen können, aber ich tat es nicht. Ich wollte, dass er weiterredete, dass er die Waffe auf dem Flügel vergaß. «Wie haben sie Kontakt zu Ihnen aufgenommen?»

«Wir haben eine Nachricht gefunden, die unter der Haustür durchgeschoben worden war.»

«Haben Sie sie noch? Darf ich sie sehen?»

Seine Augen wanderten zum Flügel, zur Beretta, zu Liz. Sie nickte, ging zum Kaminsims hinüber und hob eine schwere Kristallvase hoch. Der Zettel lag darunter.

«Ihr Haus wird bewacht, Ihr Telefon abgehört. Wenn

Sie zur Polizei oder zum FBI gehen oder sonst irgendjemanden informieren, werden Sie Ihre Tochter nie wieder sehen.» Das Papier war weißes Büro-Standardpapier, der Text hatte das gleichmäßige Schriftbild eines Laserausdrucks. Es war ein einzelnes Blatt, doppelt gefaltet, sodass es in einen Standardgeschäftsumschlag passte.

«Wir hatten es kaum gelesen, als wir auch schon einen Anruf erhielten», sagte Liz leise.

Das war nur folgerichtig, wenn das Haus bewacht wurde.

«Haben Sie den Anruf aufgezeichnet?»

«Nein.»

«Können Sie die Stimme beschreiben?»

Horgan sagte: «Elektronisch verändert. Ich könnte nicht einmal sagen, ob es ein Mann oder eine Frau war, aber ich glaube, es war immer dieselbe Stimme. Ich habe alles aufgeschrieben. Liz?»

Wir warteten in gespanntem Schweigen, bis sie die Notizen brachte.

Er ging noch zwei Schritte weiter vom Flügel weg, um sie ihr aus der Hand zu nehmen. «Zuerst sagte er oder sie: ‹Ihre Tochter ist in Sicherheit.› Dann sagte ich so etwas wie: ‹Lassen Sie mich mit ihr sprechen.› Dann sagte er: ‹Hören Sie gut zu, Sie bleibt eine Weile bei uns.›»

«Weiter.»

«Er sagte, wir müssten bestimmte Dinge tun, sonst würden wir Krissi nicht wieder sehen. Ich dachte, er würde Geld verlangen. Darauf war ich vorbereitet, aber er sagte, ich sollte von einer langfristigen Geschäftsbeziehung ausgehen. Als er ‹langfristig› sagte, habe ich mir doch nicht vorstellen können … Dann fiel der Groschen langsam – ich bestand darauf, Krissi zu sprechen –»

«Sie lebt», sagte Liz, «sie ist okay. Sie liest aus der Zeitung vor, aus dem *Herald*, die Kolumne ‹Alles über den Big Dig›. Es ist jeden Tag etwas anderes, und wir können den Text prüfen. Ihre Stimme ist ... Sie klingt so verängstigt.»

Ich hatte den Anruf auf Liz' Handy entgegengenommen; ich hatte also Krissis Stimme gehört.

«Was hören Sie dabei sonst noch? Klänge, Geräusche im Hintergrund?» Während ich das sagte, versuchte ich selbst, mich an das zu erinnern, was ich gehört hatte. «Haben Sie jemals Hunde im Hintergrund bellen hören?»

«Kann sein», sagte Horgan.

«Weiß ich nicht genau», sagte seine Frau gleichzeitig.

Wenn ich ihn doch nur dazu bewegen könnte, noch einen Schritt zu gehen. Er war jetzt fast so weit von der Pistole entfernt, dass ich es riskieren konnte. «Erzählen Sie mir von Ihrem Deal.»

«Es war kein Deal. Es waren ... Befehle. Und er sagte, er würde es erfahren, ob seine Anweisungen ausgeführt würden – und wenn nicht –»

«Was dann?»

«Das bringe ich nicht über die Lippen.»

Ich wartete, bis er die Fassung wiedergewonnen hatte.

«Sie haben gesagt, dann würden sie uns ein Stück von Krissi schicken, ein Ohr, einen Finger, und das Stück wäre womöglich alles, was wir je wieder sehen würden.»

Liz Horgan gab einen Laut von sich und presste die Hand auf den Mund. Ihr Mann wandte sich mit gequältem Blick zu ihr, und ich war wie der Blitz aus meinem Sessel. Ich war nur einen halben Schritt schneller bei der Automatik als Horgan, es reichte nicht ganz, ich musste sie auf den Fußboden schleudern, statt sie mir einfach zu nehmen. Sie landete in der Nähe von Liz, aber die schien gelähmt zu sein, stand da wie angenagelt. Ich stieß Horgan beiseite, riss die Waffe an mich und richtete sie auf ihn, während ich prüfte, ob sie entsichert war. *Verdammt*, das Ding war schussfertig, es hätte losgehen und mich töten können, hätte jeden hier im Zimmer töten können. Ich sicherte sie und wedelte die beiden mit dem Lauf zum Sofa hinüber.

«Setzen.»

Ich atmete schwer. «Gut, und welche Anweisungen hat er Ihnen genau gegeben?»

Horgan sagte: «Hol Sie der Teufel! Ich werde kein –»

Liz sagte: «Er versprach, nichts zu Schweres oder zu Schwieriges von uns zu verlangen. Zum Beispiel würde er uns vielleicht auffordern, Material zu bestellen oder das Tor nicht abzuschließen. Nicht viel im Vergleich zu Krissis Leben.»

«Genauer», sagte ich.

«Liz», sagte Horgan flehentlich.

«Gerry, *wir müssen es jemandem erzählen.*»

Horgan sagte: «Sie soll erst versprechen, dass sie nicht zur Polizei geht. Ich lasse es nicht zu, dass Krissi etwas angetan wird. Sie ist noch ein Baby.»

In Waco waren Babys, dachte ich, *eins mit Namen Zachariah Harrow.* Ich war jahrelang als Polizeibeamtin in dieser Stadt tätig. Es gibt Leute bei der Bundespolizei, die würde ich nicht damit betrauen, einem heißen Tipp nachzugehen, und Kollegen bei der Polizei, denen ich nicht meine Brieftasche anvertrauen und dann den Rücken zukehren würde. Und es gibt nur wenige, extrem wenige Cops, denen ich mein Leben anvertrauen würde.

Ich sagte: «Hier mein Versprechen. Erste Priorität hat bei mir, Ihre Tochter lebendig zurückzuholen. Wenn das nicht auch das Hauptanliegen der Bundespolizei ist, rede ich nicht mit denen und helfe denen nicht. Das schwöre ich.»

Liz ergriff die Hand ihres Mannes und drückte sie.

Er schluckte, schloss die Augen.

«Heute!», sagte ich. *«Jetzt!»*

Als er endlich sprach, war seine Stimme tief und heiser. «Zuerst hat er von mir verlangt, auch bei Zeitdruck keine Extraschichten zu fahren. Als ich das hörte, ich weiß nicht, da dachte ich, es wäre eine Gewerkschaftssache.»

«Es ist *schrecklich*», sagte Liz. «Wir fallen immer mehr zurück und können nichts erklären.»

«Was noch?»

«Das kann ich nicht sagen!», protestierte Horgan.

«Sie haben verlangt, dass Sie die Schlüssel von einem Lagerschuppen verlieren, richtig? Von welchem?»

«In der Grube, an der westlichen Spundwand», murmelte Liz.

«Und dann sollten Sie Sprengstoff bestellen», sagte ich.

Horgan, die Lippen zu einem dünnen Strich zusammengepresst, nickte kurz. «Amon-Gelite. Ich musste Fracht umleiten, ‹Fehler› auf den Bestellformularen machen.»

«Und nach Fourniers Tod wurden Sie angewiesen, einen Nachtwachmann einzustellen.»

«Ja», sagte Liz. «Sie wollten schon vorher, dass wir einen einstellen.»

Wenn ich FBI-Beamte einschaltete, würden sie sich den Wachmann vorknöpfen, sich den einen aus der Gruppe greifen, um ihn auszuquetschen. Aber Krissi wurde sicher von jemand anders bewacht.

«Ich werde mir Ihre Beretta ausleihen, Mr. Horgan.»

«Sie gehen nicht zur Polizei?»

«Noch nicht. Erst wenn mir nichts anderes mehr einfällt.»

Wenn ich mich um anderer Leute Kinder kümmere, kümmert sich jemand anders vielleicht um meins.

Ich erzähle den Leuten immer – nein, mir selbst rede ich es ein –, dass Sam Gianelli meine erste Liebe war, aber das ist eine Lüge. Als ich noch ein Kind war, in Detroit, ein wildes Kind von 14, hatte ich ein Baby. Ich habe es zur Adoption freigegeben. Ich habe es nie gesehen. Ich habe es nie im Arm gehalten. Ich weiß nicht, ob es ein Junge oder Mädchen war. Ich habe es nie jemandem erzählt. Selbst als ich einen Menschen erschossen habe und zum Polizeipsychologen musste, blieb es mein streng gehütetes Geheimnis. Aber jedes Kind da draußen ist mein eigenes Kind. *All die verlassenen Kinder sind meine eigenen Kinder.*

Ich sagte: «Wenn jemand fragt, warum ich hier war, sagen Sie, dass ich meinen Job wiederhaben wollte.»

«Haben wir Sie wieder eingestellt?» Mr. H.s Stimme war rau.

«Nein», sagte ich. «Sie sind ein hundsgemeiner Dreckskerl.»

34

Ich fuhr am dunklen, eisigen Fluss entlang. Das Licht der Straßenlaternen glitzerte auf der Esplanade, und ich war froh, wieder mit dem Rauchen angefangen zu haben. Wenn nicht, hätte ich kein Päckchen dagehabt und an einem Laden halten müssen.

Als Timothy McVeigh verhaftet wurde, trug er ein T-Shirt mit dem stolzen Slogan «Sic semper tyrannis» quer über der Brust. Das rief John Wilkes Booth, nachdem er im alten Ford Theater Lincoln erschossen hatte. «So (geht es) immer den Tyrannen» heißt das. Auf dem Rücken des T-Shirts von McVeigh stand ein Zitat von Thomas Jefferson: «Der Baum der Freiheit muss von Zeit zu Zeit mit dem Blut von Patrioten und Tyrannen gedüngt werden.»

Ich musste der Polizei innerhalb von zwölf Stunden Meldung machen, sonst riskierte ich eine Katastrophe. Mooney konnte ich vertrauen, ich *wusste*, dass ich ihm vertrauen konnte, aber bei einer solchen Sache würde er sofort das FBI einschalten. Ich wusste, wer Krissi entführt hatte: Veronica James und ihre Kollegen von der Charles-River-Hundepension, als Rache für Waco. Ich wusste, warum sie entführt worden war: um ihre Eltern zu zwingen, ihnen Zugang zur Big-Dig-Baustelle zu verschaffen.

Fournier war kopflos hineingestolpert, er hatte gedacht, Liz Horgan hätte eigene Gründe dafür, den Baufortgang aufzuhalten und den Lkw-Verkehr zu reduzieren – finanzielle vielleicht. Er hatte es mit sexueller Erpressung versucht, unterstützt durch die verkappten Drohungen per Hotline. Irgendjemand hatte einen seiner Anrufe belauscht, ihn zur Baustelle gelockt und ihn ermordet. Ein Mitglied der Gang, die auch Kristal Horgan gekidnappt hatte? Oder vielleicht sogar Gerry Horgan? Ich war nicht sicher, wer. Ich drehte meine Zigarettenkippe im Aschenbecher aus. Horgans Automatik drückte mich unangenehm im Rücken.

Wo könnten sie das Mädchen festhalten?

Ich ließ meinen Wagen einen Häuserblock von Dana Endicotts Sandsteinhaus entfernt auf einem Platz nur für Anwohner stehen. Ein Bußgeld war die geringste meiner Sorgen. Ich klingelte an der Tür, wartete, wollte unbedingt, dass sie zu Hause war. Ich wusste, dass sie aus dem Krankenhaus entlassen worden war, weil ich schon bei ihr angerufen hatte, aber wenn sie nun ... Jemand drückte den Summer, ohne zu fragen, wer da war, ein so verdächtiges Vorgehen, dass ich beinahe nach Horgans Pistole gegriffen hätte.

Meine Klientin kam selbst an die Tür und band sich eben einen Hausmantel in der Taille zu. Ihre Augen waren verschwollen, über der rechten Schläfe hatte sie ein Pflaster, ihre Miene war gespannt. Ihr Gesicht wurde lang, als sie mich erblickte.

«Sie sollten die Kette vorlegen.» Die Sorglosigkeit von Stadtmenschen, die es besser wissen müssten, wundert mich immer.

Sie machte die Tür weiter auf, und eine neugierige Nase drückte sich mir zwischen die Beine. Sie hatte einen Hund an der Leine. Die anderen wedelten um sie herum. «Was ist? Haben Sie –»

«Die Nachbarn brauchen nicht mitzuhören.»

«Entschuldigen Sie. Kommen Sie herein.»

«Lassen mich die Hunde denn?»

Sie gab ihnen mit der Hand einen Wink, und sie zogen sich zurück.

«Ich hatte auf Veejay gehofft, aber das hätte Tandy ja gleich gemerkt», sagte sie bedauernd.

«Welcher ist denn Tandy?»

«Die Hündin mit dem Huskyschwanz, sie ist ein ausgebildeter Jagdhund. Elchhunde sind fast wie Bluthunde.» Sie kniete nieder, streichelte die zwei Golden Retriever und machte bei dem größeren die Leine vom Halsband los.

«Wie geht es Ihnen?»

«Okay.»

Unsere Augen trafen sich. «Sind Sie allein?»

«Bis auf die Hunde, ja. Esperanza wollte bleiben, aber ich habe ihr gesagt, ich würde schon zurechtkommen.» Sie geleitete mich durch den Raum mit den Doppelaquarien in das Zimmer mit den Gemälden. Ich fragte mich, was die Hunde wohl von Fischen hielten, die hinter Glas herumschwammen. «Sie scheinen – hm – irgendwie verärgert zu sein.»

«Ich lasse mich nicht gern anlügen.»

«Ich habe nicht gelogen», sagte sie. «Möchten Sie etwas trinken?»

«Ich weiß über Veronicas Schwester Bescheid.»

«Entschuldigung, aber – welche?»

Wenn sie es wusste, war sie gefährlich. Wenn nicht, war sie naiv. Kein Muskel zuckte verräterisch in ihrem Gesicht. Sie schien sich weder aufzuregen noch alarmiert zu sein.

Ich sagte: «Veronicas ältere Schwester Leslie ist 1993 beim FBI-Angriff auf Waco in Texas gestorben. Es ist nie festgestellt worden, wie viele Menschen wirklich umgekommen sind. Manche sagen vierundsiebzig, andere sechsundsiebzig. Ich habe auch Zahlen über achtzig gesehen. Siebenundzwanzig Kinder waren dabei. Eins davon war Veronicas Neffe.»

Sie setzte sich abrupt auf ein dunkelgrünes Sofa, sank hinein, als würden ihre Beine sie nicht länger tragen.

«Die Schwester war verheiratet», fuhr ich fort, während meine Klientin mich mit offenem Mund anstarrte und nach Worten suchte. «Sie hieß nicht mehr James.»

«O mein Gott, die arme Veejay. Aber sie hat nie –»

«Die arme Veejay ist bis zum Hals in eine Verschwörung verwickelt, um ihre Schwester zu rächen. Und da kommen Sie ins Spiel.»

«Ich habe – ich hatte keine –»

«Irgendetwas hat Veejay sehr begehrenswert für die Leute gemacht, mit denen sie zusammenarbeitet, und ich vermute mal, dass es Geld war, Ihr Geld.»

«Ich habe sie nicht bezahlt. Ich habe es Ihnen schon gesagt – sie hat keine Miete bezahlt, aber das ist auch alles. Sie hat gearbeitet.»

«Sie haben ihr nie Geld gegeben?»

«Natürlich nicht.»

«Versuchen Sie nicht, sie zu beschützen. Sie hat Sie ausgenutzt, hier gelebt und auf ihre Stunde gewartet.»

«Ich habe ihr nie Geld gegeben.»

«Sie haben ihr nie Geld für *irgendetwas* gegeben? Für wohltätige Zwecke? Ein Altersheim für Hunde?»

Sie beugte sich vor, die Ellbogen auf den Knien, die Hände vor das Gesicht geschlagen.

«Sagen Sie's mir.»

«O Gott. Niemand darf das erfahren. Wenn meine Familie –»

«Welcher wohltätige Zweck?»

«Ich weiß den Namen nicht mehr. Die Leute vom Charles River haben es ins Leben gerufen, eine Freiluftanlage für Hunde. Ich spende für unendlich viele karitative Einrichtungen. Warum sollte ich nicht auch eine bedenken, die mir von einer Freundin empfohlen wird?»

«Ich brauche den Namen.»

«Ich weiß ihn nicht mehr.»

«Wo ist Ihr Scheckbuch? Sie haben ihr doch sicher kein Bargeld gegeben, oder?»

Ich folgte ihr nach oben in die makellos saubere Küche, half ihr bei der Suche nach ihrer Tasche, die neben einem geblümten Stuhl auf dem Boden stand. Sie reichte mir ihr Scheckbuch und sagte kurz angebunden: «Sehen

Sie selbst» und sank auf einen Stuhl an der Granitanrichte. Ich fuhr mit dem Zeigefinger das Scheckverzeichnis entlang. Die Zeilen waren dicht untereinander, enges handschriftliches Gekritzel und Geldbeträge, die ich nie in meinem eigenen Scheckbuch finden werde.

«Was hat sie bloß gemacht? Wie tief steckt sie denn in Schwierigkeiten?» Dana sagte es stockend, als wenn sie sich zwingen müsste, die Worte auszusprechen.

«Sie hat ein Mädchen entführt.»

«Nein, niemals.»

Es gab Überweisungen an örtliche Kaufhäuser, an den American Express, an MasterCard, an bekannte gemeinnützige Vereine, an eine Bostoner Bildungsstiftung, an den Jimmy-Fonds.

Camp River Ridge – River wie bei Charles River, Ridge wie in Ruby Ridge – ein Anklang, ein konkreter Hinweis. Der Scheck war auf 30000 Dollar ausgestellt. Für sie waren das wahrscheinlich Peanuts. Aber für die Empfänger? Wie viele «Patrioten» mochten damit über Wasser gehalten worden sein?

«Was hat sie Ihnen über den Platz erzählt? Wo ist es?» Wenn er überhaupt existierte.

Sie hob eine zitternde Hand an ihren verbundenen Kopf. «Eine Sekunde. Bitte. Ich versuche nachzudenken. Also. Es war in New Hampshire. Frische Luft, Hunde, raus aus der Innenstadt, etwas in dieser Art. Ich glaube, es war gerade erst eröffnet worden, oder es sollte diesen Sommer aufmachen. Ja. Es startete gerade. Veejay meinte, dass sie dort gern Beraterin werden würde. Ich wollte nicht, dass sie geht.»

«Hat sie Ihnen irgendetwas darüber zu lesen gegeben?»

«Ich weiß nicht. Vielleicht einen Flyer, einen Prospekt, aber ich habe ihn seit Monaten nicht mehr gesehen.»

«Wo waren Sie, als Sie ihn von ihr bekommen haben?»

«Das weiß ich nicht mehr. Ich kann mich nicht erinnern.»

«Welche Farbe hatte er?»

«Ich weiß es nicht.»

Ich ließ nicht locker. Vielleicht sei der Flyer blau gewesen, ein Faltblatt aus leichtem Papier, zwei Seiten, dünn bedruckt. Sie sei sicher, dass die Einrichtung in New Hampshire gewesen sei, aber es war kein Ortsname aus ihr herauszubekommen, nicht einmal der Name einer Gegend, ob im Süden oder Osten.

Wenn einer der New-England-Staaten überhaupt Milizen nach Art des amerikanischen Westens beherbergte, wollte ich darauf wetten, dass es New Hampshire mit seinem Credo «Live free or die» war. Claire Harper konnte den Namen der Stadt herausfinden.

«Haben Sie den Beleg für die Abbuchung?», fragte ich.

«Sie irren sich mit der Entführung. Das täte Veejay nie.»

«Wie ist sie an die Arbeit in der Hundepension gekommen? Hat sie sich auf eine Anzeige hin beworben?»

«Sie hat davon gehört.»

«Von wem?»

«Das weiß ich nicht. Das ergibt alles keinen Sinn. Warum sollte sie mir erzählen, dass sie übers Wochenende wegfährt? Warum ist sie nicht einfach auf und davon?»

«Warum sollte sie gehen, wenn sie hier ein wunderbares Nest hat?»

«Aber warum hat sie dann nicht gesagt, dass sie zwei

Wochen wegbleibt oder einen Monat? Warum hat sie mich nicht angerufen?»

Allerdings, warum?

«Geänderte Pläne.»

«Das kaufe ich Ihnen nicht ab.»

«Veejay steckt bis zum Hals drin. Das Mädchen ist mit ihr gegangen, hat ihr vertraut.»

«Geben Sie mir mein Scheckbuch.» Sie strich es auf der Anrichte glatt und fing an zu schreiben. «Ich bezahle Sie. Dafür, dass Sie meinen Namen heraushalten. Und sie retten, ihr helfen.»

«Sie steckt zu tief drin», sagte ich.

Sie schrieb trotz meiner Einwände weiter, riss den Scheck ab und gab ihn mir. 30000 Dollar. Die gleiche Summe, die sie Camp River Ridge gespendet hatte.

«Halten Sie mich da raus», sagte sie. «Versuchen Sie Veronica zu retten. Ich will alles tun, womit ich helfen kann.»

«Geben Sie mir den Abbuchungsbeleg», sagte ich.

Innerhalb von fünfzehn Minuten fand sie den schmalen blauen Streifen Papier in einem Ordner in ihrem Arbeitszimmer. Ich konnte den Namen dessen, der ihn eingelöst hatte, nicht entziffern, aber auf der Rückseite war der Stempel einer Bank in New Hampshire. Vielleicht gab es tatsächlich ein Hundecamp, eine Farm, ein Haus in New Hampshire.

Ich nahm einen Silberstift aus seinem Halter und einen Zettel aus einem Kästchen.

«Dana, kennen Sie dieses Emblem?»

Sie schluckte und leckte sich die trockenen Lippen. In ihrem Hausmantel, mit dem verbundenen Kopf und zerzausten Haar, sah sie kaum noch der feinen Dame ähnlich, die mich engagiert hatte. «Ja.»

«Was kann das bedeuten?»

«Bedeuten?»

«Was ist es?»

«Das weiß ich nicht.»

«Wo haben Sie es denn schon einmal gesehen?»

«An Veejay», sagte sie kaum hörbar. «Unter ihrer linken Brust.»

35

Die kalte Nachtluft war erfrischend. Ich hatte kaum geschlafen neben Leland Walsh in meinem Bett, war jedoch nicht müde. Ich war über den Punkt der Erschöpfung hinaus, hatte kein Bedürfnis nach Ruhe. Ich wollte in Bewegung bleiben, weiterarbeiten, aber ich saß fest. Das Kfz-Amt hatte schon vor Stunden geschlossen; ich konnte zwar Claire zu Hause erreichen, doch wie sollte sie mitten in der Nacht dem Kraftfahrzeugamt von New Hampshire Informationen abluchsen?

Ich hatte keinen langen Arm; ich hatte keine Macht. Wie konnte ich schlafen bei dem, was ich wusste?

Wenn ich nicht schlafen kann, fahre ich. Ich überquerte den Fluss auf der Mass.-Ave.-Brücke, nahm den Memorial Drive aus der Stadt heraus und erwog zuerst, in einem großen Bogen wieder nach Hause zu fahren. Stattdessen war ich auf einmal auf der Boston University Bridge, kreuzte anschließend durch die Seitenstraßen von Cambridgeport und rauchte auf dem Strawberries-Parkplatz zwei Zigaretten hintereinander, ehe ich es mir anders überlegte und mich Richtung Innenstadt aufmachte.

Montagnachts ist nichts los in Boston, die Theater

sind dunkel, die Touristen weg, die Nachtschwärmer noch müde vom Wochenende. Ich entdeckte einen freien Parkplatz auf der Bowdoin Street in der Nähe des JFK-Gebäudes, zog Handschuhe und einen Schal mit Kapuze an. Eisige Windstöße versuchten, mir den Schal vom Kopf zu reißen, als ich den mit Ziegelsteinen und Betonplatten gepflasterten Platz vor der Stadthalle überquerte, die Stufen zur Congress Street hinunterstieg und auf die Faneuil Hall, das alte Rathaus, zuging. Ab dem Samuel-Adams-Denkmal begann ich meine Schritte zu zählen, während ich gleichmäßig in östlicher Richtung zum Meer und weiter zur Baustelle ging. Auf dem Marktplatz tranken und amüsierten sich noch die Stammkunden. In den Restaurants vertrieben sich Gäste mit einem letzten Drink nach dem Essen die Zeit. Licht glitzerte auf den Glimmerstückchen im Pflaster, und aus einer Hotelbar drang leise Musik. Bevor ich zur Atlantic Avenue kam, blieb ich stehen, suchte hinter einer Straßenlaterne Schutz und schätzte die letzten zwanzig Meter. Ich wollte nicht, dass mich der Nachtwachmann bemerkte.

Ich drehte mich um und ging langsam wieder zum Rathaus zurück, wobei ich noch einmal meine Schritte zählte, um sicher zu sein, dass ich beim ersten Mal richtig gemessen hatte. Die «Wiege der Freiheit», wo der große Festakt zum Patriots' Day stattfinden sollte, würde morgen um 18 Uhr gedrängt voll sein, und im alten Versammlungssaal im ersten Stock würde es nur noch Stehplätze geben. Ich hatte gehört, dass Lautsprecher aufgehängt werden sollten, um die Menschen draußen zufrieden zu stellen. Die Ehrenredner, die Ehrengäste würden sich alle im Innern des Hauses aufhalten: die Expräsidenten, die Senatoren von Massachusetts, Senator Gleason von Idaho, einst Mitglied des Komitees, das dem FBI in Waco eine weiße Weste bescheinigt hatte.

Das alte Rathaus stand ruhig und friedlich inmitten seines Schutzwalls aus Betonbarrieren. Sie würden das Nationaldenkmal vor einer Autobombe schützen, einer Bombe wie in Oklahoma City. Aber sie würden es nicht vor Sprengstoffladungen im Tunnel schützen, in alten Abwasserkanälen und Dränagerohren, die mit geliehenem Werkzeug erweitert und verändert worden waren. Vielleicht stammte das Brummen, das ich an dem Abend gehört hatte, als ich Leland Walsh rettete, von den unter Tage eingesetzten Maschinen, von Bohrgeräten, die von einer Horgan-Baustelle irgendwoanders entliehen oder eigens hierfür angeschafft worden waren.

Im Rathaus gibt es eine Post und im ersten Stock Kitschläden für die Touristen. So war es immer. Schon 1742, als es eröffnet wurde, gab es sowohl Platz für Läden als auch den Raum für Stadtversammlungen. Hier hatten James Otis, Sam Adams und Dr. Joseph Warren, die «Söhne der Freiheit», leidenschaftlich zum Widerstand gegen die Zuckersteuer, den Stamp Act und die Teesteuer aufgerufen, der die Boston Tea Party heraufbeschwor.

«Der Baum der Freiheit muss von Zeit zu Zeit mit dem Blut von Patrioten und Tyrannen gedüngt werden.» Jefferson hatte allerdings nichts vom Blut unschuldiger Zuschauer gesagt. Jefferson hat auch nichts von den Bombenattentaten der IRA in Londoner Kaufhäusern geahnt und nicht miterlebt, wie junge Israelis zerfetzt wurden, während sie in einem vollen Restaurant Pizza aßen.

Von verstärkter Polizeipräsenz war rings um das historische Gebäude nichts zu merken, und warum auch, wenn es noch sechzehn Stunden vor dem Festakt war? Als ich die Strecke vom Rathaus zur Baustelle und zurück noch einmal abgeschritten hatte, war ich da über einen fertigen Tunnel gegangen, oder waren unter meinen Füßen noch immer beharrliche Tunnelbauer zugange? Hatten sie sich dort unten eingerichtet? War alles fertig? Oder warteten sie den großen Tag ab, um den Sprengstoff hineinzuschaffen? Ich musste unwillkürlich schlucken und hörte im Geiste noch einmal, wie Liz Horgan die Lage des abgeschlossenen Lagerschuppens beschrieb. Wenn er direkt an der westlichen Spundwand stand, diente er womöglich nur dazu, den Tunneleingang zu verbergen.

Sechs Meter dicke Schichten gewachsener Fels waren auf dem Grund des Bostoner Hafens abgesprengt worden, um Platz zu schaffen für den Hafentunnel. Ehe die Hauptsprengungen begannen, machten die Umweltschützer einen Riesenwirbel um den unvermeidlichen Tod vieler Fische. Die Lösung: ein astronomisch teures «Fisch-Abschreckungssystem», das die Fische davon abhalten sollte, in die Sprengzonen zu schwimmen. Nachdem Millionen Dollar dafür ausgegeben worden waren, Fische abzuschrecken, wer würde da ein paar Sprengstoffladungen im Wert von wenigen hundert Dollar beanstanden, die ein angesehener Bauunternehmer bestellte?

Ich fröstelte und trat den Rückweg an. Ich glaubte nicht, dass Krissi Horgan unten im Tunnel, im Dunkel war, aber letztlich wusste ich es nicht, und das machte mich wahnsinnig. Ich wollte unbedingt etwas tun, *irgendetwas*. Ich konnte mir den Wachmann vorknöpfen, ihn mit Horgans Automatik bedrohen und ihn zwingen, mich zu dem Mädchen zu bringen. Würde ich ihn töten, wenn er sich weigerte? Würde er mich, falls er nachgab, an einen Ort bringen, wo mich eine Überzahl erwartete und überwältigte?

Ich wollte etwas tun, aber nichts Dummes, nichts Lebensgefährliches. Morgen würde Claire mir sagen, wohin ich mein Augenmerk richten musste. Noch hatte ich Zeit. Das Rathaus ging bestimmt nicht hoch, solange Senator Gleason nicht drinnen war.

36

Sie warteten im Wohnzimmer auf mich, zu zweit, wie Feuerböcke, die den Kamin flankieren, mit dunklem Anzug und Krawatte. Eddie Conklin war auch da.

«He, Carlotta, du hättest doch in Verbindung bleiben können, verflucht nochmal.» Eddie sah nicht erfreut aus. «Die Kerls hier haben mir schon Löcher in den Bauch gefragt.» Er hätte ihnen ja meine Handynummer geben können, aber Eddie hat nichts für das FBI übrig.

Aus dem Regiestuhl erhob sich Roz, ganz in schwarzem Leder, gähnte und streckte sich. Ich war nicht sicher, ob ihre «Hab ein Nickerchen gemacht»-Masche echt oder gespielt war. Sie kann das gut.

«Hallo, Carlotta, tut mir Leid. Hätte die Tür nicht aufmachen sollen.» Sie warf den Eindringlingen einen langen Blick zu, ehe sie sarkastisch einen Knicks machte. «Es sind ein paar Herren zu Besuch gekommen, und sie haben ein bisschen gedrückt, um reinzukommen.»

«Miss Carlyle.» Der ältere Unbekannte zog ein dünnes Ledermäppchen aus seiner Brusttasche und stellte sich als Dunfey, FBI, vor.

«Er auch?» Ich nickte zu dem Jüngeren hinüber.

«McNamara.»

Beide Ausweise sahen einwandfrei aus. Vielleicht hatte Liz Horgan die Spannung nicht länger ertragen können, hatte reden wollen und war zur Bundespolizei gerannt. Es war auch möglich, dass Gerry Horgan ähnlich heftige Gefühle gehabt und geplaudert hatte. Oder ich selbst war beim Herumspazieren in einer FBI-Sperrzone aufgefallen oder dabei beobachtet worden, wie ich in aller Öffentlichkeit mit Sam Gianelli speiste. Eddies Anwesenheit war ein Wink, aber ich hatte nicht vor, laut Spekulationen vor den FBI-Agenten Dunfey und McNamara anzustellen, die immer noch standen und sich redlich abmühten, die Augen von dem Hintern in engem Leder abzuwenden, als Roz sich entschuldigte und schnell nach oben verschwand.

Dunfey, der Magerere und Ältere, fragte, ob ich etwas dagegen hätte, mit ihnen über eine gewisse Sache zu reden, von der sie unterrichtet worden seien.

McNamara im braunen Anzug zeigte mir seine regelmäßigen Zähne. «Ein Freund, ein Kollege von mir kennt Eddie seit Urzeiten», sagte er. «So lange schon, dass er Eddie ab und zu einen Gefallen tut.»

«Ich stehe auf alte Freundschaften», beeilte ich mich zu sagen, als er erwartungsvoll innehielt. Damit hatte ich wohl nicht zu viel gesagt.

«Dieser alte Kumpel überprüft sogar von Zeit zu Zeit Fingerabdrücke für Eddie.» Dunfey kniff die Augen zu einem schmalen Schlitz zusammen. «In Anbetracht der Tatsache, dass Eddie Privatunternehmer ist, dürfte er das eigentlich nicht.»

«Richtig», sagte ich, «aber machen wir keine Staatsaffäre daraus.»

Dunfeys böses Lächeln verbreiterte sich. «Wir könnten auch in der Zentrale weitermachen, wenn Ihnen das lieber ist.»

Diese Drohung bedeutete, dass die Fingerabdrücke des Wachmanns nicht nur im Strafregister vorkamen, sondern von speziellem Interesse waren.

Jetzt zeigte McNamara mir noch mehr Zähne. «Glauben Sie mir, wir würden es vorziehen, wenn Sie kooperierten.» Er spielte den guten Polizisten, Dunfey den bösen Zwillingsbruder. Kein schlechter Auftritt, aber ich kannte die Nummer schon.

Ich wusste, dass ich reden oder meinen Anwalt anrufen musste, und *verdammt*, die Sache war die, dass ich reden *wollte*. Ich brauchte Hilfe, besonders die Art von Hilfe, die das FBI geben kann. Ich hatte weder Einfluss noch Macht, während sie über Unmengen verfügten. Sie konnten den Chef des Kfz-Amtes von New Hampshire aus dem Bett holen und sofort den Besitzer des gestohlenen Jaguars ermitteln lassen. Sie konnten im Handumdrehen Danas eingelösten Scheck zurückverfolgen, die Bank finden und sich den Kassierer schnappen, der ihn ausgezahlt hatte. Aber ich lasse mich nicht gern vor die Tür setzen, und das FBI pflegt einen so unsanft vor die Tür zu setzen, dass man Beulen davonträgt. Außerdem fürchtete ich, dass sie nur die Expräsidenten und Senatoren retten würden und sich den Teufel um das kleine Horgan-Mädchen scheren würden. Ich wollte Gelegenheit haben, mit Veronica James zu sprechen, Gelegenheit, mir Dana Endicotts dreißig Riesen zu verdienen.

Dunfey sagte scharf: «Sind Sie vertraut mit dem Begriff ‹Verdunkelung›?»

McNamara blieb sachlich. «Eddie behauptet, Sie hätten ihm nicht gesagt, woher sie die Fingerabdrücke haben, und ich glaube ihm.»

«Wer ist der Kerl denn?», fragte ich.

«*Sie beantworten gefälligst meine Fragen.* Wo ist er?» Dunfey geriet langsam in Weißglut.

«Gehört er zu den zehn Meistgesuchten? Bekomme ich eine Belohnung?»

«Hören Sie, wir wissen einiges über Sie. Kommen Sie uns bloß nicht clever.»

Ich sagte: «Ich weiß auch einiges über Sie. Über Leute, die gestorben sind, weil das Bostoner FBI Informanten statt Bürger schützt.» Im vergangenen Jahr waren zwei Agenten verklagt worden, weil sie einen ortsansässigen irischen Mafioso gedeckt hatten, der Verbrechen von Erpressung bis hin zum Mord begangen hatte.

«Das waren keine Bürger!», sagte Dunfey giftig.

«Stimmt. Ihre Namen endeten mit einem Vokal, sie verdienten es also nicht besser, als in eine Kiesgrube geschmissen zu werden.»

«Hat Gianelli Ihnen das alles erzählt?»

Sie hatten sich über mich informiert.

McNamara schaltete sich ein. «He, es wird immer später, und wir kommen nicht von der Stelle. Die Fingerabdrücke von diesem Kerl sind plötzlich da, und wir wollen wissen, woher Sie sie haben. Sie haben unsere Dienste genutzt –»

«Ich habe Eddies Dienste genutzt.»

«Eddie weiß einen Dreck.»

Jetzt wurde es Conklin zu viel. «So? Jedenfalls weiß ich eins: Ihr Heinis seid nicht vom Bostoner FBI.»

Sie mussten aus Washington sein. Das Justizministerium in der Hauptstadt hat die Daten von Kerlen, die schon einmal Personen des öffentlichen Lebens bedroht haben, auch von Terroristen, die im Ausland geboren sind. Beim FBI gibt es ein Antiterrorkommando. Kommando 5. Ich nickte Eddie ein Dankeschön zu.

«Nun hören *Sie* mir mal zu», sagte ich. «Ich gehe davon aus, dass derjenige, dem diese Fingerabdrücke gehören, ein dicker Fisch ist, wenn Sie seinetwegen von Washington hierher kommen. Und ich gehe weiter davon aus, dass Sie keinen blassen Schimmer hatten, bis Ihnen diese Fingerabdrücke auf den Tisch trudelten.»

«Wir wussten nicht, dass der Dreckskerl in dieser Gegend ist, und wir sind froh, dass wir es erfahren haben», gab McNamara zu.

«Mit anderen Worten: Ich habe Ihnen einen Gefallen getan.»

«So könnte man es ausdrücken. Aber wir wollen alles über den Mann wissen, der diese Fingerabdrücke hinterlassen hat.»

«Eine Hand wäscht die andere», sagte ich.

«Zum Teufel damit! Wo ist er?» Dunfey kochte vor Wut.

«Sagt Ihnen ‹Faneuil Hall› etwas?», fragte ich. «Faneuil Hall und 19. April?»

«Vollkommen abgesichert», stieß McNamara hervor. Aber die beiden Agenten wechselten doch beunruhigte Blicke miteinander.

«Ich will Sie beide wirklich nicht hinhalten. Ich will nur meine Geschichte einem Agenten erzählen, den ich kenne.»

«Sie können sie uns erzählen», sagte McNamara.

«Es ist verdammt eilig», beharrte Dunfey.

«Eben, je schneller Sie ihn herholen, umso schneller rede ich.»

«Wir lochen Sie ein», sagte Dunfey.

«Wenn Sie mich einlochen, sage ich kein Wort. Kein einziges.»

«Scheiße.»

«Dabei könnten Sie zu Heldenruhm kommen.» Mit diesem Hinweis, diesem versteckten Angebot, brach ich das finstere Schweigen.

Dunfey schlug mit der Faust auf den Kaminsims. «Ich dachte, die Typen vom Bostoner FBI wären alle korrupte, antiitalienische Rassisten. Wir werden niemanden aus dem gottverdammten North Dakota einfliegen, verflucht nochmal.»

«Brauchen Sie auch nicht. Er ist von hier, arbeitet verdeckt. Ich glaube nicht, dass es sein wirklicher Name ist, aber er nennt sich Leland Walsh.»

«Sieh mal an», sagte Eddie gedehnt. «Der ist vom FBI, und keiner sagt mir was davon?»

McNamara hatte schon sein Handy in der Hand.

37

«Wann bist du mir auf die Schliche gekommen?»

Ich hatte gleich die Antwort parat. «Von Anfang an.»

«Quatsch.»

«Du hast zu viele Fragen gestellt. Du hast zu viel riskiert. Du hast das Leichenschauhaus ‹Albany Street› genannt. Das tut kein Zivilist, sondern nur ein Cop. Als du mir deinen Führerschein gezeigt hast, wolltest du ihn zuerst aus der anderen Socke holen. Da steckte dein FBI-Ausweis drin, stimmt's?»

Wir saßen beide vorn in einem alten Ford Pick-up mit Vierradantrieb, hatten am Rand einer schmalen Schotterstraße angehalten. Leland Walsh – es fiel mir schwer, ihn bei seinem wirklichen Namen Leonard Wells zu nennen – saß hinter dem Steuer, und ich fuhr mit. Das Dunkelgrün des Wagens hob sich kaum von dem Kiefernwald ringsum ab. Nebel schlug sich auf der Windschutzscheibe und den Seitenfenstern nieder, was gut war, denn so konnte niemand ins Wageninnere schauen. Wir befanden uns nördlich von Derry in New Hampshire. Es war eine Stunde vor Anbruch der Dämmerung und eiskalt. Ich unterdrückte ein Gähnen und Frösteln, zog meine Jacke enger um mich. Vor allem hatte ich nicht glauben können, dass Walsh Kevin Fourniers Freund war.

Walsh – Wells – hatte eigentlich nur prüfen sollen, ob von Frauen oder Angehörigen einer ethnischen Minderheit geführte Unternehmen wirklich repräsentativ auf der Großbaustelle vertreten waren oder ob Frauen und Schwarze nur als Aushängeschilder benutzt wurden, um die staatlichen Auflagen zu erfüllen. Er sollte keineswegs nachts herumschnüffeln und sich den Schädel einschlagen lassen. Ich hatte Recht gehabt mit meinen Vermutungen über ihn, und ich hatte auch Recht gehabt mit meiner Annahme, dass er keinen detaillierten Bericht über seine mitternächtlichen Eskapaden geschrieben und weitergeleitet hatte.

Darum saß ich mit im Wagen, statt zu Hause Däumchen zu drehen oder aus dem Gefängnis meinen Anwalt anzurufen. Ich war nicht etwa hier, weil die FBI-Beamten Kendall Heywoods Fingerabdrücke von mir bekommen hatten, die überall, von Washington über das Bundesfinanzamt bis hin zum Geheimdienst, höchste Alarmbereitschaft auslösten. Kenny Heywood, pflichtgetreuer Soldat in der Miliz der Texas Republican Army, hatte in Wort und Schrift geschworen, das Weiße Haus in die Luft zu jagen, das Kapitol in Brand zu stecken sowie die Senatoren und Abgeordneten, die zu den Ausgängen rannten, mit dem Maschinengewehr niederzumähen. Ich war nicht hier, weil er derzeit vorgab, der Wachmann Jason O'Meara zu sein, auch nicht, weil ich das FBI auf Rogers Walters und seine Leute hatte ansetzen können oder weil ich die illegalen Aktivitäten unter dem Big Dig aufgedeckt hatte, bei denen sich ein kleiner Tunnel mit einem großen tarnte. Ich war Teil dieser Operation, weil ich Walsh unter Druck gesetzt hatte. Meine Beteiligung war der Preis, den er für mein Schweigen bezahlen musste.

Ich rieb mir mit den Händen die Augen. Walsh-Wells ließ den Motor aufheulen, um uns ein wenig Wärme zu verschaffen. Meine lange Nacht mit dem FBI hatte drei Stadien durchlaufen, von Entrüstung über Ungläubigkeit bis zur Planung, wobei die Ungläubigkeit viel zu viel Zeit verschlungen hatte. Dunfey hatte nicht wahrhaben wollen, dass eine organisierte Terrorgruppe die Sicherheitsmaßnahmen für den hochoffiziellen Festakt in der Faneuil Hall unterlaufen konnte. Ken Heywood sei womöglich ein Schaumschläger; niemand würde es wagen, Expräsidenten in die Luft zu jagen. Das FBI konnte keine Besichtigung des Geheimtunnels vornehmen, und da ich selbst ihn ja gar nicht gesehen hätte, gingen sie lieber davon aus, dass er gar nicht existierte. Walsh und McNamara hatten schließlich einen Bauingenieur und einen Inspektor der Stadtwerke hinzugezogen, die mir Rückendeckung gaben. Der Tunnel wäre zwar nicht unbedingt da, aber er *könnte* da sein; möglich sei es. Ein alter Abwasserkanal, ein verdammt großer Stollen, seit langem ungenutzt, verlaufe parallel zur Chatham Street.

Sobald die FBI-Beamten sich in den Gedanken verbissen hatten, dass Handeln geboten war, und sich die Mühlen der Bürokratie knirschend in Gang gesetzt hatten, lief alles wie geschmiert. Das Aufgebot des FBI an

Leuten, Geld und Überzeugungskraft war beeindruckend. Der Chef des Kfz-Amtes von New Hampshire war sofort zur Mitarbeit bereit gewesen, selbst mitten in der Nacht, und hatte festgestellt, dass der Jaguar vom Parkplatz vor einem Einkaufszentrum gestohlen worden war. Das war der erste Pin auf dem großen Stadtplan, den jemand an die Wand geheftet hatte. Ein stellvertretender Generaldirektor der Fleet Bank hatte die kleine Concordia-Zweigstelle in Derry als die Bank identifiziert, in der Alicia Smith oder Smithe den Scheck von Dana Endicott eingereicht und ausbezahlt bekommen hatte. Der nächste Pin. Das rote Karo-Logo, das Marian an einem Muldenkipper aufgefallen war, hatte zu «Hastings' Erdtransporten» geführt, einer kleinen Spedition ebenfalls mit Sitz in Derry. Pin Nummer drei.

Zu diesem Zeitpunkt war bereits die Hälfte aller FBI-Agenten aus New-England in New Hampshire versammelt, hatte Bezirksstaatsanwälte geweckt, Richter informiert und Haftbefehle erwirkt. Da der Einsatz über mehrere Bundesstaaten gehen würde, hatten die Zuständigkeiten geklärt werden müssen. Der Bezirksstaatsanwalt für organisiertes Verbrechertum und Terrorismus, der Geheimdienst und die FEMA, die Behörde für innere Sicherheit, mussten mit ins Boot.

Auch Roz hatte Erfolg mit einer Spur gehabt und den Tätowierungskünstler aufgetrieben, der vor sechs Monaten drei Kunden verziert hatte, die als Anschrift die River Ridge Farm angegeben hatten. Die Beschreibung eines Mädchens von etwa zwanzig Jahren passte haargenau auf Veronica. Im Augenblick kämmte der Tätowierer gerade die Akten bekannter und mutmaßlicher Terroristen durch.

Das tätowierte Emblem, hatte er erklärt, sei eine Kreuzung und stamme zum Teil vom Staatsgefängnis von Montana, wo das FBI sofort die Verbrecherkarteien durchforstet hatte in der Hoffnung, entweder Rogers Walters zu finden oder Harold, seinen unbestechlichen Untergebenen, zum Teil von verschiedenen rechten Milizen mit Stammsitz in Texas. Der Stern war den «Stars and Bars» entliehen, der Fahne der Konföderierten.

Das FBI hatte auch den Lkw-Fahrer der Firma Hastings ausfindig gemacht und aus dem Bett geholt. Er war erst nachdrücklich an seine Bürgerpflicht erinnert worden, dann hatte man ihm mit dem Namen «River Ridge Farm» auf die Sprünge geholfen, bis er sich erinnert hatte, Aushub auf einem kleinen Areal abseits einer Schotterstraße in einem ruhigen Gebiet abgeladen zu haben, in dem angeblich in drei Monaten munteres Ferientreiben herrschen würde. Er hatte eine Skizze gemacht, um zu zeigen, wie viele Tore er passiert und wo genau er die Erde abgekippt hatte.

Postinspektoren waren geweckt und zur Zahl der Leute befragt worden, die Post unter der Adresse auf der Jasper Pine Road erhalten hatten. Der Stadtdirektor hatte Messtischblätter zur Verfügung gestellt. Gas- und Telefongesellschaften hatten genaue Angaben über ihre Dienste gemacht.

Es gab dort keine Anschlüsse ans Telefonnetz, aber niemand wusste, wie viele Handys sie hatten. Niemand wusste, wie viele Waffen. Es waren drei Frauen und ein paar Kinder gesehen worden. Und zwei Männer, meinte ein Briefträger. Ein Nachbar, der Schwager des Briefboten, sagte, es handle sich um ein Haus für religiöse Retreats, und die Leute seien sehr nett und höflich. Seiner Meinung nach seien es zwei Familien.

«Scheiße. Wenn keine Entführung mit im Spiel wäre –» Walsh-Wells redete nicht weiter, weil wir schon einmal an diesem Punkt gewesen waren. Wenn keine Entführung mit im Spiel wäre, wäre es ganz einfach. Die Verbrecher würden gefasst und die Sprengsätze entschärft.

Tandy, von Dana Endicott ausgeliehen, stupste mich an der Schulter und gab leise, fragende Laute von sich. Ich tätschelte ihr den Kopf, und sie wedelte lebhaft und emsig mit dem Schwanz. Am Ende hatte ich doch beides erreicht, was ich erreichen wollte: meine Teilnahme und die Zusage, dass die Verschwörer nicht eher gefasst werden sollten, bis der Versuch gemacht worden war, sowohl Krissi Horgan als auch Veronica James zu retten.

Krissi würde sicher am Leben gelassen werden, bis sie ihr tägliches Telefongespräch mit Mom und Dad geführt hatte, denn wenn Mom und Dad redeten, war die ganze Operation gefährdet. Die Horgans hatten den Anruf nie vor Mittag erhalten. Meines Erachtens konnten wir bei Krissis Rettung auf Veronica als Verbündete zählen. Ich hatte meine Argumente den FBI-Beamten vorgetragen, und sie hatten sie im Großen und Ganzen geschluckt. Veronica war die Schwester eines Waco-Opfers, und sie waren bei der Erwähnung dieser texanischen Stadt betreten verstummt.

Ich ging die Ereignisse im Geiste noch einmal durch. Veronica hatte gesagt, sie fahre übers Wochenende weg. Sie hatte nicht angerufen, um ihr Verschwinden zu erklären. Ich wusste nicht, was Walters ihr erzählt hatte, womit er sie dazu gebracht hatte mitzumachen, aber ich glaube nicht, dass sie die Monstrosität des Plans durchschaut hatte, bis es zu spät war. Irgendwann, dachte ich, war aus romantischen Vorstellungen Wirklichkeit geworden, blieb der Rachegedanke an einem wirklichen

Mädchen hängen, einem intelligenten, sympathischen Mädchen, das Hunde liebte.

Wenn es hart auf hart ging, würde Veejay meiner Meinung nach Kristal beistehen, aber hundertprozentig sicher war ich mir nicht. Ich war mir nicht einmal hundertprozentig sicher in Bezug auf Kristal. Entführungen wirken sich oft merkwürdig aus. Vielleicht hatten wir zwei kleine Patti Hearsts da drin, die mit einer AK-47 bewaffnet waren und nur darauf warteten, dass der ruhmreiche Tag der Revolution anbrach. Aber wenn ich doch Recht hatte, wenn ich Kristal lebendig rausholen konnte ... Wenn ich mir auch Veronica James schnappen und Dana Endicott die Chance geben konnte, den besten Anwalt zu engagieren, der mit Geld zu haben war ...

«Bist du wach?», fragte Walsh leise.

«Ja.»

«Es ist gleich so weit.»

Ich ging im Kopf die Einzelheiten noch einmal durch. Das gestohlene Nummernschild des schwarzen Jeeps war der Polizei bekannt. Die Charles-River-Hundepension stand unter genauer Beobachtung. Niemand war verhaftet worden; die Überwachung wurde absichtlich sehr vorsichtig gehandhabt. Es war besser, jemanden aus den Augen zu verlieren, als ihnen den Hinweis zu liefern, dass das Spiel aus war.

Wenn nämlich das Spiel aus war, würden sie die Geisel töten und das Rathaus in die Luft jagen. Es mochte zwar nicht so befriedigend sein, nur Jugendliche, Touristen und zu Mittag speisende Büroangestellte umzubringen statt ehemaliger Präsidenten und eines Senators, der dem FBI in der Waco-Affäre geholfen hatte, aber allein schon die Zerstörung der «Wiege der Freiheit» am Jahrestag von Waco wäre ein großer Erfolg für sie.

An der Faneuil Hall selbst konnte man nichts unternehmen. Sie konnte nicht mit Sandsäcken geschützt oder dicht gemacht werden. Das Denkmalamt war in heller Aufregung. Ohne sich *laut* aufzuregen, hoffte ich.

Walsh-Wells goss Kaffee aus einer Thermoskanne in einen Becher und reichte ihn mir. Ich trank ihn schwarz, so nötig hatte ich ihn.

«Wir müssen jetzt unsere Westen anziehen», sagte er.

«Stimmt.»

«Du musst nicht mit. Wir haben unsere Leute dafür.»

«He, du musst auch nicht mit.»

«Es ist mein Job», sagte er.

«Meiner auch. Ich werde dafür bezahlt.»

«Großer Gott, nicht nochmal das Ganze.»

«Gute Idee.»

Er lachte leise. «Du hast meine Sachen durchsucht, stimmt's? Deshalb wusstest du, was in der anderen Socke war.»

«Während du wie ein Baby geschlafen hast.»

Er berührte meine Hand. «Machen wir's nochmal, wenn das hier vorbei ist.»

Es war Zeit; wenn wir länger warteten, würde die Dunkelheit in blasse graue Schleier übergehen und der Morgen des 19. April dämmern. Ich wickelte einen der alten Schuhe von Veronica aus und hielt ihn mit ausgestrecktem Arm Tandy hin.

«Nimm ihn auf, mein Mädchen», flüsterte ich. «Nimm ihn auf, Tandy.»

38 **Der Hund zerrte an der Leine,** und ich beschleunigte meinen Gang. Meine Augen hatten sich angepasst, so gut es ging, aber es war dunkler, als ich geahnt hatte, echte ländliche Dunkelheit statt der Resthelligkeit einer Stadt, an die ich gewöhnt war. Ich konnte Walshs – verdammt, *Wells'* – Schritte hören wie das schwache Echo meiner eigenen. Die Hündin trottete still voran. Ich konnte kaum ihr Hecheln hören. Das braune Laub unter meinen Füßen war nass und matschig, eine dicke Wintermulchschicht, die an meinen Stiefelsohlen kleben blieb. Die Kälte war schwer und feucht, eine Decke, die mehr kühlte als wärmte. Ich riskierte es, meine Taschenlampe kurz aufleuchten zu lassen, senkte sie und schirmte den Strahl ab.

Vier Bauten waren auf dem Gelände verstreut, genau wie auf der hastig skizzierten FBI-Karte. Es waren ein Wohnanhänger, der auf Betonsteinen aufgebockt und kleiner als das Baustellenbüro war, eine große verwitterte Scheune, wo nach Meinung des Briefträgers Leute schliefen, ein schmaler Schuppen, wahrscheinlich für Geräte, und etwas, das aussah wie ein Plumpsklo, mit einem halbmondförmigen Loch in der Tür. Schuppen, Wohnwagen und Scheune hatten nur wenige kleine Fenster. Das letzte Licht, eine Kerze auf der Fensterbank des Wohnwagens, war schon vor Mitternacht nach kurzem Flackern ausgegangen, und seitdem hatte man nirgendwo mehr Licht gesehen.

Tiefe Stille lastete auf uns, sie kroch wie Nebel aus dem alten Kiefernwald. Ein leises Lüftchen strich mir über den Nacken. Ich musste an die FBI-Wachen in den Bäumen denken, als sich die Hundeleine straff spannte und mir ein Prickeln die Wirbelsäule hinablief. Wir kamen etwa fünfzig Meter neben dem Fluss aus dem Wald, und gleichzeitig trat die Mondsichel hinter einer Wolkenbank hervor. Ich knipste die Taschenlampe aus und duckte mich auf den Boden, lauschte.

Ein Mann namens Henry, Ryan Henry, ein Strohmann für Rogers Walters, hatte das Gelände vor acht Monaten gepachtet. Er hätte dort wohl ein Tierasyl eingerichtet, so der Verpächter, ein Altersheim für Hunde, die andernfalls getötet worden wären. Sonst wusste er nur, dass der Mann die Pacht pünktlich bezahlte. Acht Monate sind eine lange Zeit, um mit der Waffe in der Hand wachsam zu bleiben, und ich hoffte sehr, dass das Misstrauen der Gruppe inzwischen erlahmt war und sie sich mehr auf die Hunde verließen, die innerhalb der Umzäunung frei herumliefen, Hunde, die eigentlich jetzt schlafen müssten dank der freizügig mit Schlaftabletten angereicherten Hamburger. Ich zog ein bisschen stärker an der Leine. Ich wollte nicht, dass Tandy etwas von dem Fleisch fraß.

Sie winselte leise und zerrte mich weiter, blieb stehen, schnüffelte auf dem Boden und zog mich in Richtung auf den schmalen Schuppen. Ich prüfte den holperigen Pfad, so weit ihn das Licht meiner Taschenlampe erhellte. Falldrähte gehörten bei Survival-Gruppen zur Grundausrüstung, hatte mich der FBI-Berater gewarnt. Ein Punkt für mich: Hunde und Falldrähte passen nicht zusammen. Berater, Experten, Agenten – ich hatte genug davon. Die Entführungsexperten sagten, rein technisch handle es sich gar nicht um eine Entführung, da mit einer Entführung normalerweise Geld erpresst würde. Es handle sich vielmehr um eine Geiselnahme. Das für Verhandlungen mit Geiselnehmern zuständige Team sagte, es handle sich auch nicht um eine klassische Geiselnahme. Beide Teams schienen ihre Einwände höher zu bewerten als ihre Verantwortlichkeiten, und einem Rettungsplan für den Ernstfall wurde nur zugestimmt, weil uns die Alternativen ausgingen und die Zeit davonlief. Man konnte nicht länger abwarten, und niemand wollte das Risiko eingehen, mit Waffengewalt einzudringen, wenn wie in diesem Fall mit bewaffnetem Widerstand zu rechnen war. Niemand wollte ein Waco im amerikanischen Osten, einen neuen Aufschrei der Empörung, einen neuen 19. April, an den man sich noch lange erinnerte. In einem Punkt waren sich die Experten einig: Wenn der Plan erfolgreich sein sollte, durfte niemand entkommen, niemand die Nachricht verbreiten.

Tandy zog, und ich setzte mich in Bewegung, rannte leise hinter ihr her, Wells dicht hinter mir.

Die einzige Tür des Schuppens ging nach Nordosten und war durch einen riesigen Erdhaufen sichtgeschützt. Ein rostiger Bulldozer stand anderthalb Meter weiter, genauso, wie es der Lkw-Fahrer beschrieben hatte. Wenn ich in einem alten Bretterschuppen Gefangene hielte, würde ich sie, sobald sie mir keinen Nutzen mehr brächten, wahrscheinlich töten, die ganze verfluchte Hütte mit dem Bulldozer platt machen und einfach Erde darüber schieben. Zwei Fliegen mit einer Klappe. So wurde man den verräterischen Aushub aus dem geheimen Tunnel los und hatte gleich einen Grabhügel.

Wenn die Schuppentür nicht durch den Erdhaufen und den Bulldozer verdeckt gewesen wäre, hätten die Späher in den Bäumen das große glänzende Vorhängeschloss gesehen und uns gewarnt. Eine Eisenkette war zweimal um den Türrahmen geschlungen und durch den Riegel gezogen. Wells fluchte leise, während Tandy winselte und ihre Nase an die Tür presste. Ich gab ihr das Zeichen für «Ruhig» und tätschelte ihr das gelbbraune

Fell. Wells kniete nieder und nahm seinen Rucksack ab, ich auch. Ich leuchtete ihm mit der Taschenlampe, als er den Reißverschluss einer Tasche aufzog und Einbruchswerkzeug herausnahm.

«Ruhig halten», sagte er.

«Warte mal. Lass uns erst die Kette anschauen.» Ich ließ den Lichtkegel über die Kettenschlaufen gleiten. Am Anfang waren nur verzinkte Kettenglieder, aber danach wurde die Kette dunkel und fleckig. Sie ging über in einen alten, rostigen Kettenteil.

«Bolzenschneider?»

Wells hatte das nötige Werkzeug und die nötige Kraft im Oberkörper. Eines der alten Kettenglieder zersprang sauber in zwei Teile. Tandy scharrte den Boden auf, während ich vorsichtig die lose Kette abwickelte. Die Tür quietschte beim Öffnen. Ein erstickter Überraschungslaut war zu hören, vielleicht Entsetzen oder Angst. Ich konnte nichts sehen, aber riechen, und es roch wie auf einem Plumpsklo. Ich sah erst nach, ob die Tür auch zu war, bevor ich die Taschenlampe einschaltete.

Das Stroh unter meinen Füßen war feucht und verfilzt. Zwei Gestalten – Frauen, Gefangene – lagen auf dem schmutzigen Stroh, die Arme auf den Rücken gebunden, die Beine gefesselt. Tandy riss so stark, dass mir die Leine beinahe entschlüpft wäre. Wells legte mir warnend die Hand auf die Schulter. Er hatte inzwischen auch seine Taschenlampe angeknipst und ließ den Lichtkegel langsam über die beiden Gestalten wandern. Ich wusste, dass er sich erst vergewissern musste, dass sie nicht verdrahtet und mit Sprengstoff bepackt worden waren, aber es war schwer, sich nicht gleich über sie zu beugen und ihnen die strammen Fesseln zu lockern.

Ich atmete durch den Mund. Sie waren völlig verdreckt, eine Blonde, eine Dunkelhaarige, und lagen mit dem Gesicht nach unten auf dem Stroh. Die Dunkelhaarige bewegte sich und versuchte zu sprechen. Ihre Stimme wurde durch ein Kopftuch gedämpft, das ihr ums Gesicht geknotet worden war, aber sie brachte doch einen Laut zustande, ein zweisilbiges Wort, vielleicht «Tandy».

«Okay», murmelte Wells.

«Nicht sprechen.» Ich fing mit dem dicken Strick an Veejays Füßen an. Meine Finger mühten sich mit den Knoten ab, und ich dachte schon, ich müsste den Bolzenschneider benutzen, aber dann gab etwas nach, und das Seil lockerte sich. Ich musste sie auf die Seite rollen, um die Knoten an ihren Handgelenken zu lösen. Sie versuchte mit aller Macht, ihr Gesicht aus dem Stroh herauszuhalten. Schließlich hatte ich auch das fest geschnürte Tuch aufgeknotet.

«Tandy», flüsterte sie mit heiserer Stimme. «Wer –»

«Still. Dana hat mich geschickt.»

«Sie werden mich umbringen, uns umbringen, alle umbringen –»

«Schscht.»

Während ich Veejay losband, hatte Wells das Gleiche mit Krissi gemacht. Ich konnte hören, wie er ihr leise und beruhigend zusprach, sah Tränen über ihr schmutziges Gesicht laufen, verkrustetes Blut in einem Mundwinkel. Sie starrte uns aus weit aufgerissenen Augen an. Sie hatte keine Ähnlichkeit mehr mit dem Hochglanzfoto auf dem Schreibtisch ihrer Mutter, und ich fragte mich, ob sie wohl wieder so hergerichtet werden konnte wie ein kaputtes Foto, ob sie je wieder die Gleiche sein würde.

«Wer sind Sie?», hörte ich sie flüstern.

«FBI. Kannst du deinen rechten Arm bewegen?»

Im selben Augenblick quietschte die Tür, und ich hörte, wie ein Gewehr gespannt wurde. Rogers Walters' Stimme ertönte, und gleichzeitig schien mir blendendes Licht genau in die Augen, sodass ich sie zusammenkneifen musste. «Waffen fallen lassen. Sofort. Los. Ich will hören, wie sie auf den Boden fallen. Lasst sie fallen, sonst erschieße ich bei drei die kleine Blonde. Eins, zwei –»

Ich presste das winzige Gerät an meiner Taille, das Notsignal, das SOS. *Niemand darf entkommen, niemand die Nachricht verbreiten.* Gleichzeitig ließ ich meine S&W .40 vor die Füße fallen. Ein dumpfer Schlag neben mir sagte mir, dass Wells es mir gleichtat.

«Rückwärts. Ihr Mädchen, runter ins Stroh. Tut, was ich sage, verdammt!» Veronica ging zuerst in die Knie. Sie musste Krissi bei der Hand nehmen und mit sich runterziehen. Krissi sah zugleich bemitleidenswert, verwirrt und trotzig aus mit ihrem tränenüberströmten Gesicht. Bei dem Geraschel, das die beiden Gefangenen im Stroh machten, konnte ich Tandy nicht hören, sie war irgendwo im Schatten verschwunden.

«Und jetzt zu euch beiden. *Bewegt euch!* An die Wand!»

Wells und ich wechselten einen kurzen Blick und versuchten auseinander zu rücken, aber Walters befahl uns, dicht zusammenzubleiben. Einer gegen zwei. Sein Gewehr war eine Halbautomatik.

«FBI?», sagte er bitter. «Habe ich richtig gehört?» Er betonte seine Frage durch einen kurzen Schwenk mit dem Gewehrlauf.

«Ja», sagte Wells.

«Dann gehe ich davon aus, dass ihr nicht allein seid.»

«Wir sind nur wegen Krissi hier. Warum lassen Sie sie nicht gehen? Sie ist doch für niemanden eine Gefahr!»

«Für niemanden eine Gefahr? Heiliger Himmel! Ist Randy Weavers Frau etwa eine Gefahr für jemand gewesen? War David Koresh eine Gefahr für jemand? Dieser Mann Gottes, dieser Gelehrte?»

«Kannten Sie Mr. Koresh?» Ich spürte förmlich Wells' Wunsch, Walters möge immer weiterreden, uns die ganze, lange Story in allen Einzelheiten erzählen, *damit wir Zeit gewannen.*

«Nein, aber ich kenne *euch*. Ihr seid vom FBI, und das heißt, dass ihr lügt. Wenn ihr vom FBI seid, ist das ganze verfluchte Gelände umstellt. Ich habe einen der Hunde rumliegen sehen. Das hat mich stutzig gemacht. Ich hätte wachen sollen – aber egal.»

«Ich werde Sie nicht anlügen», sagte ich. «Das Gelände ist wirklich umstellt.» Falls er die anderen nicht geweckt hatte, waren sie leicht zu überwältigen. Wenn wir nur Walters am Reden halten, wenn wir ihn davon abhalten konnten loszuballern …

«Du!», sagte er. «Er hat's mir erzählt – ich dachte, du wärst bloß eine Privatschnüfflerin, die ihre Nase ständig in anderer Leute Angelegenheiten steckt.»

«Bin ich auch.»

«Zu schade. Wir nehmen keine Geiseln mehr, seit Waco nicht mehr. Und auch ihr werdet niemanden mehr gefangen nehmen, ihr werdet keine Patrioten mehr gefangen nehmen, alle hier sind bereit zu sterben.»

«Müsst ihr aber nicht», sagte Wells. «Schickt doch wenigstens die Kinder weg. Sind es Ihre Kinder?»

«Sei still, *Jungchen*.»

Wells zuckte bei dem Wort zusammen. Und dann sah ich, wie Veronica den Arm bewegte, hörte ein leises

Kommando und sah nur noch einen Blitz, der in hohem Bogen durch die Luft schnellte: Tandy. Für den Bruchteil einer Sekunde stand Walters wie erstarrt da; uns hätte er bereitwillig getötet, sogar seine Kinder hätte er sterben lassen, aber er war nicht darauf vorbereitet und nicht gewillt, einen Hund zu erschießen.

Wells warf sich auf Walters, packte ihn um die Knie und brachte ihn wie einen Baum zu Fall. Es gab einen ohrenbetäubenden Knall, und irgendwo in meinem Kopf dachte ich: *Verdammt, jetzt werden die anderen wach.* Ich wühlte in meinem Stiefel und zog die von Horgan geliehene Automatik heraus. Walters hatte sich inzwischen auf ein Knie aufgerichtet. Er zielte auf Kristal, die bäuchlings im Stroh lag und die Hände auf die Ohren presste. Sie schrie und schrie, und ich wusste, dass ich nicht rechtzeitig würde schießen, dass ich die Exekution nicht würde verhindern können. Wells konnte ich nicht sehen, wusste nicht, *ob* er getroffen war und *wo* er getroffen war.

Veronica drehte sich um; ein Blick, und sie stürzte sich auf Krissi, nicht auf Walters, warf sich über Krissi, um die Jüngere mit ihrem Körper zu decken. Gleichzeitig hörte ich den Knall, und dann sickerte Blut aus Veronicas Rücken.

Ich schoss auf Walters, feuerte so lange auf ihn, bis er zu Boden ging. Überall waren auf einmal laute Geräusche, schnelle Schritte, Schüsse und Licht. Aber niemand kam in den Schuppen, niemand versuchte die Tür aufzumachen. Krissi hielt den Hund umklammert und stöhnte; sie wand sich halb kriechend unter Veejay hervor, die reglos dalag. Ich riss mir Mantel und Bluse vom Leib und legte Veejay einen Druckverband im Rücken an, fühlte, wie meine Bluse nass und warm wurde.

Es schien Stunden zu dauern, bis Hilfe eintraf, aber später hörte ich, dass der ganze Einsatz vom SOS bis zu unserer Rettung insgesamt nur acht Minuten gedauert hatte.

39 **Zwei Hubschrauber hoben** von der Lichtung ab, groß und schwarz genug, um tausend Albträumen von einer neuen Weltordnung Nahrung zu geben. Zuerst der Rettungshubschrauber, der Veronica und die anderen Verwundeten aufgenommen hatte, und dann der FBI-Helikopter. Ich war im zweiten Vogel festgeschnallt, nach einem Blick durch den Plexiglasboden völlig orientierungslos, halb taub vom Dröhnen der Propeller. Wells saß rechts neben mir. Er war mit dem Gewehrkolben niedergeschlagen und nur außer Gefecht gesetzt, aber nicht erschossen worden. Ich merkte, dass meine Zähne klapperten, und presste die Lippen zusammen, ehe der Zahnschmelz Sprünge bekam.

Kristal Horgan, links neben mir, lehnte den Kopf gegen das glatte Metall des Hubschraubers. Jemand hatte ihr einen sauberen Overall gegeben, der ihr um den mageren Körper schlotterte, aber sie roch nach wie vor nicht wie die frische Frühlingsluft. Sie starrte aus dem Fenster in unendlich weite Fernen.

Niemand darf entkommen, niemand die Nachricht verbreiten. Die FBI-Beamten hatten Fernsprechleitungen gekappt, Handyfrequenzen gestört und die Lokalpresse nachdrücklich zum Schweigen gebracht – kein Wunder, dass sie so gehasst und gefürchtet waren. Trotz Walters' Drohung hatten nördlich von Derry zumindest vier seiner Leute lebend gefasst werden können. Zwei davon, Erica und Harold, kannte ich schon aus der Charles-River-Hundepension. Die anderen waren zwei Fremde in Kampfanzügen, Männer mit kahl geschorenen Köpfen. Rogers Walters war tot.

Einer der Fremden im Kampfanzug saß mir in Handschellen und Fesseln gegenüber, bewacht von einem vierschrötigen FBI-Mann. Seine schmächtige Gestalt und Hände voller Schwielen hatten sofort Aufmerksamkeit erregt. Bisher hatte er sich geweigert, Einzelheiten über den Tunnel zu verraten, aber ich konnte mir gut vorstellen, dass man entsprechenden Druck ausüben würde.

Ich spürte, wie mich Walsh – Wells – berührte. Er warf mir einen forschenden Blick zu, und ich nickte, um ihm zu sagen, dass ich meine Sinne beisammenhatte und okay war.

«Wo landen wir eigentlich?», schrie ich.

«Nicht in Logan. Würde zu lange dauern, Stellung zu beziehen.»

«Warum die Eile?» Wenn niemand entkommen war und niemand die Nachricht verbreitet hatte, müsste die Zeit reichen.

«Der Einsatzleiter sagt, es könnte einen automatischen Code für den Ernstfall geben. Etwas in der Art: Wenn ihr nicht alle zwei Stunden von uns hört, lasst die Sache hochgehen. Wumm.»

«Und was sagt der?» Ich deutete auf den Mann in Handschellen.

«Er sagt nein. Aber auf wessen Seite steht er?» Wells zuckte die Achseln. «Noch etwas. Heywood war nicht in dem Camp, und wir haben noch keine Spur von ihm. Die Adresse auf seinen Arbeitspapieren ist falsch, die

Telefonnummer stimmt nicht. Er könnte unten im Tunnel sein, und wenn er nichts von Walters hört –»

Wumm. Abschied von einem Nationaldenkmal.

«Was ist denn mit MKs von Heywood?» MKs sind «mögliche Komplizen». Vor allem alte Kumpel, Knastgefährten usw.

«Was hast du im Auge, Carlotta? *Wen?*»

Ich schüttelte den Kopf und drückte die Handballen auf die Augen. Bald brauchte ich Schlaf. Einen Augenblick lang stellte ich mir vor, in dem anderen Hubschrauber zu sein und bunte Lichtpunkte auf Bildschirmen pulsieren zu sehen, die mit dem bewegungslosen Körper des dunkelhaarigen Mädchens verbunden waren. Veronica war noch am Leben gewesen, als er abhob.

«Wann kann ich meine Klientin anrufen?», fragte ich, ohne die Augen zu öffnen.

«Weiß ich nicht.»

Ich hatte mein Handy abgegeben und gegen eine Kevlarweste eingetauscht. Ich hatte es nicht freiwillig getan, und das Handy war mir noch nicht zurückgegeben worden. Das FBI traute mir nicht, und nicht ganz ohne Grund, denn ich hätte Dana angerufen und ihr gesagt, dass sie Veejay am General Hospital erwarten könnte. Das ist aber etwas anderes, als bei einem Fernsehsender anzurufen und denen ein paar Sensationsmeldungen von einer Bombe unter der Faneuil Hall zu verkaufen, etwas anderes, als öffentlich zu verbreiten, dass es je nach verbleibender Zeit und je nach den Aussagen, die die Bundespolizei den dingfest gemachten «Patrioten» noch abringen konnte, zwei Möglichkeiten gab, wie man vorgehen konnte.

Zuerst der Plan A: den Tunnel fluten, um die Schurken hinauszutreiben und die Bomben zu entschärfen.

Ein Großteil des Tunnels bestand angeblich aus wasserdichten Abwasserrohren. Städtische Bauingenieure und Big-Dig-Ingenieure, Wasserwerker und Kanalarbeiter waren sicher, schnell genug Wasser hineinpumpen zu können, um Explosivstoffe unschädlich zu machen und jeden zu ertränken, der sich nicht ergeben wollte. Wenn ich die Zeichen richtig gedeutet und die Rattenplage gleich zu Anfang richtig interpretiert hätte, dachte ich trübsinnig, wäre jetzt alles vorbei. Wo sollten die Ratten auf der Horgan-Baustelle hergekommen sein, wenn nicht aus dem wieder geöffneten Abwasserkanal?

Der Ersatzplan, den Tunnel im Sturm einzunehmen und dazu FBI-Leute durch die Kanalschächte und vom verschlossenen Lagerschuppen aus in den Tunnel einzuschleusen, wurde nur von wenigen favorisiert. Dieser Plan würde Menschenleben kosten. Der Tunnel war garantiert gegen Eindringlinge gesichert. Ein älterer FBI-Agent war bei der Diskussion, die von spitzen Stöcken und Stolperdrähten bis hin zu Tretminen reichte, sichtlich erblasst und hatte den Raum fluchtartig verlassen, woraufhin jemand gemunkelt hatte, der Mann sei in Vietnam eine Tunnelratte gewesen.

«Er hat's mir erzählt», hatte Rogers Walters gesagt. «*Er hat's mir erzählt* – ich dachte, du wärst bloß eine Privatschnüfflerin, die ihre Nase ständig in anderer Leute Angelegenheiten steckt.» Ich schlug die Augen auf, als der Helikopter eine scharfe Kurve flog, und schloss sie wieder, als es mir mulmig im Magen wurde. *Wer hatte es ihm erzählt?* Wer hatte ihn vor mir gewarnt? Der Wachmann? Wenn nun weder Walters noch Heywood der Hauptakteur war? Walters hatte zur Tarnung die Hundepension aufgemacht. Heywood war als Wachmann erst relativ spät ins Spiel gekommen. War

noch ein «Patriot» beim Big Dig, jemand, der in der Horgan-Baustelle eine einmalige Chance gesehen hatte? Horgan selbst hätte nie seine eigene Tochter entführt und sie den Bedingungen unterworfen, die sie in dem Camp überlebt hatte. Ich überlegte, ob Happy Eddie Conklin in Frage kam.

«Landeplatz! Zur Landung ansetzen.» Beim Klang der Bordfunkstimme öffnete ich die Augen. Möglicherweise hatte ich geschlafen. Krissi neben mir hob den Kopf und versuchte es mit einem Lächeln, das zitterte, zuckte und verlosch wie eine kaputte Glühlampe. Ich beobachtete, wie alles unter uns in Schräglage geriet.

Der Hubschrauberlandeplatz auf einem Wolkenkratzer im Finanzdistrikt stand gedrängt voll mit Männern in Anzügen. Dazwischen mischten sich Männer in Overalls und Westen, eine Kreuzung zwischen Ehrengarde und Sonderkommando. Walkie-Talkies waren Standardausrüstung, ebenso Automatikwaffen vom Kaliber .40. FBI-Agenten drängten Kristal in den einen Aufzug und den Terroristen in Handschellen in den anderen. Wie ich den barschen Kommandos entnahm, würde er direkt zu einem bereitstehenden Wagen in der Tiefgarage gebracht und unverzüglich zum Kommando-Hauptquartier im JFK-Gebäude überführt werden.

Die Zeit schaltete in den schnellen Vorlauf. «Bleib bei dem Mädchen. Seine Eltern müssten gleich im Foyer sein.» Die Atmosphäre knapper Befehle schien auf ihn abgefärbt zu haben.

«Das Haus könnte doch beobachtet werden –», protestierte ich.

«Wenn ja, dann hätten wir sie geschnappt.» Jetzt war das FBI *wir* und ich außen vor. Er gesellte sich wieder zu einer Gruppe von FBI-Beamten. Sie klopften ihm auf die Schultern, und er schüttelte jemandem die ausgestreckte Hand.

«Ich komme mit», sagte ich. «Ich kenne den Tunneleingang, den –»

«Ich auch! Bleib bei Kristal. *Bleib bei ihr.*»

Mehr als meine Mitwirkung in New Hampshire und die Rettung der Frau, für die ich engagiert worden war – der Frau, die, wenn sie Glück hatte, inzwischen auf einem Operationstisch liegen müsste –, hatte ich nicht aushandeln können. Wells verschwand in dem rechten überfüllten Aufzug, und ich stieg mit Kristal in den linken, weil ich nicht allein auf dem Dach zurückbleiben wollte. Die Türen schoben sich zu, und die Maschinerie summte los.

Maschinerie. Die FBI-Maschinerie war angelaufen.

Die Türen glitten genau vor Gerry und Liz Horgan wieder auf, die wie Steinstatuen dastanden, flankiert von FBI-Leuten, und Kristal fiel ihnen um den Hals. Man sagt das so, *fiel ihnen um den Hals*, aber sie tat es wirklich und riss dabei ihre Mutter mit zu Boden, wo sich die beiden schluchzend umarmten, bis Mr. Horgan sich dazukniete und einen Arm um seine Frau und den anderen so fest um seine Tochter schlang, dass ich für ihre Rippen fürchten musste.

«Sir.» Der FBI-Agent, der jetzt sprach, brauchte noch ein paar Zentimeter mehr Kinn, um klassisch genannt zu werden.

Horgan ignorierte ihn, presste sein Gesicht in Krissis verfilztes Haar.

«Sir, ein Rettungswagen wartet darauf, Ihre Tochter zum New England Medical Center zu bringen.»

«Ich will aber nach Hause», wimmerte das Mädchen. Sie redete immerfort, über Veronica, ihren Hund, der verschwunden war, und dass sie gern baden würde, *«ach bitte, bitte, baden»*.

«Hat die Frau sie entführt?», fragte Liz Horgan. «Die mit den Hunden?»

Und ihr das Leben gerettet. Ich fragte mich, ob Krissi wohl klar war, was Veronica für sie getan hatte.

«Sir, Ihre Frau wird Ihre Tochter zum Krankenhaus begleiten. Sie bleiben hier.»

«Ich muss mit Krissi fahren!», beharrte er.

«Sir, wir haben sie Ihnen wiedergebracht. Das war unser Anteil am Deal, doch jetzt brauchen wir Ihre Mitarbeit.» Horgan war nicht zu beneiden. Ich hatte Gespräche von FBI-Leuten mitgehört. Jede Lieferung, die er bestellt hatte, jede Person, die er eingestellt hatte, jede Veränderung, die er im Zeitplan und in den Terminen vorgenommen hatte, würde nach Informationen über die Terroristen und ihren Tunnel durchleuchtet werden.

«He», rief ich dem Agenten zu, der damit beschäftigt war, Vater und Tochter voneinander zu lösen. «Ich hätte da eine Frage. Gerry! Mr. Horgan –»

«Wie? Oh – Carla – Miss –» Er geriet sichtlich in Verwirrung.

«Ein Symbol», sagte ich. «Gelbe Wellenlinien über einem blauen Mond und ein kleiner roter Stern in der Ecke. Haben Sie je einen Mann oder eine Frau mit einer solchen Tätowierung gesehen oder jemanden dieses Symbol an einem Armband oder einer Halskette tragen sehen?» Ich hatte mehr denn je den Verdacht, dass dieses Symbol Fournier umgebracht haben könnte. Wenn er nun diesen «Glücksbringer» auf der Baustelle gefunden und gedacht hatte, dass irgendwelche illegalen Aktivitäten damit verbunden sein könnten … Er hatte Liz Horgan zu erpressen versucht, vielleicht hatte er es auch bei jemand anderem probiert.

«Nein, ich kann mich nicht an etwas Derartiges erinnern, nein.»

«Kommen Sie», sagte der Agent ungeduldig. «Wir müssen hier raus. Gehen wir.»

«Passen Sie auf meine Frau und meine Tochter –»

«Wir kriegen sie», sagte der Agent. «Die beiden sind sicher. Gehen wir.»

«Bitte.» Der Chef wendete mühsam den Blick von seiner Tochter ab und sah mich mit flehenden Augen an.

Ich nickte. Ich würde bei ihnen bleiben.

«Danke», murmelte er.

Ein ganzer Schwarm von Agenten nahm ihn eiligst in ihre Mitte. Liz Horgan und ich blieben mit dem Mädchen und ein paar FBI-Leuten niedrigeren Ranges zurück, darunter ein älterer Mann, dessen Hauptaufgabe zu sein schien, ungeschickt Schultern zu tätscheln.

Erst im Rettungswagen auf dem Weg zum Krankenhaus, als Kristal, die Laken bis zum Kinn hochgezogen, mit ausdruckslosem Gesicht auf der Pritsche lag, sprach Liz Horgan mich an. Ich dachte schon, sie würde sich dem Dank ihres Mannes anschließen, aber sie wirkte besorgt. Sie strich sich das Haar aus der Stirn und sagte: «Darf ich Ihnen unter vier Augen etwas erzählen?»

Ich nickte, dachte, tu's oder tu's nicht. Sie sah aus, als sei die geworfene Münze noch in der Luft, noch kurz vor ihrem Fall, Kopf oder Zahl.

«Ich liebe meinen Mann», sagte sie.

Wenn es das ist, was sie mir unter vier Augen mitteilen will, ist es bei mir gut aufgehoben, dachte ich.

«Ich möchte nicht, dass er es erfährt. Ich möchte nicht, dass er weiß, wie das FBI daran gekommen ist. Ich möchte nicht, dass die Polizei davon erfährt. Sie reden alle. Niemand soll es erfahren. Darauf müssten Sie mir Ihr Wort geben.»

«Kommt darauf an, was es ist.»

Sie biss sich auf die Lippen. «Sie haben Gerry nach – nach einem Symbol gefragt, einer – einer Tätowierung.»

Jetzt spitzte ich die Ohren. Innerlich, damit es nicht auffiel. «Habe ich, ja.»

«Ist es wichtig?»

«Ja.» Ich wollte schon «auf Leben und Tod» hinzufügen, unterließ es jedoch. Ich wollte sie nicht verschrecken.

«Ich kenne jemanden mit einer solchen Tätowierung, einen Mann.»

«Wer ist es?»

«Ich möchte nicht, dass mein Mann davon erfährt. Die Tätowierung ist an einer Stelle, die man bei einer flüchtigen Bekanntschaft nicht sehen könnte.»

Also tief unten am Kreuz. Diese Stelle hatte Roz' Tätowierer für die Männer ausgewählt.

«Wer?», wiederholte ich.

Der Rettungswagen bog scharf um die Ecke, und sie schwankte leicht. «Harv O'Day.»

Harv O'Day. Klein und drahtig, ein geborener Tunnelgräber. Harv O'Day, der die Bauaufsicht hatte, der Herr über die Stechkarten.

40

Der Rettungswagen hielt mit weit aufgeschlagenen Hecktüren genau vor dem Eingang zur Ambulanz des New England Medical Center, zwei Kilometer vom JFK-Gebäude entfernt, wo sich jetzt gerade die FBI-Beamten versammelten und darauf vorbereiteten, den Tunnel entweder zu fluten oder im Sturm einzunehmen. Ich konnte nicht mitmachen, nicht mit meinem Bein.

«Mein Mann darf es nicht erfahren», flüsterte Liz mir noch einmal schnell zu, ehe ich auf den Asphalt sprang.

Die Agenten waren weg, verschwunden, zusammengeschmolzen wie Schneeflocken auf heißem Asphalt, der Wagen, der hinter uns herfahren sollte, hatte uns entweder im dichten Verkehr aus den Augen verloren oder war zu einem anderen Notfall abkommandiert worden. Sicher abkommandiert. Wie könnte man einen verfluchten Rettungswagen aus den Augen verlieren? Aber wer weiß! Sam Gianelli hatte mir einmal erzählt, dass es ein Sprichwort bei der Mafia gibt: *Das organisierte Verbrechen lebt von der unorganisierten Justiz.*

Ich gab es auf, nach dem FBI Ausschau zu halten, und lief zum Eingang zurück, wo ich gerade noch Krissis Trage in einem Heer von Krankenhausbediensteten untertauchen sah. Liz folgte ihr, und ich folgte Liz, zwängte mich durch die Menge, schritt schnell den breiten Korridor entlang, blieb mit der Jacke an einem Infusionsständer hängen, überhörte die Frage der Pfleger, wohin ich eigentlich wollte, bis ich Liz eingeholt hatte, sie an der Schulter packen und anhalten konnte.

«Haben Sie ein Handy?»

Sie schob die Hand in die Handtasche, steckte mir das Handy zu und eilte weiter. Ich wählte die Nummer der Horgan-Bauunternehmung und hatte Marian dran, kein Band, sondern eine lebendige, bekannte Stimme.

«Ist Harv O'Day da?» Sie fing an, Entschuldigungen herunterzuplappern. «Beantworte mir einfach nur die Frage, Marian. Carla hier. Hast du Harv heute schon gesehen? Ist er auf der Baustelle?»

«Er ist vorhin rausgegangen, Carla. Heute herrscht hier ein einziges Chaos. Ich weiß nicht, was, zum Teufel, los ist.»

Ein Mann mit langer Nase in einem grünen Kittel, ein Stethoskop um den sehnigen Hals, näherte sich mir und sagte, ich dürfte hier drin kein Handy benutzen, ob ich denn nicht lesen könnte?

«Wann ist er gegangen?», fragte ich Marian. «Hat er ein Handy dabei?»

«Ja, ich glaube schon. Vielleicht vor einer halben Stunde, vielleicht auch eher. Er ist einfach verschwunden. Ohne ein Wort. Normalerweise –»

«Hast du gesehen, wohin er gegangen ist?»

«Wie meinst du das? Warum willst du das wissen?»

«Marian, *bitte*.»

Der Mann im Kittel starrte mich grimmig an, und ich starrte noch grimmiger zurück.

«Na ja, er ist Richtung Markt gegangen, aber er geht nie mittags aus essen oder so was. Ich verstehe rein gar nichts mehr. Gerry ist nicht da. Liz ist nicht da. Ans Telefon gehen sie auch nicht –»

«Danke.» Ich brach das Gespräch ab, während Marian noch redete, sie sagte sicher, dass der Tag nur schlimm enden könnte.

Der grimmig guckende Mann war weg. Ich suchte im Wartezimmer und in der Eingangshalle nach einem Ortspolizisten, fand aber nur einen Wachmann mit leerem Blick und so jung, dass er noch keine Rasur nötig hatte. Schon an einem normalen Patriots' Day ist jeder verfügbare Cop im Einsatz, dazu abgestellt, beim Marathonlauf die Menschenmassen unter Kontrolle zu halten. Bei der zusätzlichen Arbeit durch das Ereignis in der Faneuil Hall würden Streifenpolizisten noch viel seltener anzutreffen sein. Aus dem Augenwinkel sah ich, wie sich Flügeltüren teilten und die Trage mit Krissi Horgan verschluckten. Liz blieb zurück, ließ sich mit einem Stift in der Hand auf einen Stuhl fallen und fing an, fieberhaft auf einem Klemmbrett zu schreiben. Ich kniete mich neben sie.

«Ich muss diese verdammten Formulare ausfüllen und weiß gar nicht –»

Ich nahm ihr das Klemmbrett aus der Hand, ohne dass sie Widerstand leistete. «Liz, wo könnte Harv hingegangen sein? Wie lautet seine Handynummer? Kennen Sie sie?»

Sie nickte, und ich reichte ihr das Handy. «Rufen Sie ihn an.»

«Was soll ich denn sagen?»

«Finden Sie heraus, wo er ist.»

Sie wählte die Nummer und hielt das Handy ans Ohr. «Er geht nicht ran. Soll ich eine Nachricht hinterlassen?»

«Verdammt. Nein.»

«Ist er denn nicht auf dem Bau? Kann Marian ihn nicht –»

Ich wiederholte, was ihre Sekretärin gesagt hatte.

«Dann ist er wahrscheinlich zu seiner Wohnung gegangen», sagte sie. «Geben Sie mir das Klemmbrett wieder. Ich muss die Formulare –»

«*Welche Wohnung?* Wo?»

Er hätte eine kleine Wohnung hoch oben über dem Marktplatz, erzählte sie mir, ein perfektes Krähennest, von dem aus er sich gern mit dem Fernglas das geschäftige Treiben unten ansähe. Die Fenster würden zur City Hall Plaza hinaus liegen, eine wunderbare Aussicht.

Mir sank das Herz in die Hose. Mit einem Fernglas

konnte er genau sehen, was an der Faneuil Hall vor sich ging. Wenn irgendetwas plötzlich anders war als sonst, und das war abzusehen, ganz gleich, welcher Plan in die Tat umgesetzt wurde, würde er es bemerken. Mit einem weit reichenden Gewehr mit Zielfernrohr konnte er einen sorglosen FBI-Agenten schon umlegen, ehe der auch nur sein Walkie-Talkie an die Lippen gebracht hatte. Sie hätte nie Waffen in seiner Wohnung gesehen, aber er besäße einen Empfänger für den Polizeifunk, der meistens eingeschaltet sei, weil er gern die Polizeimeldungen und Feuerwehrnotrufe mithöre, selbst bei intimen Gelegenheiten.

Sie hatte einen Schlüssel. Sie wollte nicht sagen, wann die Affäre begonnen hatte. Da sie den Schlüssel noch hatte, war sie noch nicht zu Ende. Sie war schon immer so gewesen, hatte auf jeder Baustelle einen heimlichen Liebhaber gehabt. Ich musste ihr fest versprechen, dass ich ihrem Mann nichts davon erzählen würde. Ihr Schlüssel wäre für die Haustür; für die Wohnung hätte sie keinen Schlüssel. Wenn sie im Haus wäre, ginge sie immer vier Treppen hoch und klopfe in einem bestimmten Takt.

«Klopfen Sie es mal, ich will es hören.»

Sie klopfte auf das Klemmbrett: eins, zwei, Pause, drei, Pause, vier.

«Erscheinen Sie einfach bei ihm? Oder rufen Sie erst an?»

«Ich rufe erst an.»

«Dann los. Jetzt sofort.»

«Was soll ich denn sagen?»

«Finden Sie heraus, ob er allein ist. Wenn nicht, sagen Sie, dass Sie später zu ihm kommen, und beenden das Gespräch. Wenn ja, sagen Sie ihm, dass Sie rüberkommen.

Sagen Sie es so wie immer. Aber wenn er sagt, dass er alleine ist, dürfen Sie sich keinesfalls abwimmeln lassen.»

«Ich gehe nirgendwohin. Ich bleibe hier bei meiner Tochter.»

«Natürlich.» O'Day würde mich nie mit der blonden Liz verwechseln. Aber ich hatte ihre Stimmlage geübt. Ich musste ihn lediglich dazu bringen, eine einzige Tür zu öffnen. «Rufen Sie an», drängte ich sie. «Den Rest übernehme ich.»

Der Mann mit der langen Nase kam auf uns zu, das Gesicht rot vor Ärger. «Ich warne Sie. Wenn Sie das Ding noch einmal hier drin benutzen, hole ich den Wachmann.»

«Vergessen Sie den Wachmann», sagte ich zu ihm. «Rufen Sie lieber einen richtigen Polizisten, sonst werden Sie echte Probleme bekommen.»

Er wedelte mir mit dem Finger dicht vor dem Gesicht herum. «Sie sind diejenige, die echte Probleme bekommen wird!»

«Halten Sie endlich die Klappe!»

«Was haben Sie gesagt?»

«Sie sollen die Klappe halten! Sich verpissen. Was auch immer!» Ich drückte Liz das Handy in die Hand.

Sie wählte die Nummer. Ich ballte die Hände zu Fäusten und lauschte. Er wollte nicht, dass sie kam. Sie sprach mit unbekümmerter Stimme, neckte ihn, schmatzte Küsse ins Telefon. Als sie «Aus» gedrückt hatte, ließ ich mir von ihr die Wohnung beschreiben. Sie machte mir auf der Rückseite des Krankenhausformulars eine Skizze. Ein großes Zimmer, ein Bad. Und die Fenster, betonte sie. Eine wunderbare Aussicht auf historische Gebäude. Man könnte sogar die Wetterfahne auf der Faneuil Hall erkennen, den berühmten Grashüpfer.

«Was sagen Sie nach dem Anklopfen?»

Sie starrte mich verständnislos an.

«Na los. Sie benutzen Ihren Schlüssel, steigen die Treppen hinauf. Klopfen. Zweimal kurz, zweimal lang. Fragt er, wer da ist, oder genügt das Signal?»

«Er fragt.»

«Wie nennen Sie ihn? Harv? Schatz? Liebling?»

«Ich weiß nicht –»

«Nennen Sie ihn Liebling?»

«Ich sage meist: ‹Harv, ich bin's, Liza.›»

«Liza, nicht Liz?»

«Liza. Ihm gefällt Liza.»

«So, ich sage es Ihnen jetzt zum letzten Mal: Nehmen Sie das Handy mit nach draußen!» Der Mann mit der langen Nase klang diesmal sehr resolut, und ich wollte verdammt sein, wenn das nicht ein echter Bostoner Cop war, den er da aufgestöbert hatte, etwas übergewichtig und leicht außer Atem, als hätte er rennen müssen.

«Gott segne Sie, Sie sind ein Schatz.» Ich beugte mich vor und küsste den Mann im Kittel auf die Wange.

«Was, zum Teufel, geht hier vor?», sagte der Cop.

Ich reichte ihm den Stein des Anstoßes. «617-555-9572 bitte.»

Er starrte erst das Handy, dann mich an. «Aber das ist doch –»

«Lieutenant Detective Mooney. Sagen Sie ihm, dass es dringend ist.»

41 **Im knapp 25 Kilometer** weiter nordwestlich gelegenen Concord waren jetzt Patrioten eines anderen Schlags dabei, die Haken, Ösen und Spitzen an ihren historischen Kostümen zu überprüfen. Freiwillige des amerikanischen Unabhängigkeitskrieges in zerfetzter Kleidung würden gegen britische Rotröcke antreten, und bald würde die Parade beginnen, hundert marschierende Gruppen. Die Aufständischen würden im Park von Lexington zum Appell antreten, und ein prominenter Gast würde die Ehre haben, die Worte Captain Parkers auszurufen: *«Haltet stand! Schießt nur, wenn auf euch geschossen wird! Aber wenn sie Krieg wollen, dann lasst ihn hier beginnen!»*

Der Polizist setzte mich zwei Häuserblocks vom Marktplatz entfernt ab. Ich hatte ihn mir angesehen, den übergewichtigen, langsamen Schreibtischbeamten, der am Patriots' Day zur Verstärkung in den Streifendienst versetzt worden war; er würde mehr schaden als nützen in seiner auffälligen Uniform. Ich versicherte ihm, dass ich die Lage sondieren und auf Rückendeckung warten würde, was ich natürlich nicht vorhatte. O'Day rechnete schließlich mit Liz.

Was wusste er? *Was wusste er?* Liz und Gerry waren nicht zur Arbeit gekommen. Das hätte ihn warnen, ihn in Alarmbereitschaft versetzen können. *Er hatte einen Anruf erhalten und die Baustelle verlassen.* Der Anrufer konnte ihn darüber aufgeklärt haben, dass der Plan schief gegangen war, und ihm nahe gelegt haben, schleunigst die Flucht anzutreten. Vielleicht war er oben in seiner Wohnung und packte seine Tasche, machte sich bereit, in der Menge auf dem Markt unterzutauchen und zu verschwinden. Oder es war ein Anruf ganz anderer Art gewesen, und der Anrufer hatte nur gesagt: «Mach's jetzt.» Ich schätzte die Entfernung zwischen Krähennest und Faneuil Hall. O'Day konnte auch mit einem Zeitzünder ausgerüstet sein. Es blieb reichlich Zeit für eine Detonation, während Mooney sich mit dem FBI in Verbindung setzte und seinen Einsatz vorbereitete. Zwei kleine Kinder kamen an der Hand ihres Vaters vorbei, mit Fäustlingen und warm eingepackt gegen die Kälte, und ich hätte am liebsten: «Halt, geht in Deckung!» geschrien.

Die FBI-Beamten hatten Horgans 9-mm-Automatik, die Waffe, mit der ich Walters erschossen hatte, als Beweismittel mitgenommen. Vielleicht würden sie mich wegen des Gebrauchs einer gestohlenen Waffe anzeigen, aber das machte mir im Augenblick keine Sorgen. Ich war froh, dass ich meine Kaliber .40 eingesteckt hatte, die Pistole, die ich auf Walters' Befehl hatte fallen lassen. Ich hatte sie mir heimlich in den Stiefel geschoben. Ich bückte mich, tat so, als würde ich einen Strumpf hochziehen, holte dabei den Revolver hervor und steckte ihn am Rücken ins Gürtelhalfter.

Falls das FBI schon damit begonnen hatte, den Tunnel zu fluten, würden sie das als plötzlich aufgetretenes Abwasserproblem, als Naturkatastrophe darzustellen versuchen. Ich sah mich nach Fahrzeugen der Stadtwerke, Feuerwehren, unauffällig getarnten Lieferwagen um. Es schienen weniger Leute als sonst auf dem Markt zu sein, und ich fragte mich, ob bereits damit begonnen worden war, Züge vom Government Center zum Haymarket umzuleiten. Ich strengte die Augen an. Für mich versperrte das Rathaus zwar die Sicht auf die Treppe zur Stadthalle, aber nicht für O'Day. Wenn er da oben auf die Bestätigung wartete, dass das FBI Lunte gerochen hatte, wie lange würde es dann dauern, bis er merkte, dass der normalerweise dichte Fußgängerstrom von der U-Bahn ausblieb?

Das Gebäude, das Liz mir beschrieben hatte, war ein altes graues Steingemäuer, hoch und schmal, mit drei Stufen, die zu einem kleinen, aus Ziegelsteinen gemauerten Absatz führten. Ich hatte Liz' Schlüssel so fest umklammert, dass er einen Abdruck auf meiner Handfläche hinterlassen hatte. Ich zwang mich, mich zu entspannen, hielt mich im Schatten, immer auf der Hut vor einem Fernglas. Das Erdgeschoss war an ein Haushaltsgeschäft vermietet. Messingschilder an der Haustür verwiesen auf einen Friseursalon im ersten, einen Zahnarzt im zweiten Stock. Blieben noch der dritte und vierte Stock für Privatwohnungen. Ich sah auf die Uhr. Die Zusammenarbeit von zwei Polizeiapparaten brauchte Zeit; darauf zählte ich. Die beste Chance, O'Day ohne Schusswechsel zu überwältigen, lag in dem Liz-Trick. Sie hatte gesagt, sie wäre gleich bei ihm. Es war Zeit.

Der Schlüssel passte, und die Tür öffnete sich leicht und geräuschlos zu einem dunklen Flur. Die Treppen waren steil und ohne Teppichbelag. Nach der zweiten Etage fing mein Bein an zu puckern. Nach der dritten verengte sich das Treppenhaus, und ich ging langsamer. Liz Horgan hatte ihre Sache am Telefon gut gemacht, ihn geneckt, sich normal gegeben. Er hatte zwar etwas gegen ihren Besuch einzuwenden gehabt, ihr jedoch nicht verboten zu kommen, und hatte nicht verkrampft oder anders als sonst geklungen. Vielleicht war er gar nicht sicher, was los war, vielleicht dachte er noch immer, dass alles nach Plan lief. Ich vergegenwärtigte mir noch einmal Liz' Stimme und atmete tief durch, bevor ich an die Tür mit der Aufschrift 5A klopfte, eine ganz gewöhnliche Tür. Dunkles Holz, altes Holz. Kein Türspion. Zweimal kurz, zweimal lang. Meine Kaliber .40 lag mir schwer in der Hand.

Ich sprach etwas atemlos mit hoher Stimme. «Harv, ich bin's, Liza.»

Wenn wir zu zweit gewesen wären, hätte einer von uns direkt vor der Tür gestanden, während der andere sich außer Sicht an die Wand gedrückt hätte. Ich senkte meine Waffe, versteckte sie hinter meinem Schenkel, und setzte ein Lächeln auf. Wenn er die Tür öffnete, würde er einen Augenblick, einen Sekundenbruchteil brauchen, um die Szene vor seinen Augen zu sondieren: eine Frau, aber nicht die richtige Frau. Ich hörte die Kette rasseln und fallen, dann drehte sich der Türknauf.

Er war barfuß und trug nichts als tief sitzende Boxershorts, dazu ein Begrüßungslächeln im Gesicht, das gefror. Auf dem Kinn hatte er einen Streifen Rasierschaum. Er gab ein Geräusch von sich, kein Wort, sondern einen Überraschungslaut, der abbrach, als ich die Pistole hob.

«Hände dahin, wo ich sie sehen kann», sagte ich. «Zwei große Schritte rückwärts. Jetzt! Sofort!»

«Was zum Teufel –» Seine Hände waren leer. Er machte die Schritte rückwärts.

«Rumdrehen.» Normalerweise mache ich mir nicht die Mühe, die Pistole mit beiden Händen zu packen, aber jetzt tat ich es doch, um den Mann zu beeindrucken, während ich ihn nach innen drängte.

Seine Schultern lockerten sich, sein Körper entspannte sich etwas. Womöglich Täuschung, dachte ich, vielleicht setzt er gleich zum Sprung an.

«Noch zwei Schritte, aber dalli!», brüllte ich. «Auf den Boden, Gesicht nach unten!»

«Was, zum Teufel, wollen Sie eigentlich, Lady? Heiliger Himmel. Carla? So heißen Sie doch, richtig? Sind Sie verrückt geworden?» Er ging nur einen statt zwei Schritte, stellte die Beine dicht nebeneinander, wippte leicht in den Kniegelenken.

«Verdammt richtig, ich bin verrückt geworden, also keine Fisimatenten! Runter auf den Boden.»

Er drehte sich mit dem Gesicht zu mir, grinste. Machte einen Schritt nach vorn wie ein tapsiges Kleinkind. Ich dachte, o verdammt, ich muss ihn erschießen.

«Ich habe bereits Walters erschossen», sagte ich. «Bei drei ist Ihre Kniescheibe dran. Eins –»

«Scheiße, Lady, reden wir doch miteinander.» Er behielt meine Augen im Blick, ich seine.

«Zwei.»

Sah, wie ich den Finger krümmte.

Als er sich umdrehte und mit dem Gesicht nach unten runterging auf den Holzfußboden, konnte ich den oberen Rand einer Tätowierung sehen, winzige Pünktchen, die zu einem leuchtenden Stern gehörten.

42

Am nächsten Tag war ich kurz vor Mittag auf dem ersten Stock der Faneuil Hall mit Happy Eddie verabredet. In dem rechteckigen Saal war es still und dunkel, die Balkone prangten im Schmuck der dreifarbigen Fähnchen, und die kleine Holzbühne war von der Fahne des Commonwealth auf der einen und den Stars and Stripes auf der anderen Seite eingerahmt. Die hochlehnigen Stühle, die eher Chorgestühl glichen als Zuschauersitzen, waren leer bis auf den einen, auf dem ich saß. Von unten drang der Lärm der Einkaufsbummler herauf, das Pling-Pling elektronischer Registrierkassen.

Draußen tupften hohe Haufenwolken den hellen Himmel dieses klaren winterlichen Tages. Es hatte in den letzten 24 Stunden nicht geregnet, aber ich hatte trotzdem auf dem Bürgersteig Pfützen ausweichen müssen, den Überresten der Tunnelflutung. Eiskaltes Wasser war in einem so überraschenden Schwall hineingetost, dass nicht einmal der selbstmörderische Versuch, den Sprengstoff doch noch zu zünden, gelungen war. Außer Jason O'Meara alias Kendall Heywood waren noch zwei andere Männer keuchend und völlig durchweicht durch den Lagerschuppen auf der Horgan-Baustelle nach oben gekommen und ohne einen einzigen Schuss in FBI-Gewahrsam genommen worden.

Ich hatte die Kette vor die Tür der kleinen Wohnung gelegt und mich nicht vom Fleck gerührt, bis ich Leonard Wells' lautes «Alles klar» hörte. Ich wandte auch dann noch keine Sekunde den Blick und die Pistole von dem Mann auf dem Boden, als er umstellt und mit Handschellen gefesselt wurde. Als mir endlich bewusst wurde, dass ich nicht mehr wachsam zu sein brauchte und meine Waffe senken konnte, dachte ich, dass Wells wohl meine Gelenke schmieren müsste wie Dorothy die des Blech-Holzfällers, und sank auf einen Stuhl am Fenster. Die Rollläden waren hochgezogen, die verblichenen Vorhänge offen. Eine Möwe segelte über das Panorama, mein Blick ging auf die Dächer des alten und neuen Boston, auf Turmspitzen und Wetterfahnen, Glockentürme und Wolkenkratzer, auf den fernen Silberstreif des Meeres. Ein Hochleistungsfernglas lag auf der Fensterbank.

Eine kurze Durchsuchung der Wohnung förderte drei Gewehre, zwei Automatikpistolen und eine Kiste Granaten zutage. O'Day stand stramm wie ein Soldat und weigerte sich, auch nur seinen Namen preiszugeben.

Das FBI sorgte dafür, dass alle Vorgänge hinter einer Nebelwand verschwanden. Ja, das FBI hätte mehrere Flüchtige festgenommen. Die Verkehrsbetriebe entschuldigten sich formell dafür, dass wegen einer Entgleisung der U-Bahnhof am Government Center vorübergehend geschlossen werden musste. Die Kummer gewohnten Bostoner hatten sich gar nicht über die Schließung aufgeregt und waren erstaunt über die Entschuldigung. Das unerwartete Grundwasseraufkommen im Bereich Commercial Avenue und State Street würde einen weiteren Verzug im ohnehin schon stark verzögerten Big-Dig-Bau verursachen.

Eddie sah man sein Alter deutlich an, als er in seinem kohlrabenschwarzen zerknitterten Anzug langsam die Treppe heraufkam. Er hob die Augenbrauen, als er mich erblickte, aber er sagte nichts, bis er sich gesetzt und an den imaginären Bügelfalten seiner Hosenbeine gezogen hatte.

«He», sagte er, «alles in Ordnung?»

«Ja. Müde. Ich könnte eigentlich eine Woche Schlaf gebrauchen, aber es klappt irgendwie nicht.» Ich hatte immer wieder den gleichen Traum: Zuerst stand mein Haus in Flammen, das gleiche Inferno wie bei meinem letzten Fall, und dann verlagerte sich der Ort des Geschehens in der magischen Art der Träume, das Feuer loderte hier in diesem Gebäude, und ich konnte von O'Days Wohnungsfenster aus sehen, wie sich die brennende Turmspitze neigte, sah Leute rennen, hörte sie schreien.

«Gerry ist aus dem Schneider», sagte Eddie. «Er hat den Mann nicht von der Gerüsttreppe gestoßen.»

«Hat O'Day oder Kendall Heywood gestanden?»

«Sie haben Blutspuren in dem Lagerschuppen gefunden, in dem der Tunneleingang versteckt war. Sieht so aus, als hätte Fournier an dem Abend, an dem er starb, das Baugelände gar nicht verlassen.»

«Jemand hat aber seine Stechkarte gestempelt.»

«O'Day hat noch nichts zugegeben, sagt kein Sterbenswort. Aber Gerry ist entlastet. Hat ein Alibi, ein gutes. Nicht dass ich ihn verdammt hätte nach allem, was ich inzwischen weiß. Ich frage mich, was an der abgewichsten Hotline Gutes ist, wenn ich bedenke, was für Ärsche sie aus was für Gründen anrufen.»

«Du hast doch von Anfang an gefunden, dass an dem Anruf was stinkt, Eddie. Das kannst du dir als Verdienst anrechnen.»

Er rutschte auf seinem Stuhl hin und her. «Du hast gedacht, ich hinge mit drin.»

«Eddie, ich –»

«Vielleicht hab ich das auch, ein bisschen, nicht für Geld, nein, aber aus Freundschaft. Leo Horgan und ich kennen uns seit Urzeiten, und ich hätt's schrecklich gefunden, wegen so was 'nen Freund zu verlieren. Schwer, Freundschaft zu halten, wenn man immer ein wachsames Auge auf die Leute hat, sie immer kritisch beurteilt.»

Wem sagst du das, dachte ich. Hätte Eddie mich nicht so gedrängt, hätte ich es sicher vermieden, die Veränderung bei Sam wahrzunehmen. Ich hätte mich angestrengt, sie zu übersehen.

«Bist du bereit für einen neuen Auftrag, ab nächsten Montag zum Beispiel?»

Ich nickte. «Klar.»

«Brücke?»

«Weiter unten, Eddie, auf festem Boden.»

Dana Endicott war von der anderen Seite in den Saal gekommen, klein und in sich versunken. Ich hatte schon nach ihr Ausschau gehalten. Ich winkte, und Eddies Augen wanderten in ihre Richtung.

«Du hast mir gar nicht gesagt, dass du noch für jemand anders arbeitest», sagte er. «Aber es hat ja anscheinend hingehauen.»

Ein Hund, der nicht mehr zur Baustelle kam, eine Sekretärin, die fürchtete, sie könnte ihn verletzt haben, meine kleine Schwester, die einen Finderlohn witterte, weil sie mir eine Klientin beschert hatte. Wie leicht hätte die Ausführung des Plans gelingen, ein Gebäude zerstört und Menschen getötet oder verkrüppelt werden können. Ich holte tief Luft. Der Traum war nur ein Traum, die Holzbank stabil.

Dana trug ein enges preiselbeerfarbenes Kleid mit passender Jacke unter ihrem langen schwarzen Mantel und dazu mittelhohe Pumps. Sie sah aus wie eine reiche Bankerin nach einem Crash an der Wall Street, erschöpft, ausgelaugt. Sie gab Eddie die Hand und brachte ein schwaches Lächeln zustande, woraufhin Eddie sich entschuldigte und seine Schritte auf der Treppe verhallten.

«Veronica?», fragte ich.

Die ganze Nacht über hatte es auf Messers Schneide gestanden, neun Stunden war sie im OP gewesen, dann hatte eine plötzliche Blutung eingesetzt und ihre sofortige Rückkehr auf den Operationstisch für weitere drei Stunden erfordert. Walters' Kugel hatte ihre Wirbelsäule nur einen knappen Zentimeter verfehlt.

«Sie lebt», sagte Dana. «Ich sitze bei ihr und rede mit ihr, solange sie mich lassen. Ich weiß, dass sie mich wahrscheinlich nicht hören kann, aber ich rede trotzdem weiter, erzähle ihr, dass es Tandy gut geht, dass es Krissi gut geht, dass es Krissis Hund gut geht. Und ich habe einen Rechtsanwalt engagiert. Nicht den Familienanwalt. Den Mann, den Sie empfohlen haben.»

«Haggerty. Er ist gut.»

«Ich hätte lieber eine Frau genommen.»

«Haggerty ist gut.»

«Ich kann nicht lange bleiben. Sie haben gesagt, sie wird es überstehen, aber – ich wollte Ihnen nur danken, und dann möchte ich wieder zu ihr.»

«Ich komme später mal vorbei.»

«Meinen Sie, dass sie ins Gefängnis muss?»

Ich zuckte die Achseln. Wenn etwas vor ein Geschworenengericht kommt, weiß man nie.

«Würden Sie als Zeugin aussagen? Wenn es dazu kommt?»

Ich konnte bezeugen, dass sie eine Gefangene war, als ich sie fand. Ich konnte ihren Augenausdruck in dem Augenblick beschreiben, als Walters sein Gewehr anlegte und sie Krissi Horgan nicht sterben sehen wollte. Ich nickte.

Bevor sie sich zum Gehen wandte, drückte Dana mir herzlich die Hand.

Das FBI wusste nur, dass es die letzten Worte des sterbenden Walters' waren, aus denen ich mit einiger Verspätung entnommen hatte, dass O'Day beteiligt war. Eltern ihr Kind wiedergeben – der beste Job, den ein Privatdetektiv erledigen kann – ist schließlich nichts wert, wenn das Kind in ein zerrüttetes Elternhaus heimkehrt. Ich hoffte zwar, dass Liz Horgan aus ihren Fehlern lernen würde, hatte jedoch nicht vor, mich beim FBI darüber auszulassen. Das hat niemand verdient. Und Walters konnte meiner Version nicht mehr widersprechen.

Ich schaute Dana nach, als sie die Treppe hinunterging und sich unter die Einkaufsbummler, Touristen und braven Angestellten mit ihrer zwanzigminütigen Mittagspause mischte.

1805 hatte Charles Bulfinch, führender Architekt seiner Zeit, Breite und Höhe der Faneuil Hall verdoppelt, ohne den Grundentwurf zu verändern, und dadurch die Zahl der Räume von drei auf sieben erhöht. Der im ersten Stock eingerichtete «Bulfinch-Raum» hat sich seitdem kaum verändert. Im zweiten Stock sind das Museum und Waffenarsenal der altehrwürdigen Geschützkompanie von Massachusetts untergebracht, deren Geschichte bis ins Jahr 1638 zurückreicht, lauter Erinnerungsstücke, Urkunden, Waffen und Andenken an die Tage des Aufruhrs, als sich die Reden vom Rathaus auf die Straßen ausbreiteten und die Flammen der Revolution entfachten.

Aufgrund des unglückseligen Grundwassereinbruchs war der Festakt zum Patriots' Day aufgeschoben und ein neuer Termin festgesetzt worden. Ich erwog, daran teilzunehmen, auf einer dunklen Holzbank zu sitzen und auf das Echo der alten anfeuernden Reden zu lauschen. Es mochte ja nur eine feine Trennungslinie zwischen Patrioten und Wahnsinnigen geben, aber sie bestand jedenfalls. Die alten «Söhne der Freiheit» hatten nicht das unterschiedslose Abschlachten von Zivilisten gepredigt oder auf Kinder gezielt.

Schulkinder, viertes Schuljahr, vielleicht auch fünftes, kamen hereingeströmt, knöpften die Mäntel auf, ließen ihre Handschuhe und Mützen fallen und setzten sich auf Anordnung ihres geplagten Lehrers unter viel Gekicher hin. Ein uniformierter Museumsführer erschien und begann mit dem Geschichtsvortrag, der alle halbe Stunde gegeben wird, während ich mich erhob.

«He, ich wollte Sie nicht vertreiben.» Der Führer, ein Zwanzigjähriger mit Zahnlücken, lächelte.

«Ich komme ein andermal wieder.»

Ich hatte so etwas wie ein Rendezvous. Leonard Wells alias Leland Walsh hatte mich zu einer Besichtigungstour des noch offenen Abwasserkanals eingeladen. Es gäbe Ratten, hatte er mir versprochen.